海天译丛

L'ANOMALIE

异常

Hervé Le Tellier
［法］艾尔维·勒泰利耶 著
余中先 译

海天出版社
HAITIAN PUBLISHING HOUSE
·深 圳·

图书在版编目（CIP）数据

异常 / (法) 艾尔维·勒泰利耶著；余中先译. —
深圳：海天出版社, 2021.7
ISBN 978-7-5507-3194-3

Ⅰ. ①异… Ⅱ. ①艾… ②余… Ⅲ. ①长篇小说—法国—现代 Ⅳ. ①I565.45

中国版本图书馆CIP数据核字(2021)第103598号

版权登记号　图字：19-2021-017号
Originally published in France as:
L'Anomalie by Hervé Le Tellier

异　常
YI CHANG

出 品 人　聂雄前
责任编辑　岑诗楠
责任校对　万妮霞
责任技编　梁立新
装帧设计　龙瀚文化

出版发行　海天出版社
地　　址　深圳市彩田南路海天综合大厦（518033）
网　　址　www.htph.com.cn
订购电话　0755-83460239（邮购、团购）
设计制作　深圳市龙瀚文化传播有限公司 0755-33133493
印　　刷　深圳市华信图文印务有限公司
开　　本　787mm × 1092mm　1/16
印　　张　22.25
字　　数　279千
版　　次　2021年7月第1版
印　　次　2021年7月第1次
定　　价　68.00元

予谓女梦，亦梦也。

——庄子[1]

真正的悲观主义者知己之悲观总是太晚。

——《异常》，维克托·米耶塞尔[2]

① 语出《庄子·齐物论》。上下文为："梦饮酒者，旦而哭泣；梦哭泣者，旦而田猎。方其梦也，不知其梦也。梦之中又占其梦焉，觉而后知其梦也。且有大觉而后知此其大梦也，而愚者自以为觉，窃窃然知之。君乎，牧乎，固哉！丘也与女，皆梦也；予谓女梦，亦梦也。是其言也，其名为吊诡。万世之后而一遇大圣，知其解者，是旦暮遇之也。"法语引文为刘家槐（Liou Kia-hway）的译文："Et moi qui dis que vous rêvez, je suis aussi en rêve."

② 维克托·米耶塞尔（Victor Miesel）为本小说《异常》中的人物。这里的引文是虚构的。另，此处以及后文中多处，作者故意把这一人物的名字"维克托"的写法"Victor"拼写为"Victør"。

目 录

一 如天空一般黑

二 有言道，人生如梦

三　虚无之歌

一

如天空一般黑

（2021年三月到六月）

有一事实在令人赞叹，它始终超越知识、智性，甚至还有天才，那便是不理解。

——《异常》，维克托·米耶塞尔

布莱克

杀死某个人，这根本就不算什么事。必须多观察，多监视，多思索，多多地，而到了那一刻，挖成空无。就这样。挖成空无。想方设法，做到让整个世界缩小再缩小，直至它凝结在枪筒中，或者刀尖上。仅此而已。不要对自己提什么问题，不要被愤怒所引导，要选择好规约，有条不紊地行动。布莱克知道该这么做，而很久很久以来，他早就不再知道他是从什么时候开始就知道的了。之后，剩下的也就水到渠成了。

布莱克以他人的死为生。请便吧，就不要有什么道德教训了。假如有人想讨论伦理学，他就准备回答统计学。这是因为——布莱克为此而道歉——当一个卫生部部长要在预算中砍上一刀，需要在这里取消一台断层扫描仪，又在那里减少一个医生，还在别的什么地方删去一个急救部门，他就会猜想，这等于在堂而皇之地缩短成千上万陌生人的生存时间。负责人嘛，又不是罪人，一副坦然的老样子。而布莱克，正好相反。无论如何，没什么好辩解的，他都无所谓。

杀死，那不是一种志向，那是一种安排。假如我们愿意的话，更可以说是一种精神状态。布莱克十一岁了，那时候他还不叫布莱克。他乘坐在那辆标致汽车中，坐在他母亲旁边，车开在波尔多附近的一条省道上。车开得并不快，一条狗穿过公路，它带来的冲击让他们稍稍有些偏向，母亲嚷嚷起来，刹了车，动作过猛，车轮打滑，车子斜冲出去，发动机熄火了。“待在汽车里，我亲爱的，我的天，乖乖地待在汽车里。”布莱克没有听话，他跟着母亲下了车。那是一条苏格兰牧羊犬，一身灰毛，它的胸廓已经撞破，血流了一地，路边一片猩红，但它没有死，它还在呻吟，很像是一个婴儿在呜咽。母亲慌了神，四下里乱走，她用手捂住了布莱克的眼睛，结结巴巴地嘟囔着什么，前言不搭后语，她想叫一辆救护车。“但是，妈妈，这是一条狗，这只是一条狗。”苏格兰牧羊犬在遍布裂缝的沥青路面上直喘粗气，破碎的身体扭曲成一团，形成一个奇怪的角，时不时地还会抖动一下，但动弹得越来越微弱，它在布莱克的眼前奄奄一息，而布莱克则好奇地看着生命正在离这动物而去。完结了。小男孩略略显出一副忧伤样，反正，那是他想象中的忧伤样，只为了不打扰他母亲，但他心中什么感觉都没有。母亲留在那里，透心冰冷，在那具小小的尸体前。布莱克有些不耐烦，他拉着她的袖子，“妈妈，走吧，留在这里一点儿用都没有，它已经死了，死在了那儿，我们走吧，我会赶不上足球赛的”。

杀死，那同样也是种种能力的体现。就在他叔叔夏尔带他去打猎的那天，布莱克发现，他具备了打猎应有的一切能力。啪啪啪三枪，三只野兔，好一份礼物。他瞄得很快，很准，他很善于适应那些最糟糕的破马枪，适应那些最没有准头的长枪。姑娘们拉他去赶庙会，哎，求你了，我想要长颈鹿、大象、游戏小子[①]，是的，来吧，继续！于是，布莱克分发着毛绒玩具，游戏机，他成了射击摊上的霸王，并在后来决定从事谨慎之事。布莱克同样也喜欢夏尔叔叔教他的东西，割断狍子的喉咙，把兔子大卸八块。我们还是得从心里明白自己：在杀生时，在结束受伤动物的性命时，他并没有丝

---

① “游戏小子”（Game Boy）是一款便携式掌上游戏机。

毫的快感。他可不是一个奸诈小人。不，他所喜欢的，是技术动作，是因反复练习而自然产生的毫无破绽的常规老套。

布莱克二十岁了，以他那非常法兰西式的姓氏，利波夫斯基，或者法尔萨迪，或者马尔丹，在阿尔卑斯山区一个小城的一家旅馆业学校注册入学。这可不是一种默认之下的选择，请注意，他完全可能去做任何事，他也很喜爱电子技术，喜爱程序设计，他对语言也很有天分，这么说吧，英语，他仅仅在伦敦的朗格中心培训了短短三个月，就能几乎不带丝毫口音，说得那叫一个溜。但是，布莱克最喜欢的，超乎一切之上，还是烹饪，用那些空白的时刻来编一个菜谱，让时间不慌不忙地流逝，甚至就在厨房热气腾腾的景象中，在长久的分分秒秒中，静静地瞧着黄油在锅里嗞嗞融化，瞧着白洋葱慢慢收缩，瞧着蛋奶酥渐渐鼓起。他喜欢种种香料的气味，他喜欢色、香、味在一个菜盘子中的精巧搭配。他本来会成为学校里最优秀的学生，但是，真是他妈的，利波夫斯基（或者法尔萨迪，或者马尔丹），您要是对顾客稍稍亲切和蔼一点儿就好了，事情就不会那么糟了。这可是一个服务行业，服务，您明白的，利波夫斯基（或者法尔萨迪，或者马尔丹）！

一天晚上，在一家酒吧，一个家伙喝得醉醺醺的，对他说想让他去杀死另一个人。他这样当然有他的道理，一件关乎工作的、女人的事，但是，布莱克，他却根本无所谓。

“你会去干吗，你，为了钱？”

“你可真怪，”布莱克回答道，“怪透了。”

“我会付你钱的，很贵的。”

他提议的款额带了三个零[①]，布莱克捧腹大笑起来。

---

① 三个零（à trois zéros），应该是文字游戏，既指“后带三个零”的四位数，也喻指孟加拉国经济学家、2006年诺贝尔和平奖获得者穆罕默德·尤努斯（Muhammad Yunus，1940— ）提出的“三个零的经济”理想，即所谓的“零贫困，零失业，碳的零排放”。

“不，你开什么玩笑？”

布莱克慢慢地喝着，不慌不忙。那家伙瘫倒在了吧台上，他摇晃着他。

“听我说，我认识一个人，他能做这个，但是钱要加倍。我从来都没有见过他。明天，我就对你说怎么才能找到他，但是，之后，你就什么都不要再跟我说了，OK？”

正是在那一夜，布莱克造就了布莱克。说的是威廉·布莱克①，他是在看了安东尼·霍普金斯②演的电影《红龙》③之后去读他的诗歌的，因为他很喜欢一首诗：“我一头跳入这危险的世界：无依靠，赤裸裸，大声呼叫／像是藏在云中的恶魔。”④而且，布莱克（Blake），就是black加上 lake，就是“黑”加上“湖”，这就行了。

从第二天起，一个北美地区的服务器就接受了一个叫blake.mick.22的信箱地址。那是在日内瓦的一家网吧中创建的，布莱克用现金从一个陌生人手中购买了一台二手的手提电脑，给自己装备了一部诺基亚旧手机，一张预付好的电话卡，一部照相机，一个长焦镜头。一旦装备齐全，学厨艺的学徒就让那家伙从网上接触这个“布莱克”，“根本就不担保那个地址是否有效”，然后，他就等着。三天后，酒吧的那人就给布莱克发来一条复杂费解的信息，可以猜想，他颇有疑心。他提出种种问题。在盔甲中找缺陷⑤。两次

---

① 威廉·布莱克（William Blake，1757—1827），英国诗人、画家，浪漫主义文学代表人物之一。

② 安东尼·霍普金斯（Anthony Hopkins，1937—　），英国电影演员、导演、制作人。

③《红龙》是一部美国恐怖电影，改编自托马斯·哈里斯的同名小说，2002年上映。影片由布莱特·拉特纳执导，爱德华·诺顿、安东尼·霍普金斯领衔主演，描述杀人狂医师汉尼拔·莱克特的故事。

④ 威廉·布莱克这首诗的题目叫《婴儿的悲哀》。

⑤“在盔甲中找缺陷”（chercher le défaut dans la cuirasse）是法语成语，意思是“寻找某人或某事的破绽”。

邮件交换之间偶尔会停歇一天。布莱克谈到了任务目标、经济保障支持、交货时限，这些谨慎的措施最终让他放下心来。他们达成了一致，布莱克要求对方预付一半的钱款：这就已经是四个零了。当那人对他明确说，他希望这事情办得像是一个“自然原因”，布莱克就把款额加了倍，并要求一个月内付清。那人从此坚信对方是一个职业老手，便理所当然地接受了所有条件。

这是布莱克的第一次，而他却胸有成竹。他早已经小心翼翼，谨小慎微，想象联翩，做到了极致。他看过那么多电影。人们想象不到那些雇佣杀手对好莱坞的编剧们都应该感谢些什么。从他职业生涯的一开始，订货的钱，按合同提供的种种情报，他都将从一个被遗弃在某个确定地点的塑料筐中接收到，而地点都是他决定的，一辆巴士，一家快餐店，一处建筑工地，一只垃圾桶，一个公园。他将避免那些过于偏僻的地带，在那里，人们看到的恐怕只会是他一个人。他也要避免那些过于公共化的地方，因为在那里他自己也就盯不住任何人了。他将会提前好几个钟头来到确定的地点，严密监视四周的情况。他将戴上手套、风帽，一顶帽子，还有一副眼镜，他会染一下头发，他学会贴假胡须，或是装成瘪嘴，或是鼓起腮帮子，他将拥有好几十个汽车牌照，各国的都有。布莱克还将花时间学会耍飞刀，根据不同的距离，或是半旋，或是全旋[①]。他还将学会配制一颗炸弹，提取某种连一个老巫婆都难以检测出来的毒药。他将能够在短短几秒钟里，就组装起或者拆卸下一把9毫米口径的勃朗宁手枪，一把格洛克43式半自动手枪。他将为自己赢得比特币[②]，并用这种在无法追踪的运动中加密的货币来购买武器。他将在深网[③]上创建他的网站，而暗

① 原文为英语，分别为“half-spin”和“full-spin”。

② 比特币（Bitcoin）是一种虚拟的加密数字货币。

③ “深网”（deep web），又称不可见网、隐藏网，指互联网上那些不能被标准搜索引擎索引的非表面网络内容。深网中的内容无法通过常规搜索引擎进行访问浏览。

网[1]将成为他的一种游戏。因为在互联网上，有的是各种各样的教程绝对让你学会一切。去找就成。

他的目标是一个男人，五十来岁，布莱克拿到了他的照片，他的姓名，但他决定管他叫肯尼。是的，就如同芭比娃娃的丈夫[2]。一个很好的选择：肯尼，那并不会完全特许他一种生存的。

肯尼独自一人生活，这就已经够了，布莱克心里说，因为若是一个已婚的家伙，还带了三个孩子的话，那他就很难看得到该如何创造机会了。实际上，在对方这个年纪，就很少有什么选择一种自然死亡的余地了：车祸啦，煤气中毒啦，心脏病发作啦，意外坠落啦。根本不可能。至于破坏刹车，改换方向，布莱克还没有学会这本事呢！同样，他也不会用氯化钾来制造一起心脏骤停事故；而煤气中毒导致的窒息，他同样不知道该怎么弄。那么，就来一下坠落吧。每年都有一万人这样死去，尤其是老人。但是，要坠落那就得跟着对方一起坠落了。而肯尼，尽管不是一个身强力壮的大汉，但若是要跟他来一番搏斗，却是连想都不敢想的事。

肯尼居住在一栋小楼房底层的一个三居室中，就在阿讷马斯[3]附近。整整三个星期中，布莱克只是观察地形，酝酿计划。靠那笔预付款，他给自己买了一辆旧的雷诺牌小卡车，对它做了一番基本的改装，一把座椅，一张床垫，一组补充电池，为照明之用，而他这样就安顿在了能居高临下地俯瞰那片地方的一个荒废的停车场中。俯视下方，正好能看到那一套居所。每天，肯尼都会在八点半左右出门，穿过瑞士边境，干完活之后大约在十九点钟回家。到

① “暗网”(darknet)通常被认为是“深网”的一个子集，其显著特点就是使用特殊加密技术刻意隐藏相关的互联网信息。

② 肯尼(Ken)是芭比娃娃男友的名字，1961年，即芭比娃娃诞生的两年后，其缔造者美国玩具美泰公司决定创造出肯尼娃娃。他在芭比系列电影和《玩具总动员3》中均有出演。

③ 阿讷马斯(Annemasse)，法国城镇，位于法国东南部奥弗涅-罗讷-阿尔卑斯大区的上萨瓦省，与瑞士的日内瓦交界。

了周末，偶尔，一个女人会来找他，那是一个法语女教师，住在博纳维尔，离这里有十来公里远。星期二是最仪式化、最可预料的日子。肯尼回家比较早，但他马上就会再出门，前往体操馆健身，两个钟头之后再回家，在他的洗澡间里待上大约二十分钟，然后坐在电视机面前吃晚餐，在电脑上拖拖拉拉地鼓捣一会儿，然后就躺下睡觉。那就赶在星期二晚上去吧。他按照他跟他的顾客事先约定的方式，给对方发去了一条信息：“星期一，二十点？”计算时要少一天，少两个钟头。如此，出资买凶的隐名合伙人就将有星期二二十二点钟的一个不在场证明了。

那天之前的一个星期，布莱克让人往肯尼的家中递送了一个比萨饼。送货人揿响了门铃，肯尼毫不犹豫地开了门，却又不无惊讶地跟送货者聊了起来，后者最后带着他的比萨饼盒离去。好的，布莱克不需要知道得更多了。

接下来的星期二，他自己带着一个比萨饼盒来到了肯尼家的楼道中。他观察了一阵荒凉的街道，穿上了防滑鞋罩，确认了手套，又耐心地等了一会儿，为的是在肯尼走出淋浴间的那一刻揿响门铃。肯尼开了门，身上还穿着浴衣，看到送货人手中的比萨饼盒时，叹了一口气。但是，没等他来得及说出一句话，空空的盒子就掉了下来，布莱克手一挥，两根电棍的箍套就狠狠地砸在了他的胸脯上。电击之下，肯尼一下子就跪倒在地。在他倒下的过程中，布莱克手中的电棍继续捅着对方，一连捅了整整十秒钟，直到肯尼不再动弹。制造商声称电压高达八百万伏，布莱克曾用一根电棍在自己身上做过试验，当时他差点儿就昏迷过去。他把口吐白沫、呻吟不止的肯尼一直拖进洗澡间，让电棍又放了一次电，以便进一步发挥一下作用。接着，他以一种绝无仅有的运动，一种令人惊愕的暴力——这样的一个动作，他早已对椰子壳反复使用了十次——双手紧紧抓住肯尼的脑袋，摁住太阳穴把它揪起来，使尽全身力气推下去：脑壳狠狠地砸碎在了池槽的棱边上。撞击之下，一块菱形的瓷砖破裂了。血立即就流了出来，鲜红鲜红的，黏稠黏稠的，像是一种指甲油，带有它那热乎乎的铁锈味。只见他嘴巴大张，愚不可及，眼睛大睁着，凝视着天花板。布莱克掀开浴衣一瞧：电击并没有留下任何痕迹。他尽可能完美地处理了尸体，完全依照着滑倒之后重力学所遵循的一种悲剧性的假定轨迹。

而当他重新站起身来，欣赏着他刚刚完成的活儿时，一种急于尿尿的奇妙欲望死死地揪住了他。布莱克根本就没有想到过还会有这么一下。必须说，在电影中，杀手是不撒尿的。当时，他的尿感是那么强烈，他甚至都想到要在抽水马桶中方便一下，事后再彻底清洗干净好了。但是，假如警察有那么一点点聪明劲的话，或者，严格做到照章办事的话，那他们就会一步一步地重来一遍，他们就会发现他留下的DNA。确定无疑。总之，布莱克当时心里就是这么想的。于是，他强忍着膀胱即将爆破的刺痛感，带着一脸怪怪的尴尬样，继续执行着他的计划。他拿起肥皂，使劲地抹在肯尼的脚跟上，还在地面上砸出一道痕，然后把它按照假定滑倒后产生的轴心扔出去：肥皂打着转，最终落到了马桶的后面。好极了。找到它会让侦查者欣喜若狂的，他会因为解破了谜题而过于快乐。布莱克把淋浴的水温调到了最高，打开龙头，把莲蓬头的水柱对着死者的脸部和胸部，避免让自己接触到热腾腾的水流，然后离开了洗澡间。

布莱克跑到窗户前，拉上了窗帘，最后打量了一眼室内。没有任何迹象表明，一具尸体被拖了好几米距离，而一摊玫瑰色的水开始流到了地板上。电脑一直开着，屏幕上显现出英格兰草坪的景象，还有鲜花盛开的花坛。肯尼有着绿颜色的手[①]。布莱克离开了小楼，摘下了手套，不慌不忙地一直走到停在二百米开外的轻型摩

---

① 在法语中，说一个人“有绿色的手”（avoir la main verte），喻指他“精于园艺”。

托车跟前。他发动车子，开了一公里远，停下来撒尿，终于。他妈的，他的脚上还穿着黑棉布的鞋罩呢。

两天之后，一个焦急的同事将会报警，警察将会发现萨缪埃尔·塔德勒的意外死亡，而布莱克则在当天就拿到了余款。

所有这一切都发生在很早很早的时候。打那之后，布莱克就为自己开创了两种生活。在其中的一种生活里，他是看不见的，有二十个姓，同样多的名，有与各个假名相符相应的护照，哪个国籍的都有，其中包括真正的生物识别护照[①]，是的，比人们想象的还更容易。而在另一种生活里，他名叫约，他相当远程地遥控领导着巴黎的一家漂亮企业，做的是素食餐送货上门的买卖，在波尔多和里昂早就开有连锁店，而现在，则在柏林和纽约都设有分号。他的女合伙人叫芙洛拉，她还是他的妻子，而她以及他们的两个孩子，总是抱怨他出差旅行太多，而且有时候旅行时间还太长。这倒是真的。

*

2021年三月21日

纽约州，夸格

三月21日这天，布莱克在旅行。他奔跑在蒙蒙细雨下，在潮湿的沙土上。长长的金发，印花布方巾，墨镜，黄蓝相间的运动衫，跑步人的那种令人视而不见、极容易忽略的花里胡哨。他十天前来到纽约，带着一本澳大利亚护照。他那一趟穿越大西洋的航班是如

① 所谓的生物识别护照（passeports biométriques）是资讯时代的一种身份证明文件，它利用人脸识别或签名等生物特征来识别证件持有人的国籍身份。此类护照持有人的重要资料都储存在置于护照内的非接触性晶片中。

此可怕，他当真还以为自己的末日已经来临，上天在宣布对他所有那些合同的复仇。当时，在一个无穷无尽的长长气涡中，他的金色假发差点儿就要离开他的脑壳。而到现在为止，他已经有九天时间在进行他的海滩三公里跑，在夸格，在一片灰色的天空底下，在那一座座价值不会低于一千万美元的木板房子面前。人们治理了沙丘，把它改称为沙丘大道街，这样更容易些，还种植了松树与芦苇，好让任何一栋别墅都无法看到它的邻屋，好让每一个房主都不怀疑，他独自一个人就拥有着整片海洋。布莱克跑着步，步子很小，不慌不忙，而突然，就像每天的同一时刻那样，面对一栋奇妙的平顶房屋，他停下了步子，那房子由一根根宽阔的巨杉板条围住，有非常宽阔的玻璃窗，它的晒台由一道楼梯一直通向海水。他屏住了喘息，被想象中的一股肋部疼痛刺激得弯下腰来，还是跟每天一样，他又抬起了脑袋，向远处的一个男人招了招手。此人五十来岁，体型稍稍有些圆胖，正站在房屋的披檐下，胳膊肘撑着栏杆，喝着一杯咖啡。一个更为年轻的男子，个子高高的，一头短短的褐发，在一旁陪着他。他的位置稍稍靠后，背靠着木板墙，一脸焦虑的神色，目光监视着沙滩。在他的上衣底下，一个看不见的皮套子鼓鼓地凸显在了左肋部。一个右撇子。今天，一星期中的第二次，布莱克微笑着接近他们，他走上了沙滩中的小径，就在一丛丛金雀花与矮草之间。

布莱克以一个很有些节制的动作，伸了个懒腰，打了个哈欠，从他的背包中拿出一条毛巾，擦了擦脸，然后，又拿出一个水壶，使劲地喝了一大口凉茶。他等着那个年长的男子跟他说话。

“你好，丹。还行吗？”

“嘿，弗兰克。”这位丹-布莱克说，一直还在大喘气，他装出一个鬼脸来，仿佛面部肌肉有些痉挛。

“真不是跑步的好时间。”那男子说，从他们第一次见面之后，他的一撮小胡子，还有一大把灰色的大胡子又长了不少，这才一个星期呢。

“这不，还是个糟天气呢。”布莱克回答道，停在了离他们五米的地方。

“今天早上，看到甲骨文公司[①]的股票价格时，我还想起您来着呢。”

“就别跟我说这个啦。您知道我会对接下来的日子做什么样的预料吗，弗兰克？”

“不会吧？”

布莱克把毛巾小心地叠好，放回到背包中，然后把水壶也小心地塞进去，最后从背包中迅速地掏出一支手枪。他立即朝年轻人开了枪，一连三枪，枪弹的冲击力推得此人连连后退，并跌坐到一把长椅上。然后，他又朝弗兰克开了三枪，后者极为惊讶，微微战栗了一下，膝盖一软，身子就贴着栏杆跪倒在地。每次开枪，都有两颗子弹打到胸口，一颗子弹打在额头上。一秒钟里开出了六枪，P226半自动手枪几乎没有声响，无论如何，海浪声遮盖了枪声。又履行了一份合同，无懈可击。十万美元轻松到手。

布莱克把那把西格绍尔手枪放回背包，从沙滩上捡起六个子弹壳，一边叹了口气，一边瞧着那个已被击毙的保镖。还有一个公司，它雇用停车场的保安，用两个月时间培训他们，把这些业余爱好者打发到真正的世界中。假如说，这个可怜的家伙圆满地完成了他的活儿，那他就会让他的老板们追溯到丹这个名字，还有他的照片，那是相当遥远的年代里拍的，还有甲骨文公司的名称，那是由布莱克匆匆提到的，而这些人则会安慰他，把他的身份定为某个丹·米切尔，新泽西甲骨文公司后勤保障部副主任，那是一个有长

① 甲骨文公司（Oracle）是全球最大的企业级软件公司，总部位于美国加利福尼亚州的红木滩。

长的金色头发的人，长相跟布莱克还有那么一点儿相像，而后者，毕竟会仔细检查几十张程序流程图，以便在几千张面孔中为自己找到一个很说得过去的替身。

而后，布莱克接着跑他的步。开始下得越来越猛的雨，模糊了他的足迹。租来的丰田车就停在二百米外的地方，它的车牌就是一辆一模一样的汽车的车牌，而后者，则是上个星期在布鲁克林[①]的大街上被看中的。五个钟头之后，他就将乘飞机前往伦敦，然后以另一个身份，改乘欧洲之星列车去巴黎。假如返程的航班会比他十天之前从巴黎到纽约的来程少一些颠簸，那就再好不过了。

布莱克成了一个职业高手，从此，在行动中，他始终都不会有尿急的感觉了。

*

2021年六月27日星期日，11点43分

巴黎，拉丁区

问一下布莱克吧，正是在塞纳街拐角的这家酒吧中，人们能喝到圣日耳曼街区最好的咖啡。一杯好咖啡，布莱克想说，一杯真正的好咖啡，就是诞生于那样一种亲密合作的一个奇迹，一方是卓越的咖啡豆，在此则为一种新鲜焙炒的尼加拉瓜咖啡，精细过磨；另一方是某种过滤之后的纯净水，以及一台咖啡机，而在此店，则为一台金佰利，每天都经过清洗的。

自从布莱克在奥德翁附近的布西街上开了他的第一家素食餐馆，他就成了这里的常客。即便是万般绝望，他也要留在巴黎街道

① 布鲁克林（Brooklyn）是纽约的一个区。

的露天座上。在街区中，他就是约，也可以是约拿丹，或者约瑟夫，再或者约书亚。甚至连他的雇员们也管他叫约，而他的姓则无论何时何地都不会显露，当然，除了在控股公司的资本中，毕竟，它登记在商业注册表中。布莱克始终不渝地崇拜秘密，或者不如说保守机密，而每一天，一切都在向他证明，他那样做是有道理的。

在这里，布莱克放松了警惕。他去购物，去学校接他的两个孩子，甚至，自从他们为自家开的四家餐馆分别聘了经理之后，芙洛拉和他还能不时地出去看戏看电影。好一种平庸的生活，在其中，照样还是会伤到自己的，但那仅仅是因为，在陪同玛蒂尔德骑小马时，由于不注意，撞在了马厩的门上，碰伤了眉弓。

他的两种身份之间的密不透风性是完全彻底的。约和芙洛拉还清了购买一套漂亮公寓时的贷款，公寓离卢森堡公园只有几步远。布莱克还在十二年前用现款购买了火车北站附近的一套两居室，就在拉法耶特街的一栋漂亮大楼中，门和窗都加固了，结实得如同保险箱一般。一个正式的房客会支付其房租，他的名字则每年都会换。由于他并不存在，这一点也更显容易。谨慎一点总归不是坏事，小心驶得万年船嘛。

布莱克就这样喝着他的咖啡，不加糖，不焦虑。他读着芙洛拉建议读的书；他并没有向妻子承认，他在三月份那次从巴黎到纽约的飞机航班上认出了该书的作者。时值正午，芙洛拉把冈丹和玛蒂尔德带去了她的父母家。他省去了午餐，因为就在今天早上，他定了十四点钟的一个约会：一份合同，是头一天晚上收到的。一桩很简单的买卖，出价很高，顾客显然很急。他只是得再去一趟拉法耶特街，改装一下，就像以往一直做的那样。而就在他三十米之外，一个戴着风帽捂住了脸的男人观察着他。

维克托·米耶塞尔

维克托·米耶塞尔不乏魅力。他那张原本棱角分明的脸，在岁月的砥砺下已柔和了许多，而他那硬刺般直立的头发，罗马鼻子，偏暗无光的皮肤，会令人联想到卡夫卡，一个强健有力的，兴许已经过了不惑之年的卡夫卡。他的个子很高，略微偏瘦，尽管因为职业的关系常常坐在家中已经让他多少有些发福。

因为维克托在家写作。可惜啊，虽然他的两本小说《群山将来找到我们》[1]和《输棋》[2]在批评界口碑不错，而且还获得过一个很带巴黎味的文学奖，却都属于红色腰封并不会带来丝毫读者热潮的那一类，反正，其销量从来就没有超过几千册。他相信，再也没有比这更缺少悲剧性的了，一种幻灭正是失败的反面。

到了四十三岁，他已经写作了整整十五个年头，小小的文学世界在他眼中成了一列滑稽的火车，一些没有车票的骗子在无所作为的列车员的合谋下，堂而皇之地安坐在头等车厢中，而一些朴实无华的天才则留在了车站的月台上——这样的一条消亡之路，米耶塞尔认定自己是不会走上去的。然而，他并没有因此而变得尖酸刻

---

① 《群山将来找到我们》的法语原文为*les montagnes viendront nous trouver*，这是法国小说家罗曼·加里的小说《女人之光》（*Clair de femme*, 1977）中的一句话：“我们不会一开始就去移动群山。你放心吧，群山将来找到我们。”

② 《输棋》（*Des échecs qui ont raté*），也可理解为《受挫的失败》。

薄，后来，他也就不再焦虑烦躁了，他会同意乖乖地坐在图书沙龙中，在那里等上整整四个钟头，只为签售寥寥四本书；当坐在他邻桌的一个同样不成功的同行跟他一样无所事事的时候，他们便会开心地闲聊起来。米耶塞尔，他可以显得心不在意，神态冷淡，却是一个很幽默的人，无论如何，他有这方面的才华。但是，一个配得上称为幽默的人，难道不总是“无论如何”都那样幽默的吗？

米耶塞尔靠翻译工作获得收入。他翻译英语、俄语和波兰语的作品，而波兰语是他从小祖母就跟他讲的语言。他翻译过弗拉基米尔·奥多耶夫斯基①、尼古拉·列斯科夫②，还有上上个世纪的一些作者的作品，没什么人读过的。他同样还兴之所至地做过随便什么，比如——应某个文化节的邀请——把《等待戈多》改编为克林贡语这种《星际迷航》③中残忍的外星人所说的语言。为了在他的银行家债主那里留个好脸面，维克托还翻译盎格鲁-撒克逊的各种畅销作品，它们给了文学一种专为未成年人而存在的二流艺术的身份④。他的职业已为他敲开了虽说不上强大却已然很著名的出版人的门，而他自己的手稿却没能越过他们的门槛。

米耶塞尔有他自己的迷信：他牛仔裤的裤兜里总是藏着一块乐高小积木，最平常的那种，二乘四的凸点板块，鲜红色的。它来自一个城堡的围墙，那还是他父亲跟他一起在他的儿童房中搭成的呢。父亲的工地上出了事故，乐高模型没有搭成，留在了他的床

① 弗拉基米尔·奥多耶夫斯基（1803—1869），俄国的音乐家、音乐评论家。

② 尼古拉·谢苗诺维奇·列斯科夫（Nikolaï Leskov, 1831—1895），俄国记者、小说家，主要作品有《姆岑斯克县的麦克白夫人》《图拉的斜眼左撇子和钢跳蚤的故事》以及《神职人员》等。

③ 《星际迷航》（*Star Trek*）是美国派拉蒙影视制作的科幻影视系列，由七部电视剧、一部动画片、十三部电影组成。又名《星空奇遇记》《星际争霸战》。克林贡语（Klingon）是《星际迷航》所虚构的外星世界中一个好战民族克林贡人说的语言。

④ 此处为文字游戏：“未成年人”和“二流”的原文都为“mineur”，这个词还有“矿工”的意思。

边。小男孩常常静悄悄地端详着它，雉堞、吊桥、小雕像、圆顶主堡。独自一人继续搭建那建筑物，恐怕就意味着接受死亡，而要拆除它也会有同样的意味。有一天，他从城堡的墙体上挖下一块积木砖来，塞进自己的衣兜里，然后拆毁了整个城堡。这已经是三十四年前的事了。有两次，维克托丢失了那一块积木，而他又两次寻找到另外一块，一模一样的。一开始，很是悲痛，而后，就麻木不仁了。去年，他母亲去世了，他把那块小积木放进了她的棺材，又马上找了另一块来代替。这红色的平行六面体不是他的父亲，只是一段回忆的回忆，一面象征着孝心与忠诚的旗帜。

米耶塞尔没有孩子。从情感上，他总是霉运连连，从一个挫折飞向另一个挫折，但他始终带着一种未曾受过损害的热情。由于经常过于冷漠疏远，他总是打动不了人，也就从来没有遇到过一个女人，能跟她一起度过人生的一段漫长时光。或者，他是故意选择了那些伴侣，以保证他们之间的关系最终不会成功。

这么说其实是在撒谎：这个女人，他早在四年前就遇上了，在阿尔勒[①]举行的翻译工作会议上。那是一次见面会，他在会上解释他如何“翻译冈察洛夫[②]作品中的幽默”，而她正好坐在听众席的第一排。他曾尝试着不要只盯着她一个人看。因为有一个出版人拉住了他：“请问您能不能为我们翻译一下俄罗斯女性主义者柳博芙·古雷维奇[③]的作品？您觉得怎么样？精彩极了，不是吗？”维克托怎么躲都躲不开。但是，两个钟头后，在餐厅，在等着取甜品的长长队伍中，她正好排在了他的后面，满脸笑容。而事实真相

① 阿尔勒（Arles）是法国南方的一个历史小城，城中有一个翻译中心，就位于著名的“凡·高中心”庭院中。每年都会在那里举办相关的翻译主题年会、翻译研讨会、翻译工作坊等活动。

② 冈察洛夫（Gontcharov，1812—1891），俄国作家，代表作有小说《奥勃洛摩夫》（1859）等。

③ 柳博芙·亚科夫列夫娜·古雷维奇（Liubov Yakovlevna Gurevich，1866—1940），俄罗斯编辑、翻译家、作家和评论家，被誉为“俄罗斯最重要的女性文学记者”。从1894年到1917年，她在圣彼得堡出版的《北方先驱报》担任主编。

就是，只要有了爱，心里立即就如明镜似的，而且随时都会爆发出来。当然啦，他不会就那样对所爱上的人直截了当地明言相告。她是不会理解的。于是，仅仅为了掩饰一下自己早已成了爱的人质，他去跟她聊天。

终于等到了取熔岩巧克力蛋糕的最后阶段，维克托转过身来，凑到了她的跟前，结结巴巴地问她该如何把“英格兰式奶油”（*crème anglaise*）一词翻译为英语，既然所谓的法兰西式奶油（*french cream*）就是尚蒂伊[①]掼奶油。是的，很抱歉，他没有找到更好的译法。她不失礼貌地笑了笑，回答说，可以翻译成阿斯科特奶油（*Ascot cream*），说话时嗓音有些沙哑，在他听来显得有些虚无缥缈，说完，她就回到自己的桌上，找她的朋友们去了。他一下子竟没有反应过来，还得花费一点儿时间去弄明白，其实，阿斯科特[②]就跟法国的尚蒂伊一样，也是一个赛马场，但它位于英格兰。

他们交换了几下眼色，他以为从中看到了某种同谋意识，便不加掩饰地前往吧台，希望她能去那里找他，但她却被一番讨论留在了饭桌上。他觉得自己傻得就如一个毛头小子，只得悻悻然回到了自己的宾馆。他并没有在与会者的照片资料中发现她，但并不怀疑还能重新遇见她。整整一个上午，他以各种不同的借口，穿梭于各个分会场找她，但毫无结果。她也没有在大会的闭幕欢庆会上露面。她彻底蒸发了。在宾馆的最后一顿早餐期间，他把她的形象描绘给了组委会的一个朋友听，但是“小小的个子”“褐色头发”“很有魅力”这样的定义从来就说明不了什么。

连续两年里，维克托都会回到阿尔勒来参加翻译工作会议，如

① 尚蒂伊（Chantilly）本是法国一地，位于巴黎的北郊，内有古老的城堡，现开设有孔代博物馆，是法国最好的美术馆之一。它还有一个著名的马场，当年就是王室的马场。后来这个地名变成了一个普通名词“la chantilly”，专指一种法国式的掼奶油。

② 阿斯科特（Ascot）是英国一地，位于伯克郡，每年六月下旬，都要在那里举办传统的皇家阿斯科特赛马会。

果说，他是想亲眼好好瞧一瞧那里的人与事，那更是希望能在阿尔勒遇见她。从此——严重的职业错误——他会在他的翻译中偷偷塞入关于阿斯科特赛马场或者英格兰式奶油的简短段落。而正是在翻译古雷维奇的文集时，他开始干起了这一坏事：在开头的那篇题为*Почему нужно дать женщинам все права и свободу*即《为什么必须赋予妇女一切权利和自由》的序言中，他引入了这样一个句子：“自由并非抹在巧克力饼干上的一种英格兰式奶油，而是一种权利。”他这样做谨慎吗？有谁会发觉呢？无论如何，她对冈察洛夫很感兴趣。但是，不。即便她读过这本书，她也不会注意到这一句故意添加上去的话的，出版人也不会的，而且，没有一个读者会的。维克托任由生命之河就那样流淌而逝，实在叫人绝望。

年初，由法国大使馆文化处出资打造的一个法美友好机构为他颁发了一个翻译奖，奖励他翻译的那样一部恐怖惊险作品。三月初，他前往美国领奖，而搭乘航班途中，飞机进入一阵阵魔鬼般的湍流中。在一段长得似乎无边无际的时间中，风暴把飞机折腾得上下左右乱晃。机长连连说着安慰人的话语，但机舱中没有一个人怀疑，他们都将要葬身于汪洋大海，在海浪之墙上摔得粉身碎骨，而米耶塞尔也不比其他人更宽心半分。漫长的好几分钟时间里，他一直死死抵抗着，绷紧了浑身肌肉，牢牢贴在带扶手的座椅上，只为不去遭受那每一次冲击。他的目光避开舷窗，窗外则是一片漆黑的冰雹之夜。这时候，就在他前面好几排的座位上，离一个昏昏欲睡的，似乎没有任何什么能把他唤醒的，戴着风帽的金发男子不远的地方，他看到了这个女人。如果早在登机的那一刻他就注意到了她的话，那他的目光就一分一秒都无法脱离她了。她让他情不自禁地回想起他的那个踪影全无的阿尔勒姑娘[1]，尽管她跟她并不算太相像。从她脆弱的体质、细腻的面容、皮肤的颗粒和苗条的身姿来看，人们还以为这是一个十分年轻的姑娘呢，但是她眼角边上细微的皱纹告诉人，她已经有三十岁了。玳瑁角质的眼镜框在她的鼻子上描绘出一种转瞬即逝的苍蝇翅膀。偶尔，她会冲她的邻座微微一笑，那是一个男子，比她年长，也许是她的父亲，飞机的颠簸似乎让他们很开心。除非，那是为安慰他人而假装出的从容潇洒。

但是，飞机又落入了一个新的风洞中，突然间，维克托心中的什么东西破碎了，他闭上了眼睛，任凭自身前后左右地乱摇晃，根本就不打算自我控制一下。他成了那样的一只实验室小白鼠，听凭一种强力的任意摆布，不再作无谓的搏斗，乖乖地向死神投降了。

经过了漫长得无穷无尽的一段时间，飞机终于摆脱了风暴。但是米耶塞尔始终停留在沮丧中，被一种可怕的非现实感死死地缠住。四周，生命的气息重新荡漾开来，有人在笑，有人在哭，但是他，却像是隔着一片模模糊糊的玻璃观望着这一切。机长明确禁止任何人在飞机落地之前解开安全带起身，而米耶塞尔，早已耗尽了全部的精力，无论如何都无法从他的座位上挪开哪怕一点点了。飞机落地后，舱门刚一打开，乘客们便迫不及待地匆匆离开机舱，但是，等到整个机舱都快走空时，米耶塞尔还坐在自己的座位上，就在舷窗边上。一个空姐过来拍了拍他的肩膀，他这才勉强站起来。这时候，他又想到了那个年轻女郎，带着更为强烈的意识。他预感，恐怕只有她才能把他从这一非生存的深渊中拉回来。他赶紧四下里张望寻觅，但她早已出了他的视野，而在排队等待入境检查的

① 阿尔勒姑娘（Arlésienne）也是法国作曲家比才作曲的一出歌剧（通译为《阿莱城的姑娘》），是根据法国作家都德的剧本改编的。这个被人认为名誉不太好的阿莱城姑娘在原剧中始终就没有出场。后人提到阿莱城姑娘，往往就会想到一个“有人提起但始终无人看到过”的人。

人群中，他也没有看到她。

领事馆图书出版处的负责人前来机场接他，表现出对这位缄默无语、不知所措的译者的关怀。

“您能确定，您一切都还好吗，米耶塞尔先生？”

“是的。这不，我们差点儿丢了性命呢。不过，现在我很好。”

这单调的口吻让领事馆的人不免有些担忧。前往宾馆的路上，他们就再也没有过一句对话。第二天下午，近傍晚时分，当他又前来宾馆接米耶塞尔的时候，他才明白到，这位译者竟然一整天都没有离开过房间，也没有吃过饭。他不得不再三督促，才让他洗了个淋浴，换了一身衣服。招待会在第五大道上的阿尔贝蒂娜书店[①]举行，就在中央公园的对面。到了一个适当的时刻，随着文化专员的一个恳切的动作，米耶塞尔从衣兜里掏出他早在巴黎时就已写好了的答谢词，然后，用一种漠然的嗓音，肯定地说，翻译者的角色就是“通过转换，把囚禁在作品中的纯话语解放出来”。他无力却又很夸张地说起他并不认为这位美国女作家具有的一切优点，而她，一个妆化得很糟糕的高大的金发女郎，此刻正在一边微微一笑，突然，他一下子就不吭声了。面对着突如其来的尴尬场面，女作家一把抢过话筒，很热情很冲动地感谢了他，并肯定地说，她的魔幻传奇将会推出新的两卷续集。接下来，就是鸡尾酒酒会的时刻了；在酒会上，米耶塞尔始终显现出一种心不在焉的神态。

“他妈的，就冲着这样的庆典让我们花费的钱，他也应该稍稍努一把力呀。”文化参赞私下里嘟嘟囔囔个没完。图书参赞则隐隐为米耶塞尔辩护，而后者在第二天早上又坐上了回巴黎的飞机。

到达巴黎后，他就开始哗哗地写作，笔底生风，像是在做听写一般。这一控制不住的文字的机械流淌，甚至都让他沉浸到了一

① 阿尔贝蒂娜书店为法国大使馆在2014年所新开，位于纽约第五大道，与使馆文化服务部同在佩恩·惠特尼大厦中，对面就是大都会艺术博物馆。

种忧虑的深渊之中。这本书将用《异常》来做书名，是作家的第七本书。

“一生中，我都没有做过一个动作。我知道，向来，是那些动作造就了我，没有任何运动是在我的控制下完成的。我的身体满足于在我并没有描画过的种种线条之间活动。这里头，有着那样的一种自高自大，会让人以为我们就是空间中的主人，而实际上我们只不过是在毫不出力地遵循着曲线运动而已。界限之界限。将不会有任何一种飞跃能展开我们的天空，永远都不会有。”

短短几个星期，维克托·米耶塞尔，一个写作强迫症的患者，便用这一路货，用这介乎于抒情与玄想之间的种种动荡起伏写满了一百来页纸：“忍受着珍珠的牡蛎知道，它只是痛苦的意识，甚至只是痛苦的欲望。（……）[①]枕头的清凉每一次都让我联想到我血液的虚妄温度。如果说，我还是冷得哆嗦，那是因为，我这一身孤独的毛皮还不足以温暖世界。”

最后的那几天，他干脆就不再出门。给出版社写的小说的最后那段文字说，这一失实症[②]的经验非常接近于某种难以逾越的境界：“假如我从来就没有存在过，我便永远都无法知道，这世界究竟会有什么不一样的地方；同样，假如我曾更为真切地存在过，那我也不会知道，我会把这存在引向什么岸畔，而我也看不出，我眼中的视像分离[③]将会把它的运动变成什么。我就在此，走在路上，脚下并不存在的石子不会把我引向任何地方。我成了那个点，在其中，生与死结合得如此紧密，竟融为一体，难分彼此，在其中，生者的面具竟平息在了死者的面容中。今天早上，凭着一片朗朗晴

① 括弧与省略号为原文所有。

② 失实症，原文为“déréalisation”，指“现实感的一种消失”。

③ “视像分离”的原文为“disparation”。指同一物体在不同视角中产生的视像的差异或不对称。

空，我一直看到了我自己，我就跟所有人一样。我并不结束我的存在，我为不朽赋予生命。无奈，最终[1]，我写下一个最后的句子，它是不会寻求延期的。”

写下这些词语，把文件发给他的女出版人之后，维克托·米耶塞尔深深地陷入一种他实在不可名状的严重焦虑中，他一腿跨过阳台，从上面落下。或者，从上面跃下。他没有留下任何信，但整篇文字把他带向了这一最后的动作。

“我并不结束我的存在，我为不朽赋予生命。”

现在是2021年四月22日，时值正午。

① “无奈”与“最终”的原文为“en vain”，与“enfin”读音相似，为文字游戏。

吕 茜

2021年六月28日星期一

巴黎，美尼尔蒙当

清晨的微明时刻，一个脸孔瘦削的男人轻轻推开了卧室的门，他疲惫的目光凝视着令人很难辨认清的一张床，床上睡着一个女人。镜头持续了三秒钟，但吕茜·博加埃尔不喜欢它。太明亮，太零落，太静滞。摄影总监应该是打盹了。她记录到，在特效中，他们应该善于运用伽马值、对比系数，让一个显现于过于远的远景中的图像稍稍再模糊一些。她重新微调了一下画面，聚焦于文森特·卡塞尔[①]的脸，在他脸上造出一种轻微的特写，并让镜头在几个图像上延迟了一小会儿，以赋予它节奏上的一点点律动。这费了她一分钟时间。就这样。这便好了很多。正是因为对细节的这种注意，因为摄影方面的这一直觉，她才成了那么多导演最偏爱的剪辑师。

时间还早，才早晨五点钟，路易还睡着呢。两个钟头后，她会叫醒他，to wake, woke, woken，她会为他准备好早餐，to eat, ate,

① 文森特·卡塞尔（Vincent Cassel, 1966— ），法国演员，曾出演过《暗流》《十二罗汉》《黑天鹅》等电影。

eaten[①]，是的，她会跟他一起复习英语的不规则动词，他的五年级课程[②]。但是眼下，吕茜匆匆地回顾了一下一场麦雯[③]的室内戏。中午之前她们必须一起再复看一遍的。她起了床，后脖子酸疼，眼睛干涩。壁炉台上的大镜子映照出一个又矮又瘦的小个子女人形象，轻盈如气，皮肤苍白，脸容细腻，褐色的头发剪得短短的。她那细长笔挺的希腊鼻子上戴了一副很大的玳瑁眼镜，这给了她一种女大学生的样子。她一直走到客厅的窗户前。每当她感觉自己有些闲得慌时，她总是会把额头抵在这冷冰冰的玻璃上。美尼尔蒙当街区还在安睡，但是城市已经在渴求她了。她[④]想做的，就是抛弃她的躯体，跟外面的一切融为一体。

低沉的叮的一声响，告诉她有电子邮件发来。她读到了安德烈这个名字，叹了一口气。她有些愤怒，倒不只是因为他那么一意孤行，更是因为他明明知道他本不该一意孤行，却又情不自禁。他怎么可能同时做到既那么聪明又那么脆弱呢？但是，爱又是什么呢，难道不就是无法阻止一颗心去践踏智力吗？

她三年前认识了安德烈，是在一次电影人朋友的晚会上。她那天到得晚了，而一个男人，本来都快要走了，看到她后却留了下来。人们笑话他说，啊，当然啦，漂亮的吕茜到场了，安德烈就不急于回家了……这便是他，法尼耶&埃德尔曼事务所的安德烈·法尼耶，人们以前对她谈到的那位建筑师。一个又高又瘦的男人，看起来五十来岁的样子，但人们猜想他还会更老一些。他的手很长，眼睛里既透着忧伤，又闪烁着快乐，看来很能保持不朽的青春火焰。她立即就感觉到，她刚一开口，立马就捕获了他，她很喜欢让

① 这两处英语，分别是英语不规则动词“wake”和“eat”的不定式、过去时和过去分词。

② 法国的五年级，大约相当于中国的初中二年级。

③ 麦雯·勒·贝斯柯（Maiwenn le Besco，1976—　），法国电影演员、导演与编剧。她所执导的《警员》获得了第64届戛纳电影节的评审团奖。她曾是吕克·贝松的妻子，后离婚。

④ 此处的“她”（elle）也可理解为“城市”。

他成为她的俘虏。

他们不久就再次见了面。他暗暗地追求她，而她则明白，他倒是不那么害怕自己会犯傻，却更担心会让她为难。一开始，她总带着不无微妙的口气来回绝。但他们俩还是会时不时地继续见面，每一次，他都显得那么殷勤、滑稽、认真。她猜想他并不太为自己的单身生活而自豪，这是一个他每次都会绕开去的话题，她推测他有一大帮情妇，而她们却又没什么魅力。

一个春天的晚上，他邀请她去他家吃晚餐。她对他那些朋友的广泛兴趣颇感惊讶：一个很有些概念艺术派①气质的女画家，一个正好从英国过来的外科医生，《世界报》的一个女记者，一个嗜酒如命的图书馆馆员，甚至还有一个叫阿尔芒·梅卢瓦的人，此君十分精致细巧，领导着法国的反间谍机关，这还是她在席间听说的呢。吕茜还发现了一个奥斯曼风格的宽敞公寓，家具式样简朴，其中工业制造的木头家具占了上风。满屋子都是书，其中很多是小说，远不是人们习惯想象的建筑师的那类冰冷而又不加修饰的世界。在一个搁架上，有一个米老鼠的石膏像，色彩十分鲜艳。她一把抓住那个小动物石膏像，不无惊讶地玩弄着。安德烈凑到她的身边，问道：

“它很丑，是不是？”

吕茜莞尔一笑。

“我买它，为的是让家里头能有某个东西可以抵抗一下顽固的思维定式。人们总是不太习惯于丑陋。这就是生活。丑的生活，依然是生活。”

整个晚会期间，吕茜的目光像是被磁铁吸住了似的，一再回到这个可怕的米老鼠身上。突然，她也不知道是为什么，华特·迪士

① 概念艺术（conceptual art），是20世纪60年代末兴起于西方的一种艺术思潮，其基本概念源于马塞尔·杜尚。

尼的这个老鼠对她说话了，它对她说，跟这个男人在一起，一种幸福是可能的。

她向他介绍了她的孩子路易。安德烈毫无心计：他立即就喜欢上了这个马上就要进入青春期的活泼而又滑稽的小男孩，不过，他并不寻求把路易当作一个盟友。但他也没有弄错：在这场为征服吕茜之心的斗争中，他根本不需要给自己树敌。

有一天，两个人共进午餐，当餐后他们俩互相道别之际，她迈出一步，正准备穿过大街，安德烈在她身后猛地拉了她胳膊一把。原来，有一辆卡车正冲她直驶过来。她的肩膀被拽疼了，但是幸运地躲过了一劫。当时，安德烈的脸上血色全无，一片煞白。一时间，他们俩并肩站在一起，城市的种种声响似乎变得十分剧烈。他的呼吸加速了，她也一样，就在一阵喘息中，他把她紧紧搂在了怀中，对她说：

“我把你弄疼了，对不起，我太害怕了，我还以为……我真的是太爱你了。”

他后退了一步，被这句脱口而出的话吓住了，又咕哝了一声道歉的话，就走开了。她瞧着他远去，第一次发现，原来他走得很快，很直，他原来还是那么年轻。震撼之余，她将用两个星期的时间来重新接触他，而当他们再度待在一起时，他却不再谈及这事了。

但是，他已经说过这话了。我爱你。吕茜对这话疑虑重重。对她来说，时候还太早，她实在不该又听到这样的话。因为，她曾爱过另一个男人，此人曾反复使用过这个骗人的动词，用得太多，太滥，他侮辱了她，欺负了她，一会儿消失得无影无踪，一会儿又颠颠地返回来，然后，又消失得无影无踪。她很想对安德烈说，她实在受够了所有这样的男人，他们渴望她仅仅是为了她柔和的皮肤，精细的小腿，苍白的嘴唇，他们称为美的这一切，所谓幸福的这一保障，他们在她身上看到的唯有这个。她厌倦了那些像猎手一般围着她团团转的人，那些梦想把她像战利品一样高高挂在墙上的人。她远远不只是一种贪欲的对象，她再也不愿意被人玩弄。她很想对他说，正因如此，渐渐地，她走向了他这边，正因如此，她走到了这一步。因为他留给她的这段时间，因为她在他身上感觉到的温柔，同样，也是因为他对她的尊重。她很想能够不把他牢牢维系在这一静悄悄的老恋人的身份中，希望自己能变得干脆利落，或者分手，或者向他彻底让步，放松缰绳。可现实情况是，她仅仅满足于为自己的强硬甚至残忍而感到羞愧，同时却死死地抵抗着她自身对他产生的不断增强的吸引力。

又一个冬季过去了，已经四个多月了，在他们常去吃饭的玛莱街区①一家韩国餐馆金记小店的一次晚餐后，他又对她说："吕茜，你知道的，我很珍惜你，我知道横亘在我们之间妨碍着我们的那一切。但是，假如有一天，你希望让我成为你的伴侣，那么，无论什么时候，就由你来迈出第一步好了……"这时候，他落在她身上的目光没有了年龄的痕迹，她不免有些心慌，她微微一笑，明明知道还得给自己留一点时间，但没有用，她担心他会倦于这一番无谓的等待。她决定抓住这小小的凯洛斯的那绺棕色的头发，这个善于把握适当时机的希腊神②。她的整个身心引导着她坐到了他边上的长椅上，她拥吻了他，很温柔。任何一出英国式的浪漫喜剧恐怕都不敢有更漂亮的开场戏了。她毫无遗憾。

从这稍稍有些神奇的一刻起，安德烈和她就不再分开了。

两个星期之后，三月初，安德烈就该去一趟纽约，去视察他银

① 玛莱街区是巴黎第三区和第四区的一个街区，有不少博物馆和艺术画廊。

② 凯洛斯（Kairos）本是古希腊语，意思是正确、关键或适当的时刻。古希腊人用两个词来表示时间：chronos和kairos。前者指按时间顺序或连续的时间，而后者表示采取行动的适当的时间。

环建筑项目的工地了；她则在同一时期结束了冯·特罗塔[1]那部最新电影的剪辑工作，而预期中麦雯的那一部影片要在一个多月之后才开始，这段时间里她正好没有事。他建议她跟他同行：他们会有充裕的时间，他们会去向中央公园的鸭子致敬，会去参观古根海姆博物馆的克利作品展[2]，甚至还会去百老汇看一出音乐喜剧。她毫不犹豫地就答应了，条件是他同样也得为她显示一下他的建筑工地。这就是她对他的说话方式，意思就是她很想“参与一下”。回到家里后，她就很开心地提前准备起了行装。“我要带上一些书，对了，库切[3]的作品。另外，还有，一套‘七星文库’中的罗曼·加里[4]的作品集，它并不太重。而那条黑色的裙袍，是的，它很合身，那条裙子则太短了些，但是我会穿上连裤丝袜的，三月初，天是非常冷的。”她实在很高兴能重新找出那么多的小饰品来。至于她的儿子路易，他早就同意让外祖母带他一段日子了。

航班当时很有些颠簸，甚至让人心惊胆战。正当飞机威胁着要折为两截，恐惧即将让她丧失对自身的整个控制之际，安德烈始终在她边上冲她微笑，同时不停地跟她说话。她很喜爱纽约，但对它了解得远不如他。本来他们要在那里待十五天的，但最终只待了八天。在位于东村的一家费用贵得离谱的理发店里，她把她长长的褐发剪成了短发。“以前我从来就不敢那样，你知道。

① 玛格丽特·冯·特罗塔（Margarethe von Trotta, 1942—　），德国电影导演，被称为德国新电影运动的“领导力量”。

② 古根海姆博物馆（Guggenheim Museum），位于纽约曼哈顿的现代博物馆，建立于1937年，是古根海姆基金会名下持有的几家博物馆中最著名的一家。保罗·克利（Paul Klee, 1879—1940），瑞士裔德国画家，画风为超现实主义、立体主义和表现主义。

③ 约翰·库切（John Coetzee, 1940—　），南非白人小说家、文学评论家、翻译家、教授，2003年获得诺贝尔文学奖。

④ 罗曼·加里（Romain Gary, 1914—1980），法国外交家、小说家、电影导演，龚古尔奖历史上唯一两次获奖的作家（一次以本名获得，一次以笔名埃米尔·阿雅尔获得）。所谓“七星文库”，指由伽里玛出版社出的名家名作的精装本，通常由某位研究专家来整理文本、作出篇幅很大的注释，并写有导论。

我开辟了一种新生活。”这当然是最糟的陈词滥调，但她很感谢安德烈没有反驳它。她感受到他是如何安慰她，他们又是如何能够，是的，彼此相爱。

之后，他们回到了巴黎，而一切，慢慢地，都将崩塌。渐渐地，面对安德烈狂热的感情，面对这想把她紧紧抱住的胳膊，这随时随地给予的亲吻，面对他“绝对想要把她介绍”给他们，就如急切地想显示一份战利品给他们瞧的这些朋友，她后退了。为什么捕住了老鼠的猫总要拒绝饶它们一条命呢？她并没有准备好去对付一种如此的侵犯；她本来想要的是不那么多的强制，是一种更为缓慢、更为从容的践行。他那双充满了渴望的男人之手吓坏了她，它们那咄咄逼人的贪婪让她无法生成自己的欲望。她并不想去弄明白，安德烈掩盖得如此之好的这一脆弱竟会变得那么明显。不，她并不想去安慰他，不，她没有必要屈从于他残暴的胃口，她没有必要让他受挫的自恋情结得到满足，即便它被年龄所伤害，她也没有必要来忍受这样一道小狗崽般的目光，听他哭叫着说，要了我吧，要了我吧。为什么他不想看到自己把她紧紧搂在他怀中，抱在他床上？为什么她必须为自己拒绝对他尽义务而自感有罪？而事实上，这是她最不在乎做，也最没有责任去做的小事。

之后，六月初，就有了这一次最后的晚餐。晚餐中，安德烈还想重新征服她，而实际上一切都已成了泡影。他坚持把晚餐再次安排在金记小店里吃，就仿佛那已经陈旧的背景，半为禅宗半为江南Style的背景，还能在她身上产生一种神奇的效果。他一个劲地说啊，说啊，面对着他那早已凉下来的奶油蘑菇意面①，只听见他一个人在那里哇啦哇啦，忘乎所以地沉浸于他对词语放肆的趣味中，殊不知，每一个漂亮的句子都会让这一番别离变得越来越丑。她瞧

① 原文为“beosut cream pasta”，是夹杂了韩语的英语。

着他，他抓住了她的手，她就由他那么抓着，只想赶紧跑到室外去，寒冷早已钻进了她的心。她毫不愠怒地朝这位虽不乏魅力却重又变老的先生投去一笑，但是，他为什么就没有看到她的心早已飞走了呢？兴许，她没有足够的精力，或者，很简单，没有了足够的爱——天知道啊，她有多么憎恶这个词。无论如何，安德烈将会扮演他那药膏的角色，在伤口结疤的时间里，成为某种气味十分难闻的油膏，而且还带着哈喇味，既然现在伤口已经好了……但是，不，她错了，为什么要依据他们苦涩分手的结尾去重温他们漂亮相遇的开端呢？并不是她在玩弄他，而是他，只是他，始终都是他不知道如何达到他们自身希望的高度。

她坚持要分摊付账，想用一切可能的办法向他说明，从此之后，桥归桥路归路，他是他，她是她，而再也没有了“我们”这个词。这时候，他递给了她一本小书：维克托·米耶塞尔写的《异常》。书名让她想起了什么。

“给，这会让你喜欢的……”

她随手打开书，目光正好落到这样一个句子上：“希望使得我们在幸福之过道上原地踏步。让我们得到我们所希望的吧，而我们就进入到不幸之门厅中。”我的天哪，尽是种种暗喻，这样的开头真是太糟糕了。稍稍往下一点，她又读到：“诱惑始终就是一种人皆有之的共同本领，而决裂则是一种重大艺术。”看来，她是一个艺术家。那就来他个重大艺术吧！

她接受了这份礼物，转身走了。

这是三个星期前的事，还是在安德烈前往孟买之前呢，他去孟买为的是那个倒霉的叫索亚拉或者苏亚拉塔楼的事，他曾经对她夸耀过那一建筑的优雅，而她却对他建造的东西再也不感丝毫兴趣了。

在屏幕上，他昨天发过来的邮件始终显现为蓝颜色和粗体字[①]。

她终于把它打开了。在她看来，没有一个句子不是啰里啰唆的、空洞的、可笑的。没有什么能触动她，但是，毫无疑问，也没有什么会伤及她。“我实在很想，跟你一起，走过一条尽可能长的路，甚至是所有可能的路中最长的那一条。”净是一些废话。“我将不会知道，你最终是不是会爱上我那充满爱意与渴望的、落在你身上的目光。”她抬起眼睛望着天。而最后，则是这样一个悲怆动人的否定句：“我不期待回复。”

回复他，无论如何，吕茜连想都没有想过。

突然，电话响了起来，是一个隐蔽的电话号。他怎么竟敢来电话，一个星期一的早上，天还没亮，更何况路易还在房间里熟睡呢？吕茜有些愤怒，打开了接听键，为的是让铃声不再响。但她听到的是一个女人的嗓音：

“请问您就是吕茜·博加埃尔吗？”

“是的。”吕茜低声答道。

“我是警长莫帕。国家警察局的。”

“可是……你们一定是搞错了。”

“请问，您是1989年一月22日生于蒙特勒伊吗？”

“是的。”

“好吧。我们已经来到您家门前的过道上了。请让我们进来吧。”

“但是，为什么呢？你们会吵醒我儿子的。”

“我们会向您解释的。我们有一纸传票，现在，我把它从您家的门缝底下塞进来了。请把门打开。”

① 表示未打开读过。

戴　维

2021年五月29日

纽约，第三大道

榕树渴了。它那发褐的叶片干枯得卷了起来，枝条已经枯死，它在塑料花盆中已经体现为悲伤本身，假如“体现”这一动词适用于一棵绿植的话。如果不赶紧给它浇水，戴维心里说，它就将死去了。从逻辑上说，人们应该能在时间的持续之线的某处找到一个不可逆转的点，一个不可复制的翻转时刻。在那之后，就再也没有任何东西、任何人能够挽救榕树了。星期四的17点35分，若是有人给它浇水，那这棵树就将会活下去，而到星期四的17点36分，无论谁带着一瓶水过来，都将归于无用。我的宝贝，你还真不错，若是在三十秒钟之前，兴许，我还不会那样说呢，但是，眼下，你以为还能怎样，能够重新启动肌体的唯一细胞，唤醒其相邻细胞的最后那个勇敢的真核细胞，冲着它们喊道，起来吧，细胞小子们，咱们重新行动，重新反应，重新鼓气，咱们不放弃。实际上，最后一拨中的最后一个刚刚已经离开了我们，说实话，你来得太晚了，带着这瓶可怜的水，别了，别了[1]。是的，

① 原文为意大利语“ciao, ciao”。

时间之线上的某一处。

“戴维？”

一个男子的温柔嗓音把戴维从对植物的生存遐想中拉了出来。他站起身来，把一个高个子男人紧紧抱在怀里。此人五十来岁，比他略为年长一些，然而头发却全白了。总之，这是一个长得跟他很像的男人，几乎可以说，他们拥有着相当一部分共同的DNA。

“你好，保罗。”

“啊，戴维，你还好吗？乔迪没有陪你一起来？”

“她一得空就会来找我们的。她正在歌德学院讲课呢，我可不愿意她调课。”

“是的。”

戴维跟着他的兄长进了诊所。一张法兰西帝国时期风格的书桌，一些橡木的书柜，一组新艺术风格[①]的水晶壁灯，胭脂红的厚呢绒窗帘。从窗户中望出去，是莱克星顿大街的一片美丽景色。而且，就在正前方，在第三大道的角落处，还有他们星期五去的那家壁球俱乐部的大门。这个房间似乎很好地掩盖了它的实际本质。一个肿瘤病专家的诊室，最好的专家之一。

“你要一杯咖啡吗，戴维？还是一杯茶？”

“咖啡。”

保罗往咖啡机里塞进一颗胶囊，把一个漂亮的意大利杯子放到槽口底下，找到办法再度避开几秒钟他兄弟的目光。他猜想，戴维听到他叫他名字的次数也太多了，应该已经听明白了。在战争影片中，当一个士兵哗哗地直流血，而士官则对他说，“会好的，吉姆，你会平安脱险的，吉姆”，这从来就不是一个好信号。善意的雄辩，华丽的辞藻，带着泡沫的意大利浓缩咖啡，这样一种不断推

① 所谓新艺术（Art Nouveau），是指19世纪末20世纪初起源于法国，并在欧美各国得到发展的一次影响面相当大的“装饰艺术”的运动。

迟开口时机的方式，一切都在预告着某种最糟的结果。

“喏，给你。”

戴维点了点头，机械地接过了杯子，立即把它放到书桌上。

“来吧。我都准备好了。”

“好的。你还记得吗，戴维，昨天，在做回声内窥镜探测时，我们做了一种活体检查……我已经收到了分析结果。”

保罗推开杯子，从一个封套中掏出透视照片来，把它们放在书桌上，面对着他的兄弟。

“这正是我所担心的。你胰腺尾部的肿瘤，就在小肠的对面，就这里，是一个恶性肿瘤。癌性的。而肿瘤不仅侵入了血管和相邻的淋巴结，而且还转移到了肝脏和小肠。从临床症候来看，你已经到了第4期。”

“第4期。这话怎么讲？”

“现在，若是要考虑施行一种胰腺远端切除手术，就是说，要切除胰腺和脾脏，恐怕为时已晚。”

戴维明显受到了打击，呼吸有些困难。保罗连忙倒了一杯水，递给了他。他的兄弟抬起眼睛，朝向他。正因为保罗注意到戴维的眼白中，有那种特征明显的不健康的黄颜色，他才坚持要戴维做检查。戴维深深地吸了一口气，问道：

“预后呢？”

“由于已经无法手术，我们只能同时求助于化疗和放疗，以求缩减肿瘤的体积。”

“预后呢，保罗？”戴维重复问道。

“怎么说呢？实在是一件糟心事。”

“到底是什么意思？我还有没有机会？”

“五年，只有20%的存活希望，就是这样一种概率。但是，概率嘛，这并不说明任何什么。我们会尝试着做得更好。我为你约好了去一趟索尔那里，好让你也听一听另一种意见。他是最好的专家，会为你做个加急问诊。从明天起，他就能接待你，我已经把各种分析结果，还有你的核磁共振图像都转给他了。”

“没有必要了吧，保罗。我相信你。我们就照你说的那样去做好了。我们什么时候开始？”

“一旦你准备好了，我们就可以做了。从此，你就可休假了，至少要休三个月。现在就去通知你的团队。你有一个很好的医疗保险吗？”

“我想应该是吧。不过我还从来没有机会来证实一下它呢。但应该是的，肯定无疑。”

戴维站了起来，走了几步。他愤怒地颤抖着，但那是因为愤怒吗？他的整个身体拒绝处乱不惊。救世主啊，人们为什么总是要回到之前的那几个星期呢？人们为什么无法阻止自己想要衡量自身盲目的程度呢？而所有这些日子，在无忧无虑的状态中，在这一纯洁无知的最终幸福中度过的日子，吃吃饭，讲讲笑话，带孩子去看看电影，跟乔迪做做爱，跟保罗一起打打壁球，而兴许，只需一个断层扫描仪那么扫描一下，就能在某一天，不妨说，就是三个月前吧，一下子做出确诊，兴许，还能得到挽救。戴维在心里问自己，他心中是不是有什么东西早就猜测到了，而这某种东西是不是根本就不想知道事情的真相。

“这是什么时候发作的？”

“我不知道，戴维。这不可能说清楚的。肿瘤长在那里，兴许已经一年了，兴许才两个月。没有人能知道。所有胰腺癌的情况都是不同的。”

“那么，两个月之前，我们就无法进行干预吗？在那次遭遇空中冰雹袭击的地狱般的巴黎—纽约空中之旅后，我早已感到身体有些疲惫了，你还记得吗？我的尿颜色也很深。而我一直都没有时间去做检查。”

“我不知道。我所确信的一点，就是必须集中精力来做我们现在能够做的，要知道，我们还能做很多事呢。”

“有什么新的治疗方法吗？有什么好药？”

“是的，我们将尝试现有的一切办法，同样，假如你愿意的话，我们还会使用那些尚属于实验阶段的新药，一些还没有进入市场的革命性的新玩意儿，我向你保证。”

保罗在撒谎，因为，这样做比说实话要好。有些话他是很难说出口的，比如：不，没有，戴维，没有任何新药，这是一种绝症，我再对你说一遍吧，我们无能为力，什么办法都没有，我们还没有找到神奇的妙药，我们甚至都还不知道，根据病人的不同情况，某种疗程何以就比另外的一种疗程更见效。

“这是一种令人很痛苦的癌症，是不是？”

“我向你保证，在整个治疗过程中，我们会尽可能地把痛苦减轻到最低程度。当然啦，将会有一些我们不愿意看到的副作用。这一点是肯定无疑的。但是，不入虎穴，焉得虎子。”

不愿意看到的。说来轻巧。是的，我的兄弟，是的，你会呕吐，吐得翻江倒海，肠胃空空荡荡，你会掉头发，还有眉毛。你会掉二十公斤的肉，而这之后呢？这一切换来的又是什么呢，兴许只是多活上两三个月，有20%的机会能存活五年，20%，是的，但那轮不到你，我的小兄弟。你的机会甚至都不会到十分之一，他妈的，真不公平，真叫人恶心……保罗一把拉过扶手椅，坐到了戴维的边上。戴维不再动弹，仿佛灯油耗尽，瘫了一般。保罗把一只手搭在早已心不在焉的兄弟的胳膊上，希望这个动作能平息一下侵入了对方心中的冰冷的恐慌。同样，他还想让他那只放上去的手自己就能吸走黑暗，并把它摧毁，因为，就是那样的。这很荒诞，但是，多年的行医实践，还有成百病人的逝去，依然无法阻止并始终不能阻止奇幻想法的产生，甚至是在最具理性者的头脑中。同样，现在，突然之间，它们就回到了他的脑际。为什么是现在？在皮奥里亚[①]玩保龄球时的狂笑，那时，戴维掷球时乱来一气，居然来了个一击全中。这个大傻帽，屁股上都能沾上面条[②]。还有在露娜姑姑家中被煤气灶烧煳了的玫瑰色棉花糖的气味，还有那个长着淡黄色头发的小个子姑娘的红色果子那甜丝丝的香味。兄弟俩全都那么喜爱这个黛博拉·斯宾塞，而她最后却跟外号恐龙的那个蠢货托尼睡了觉。但是，人们为什么那样叫他呢？还有戴维在他第一次婚礼上的演讲，那还是跟菲奥娜的那次彻底失败的婚姻，那可真的叫失败呢！那次演讲是那么愚蠢，那么滑稽，而正因为滑稽和愚蠢，它同时也如此精彩。还有他儿子的诞生，孩子也叫戴维，熟睡在他那位为新生而激动得直哭的叔叔戴维怀中的小戴维。所有这一切，即将挥之而去，消散于无形；所有这一切，都将被癌症吞噬到它黑色的旋涡中。就这样，一下子，眼泪涌上了眼眶，猛地一下，突如其来，势不可挡。他妈的，一个癌病医生开始哭鼻子了，这算怎么回事？保罗赶紧转过身去，拿起一张纸巾，使劲地擤着鼻涕。

一缕阳光照进诊室。这并不是最佳时刻，但是，它照射了进来，给戴维身上披上了金色的光芒。这是一束生命之光，一个短暂的奇迹，这讨厌的太阳在第三大道的两座摩天大楼之间转向了西边，在17点21分，一个奇迹，不多不少正好持续了十二分钟，不分冬夏，无论寒暑。到17点33分，它就将结束。

“好的，戴维。我现在没有任何病人。我们就等一下乔迪好了，我给你解释一下疗程。”

---

① 皮奥里亚（Peoria），美国伊利诺伊州的一个城镇。

② “屁股上都能沾上面条”的原文为“quel cul bordé de nouilles”，在法语俚语中，它的意思是“真是个幸运儿”。

保罗久久地解释着，戴维在一旁听着，始终没有打断他。但是，第二天，保罗还得再跟他解释一番，因为他当时什么都没记住。其间，戴维想到了乔迪的脸，想到了她无以名状的忧伤目光，想到了孩子们的眼睛。那一刻，他不得不对他们解释说，爸爸病得很严重，葛蕊丝、本杰明，亲爱的孩子们，你们俩要变得很英勇，你们俩还要多多帮助妈妈，要乖乖的，你们能做到吗？他想到了他那十分优越的医疗保险，这是肯定的。但是，保险公司会做调查，会指责他曾经掩饰了他整整十年的吸烟史，从十五岁到二十五岁；他想到了肌体不可避免的痛苦，生命最后日子里的衰弱，死后的火化，甚至，还有必须让朋友们听的音乐，某种很共情的东西。嗯，保罗，摇滚乐，一曲布鲁斯，但不会是一首不知道出自谁人之手的沉重的安魂曲。他还想到了孩子的教育费用、公寓的房贷。他居然已经提前还了款，真是傻瓜，在死亡的情况下，保险公司是会支付所有欠资的。他想到了此时会来到的那一切，还有此后将会来到的那一切。他甚至还想到了一些奇特的事。

“实际上，保罗……在你的候诊室里……”

“你说什么？”

“那榕树。你该给它浇水了。”

时间是17点33分，阳光消失了。

*

2021年六月24日星期四，22点28分

纽约，西奈山医院

在保罗的候诊室里，榕树并没有死掉。但是，戴维再也没有转回到那里去，他将再也看不到太阳在两座摩天大楼之间的经过，甚

至连太阳都不会看到。因为，在这里，西奈山医院的344号病房是完全朝北的，而兴许几天之后，他就将摆脱它了。死神已经在他消瘦的面容上赢得了地盘。

为了止痛，人们尝试了一种纳米药物，那是法国人研制的，作为对吗啡的补充，它并不会产生不断增大剂量的问题。而对癌症本身，医疗团队已经放弃了。太剧烈，太致命，太晚期了。

有人敲门，但无人回答：在失去知觉的戴维的边上，乔迪睡在一把扶手椅中，那么长时间的守夜早已把她给累垮了。三天以来，孩子们一直在保罗家里。门开了，轻轻地，进来两个人，穿着黑色的上装，佩戴着镀金色的胸牌①。寂静中，第一个人弯腰俯向戴维，从病人的嘴角提取了一些口涎，然后把探棒放进试管，马上就离开了病房。第二个人拿出一部手机，给身上插满管子的垂危病人拍了一张照，转发了图像，然后坐到一把椅子上，根本无法把目光从那张消瘦的脸上挪开。

① 联邦调查局的人员的胸牌正是镀金色的，后文有所提及。

洗衣桶[1]

2021年三月10日

美国东海岸，国际海域

北纬42º8'50"，西经65º25'9"

所有平安无事的航班都是相似的平安，任何一趟闹腾的航班则各有各的闹腾。当法航006巴黎到纽约的航班在新斯科舍[2]的南边看到，在它前面，升腾起了一团巨大的棉絮般的积雨云屏障时，时间正好是16点13分。云峰在上升，而且非常迅速。它离飞机还有一刻钟的航行距离，但已经呈弧形向北和向南扩展了数百公里，并且上升到了大约45000英尺的高空。而这架波音787型客机，飞行高度为39000英尺，即将开始朝纽约方向下降，根本无法躲避开它，而且，飞机驾驶舱已经感受到剧烈的振动。副驾驶比较了一番航行图与气象雷达图。看到冷云团的宽大峰尖没有被标记出来，吉德翁·法弗洛不再只是有些惊讶，他实在是不无焦虑了。

一堵灰色的、不透明的云墙，其顶端在一道阳光的强烈照耀

① 原文为“lessiveuse”，旧时，指为洗干净衣服而用来煮衣服的金属桶，现在也可用来指滚筒式洗衣机的滚筒。另外，它也可指老式的三段式咖啡壶。

② 新斯科舍（Nouvelle–Écosse）是加拿大东南部的一省，由新斯科舍半岛和布雷顿角岛组成。

下呈现出彩虹般的色彩，正以一种疯狂的快速在向他们推进，贪婪地吞噬下滋养着它并支撑着它的那一层云。机长马克勒调出了波士顿地面台的频率，检查了一番仪器和120航海距离①内都已经变成红颜色的气象雷达图。他摇了摇头，放下手中的咖啡，这时候，波士顿的频道上发来了信号。

“通知在波士顿地面台控制范围内的所有飞机。由于东海岸上空极端的气象条件，所有的地面站全都关闭，除了KJFK②。半个小时来，东海岸不再有任何飞机起飞。鉴于险情发展得实在太快，我们无法更早告知任何一趟航班。KJFK的卡纳西特殊进场程序③仍为航班着落保留开放。”

“你好，波士顿控制台，我是法航006航班，高度三九零，途经方位肯纳邦克波特。我们正面对着一个大魔怪。请求在下一个80航海距离范围内取航向三五零。”

“法航006，这里是波士顿控制台。操作自由。现在请联系肯尼迪，频道125.7。拜拜。”

马克勒做了个鬼脸，瞧了瞧从南到北正被云团毫不留情地团团堵住的天际线。对自己在大西洋上空的倒数第二次飞行来说，天空为他提供了一段实在很值得纪念的回忆。他开始跟机场联系。

“肯尼迪机场进场④，这里是法航006航班，我们有足够的燃油，可以沿着云团的峰尖飞，朝南偏向飞向华盛顿。”

只听见啪嗒一响，耳机中传来另一个女人的嗓音，更为低沉。

---

① 航海距离（nautique），航海航空术语，指以等方位角航线连接地球表面任意两地之间以海里计的长度。

② KJFK，指约翰·F.肯尼迪国际机场，也就是纽约的主要国际机场。

③ 卡纳西特殊进场程序（KJFK Canarsie），为肯尼迪机场施行的一套飞机特殊着落模式。参考下文中的“肯尼迪机场进场”。

④ 肯尼迪机场进场（Kennedy approach），本是纽约肯尼迪国际机场首创的一种进场着陆的航空管制程序。后也用来代指肯尼迪机场。另：“肯尼迪机场进场”也是一款“空中交通管制模拟计算机游戏”的名称，1985年出品。

“抱歉，006。否定。直到诺福克[1]，全都是同样条件。现在，越是往南，兴许还会越糟。假如可能，请下降到单位八零，继续驶向肯尼邦克[2]。请保留参数。”

马克勒摇了摇头，切断了对话，抓住了客舱播音的话筒，以一种安慰性的嗓音，对乘客们做了一番告白，先是用英语，然后再用一种实在不算太简约的法语：

“我是本次航班的机长，请你们赶紧回到自己的座位上去，并系紧安全带，同时，请关闭所有的电子设备。我们将穿越一个十分强烈的气流带。我再重复一下：那是一个十分强烈的气流带。请收起你们的背包，还有你们的电脑，安放到你们前面的座位底下，或者把它们安放到规定的安全地方。不要在身边保留任何液体，并收起面前的小桌板。机组人员，请你们仔细检查乘客们以及机舱内的安全措施，并请尽快回到你们的座位上。我再重复一遍，在确认完乘客的安全之后，请立即返回你们自己的座位。”

积雨云逼近了，这是一个超级大细胞，但远不是经典的那类。这不是一个一直上升到上层大气中的孤孤单单的铁砧，而是好几十个它们那样的东西，仿佛被一只看不见的大手托起，并融合在了对流层的顶部。若是在海上，航船恐怕早就被一种如此可怖的下陷给吞没了。马克勒驾驶了二十年远程客机，还从来没有见过这阵势。至少，这也算得上是年度内的最大风暴了。平流层的穹面一直上升到了十六公里高度的极限。他或许可以尝试着从两大股气柱之间穿过去，但是，那样做等于匆匆地撞向后面的那一个气柱。气象雷达从此显示出一条歪斜的红色长棍子：那是一道冰与水的城墙。

“你看到它的膨胀速度达到了多少吗？”吉德翁·法弗洛很担

---

① 诺福克（Norfolk），美国弗吉尼亚州第二大城市和港口。位于伊丽莎白河畔，扼切萨皮克湾咽喉。

② 肯尼邦克（Kennebunk），美国一地，西经70°33' 北纬43°24'。

心地问。“一旦来到侧面，我们就将冒险遇上一股疯狂的下降气流，而我们看来根本无法成功地穿越过去。”

吉德翁自有其焦虑的理由，马克勒心想，尽管他只有一年穿越大西洋飞行、三年远程航行的经验。马克勒重又打开了话筒，接通了客舱，用一种游戏般的口吻，很平和地说：

“哈喽，乡亲们[①]，这里还是马克勒机长在对你们说话，我再次请你们回到座位上去，系紧你们的安全带，并检查一下坐在你们身边的孩子的安全带。我再重申一下，请关闭你们的所有电子设备。在即将来临的几分钟里，我们很有可能会碰上一个风洞。请全体机组人员注意，假如安全已经得到保障，请你们现在就回到自己的座位上去……我等待着你们的肯定答复。”

“所有人都在安全位置上，确认。”传来的是女乘务长的嗓音。

“OK，这多少会让人有些震惊，但我敢保证，你们会记住它的。我可以向你们承诺，假如你们都系好安全带，任何人都不会有危险。对那些喜爱玩游乐场游戏的人来说，这只不过是来他几下游乐场中的翻滚过山车……”

还没等波音飞机爬升到暖锋的极点，突然间就没有了气流来托举，飞机直线下坠。尽管连接客舱的门始终紧闭着，马克勒和法弗洛相信，他们还是听到了乘客们的大呼小叫。

飞机经历了无比漫长的十秒钟的自由坠落，然后钻入积雨云中。那是在云柱的西南角，一个更糟糕的地方，带着一种吓人的倾斜角度，一个三十度的角，因为，作为接替手段的手动操作驾驶让飞机不得不拐了这么一个大弯。紧接着，波音飞机就滑动在云层的湍流中。同样，紧接着，驾驶舱的灯全亮了，因为飞机进入了一片黑暗中，只见四周是一片烟炱一般的漆黑，还有一番可怖的撞击

---

① 原文为英语“Hello folks”。

声：几百颗极大的冰雹粒扫射过来，在强化玻璃上到处留下斑痕。虽然只是一小会儿，却像是无穷无尽。尽管遭到了连珠炮一般的扫射，波音飞机还是找到了上升的暖气流，获得了一点点举升力；这一次，则是一种强烈的粉碎感，来自下方，声响巨大。

马克勒被紧紧地绑定在了座椅中，他把通用电气公司的两套设备都开到最强，因为，是的，这都是什么破玩意儿啊，如此的赤道无风带①，对一趟航行于赤道附近的里约—马德里的航班也许很好。可是，现在，在茫茫的北大西洋之上，它又会带来什么玩意儿啊？婊子养的，这也太傻了吧，我们有最强有力的锅炉，有柔和得出奇的翅膀，我们毕竟不会让自己生生地折成两截，就像一个小小的模型，这是绝不可能的。在模拟练习中，我们已经从困境中摆脱了好几十次，面对停息下来的发动机，面对气密的彻底解除，面对电脑的彻底停摆，他妈的，我们可不能当真就赶上这一类倒霉事。马克勒没有想到他的孩子，没有想到他的妻子。还没有呢，兴许，飞行员们死到临头总是来不及回顾自己的生平，而马克勒也根本没有去想乘客，眼下，他只是尝试着去拯救这架又重又笨的波音大飞机。于是，他重复着牢牢记在心中的种种动作，重复而又重复，他相信自己的直觉反应，相信他二十年的飞行经验。不过，说到底，这毕竟是一个见鬼的玩意儿。

马克勒和法弗洛浑身摇撼，满耳噪声，面色苍白，全身心的精力都聚集在了仪器上，他们跟风暴做着搏斗。后来，人们将得知，这原来是近十年来最猛烈、最突然的一次风暴。左侧涡轮机的指示灯表明，发动机的功率已经丧失了15%，强烈的电磁场干扰了飞机上的电子设备。归根结底，在这一巨硕的旋风中，飞机正拼命抵抗

① “赤道无风带”的原文为“Pot-au-Noir”，又称赤道低压带或赤道辐合带，在这一地带，风势较信风带和缓，有时会有无风的天气，对于古代单靠风力航行的海上商队来说相当不利。

着，大致维持着水平向航行，并最终平稳下来。尽管冰雹并没有减弱，风挡玻璃的表面早已布满了斑痕，第二层厚玻璃倒还没有出现丝毫令人担忧的细小裂缝。

一等到振动稍稍减弱了些许，马克勒立马就准备向客舱广播。尽管驾驶舱里依然满是震耳欲聋的噪声，他还是尝试着尽量不扯着嗓子大喊大叫。

“抱歉，乡亲们[①]，这一番颠簸让你们受苦了。我们将不得不继续向纽约方向航行。我们将穿越眼前的积雨云，留在这个洗衣桶里的时间至少还将有……”

突然，一道耀眼的阳光返回驾驶舱中，波音飞机猛地一加速，寂静复归了，颠簸立即就被抛在了他们后面。

马克勒检查并确认了操纵台，不禁惊讶得目瞪口呆。飞机飞得十分完美，发出一种很规则的嗡嗡声，但是，所有的仪器都失常了。尽管令人眩晕的下坠持续了足足五分钟，飞机所在海拔高度却重又稳在了39000英尺，气象雷达也表明没有丝毫的紊乱，表面航向为二六零。他重又接通了客舱广播。

“我说，恰如你们大家跟我一起所证实的那样，目前我们已经脱离了云层，而且没有遭受太大的损失。请你们继续坐在座位上，直到未来新的指示下达，同时继续保持任何电子设备的关闭状态。全体机组人员，你们可以解开安全带了，谢谢。请报告客舱的情况。”

马克勒关上了话筒，在无线电应答器上调显出紧急代码7700，然后重又戴上耳机，呼叫肯尼迪机场进场：

“呼救，呼救，呼救[②]，肯尼迪机场进场，我是法航006。我们

① 原文为英语“Sorry, folks”。

② “呼救”的原文为“Mayday”，是法语中“m' aider”（救我）的意思，为国际航空的紧急呼救的通用代称。

穿越云层时遭遇了强烈颠簸，而且机翼严重结冰。没有受伤者，但我们的仪器全部失灵，海拔高度、航行速度等指标全都没有了显示，雷达失灵，风挡玻璃遭到严重损害。”

这一次，从肯尼迪机场的控制台传来一个男子的嗓音，口吻中带着一丝惊讶。

“呼救信号收到，法航006。请问，你们能确定飞行应答器的代码为7700吗？”

“报告纽约，我是法航006，我确认，应答器为7700。”

那个嗓音重复道，从中可以明显听出一种深深的不理解：

“法航006，我是肯尼迪机场进场，请确认应答器的位置为7700。你能确定你是法航006吗？”

“肯定，我是法航006，呼救。我确认应答器位置为7700，我们穿越了一片巨大的冰雹云层，风挡玻璃已经破裂，雷达天线罩确定已经穿孔。”

通话断了，断了一段相当长的时间。马克勒转身朝向法弗洛，不知所措。他连续三次输入飞行应答器的编码，而肯尼迪机场方面却始终未能确认其身份。突然，通话连接重又恢复了。这一次，是一个女人的嗓音，但远不如第一次那样悦耳动听，同样，也远不如第一次那样和蔼亲切。

“听到法航006呼救，我是肯尼迪机场进场。这里是空中交通控制中心，请问你们航班的机长姓名？”

马克勒一下子呆在了那里，嘴巴张得大大的。在他的职业生涯中，还从来没有过任何地面控制台向他问过飞行员的姓名。

“听到法航006呼救，我是肯尼迪机场进场。我再重复一遍：请问，这一航班的机长是谁呢？”

索菲娅·克莱夫曼

2021年六月25日星期五

纽约州，霍华德海滨

那只叫贝蒂的小青蛙，是利亚姆在厨房里找到的，那是一个星期六的下午，就在洗涤槽边上一个暖气片的后面，彻底成了干巴巴的一片。它轻得就像一片半透亮的羽毛，一张已经被人揉皱并压扁的透明纸，准备叠出一个折纸雨蛙，带着明显成形的大腿和脚蹼。利亚姆对他的小妹妹说，它已经死了，你的贝蒂，死了，这确实很让他开心。他开始跳起舞来，胳膊挥舞在空中，贝蒂死了贝蒂死了，而索菲娅却哭了起来。

三个星期前，贝蒂从玻璃缸里爬了出来，它在那里应该都待得腻烦了，尽管里头有湿漉漉的漂亮苔藓，有光鲜的绿色植物，还有圆圆的灰色卵石，那都是索菲娅特地为它选的。另外，还有半个椰子壳用来做泳池，尤其是，还有她放学回来后晚上捉来喂它吃的活的黑苍蝇。索菲娅把玻璃缸放在她的床边，就在一张矮几上。每天晚上，这小姑娘都会从床上爬起来，浑身裹在一条毯子中，低声地对一动不动地待在青草底下的青蛙讲述她白天的故事。索菲娅心里希望的，就是要让贝蒂平平安安的，同时也快快乐乐的，但尤其是平平安安的，能够躲避捕食性动物。“捕食性动物”这个词是她刚刚学会的，她很喜欢，兴许是因为它那响亮的读音多少有些令人不安吧。但是，不管怎么说，青蛙最终还是溜走了。它应该到处乱蹦乱跳地寻找热量和湿度，然后就溜达到了楼下，紧靠着加热器那稍稍有些暖和的金属片。它应该早已又饿又渴了，它的皮肤应该像花园里多日不下雨的土地那样龟裂开来，贝蒂凝固在了死亡中，变成了一个青蛙的躯壳，灵的外质。

索菲娅害怕触碰它，而利亚姆也一样，即便他还是硬着头皮，一边叫喊着，一边围绕着那小小的尸体转了一圈。母亲对他们说，都给我闭嘴，安静一会儿，你们会吵醒爸爸的。但父亲已经穿着T恤衫来到了楼下，嘴里骂骂咧咧的，这都是什么呀，乱七八糟的，阿芙丽尔，你就不能对孩子们说，让他们保持一下安静吗？就这么一会儿，可别坏了我的假期，而且，你不是还要出去购物吗？克拉克·克莱夫曼中尉看到贝蒂真的已经死翘翘了，而女儿一直在边上哭鼻子，他就打趣说，哎，索菲娅，关于你的青蛙，你知道什么？就像中国老饺子！

克拉克伸出两根手指头，捏住它的一条腿，无动于衷地把它放到了一个深凹的盘子里。

克莱夫曼一家人不得不一起埋葬了贝蒂。尽管他们对青蛙的宗教全都无从知晓，阿芙丽尔还是决定让它成为浸礼会信徒，就跟他们家的人一样。实际上，它并没有接受过信徒们的那种真正浸入性的洗礼，但它的大部分时间都在水里头度过。这倒是更简单。这重生之蛙[①]将进入蛙类的天堂。而最终，克拉克将把它随手扔进马桶，这同样也很简单。

贝蒂，那是索菲娅六岁生日收到的礼物。从它那里，索菲娅学到了很多关于青蛙的知识。比如说，它们已经有三亿年的存在史

---

① 原文为英语“born again frog”。

了，曾经见识过恐龙，它们的种类有好几千种，有一种叫莠去津[1]的杀虫剂，如今正严重威胁着它们的生存，因为它们的皮肤是可透水的，可它们是“有益于植物的动物，因为它们捕食昆虫”。还有，它们属于两栖类，就像蝾螈和蟾蜍那样。其实，说到底，贝蒂是一只蟾蜍，学名叫*anaxyrus debilis*，索菲娅曾很细心地把这个名称抄写到一张小卡片上，并贴在玻璃缸上。这兴许还是一只雄性的蟾蜍，不过，究竟是雌是雄，连市场上的那个卖家也不太清楚——“小姐，”安迪当时叹息道，反正，她从他的胸牌上读到，他名叫安迪，他说，“我很抱歉，这只蟾蜍只有一指头那么长，我无法仔细辨别它的生殖器官。还是给它起一个适合于两种性别的名字吧，例如莫尔甘或者麦迪森。”但是索菲娅坚持叫它贝蒂。每当索菲娅凑近玻璃缸时，贝蒂就会隐藏到它的洞穴中，或者到石头底下。吸尘器的声响也会吓着它，飞机飞过时的声响也会吓着它，每当飞机从拉瓜迪亚机场[2]起飞并在霍华德海滨上空飞过时。人们从来就无法看到它的身影，它实在是太害怕这一切了。真的是一只娘儿们蛙！克拉克这样嘲笑道。而阿芙丽尔则会提醒他说，不要对利亚姆或者索菲娅说这样的话。

就这样，当克拉克·克莱夫曼把贝蒂捡起来，放到汤盘里时，索菲娅突然叫嚷起来：

“贝蒂动了一下，妈妈，贝蒂动了！”

“什么！哦，不，索菲娅，那只是你父亲晃了一下盘子。”

“真的，它动了一下。瞧，这都是因为留在盘子里的水！是水把它给唤醒了。妈妈，妈妈，再加一点水进去吧，求你了！”

阿芙丽尔耸了耸肩膀，但还是拿来一只杯子，从水龙头那里接

① 莠去津，原文为“atrazine”。

② 拉瓜迪亚机场（LaGuardia Airport）是美国纽约的三大机场之一，其他的两个为纽瓦克机场和肯尼迪机场。

了水，倒在了贝蒂身上。这只两栖类动物动了一下一个爪子，然后另一个，最终，它又复活了，就像一块海绵那样吸收着所有的水分。现在，它在盘子底部动弹着，甚至，连它的皮肤也渐渐恢复了一点曾经失去的绿色。

“这可真是奇了怪了。”克拉克·克莱夫曼大为惊讶地说。

“它做得就跟美西螈在干旱期间一样。妈妈，你应该还记得，那些美西螈，我们看到过的。它做得就跟它们一模一样，像是患了嗜睡症，只等待着雨季的到来。”

“真是奇了怪了，”克拉克重复道，“我从来就没有见过一个如此的玩意儿，这只傻帽青蛙是百分之百地死掉了，死翘翘了，而眼下，它却又在那里手舞足蹈，活像一个发情的婊子，真是奇了怪了。”

“克拉克，求求你了，不要当着孩子们的面，说这样的脏话。”阿芙丽尔恳请道。

“我是在我自己家里，婊子养的，我爱怎么说话就怎么说话！在你们所有人眼中，我都成了什么啦，只是一架支付每月开销的机器罢了，要被杀死在一个傻瓜蛋的国度中，是这样吧？我算是受够了，阿芙丽尔，真的受够了，你听明白了吗？”

阿芙丽尔低下眼睛，瞧着地面，索菲娅和利亚姆也泥塑一般地不动弹了。围绕着克拉克的愤怒，连空气似乎都凝固了。

克拉克握紧了拳头，握得紧紧的，就是这样，要不，他就砸烂一切。真他妈的一片混乱啊，在阿富汗，他曾经有十次差点儿死掉，而人们竟然就是这样来感谢他的。十次，那么容易，是的。大家一直在看他们的笑话，认为他们只配在那里白白地送上自己的命。他们不是政客的儿子，不像那些小傻帽那样，在越南战争期间就已经躲藏在了共和国卫队中。去年，没错，为了代替那些叫作悍马[1]的车轮上的棺材，部队用上了豪士科[2]。那是一些庞大的车辆，一些耀武扬威的坏小子[3]，它的装甲据称可以抵挡住13毫米口径的枪弹。但是，不，什么都没有，满是一个个弹孔，那根本不是什么别的，只是涂成了沙土颜色的硬纸盒。

青蛙贝蒂复活之前的两星期，就在巴格拉姆空军基地[4]与喀布尔之间的半路上，豪士科军车遭到了扎斯塔瓦突击步枪[5]的一阵扫射。从声音来判断，肯定是来自叙利亚基地的军队的半自动步枪。一颗子弹打穿了左后门的玻璃，虽然他们说那车窗玻璃是打不坏的，但子弹还是穿透进来，击中了汤普森的胸口。他突然验证到，原来，子弹是何等适合为肉体而制造，便开始像受难者一样号叫起来。汤普森是准军事公司阿卡德米[6]的一个雇佣兵，一个可怜的家伙，行为疯疯癫癫，思维更为出格，曾在美国通用汽车公司的一家子公司丢了烂差事。当时，工厂转到了另一个国家中，在那里，另一个可怜的家伙能制造出同样多的火花塞，每小时却只拿三十美分的工钱。汤普森力求确保的一切，就是他那位于蒙大拿州的山区木屋。为此，他要充当雅保公司[7]那些工程师的贴身警卫：四个月里，这些工程师忙于勘探锂矿，却又不敢远离喀布尔的塞雷纳酒店；四个月里，他们竭力尝试着比中国人的赣锋锂业集团更迅速地

---

① 悍马（Humvee），是美国GM公司的一个汽车品牌，主要为军车和越野车。

② 豪士科（Oshkosh），是美国的一家特种车辆制造公司。

③ 原文为英语*bad boys*，也是一部美国电影的片名，该片由麦可贝导演，于1995年上映，一译《绝地战警》。

④ 巴格拉姆（Bagram），空军基地，位于阿富汗，创建于20世纪80年代，现在为美军使用。

⑤ 扎斯塔瓦突击步枪（Zastava），指由塞尔维亚扎斯塔瓦公司生产的多种型号的卡拉什尼柯夫系列突击步枪。

⑥ 阿卡德米（Academi），又叫黑水国际，原名美国黑水（Black water USA），是美国一家私人的军事、安全顾问公司，标志为黑色熊爪。它是与美国国务院合作的三大私人保安公司之一。

⑦ 雅保公司（Albemarle Corp.），从事精细及特殊化工产品生产的美国跨国公司，总部设在弗吉尼亚州的里士满。

签订几份开发合同。但是，对汤普森来说，很遗憾，阿卡德米的增援汽车重新出发前往喀布尔的时候，却没有带上他这个人。他不得不掏出二百美元，让大家同意把此人留在豪士科军车中，只是为了痛苦地忍受两个钟头的路程，坑坑洼洼的路面，瓦砾堆，瓦楞铁皮，在一个被十年战火摧残得惨不忍睹的郊区。

正当杰克中士在那里照料一边翻着白眼一边嘴里咳出鲜血的汤普森时，克拉克钻进旋转炮塔中，朝着他感觉有枪弹打出来的那个地方扫射起来，并破口大骂，把他能想起来的骂人话一股脑儿全都骂了出来。枪弹之雨顿时在空中描画出几百道抛物线，飞向光秃秃的山坡上的两个小土屋。在密集的枪弹底下，两个模样寒酸的土窝棚顿时倾倒在一片尘埃中。

豪士科军车调转方向，朝巴格拉姆全速驶去，而医疗站正在那里等着他们呢。不过，很不巧，赶到那里才得知，诊疗站已经人满为患：前一天，一名阿富汗医务助手，一个负责清洗的家伙，用一根束带在食堂旁边制造了炸弹自杀事件，当时，他还高呼着*真主最伟大*[①]，结果造成两人死亡，十人受伤。据说，那都是因为，吃饱了肚子的士兵在《古兰经》上撒尿。

兴许，那个故事还是真的呢：在关塔那摩[②]，人们当真把火腿片扔到囚笼中。那些肮脏的垃圾总是能在爱国主义的保护伞底下找到掩护。不管怎么说，人们都用不着为汤普森寻找一张病床了。当他来到时，他就已经死了，驾驶舱里满是黏糊糊的血。在那里，毫无疑问，人们会往汤普森身上倒水的，但对他，这恐怕也无法让他再复活过来。于是，很抱歉，克拉克实在没有办法，真的没有办法，他只能当着孩子们的面，满口“操蛋的娘儿们”或“发情的婊

---

① 原文为阿拉伯语的拉丁式拼写“Allahou akbar”。

② 关塔那摩（Guantanamo）是美国军方于2002年在古巴关塔那摩湾海军基地所设置的一所军事监狱。

子”地乱骂一通。真应该有那么一天，他们会知道，他们究竟是生活在一个什么样的操蛋世界之中。

“对你们的傻帽行为，我早就受够了，”克拉克说，“快去购你那操蛋的物吧，阿芙丽尔。把小家伙也带上。利亚姆，你不要再玩你那该死的视频游戏啦，快去帮你妈妈拿一下袋子吧。索菲娅，你过来，我们再把你的青蛙放回到玻璃缸里去。”

索菲娅瞧着母亲，见她一言不发地拿过车钥匙，然后又牵上满嘴嘟嘟囔囔的利亚姆的手，自己则跟着父亲上了楼，带着在盘子中满血复活的贝蒂。

在玻璃缸里，还有一个小小的埃菲尔铁塔，粘在一块小石子上。因为，就在四个月之前，为了他们的结婚周年纪念，克莱夫曼夫妇去了一趟法国的巴黎。他们在美丽城街区预订了一套两居室，孩子们就睡在客厅中可折叠的沙发床上。他们游览了巴黎圣母院、凯旋门、蒙马尔特高地以及香榭丽舍大街。而尽管已经有了这一切，索菲娅还是坚持要去看一看“两栖类动物”。阿芙丽尔让步了，带她去了植物园①，而正是在那里，她的女儿第一次看到了一只美西螈，这只异乎寻常的动物竟然能再生出一只眼睛，甚至是一部分脑子。

而后，索菲娅、利亚姆以及他们的母亲直接返回了纽约，坐的是一趟固定的航班，航行的最后半小时里，飞机颠簸得十分剧烈，孩子们一直没有停止过号叫。克拉克没有跟他们一起回去，他接受了一项新任务，先是从巴黎赶往华沙，然后又立即从华沙赶往巴格达，这一次，他要随同C17军用运输机②，护送两辆艾布拉姆斯坦克③，

① 巴黎的植物园包含一个动物园，还有生物博物馆。

② C17运输机，美国空军的一类大型战略运输机。也称环球霸王。

③ 艾布拉姆斯坦克（Abrams），美国陆军装备的主战坦克。

以及一枚高威力空爆炸弹[1]，它被称为“炸弹之母”，重达十吨，长达十米。好一个巨大的魔怪！克拉克在那里待了九个星期，最后回到霍华德海滨，身上始终带有汤普森的鲜血特有的那种热腾腾的金属气味。

索菲娅的聪明智慧是阿芙丽尔的骄傲，然而，她还是后悔曾经嫉妒自己的女儿，嫉妒女儿的活力和好奇。当年，在索菲娅的那个年纪，阿芙丽尔还很黏糊地在她母亲身边，给图画中的动物们涂颜色，尤其是给小马。当她跟姐妹们不得不让丧失理智的母亲换换脑子的时候，她曾经找到好几百匹小马。真叫人发疯：鲜红的小马，靛蓝色的小马，绿色的小马，橙黄色的小马，彩虹中的所有颜色都从中经过，但那依然还是并始终都是一些小马。她都记不得了。此外，她对那个时代的一切也都记不得了。她很年轻的时候就离开了父母的家，嫁给了这个瘦弱而又高大的金发小伙子。他当年曾那么细心，那么殷勤，给她写过一首很漂亮的诗，就写在一张撕下来的纸上。他把它悄悄地递给了她，被自己的大胆弄得颇有些局促不安：

Swing the bells	敲响大钟[2]
Play hide and seek,	玩起捉迷藏
I kissed April on her cheek	我亲吻了阿芙丽尔[3]的脸庞

是的，当年，克拉克真的非常殷勤体贴。由于没有什么像样的文凭，他尝试着干了一段时间房产经纪人，然后，又在一所汽车驾

① 高威力空爆炸弹（bombe à effet de souffle massif），英语原名为Massive Ordnance Air Blast Bomb，简称MOAB，为美军所使用的威力最大的无核炸弹。

② 这里的诗歌，半为英语，半为法语。在此保留英语原文，同时把法语译为汉语，特此说明。以下同。

③ 阿芙丽尔（Avril）这个女性名字，在法语中也是“四月份”的意思。

校里做教练。但他很快就昏了头脑，丧失了冷静，不是跟一个迟疑不决的女顾客斗嘴，就是跟一个初学者吵架，根本就留不住任何工作，保不住任何饭碗。军队为他提供了一个新环境，给了他一种自豪感。二十二岁时，这个外表看起来只有十八岁的小伙子被剃了一个光头，戴上了一顶黑色的贝雷帽，尤其是有了一笔一万五千美元的津贴。有了这样一笔钱，以及定期派发军饷的保障，阿芙丽尔得以成功地申请到一笔贷款，趁着房产业的全面崩溃，买下了正在霍华德海滨廉价出售的一栋房屋。原先的房主破了产，刚刚被扫地出门。临走时，怒气冲天的老房主把房子里能够打烂的东西全都打了一个粉碎，什么洗脸池啦，洗涤槽啦，厨房的灶台啦，甚至还包括他们卧室里的隔板。几年后，当南极洲的特威特冰山，这块厚达两公里、如佛罗里达州一般宽广的大冰块免不了崩裂开来，并开始融化时，那栋房屋的墙脚也就将泡在海水里了。但是，克拉克和她当年根本无法猜测到这一切，他们当即着手维修房屋，阿芙丽尔甚至还挺着个大肚子，独自把房子重新粉刷了一遍。

April tender, April shady,	温柔的阿芙丽尔，阴凉的四月[①]，
O my sweet and cruel lady	哦我那甜美而又残忍的女士
April blooming with pastel colours,	鲜花盛开色彩柔和的阿芙丽尔，

随着岁月的流逝，克拉克渐渐变得自信满满，甚至有些专横跋扈。她再也认不出那个给她写诗的和蔼可亲的小伙子了。训练改变了他，让他变得肌肉发达，铁石心肠。当他们做爱时，这个曾对青春焕发的女人肉体如此胆小、如此腼腆的年轻男子，如今也变得动作粗暴，以自我为中心了。正是在这一时刻，她开始有些害怕起他

① 同上，这里的“阿芙丽尔”与“四月”，可以互相置换。

来了。但是，当克拉克结束了培训，成功地通过了最终的考试后，大孩子利亚姆已经出生，而小女儿索菲娅也正在前来的路上。

April caught in the icy storm,	陷于冰冷风暴中的阿芙丽尔，
April soft, so sleepy warm,	柔美的阿芙丽尔，如此犯困的温热，

又是多年之后，温柔的阿芙丽尔，阴凉的四月，随手翻开了一本丢在姐姐家中的书，不禁惊讶得张大了嘴，活像一条搁浅在了河岸上的鲤鱼。他的诗歌，他那首本来只为她而写的漂亮诗歌，原来就是*Fall for April*①，竟然出自一个早就被人遗忘的英语诗人的手，而克拉克在他们第一次约会时给她的那张纸，她依然保留着，她像一个白痴那样，还把它折了两折，藏在钱包中。她根本就没想到，他是在课堂上学到的那首诗，并且还费力地抄了下来。她跟孩子们一起回到了自己家里，那天夜晚，她是在疯狂而又伤心的痛哭中度过的，面对着这一最终彻底贬值的往昔形象，这一从此被践踏在脚下的记忆，一个手里捏着一张从笔记本上撕下来的纸的克拉克，带着少年郎的那种难以名状的青葱生涩。

April, I fall for you.	阿芙丽尔，我爱上了你。

*

克拉克掀开了玻璃缸的栅栏门，把盘子往斜里一侧，青蛙就掉了下去，在苔藓上反弹了一下，立即潜入用来作为池塘的椰子壳里头。

① 英语，可理解为“爱上了阿芙丽尔”或“爱上了四月”。

“应该给贝蒂喂点儿吃的，爸爸。它一定饿了。”

“让它好好休息吧，亲爱的，你也一样，该去洗澡了，在浴缸里像贝蒂那样玩好了。”

索菲娅什么都没有回答。她听到楼下的房门重又关上了，母亲和利亚姆的脚步声渐渐弱去，然后，传来了关门声和汽车的启动声。克拉克打开了水龙头，检查了一下水温，在水中撒了一些带香味的浴盐，脱下了她的鞋子。索菲娅拖拉着。他皱起了眉头。

“赶紧的，索菲，来吧，快进去洗澡，我们可不像在巴黎时那样有太多的时间可浪费……”

有人摁响了门铃，父亲停了下来。门铃还在响，索菲亚听到了一种开锁的声音，克拉克抬起眼睛望向天。

一个女人的嗓音响了起来：

“克莱夫曼先生在吗？克莱夫曼夫人在吗？我是联邦调查局的特工人员查普曼。”

“好吧，索菲，我得下去一下。你赶紧跳进浴缸里去吧，留在泡沫中，要等到泡沫消下去一半时，你才能算洗完了澡，听明白了吗？”

克拉克离开了洗澡间。索菲娅听到，在楼下，父亲提高嗓门，一个男人很坚定地回答他，然后是另一个人。争论在继续，有人敲响了洗澡间的门。

“我可以进来吗？”是那个女人的嗓音。

“可以，夫人。”小姑娘回答道。

一个女人进来，微微一笑，是个黑人，头发是光滑直溜的，像妈妈一样剪得很短。索菲娅心里这么想，她的样子看起来不那么疲劳。这位联邦调查局的女官员跪了下来，抚摩了一下索菲娅的脸颊，很柔和，很专业：神经系统科学表明，触觉是一种基本的媒介，能够抚慰孩子们，给他们以安全感。

然后，警员递给她一条毛巾：

“你好，索菲娅，我叫希瑟，警官希瑟·查普曼。你快把身子擦干，穿上衣服，我就在外面等你，行吗？你知道你妈妈去哪里了吗？”

“她跟利亚姆一起去买东西了。”

那女人走出洗澡间，打开手机：

“索菲娅·克莱夫曼跟我在一起。请你们找一下阿芙丽尔·克莱夫曼现在在哪里，很可能就在最近的一家梅西百货[①]。她开着一辆黑色的雪佛兰创酷车，你们那里有汽车牌照号码的。她跟她的儿子利亚姆在一起。”

小姑娘穿好了衣服，那女人就在过道中等她，见她过来，就拉住她的手。楼下，叫嚷声停息了，她父亲已经不在那里了。

“来吧，索菲娅，我们去找你的妈妈和你哥哥利亚姆。我们会一起坐汽车去兜上一圈。”

“之后，我们还回家吗？因为我们得给贝蒂喂吃的。”

“贝蒂？”

“它是我的青蛙，夫人。我们本来还以为它都死了呢，但它只是干瘪了而已，就像那些美西螈那样。”

那女人本来已经掏出手机，这会儿又把它放了回去。

“你不用担心你的青蛙，我们也会照料它的。一切都会很好的。你就叫我希瑟好了。你愿意吗，索菲娅？”

“愿意，夫人。”

① 梅西百货（Macy’s），美国联合百货公司旗下的一家著名连锁店。

乔安娜

2021年六月25日星期五

费城

“乔安娜，”肖恩·普里奥尔说，“您的脑子真是一座哥特式大教堂啊。”

乔安娜·瓦瑟曼承受住肖恩·普里奥尔的目光，掩藏起了自己的惊愕。真的吗？大教堂吗？哥特式的？火焰哥特式，至少，女律师幻想着。为什么不是泰姬陵，不是金字塔，或者拉斯维加斯的恺撒宫？一时间，她有些哑口无言，但还是找到了一种回答。

“那倒是比一个男人的脑子更好。”

“对不起，您说什么？”

“西蒙娜·德·波伏瓦[1]。她父亲总是不断地对她说，说她有‘一个男人的脑子’。”

瓦尔代奥公司的首席执行官听闻后开心地咯咯直笑，一脸恍然大悟的神态，仿佛他就是西蒙娜父女以及他们的狗的最好伙伴。乔安娜也在内心暗笑。充其量，对那位讨厌的西蒙娜到底何许人也，普里奥尔倒是有着一个含含糊糊的想法，但是，作为一个有三百亿

① 西蒙娜·德·波伏瓦（Simone de Beauvoir, 1908—1986），法国女作家，被认为是存在主义文学的代表人物之一。她是存在主义思想家、作家让-保尔·萨特的终身伴侣。

美元资产分量的医药巨人公司的老板，他是没有权利出丝毫差错的。一座哥特式大教堂……何等的恻隐之心啊！

乔安娜带着一个年轻的助理律师，前往位于费城的瓦尔代奥公司的总部，那个年轻人专门负责跟踪档案卷宗，并且携带它们。七年中，这家制药公司一直就是丹顿&洛弗尔律师事务所的大顾客，其中大部分业务都是关于税务以及投标叫价事务。她在那里工作的三个月里，有两个月普里奥尔是她的直接对话人。从他们第一次相遇起，普里奥尔就带着他已经培养起来的得克萨斯人的那种缓慢的分句法，带着那种并不太善于捕食的大型食肉动物的那种微笑问她：

"告诉我，律师大人，您知不知道，在丹顿&洛弗尔事务所的所有傻瓜蛋当中，我为什么单单要选择您吗？"

"让我来猜一猜吧，普里奥尔先生。因为我从斯坦福大学毕业时，成绩在全年级名列前茅，兴许，因为我是一个年轻女子，大概吧，还因为我是黑人，当然啰。同样，还因为我赢得了针对跟你们一起造就了哈佛的那些老白人的所有诉讼。"

普里奥尔哈哈大笑起来。

"是的，律师大人，因为您是唯一敢这样回答的人。"

"我嘛，普里奥尔先生，我之所以接受您作为客户，是因为只有您能够支持我。"

普里奥尔早已补充了一句，因为他从来就不容忍自己不说出最关键的话。

"同样，也请别忘了，我是从卡内基梅隆大学[1]出来的。"

打了一个平手。从这番骑士式的比武起，乔安娜·瓦瑟曼和肖恩·普里奥尔就一直假装是世界上最好的朋友。平等对谈，推心置

① 卡内基梅隆大学（Carnegie Mellon University），美国的一所顶尖高等学府，坐落在宾夕法尼亚州的匹兹堡，是美国二十五所新常春藤盟校之一。

腹。普里奥尔尤其看重其中的荣誉，这是他的社会与种族相对多样性的时刻。为此，这位百万家财的继承人为自己善于跟这样一个对手争论而感到骄傲，甚至很享受其中的乐趣。他可以跟休斯敦的一个小小的天才黑人女子侃侃对谈，而不显出丝毫的轻蔑。一个配得上拿平权行动奖学金的女学生，电工和女裁缝的女儿——他早已让人对她做足了调查。

在他们的交谈中，尽管有着把他们分隔开的种种因素——三十三岁的年龄差，二十亿美元的股票期权，以及一副闪闪发亮的假牙——两个人还是尽情地滥用对方的名字而省却了姓氏，而这让他们的对话染上了一种精细的色调，带有某种散发着毒性的虚伪。他们彼此亲昵地以“你”相称，甚至有一种拉丁人的气质。身为资产者的普里奥尔，一再宣称自己是自家园丁的好朋友，并说服自己相信这一虚构的友谊，但乔安娜一点儿都没有受骗上当。在普里奥尔的咧嘴中，她清晰地辨认出他那种与生俱来却又说不清道不明的南方人的东西。它是那样的一种信号，是那样的一种象征性调子，深深地印刻在所有的种族关系中。她认出来那种本能的姿态，自发的反应，它会让一个头发梳得整整齐齐的富有的白人女子为她的黑人司机送上最灿烂的微笑，一种包含着某种压倒性情感的微笑。这里头能读出她的一种坚信不疑，坚信眼前这个奴隶的孙子天生的低下地位。这种带有毒性的微笑，自从小说《飘》[①]以来就没有动摇过哪怕一根手指头。而乔安娜的整个童年期间，一直就在她裁缝母亲的那些白人女顾客满是脂粉的脸上看到这一表情的明显显露。

一天——二十世纪已经结束——当小姑娘乔安娜在学校门口等校车的时候，一辆黑色的高级轿车停在了她的面前，后座的浅色车窗玻璃摇了下来。原来是同班的一个女同学邀请她上车，带着一种

① 《飘》（又译《乱世佳人》），美国作家玛格丽特·米切尔（Margaret Mitchell, 1900—1949）创作的小说（1936），以一个种植园为故事场景，描绘了内战前后美国南方人的生活。

微笑，像是在说她很高兴能跟乔安娜一起再待上几分钟。

“当然啦，乔安娜，”那个母亲更是添枝加叶地说，“上车吧，我们拐上小小的一个弯，就能捎你回家，一点儿都不费事。”

“一点儿都不费事。”乔安娜心里很明白：气恼的母亲是在女儿的一再坚持下才让的步。于是她就上了这辆德国造的豪车，坐到了后座上，跟她同学在一起。坐在方向盘前的女士想表现出自己很礼貌，就开始说话：

“我说，乔安娜，你以后想做什么呢？至少，不会像你母亲那样，也做个女裁缝吧？”

乔安娜当时并没有回答，但回到自己家里后，一下子就扑到母亲的怀里，满眼泪花，紧紧地抱住了母亲，然后，拿出了作业本。一句傲慢的话刚刚造就了一个最懂得感恩的女儿和最用功的女学生。

二十年后，乔安娜清楚地知道自己是从哪里来的，要到哪里去。她尤其知道，在那场关于七氯污染案[1]的诉讼中，很多配置药品的工人是女性，而且几乎都是有色人种。一个如此好斗的黑人女律师将转移防线，阻挡抗辩者的进犯性。无论如何，普里奥尔寄希望于此。乔安娜甚至还猜到，他是如此希望她能成为他的律师，以至于她即使在工资待遇上要求再高也能得到丹顿&洛弗尔事务所的聘用，尽管她知道，她的要求有些吓人。结果，人们马上就分配给了她一个客户，而且是唯一的客户：瓦尔代奥公司。这样更好，单间办公室，这一极其罕见的现象，让她直接通向了合伙人[2]的行列。

普里奥尔的办公室位于一栋建于1930年代的高层建筑的最高一层，巨大窗户正好对着德拉瓦河。当着一个来访者的面，普里奥

① 七氯（Heptachlor），又称七氯化茚，是一种有机氯化合物，属于环二烯类杀虫剂。

② 原文为“partner”，指能拥有律师事务所经营决策权的“律师合伙人”。

尔情不自禁地在房间踱起了方步，以一种主人家的得意洋洋的姿态，交叉着手臂，高抬起下巴，假装沉浸在对河流景象的观望中，活脱脱一副墨索里尼的派头。每一次，女律师都会恩赐他这好几秒钟时间，让他从容地摆出这种自以为是在沉思的姿态，尤其因为在这办公室里他们是两个人，这便使得短短一分钟就值一百美元。有一天，她对他指出了这一点。普里奥尔从他的记忆中抽取出一句很是玩世不恭的漂亮话：假如金钱不是那么被高估，那世人赋予它的价值就会少很多……这句话当然不是他的发明，但普里奥尔很喜欢引用。在一个任何文学修养都已落伍的管理者的世界中，他把它当作了象征性统治的一个强有力的工具。而当一场关于七氯，关于这种未经充分试验论证就匆匆投入生产的杀虫剂的刑事诉讼的危险明显地表现出来时，当董事会表现出普遍焦虑的信号时，普里奥尔以某种技巧打破了谨慎的原则："亲爱的同事们，我总是在想着拉尔夫·沃尔多·爱默生①的那首如此漂亮的诗，它是这样结尾的：'不要沿着有路的方向走，而要往没有路的地方走，在那里留下一串新的足迹。'是的，在滋养人类的无穷斗争中，我们将留下一串足迹。"

七氯……如果说乔安娜现在还能待在这间办公室里，那都是因为这一活性分子阻止了某些昆虫超越幼虫阶段。正是在2000年代，瓦尔代奥公司合成了它，从此之后，该项发明专利进入了公共领域，其他公司得以纷纷生产它。但是，它显而易见地表现出了严重的致癌性，即便是小剂量使用。另外，它还是一种内分泌干扰物。既然奥斯汀·贝克事务所提起了一种集体诉讼②，那么，瓦尔代奥就有危险要赔偿好几亿的钱。

---

① 拉尔夫·沃尔多·爱默生（Ralph Waldo Emerson，1803—1882），美国思想家、文学家、诗人。其代表作品有《论自然》《美国学者》等。

② 原文为英语"class action"。

“假如您愿意的话，我们还是来谈谈我们的事情吧，肖恩。到今天已经有六十五名病人以玩忽职守的罪名起诉了瓦尔代奥公司，这会让你们付出高昂的代价。”

乔安娜十分喜欢“玩忽职守”这个词，这一新名词假设了主观意向性的一种缺失。她也不憎恶“我们”这一说法，它意味着，她的事务所跟她客户的利益是多么紧密相连，息息相关。她继续说：

“请告诉我，肖恩：奥斯汀·贝克是不是得提供一纸证明，证明瓦尔代奥公司知道这种活性分子的危险，并对那些配置它的人做了隐瞒？”

“我看不出这是怎么回事。”

“假如有人在诉讼过程中问您一个相似的问题，您可以回答一切，唯独不能用这一句：‘我看不出这是怎么回事。’正像我已经说过的那样，这句话很邪性，我表示反对。您还是一开始就重复说这个化学分子是无害的吧。”

“它当然是无害的啦。我们当年的治疗学试验的结果跟奥斯汀·贝克所提供的独立研究的结果完全背道而驰。”

“好极了，那你们就把这话再说上几遍吧。那将是刀对刀，枪对枪，专家对专家，肖恩。我们的问题，全在于你们的前工程师弗兰西斯·戈尔德哈根。在他看来，瓦尔代奥公司早就应该选择不再坚持他的分析，因为它证明了七氯的危害性。”

“我们在他的操作规程方面有保留意见，排斥了他的结论。此外，我们还做了调查，他的私生活证明他是会撒谎的，至少是对他的妻子。”

女律师叹了一口气。用这样的手段打赢这场官司，有可能在一段相当长的时期内有损事务所的形象。但是，在短期内就输掉它更不是一种选择。

“我不希望就这样毁了它的名声。瓦尔代奥不会光明正大地从中走出来的，而正义也不会。”

“您知道，乔安娜，正义，它就像一种母爱，所有人都会向着它的……既然我们说到了家庭，乔安娜，您妹妹现在怎么样啊？”

女律师立即就明白了：他已经知道那件事了。很显然。这个普里奥尔已经派人调查过她的软肋了，知道还是在二月份时，医生就已经在她妹妹爱伦身上诊断出了一种原发性的硬化性胆管炎。他同样还知道，一个像爱伦那样的女大学生，一开始理所当然办理了普通健康保险，然后才不无惊慌地得知，此类保险并不涵盖那种叫原发性硬化性胆管炎的被忽略了的疾病。普里奥尔相信，乔安娜只是为了她妹妹爱伦才同意接受在丹顿&洛弗尔事务所这一报酬不菲的职位。若是没有那次票据上显示费用为二十万美元的肝移植手术，爱伦肯定就已经没命了。从此，她每年至少还得掏十万美元的钱，十万美元，仅仅只为她妹妹能够活下去，活上十年，兴许是十五年，希望她脆弱的身体能顶得住胆管炎，能坚持到人们最终找到一种治疗方法的那天。普里奥尔弄错了。工资固然很要紧，但乔安娜当时渴望得到这一高级职位，这一大堆钱，是因为，站在这座金钱的高峰，她可以远眺她的这一复仇景象。

首席执行官继续说着，用低沉的嗓音，而他心中可能的内疚也都融入了这一嗓音中：

“她忍受的命运真是可怕。请相信我对您衷心的关切。”

“我很为之……感动。”

“无论您妹妹需要什么，乔安娜，我们都会给予您最有力的支持。诊所，医药，新的疗程。”

“谢谢，肖恩。眼下，关键的问题是要让移植的器官撑得住。但是，我会记得您的建议的。请吧，还是让我们回到针对七氯的集体诉讼问题上来。我这就请我的同事斯宾塞律师为您简述一下我们的辩护计划。”

那个年轻律师刚刚解释完，肖恩就用一个轻微的抬下巴动作，表示他赞同丹顿&洛弗尔事务所的辩护策略。他跟他们握了握手，以此向他们表示，对他来说，会面已经结束。正当乔安娜打算离开办公室时，他把她拉住了。

“乔安娜，我想为您提供一个机会。请您在星期六也就是明天晚上，出席我们多尔德俱乐部①的会议。您知道多尔德的，是不是？”

乔安娜点了点头。她知道的。一个很封闭的俱乐部，比它的样板彼尔德伯格②更私密。彼尔德伯格集团每年都要私下聚集商界和政界的一百来位名流，而多尔德俱乐部却只会请二十来位老板，“大制药公司”③的知名人士：五十年来，始终都没有人知道，这些会议在什么时候召开，在会上都谈论了什么。很有可能，开会的人商议了药品价格，朋友之间达成了小小的和解协议，确定了某些长期发展方向。阴谋家们得以在其中尽情享乐。普里奥尔微微一笑。

“我将向与会者介绍您作为我的私人顾问，在我看来，您也正是这一身份。这次年会将在美国举行，因此，将由我，一个美国人，有幸来致开幕辞。主题一定会引起您的兴趣，就是‘死亡的终结’。尤利乌斯·布劳恩④，是的，未来的诺贝尔奖获得者，将会介绍他关于胚胎的系统发育方面的工作，然后，将有另外两个人发言，他们所说的内容会让您惊呆。请原谅我这么迟才告诉您，您是知道我们圈子中的那种偏执狂的。会议将在曼哈顿召开，上东区，

---

① 多尔德俱乐部（Dolder Club）是由世界制药界名流组成的一个很封闭的俱乐部。“多尔德”这个名称来自瑞士苏黎世的一个大酒店，1970年代该俱乐部的第一次大会就是在该酒店举行的。

② 彼尔德伯格集团（Bilderberg）是一个由欧美各国政要、企业巨头、银行家组成的精英团队，在“暗处”操纵着世界。

③ 原文为英语“big pharma”。

④ 尤利乌斯·布劳恩为虚构人物。历史上有叫尤利乌斯·布劳恩的名人（Julius Braun，1825—1869），是德国历史学家。

萨里，凡·高厅。您能在二十点钟到达那里吗？”

乔安娜心里盘算着该如何给他一个肯定的答复。是的，这是一种荣誉，肖恩，可惜的是，您跟我说得也稍稍太迟了一点，我恐怕不能……但是，本能地，她把一只手放到了自己的肚子上，做出一个原始的保护性动作。因为，有一件事是普里奥尔还不曾知道的：乔安娜怀孕了。

那正好是七个星期之前的事：就在吞吃下日本生鱼片与参加合伙人会议之间的那一刻，她在丹顿&洛弗尔事务所的卫生间里做了测试。当小棒上显示出两条细细的石榴红条纹时，乔安娜感到她的胸中爆发出一阵喜悦。

乔安娜爱上的男人是一家报刊的插图画家。去年十月底，一个新纳粹主义的领导人曾经就他的一幅插图提起诉讼，认定它带有某种侮辱性，而她则把这份报纸当堂递呈给法庭，从而一举打赢了官司。“凯勒对瓦瑟曼”从此就成了权威判例：在一幅素描画中，或在其他地方，写到一个白人至高主义者大脑中缺少灰质。这样的行为，并非一种侮辱，而是一种观点的表达，甚至是一种诊断。这很容易。当天晚上，阿比·瓦瑟曼便邀请她去通巴斯餐馆吃晚餐，那是一家对他来说价格过于昂贵的餐馆。吃到最后，随着心灵的阵阵冲动，他结结巴巴地问她，她对未来世纪有什么样的展望。他竭力控制住自己，没有对她说他生来就是为了爱她，为了跟随她。然而，他满脑子想的却都是这个。乔安娜也没有什么怀疑。他送给了她一支笔，喏，拿着，乔安娜，这是一支威迪文牌钢笔，它跟我的德国姓氏不太远[①]，嗯……我想让你也来姓我的姓，但你知道，我同样也想姓你的姓。乔安娜接过了钢笔，打开笔帽，就在白棉布的桌布上，很简单地写下了乔安娜·伍兹-瓦瑟曼的字样，同

① 威迪文（Waterman），一种名牌钢笔，自1883年起在法国精工制造，代表着巴黎时尚和精致优雅，而瓦瑟曼（Wasserman）是一个德国姓氏。两者词形相似，当是一种文字游戏。

时一直忍着不流太多的泪。餐馆老板允许他们临走时把那块桌布也一起带走。

他们立即就想要有一个孩子，并做了必要的一切来达到这一目的。很经常，很长久，并在很多地点。医生的诊断则很明确：那是在三月初乔安娜从欧洲回来之后——而在那次可恶至极的航班上，她下定了决心，假如她还能侥幸活下来，她就嫁给他——又是在他们四月初的婚礼之前，他们的精卵配子彼此遇上了，并当即决定融合成一体。他们将对白人至上主义者感谢得没有一个够。此外，那个本名亚伯拉罕而小名为阿比的犹太人甚至还提出建议，假如生下来的是个男孩，那就叫他阿道尔夫。乔安娜则笑着打圆场说，还是作为备用名字吧。很快，当她妹妹准备好经历一段漫长的垂危期时，她又因自己竟然如此快乐而有些后悔了。但是，一种几克重的幸福还是在她的体内增大，渐渐侵占了一切。

眼下，普里奥尔还在坚持：

“怎么样，乔安娜，去多尔德俱乐部吗？”

明天晚上？太复杂了：她本来计划要跟她父母一起庆贺自己怀孕三个月的……但另一方面，跟魔鬼相遇，并跟它一起跳舞，也并非没有好处。

女律师根本就来不及做出决定，因为，一台笨重的黑色电话，一个胶木的老古董，在普里奥尔的办公桌上响了起来。他立即拿起听筒，很生气地吐出这样的一句：

“我早就说过了，别让人来打扰我……好吧……我来通知她吧。”

普里奥尔转身朝向乔安娜，带着一丝不无惊讶的微笑：

“这事情肯定会让您感到吃惊的，乔安娜。有人就在这道门后面等着您，那是联邦调查局的两个官员。至于明天的事，我还是希望您能成行的，不过，那当然要看他们是不是能放您走了。”

米耶塞尔事件

四月22日，维克托·米耶塞尔从阳台上坠落的那一天，是个星期四。

柯蕾芒丝·巴尔默在罗斯当餐馆的午餐被推迟了。当时，她正准备出门到附近的卢森堡公园去散步，不料米耶塞尔发过来的电子邮件在她的电脑里发出了轻微的叮咚一响。柯蕾芒丝很喜欢维克托：这是一个很有才华的作者，文思敏捷，给人以倚马可待的感觉，但他也确实很善思索。他写的书总是结构紧密，既行云流水，又字斟句酌，从不会彻底雷同，米耶塞尔给了巴尔默一种做好本行的快乐理由。荣誉迟迟未来，这没关系，但兴许有一天，公众将会……没有任何人与成功无缘。无论如何，米耶塞尔一笑了之。他最近的那本小说《输棋》已经在美第契奖、龚古尔奖和勒诺多奖的初评书单当中，而在两个星期之后，却从第二轮评选的名单中消失了：她跟他同样，一阵激动，一阵遗憾，便给他打去电话，想安慰他一下，但几秒钟之后，却是他反过来给她鼓励，还问她第二天是不是有空，他有两张邀请票，可以去奥德翁剧院看戏。不，一切都从他的身上滑落，恰似水滴从一只鸭子的羽毛上滚落。

出于出版人的一种直觉反应，柯蕾芒丝把附录的文件转发到自己的电子书阅读器上。但作品的题目《异常》立即引起了她的好奇心，这比他先前作品的所有题目都更坚硬、更锐利。由于没有看到有关该文本的任何信息，她便把它打开了，结果惊讶得目瞪口呆。

柯蕾芒丝·巴尔默读得很快，这是她的职业使然。一小时的工夫，她就读完了。《异常》跟维克托以前创作的任何作品都不太相像。这不是一部小说，不是一部忏悔录，也不是一连串彼此之间没有联系的精彩句子或闪光词语，而是一本奇怪的书，具有刺人的节奏，让人一捧起来就舍不得放下。她在字里行间隐约辨认出影响米耶塞尔的一切，从扬克雷维奇[①]到加缪，从冈察洛夫到其他人。一个黑色文本，毫无距离感，其中甚至连讽刺挖苦都是痛苦的："主啊，愚蠢话从宗教精神中渗漏出来。任何确信都在刺伤智力。为了让死亡成为其他人中间一种不幸的灾祸，信徒丧失了理性。假如疑虑让我成为人生的一个自学者，那我或许会更尽情地享受它的每一时刻。我绝不会沉浸在神秘的激情中，即便面对着一片云彩充满荣耀的点点闪光。就在即将淹死的那一刻，我尝试着开始游水，我毕竟不会去求阿基米德[②]的。而就在我倒下的这一天，我的眼睛睁开在深渊之上，在那里，没有任何定理还会有用。"

柯蕾芒丝·巴尔默突然有些担心，决定立即给米耶塞尔打电话。先打手机，然后打座机。结果，接电话的是警察。得知了米耶塞尔的情况后，巴尔默不禁哑口无言，失魂落魄。她回答了警官的问题，一种真正的忧伤侵入了她的心中，还有一种隐隐的愤怒。她最后一次见维克托，那还是在什么时候？三月初，为了庆贺那一个翻译奖，他们是在利普餐厅[③]吃的晚餐。他点的是永远吃不够的里昂大烤肠，她点的是巴黎风格蔬菜沙拉。他们喝了圣卢山红葡萄酒，她没有看到任何什么会来临，丝毫都没有，没有在这朋友

① 弗拉基米尔·扬克雷维奇（Vladimir Jankélévitch，1903—1985），法国哲学家和音乐学家。

② 阿基米德（Archimède，前287—前212），古希腊哲学家、科学家、数学家，静态力学和流体静力学的奠基人。阿基米德曾有名言："给我一个支点，我就能撬起整个地球。"

③ 利普餐厅（Lipp），巴黎的一家高档餐馆。

的句子中辨识出任何蛛丝马迹。她重读了《异常》，在它所宣告的灾难的间隙。她发觉，他的签名维克托·米耶塞尔写成了Victør Miesel[1]，其中的字母o用的是ø，它只是空集[2]的象征符号。一种悲剧性的卖俏。

巴尔默联系了她所能联系的所有人。米耶塞尔的父母早就不在了，他也没有兄弟姐妹。当然，能找的人当中包括了依列娜·列斯科娃，这个在东方语言学院教俄语的年轻教师，跟他维持了一年时间暴风雨般的爱情关系之后离开了他，此外，她还是维克托曾经翻译过的那个尼古拉·列斯科夫的曾孙侄女，后者听闻噩耗后连连重复："我的老天！"[3]"太可怕了！""这怎么可能呢？"带着一种显而易见的坚信，说完就拍拍屁股溜之大吉。柯蕾芒丝想着她刚刚读到的出自米耶塞尔笔下的那个句子："没有人活得足够长久，能知道人对人会不感兴趣到何等程度。"

女出版人亲手操办了一切事宜，给朋友们打电话，安排葬礼，当然还有相关的民事手续，并且在《世界报》的通告栏上刊登了启事。

橘树出版社，

柯蕾芒丝·巴尔默及其整个团队，

沉痛地向你们通报，

我们的朋友，

作家，诗人，翻译家

维克托·米耶塞尔的故去

① 通常，"维克托·米耶塞尔"应该写成"Victor Miesel"。

② 空集（l' ensemble vide）原本是一个数学概念，是指"不含任何元素的集合"。空集是任何集合的子集，是任何非空集合的真子集。空集不是无，而是内部没有元素的集合。可以将集合想象成一个装有元素的袋子，而空集的袋子是空的，但袋子本身确实是存在的。

③ 原文为俄语"Боже мой!"。

她为法新社撰写了一篇长长的新闻通稿，文章回顾了出自他手的奇妙译文，那些曾获得好评的书。她还补充说，有一份极为例外的手稿不久就将出版，那是米耶塞尔在做出惊人之举之前最终完成的稿。她引用了《异常》的三个片段，平时并不喝酒的她，这会儿也为自己倒了一杯威士忌，慢慢地抿着。那是维克托喜爱的单一麦芽苏格兰威士忌。

第二天早上，在“有限的专门委员会”——这一称谓略带嘲讽意味，因为整个出版社的人都在场，甚至还包括了两个实习生——的会议上，她很认真地读了文章的开头。两位丛书的主编表示赞同，而销售经理还坚持要迅速出书，却不敢明言恋尸癖一般的显然性：批评界和读者一定会很赞赏在致命的一跃之前才交稿的这本书的故事。他的脑子里有一个先例，那是十三年前的事了，那个作者叫什么名字来着？至少，是不是能改一下书名，好让它使人回想起那个悲剧性的结局？书店负责人如此建议。不，不能这样，柯蕾芒丝·巴尔默很干脆地回答说。那么，来他一个腰封，或者，来一个护封？也不行。那么，至少，写成Victor，而不是Victør；对厄勒克特拉书目数据库[①]来说，这样的拼写法，恐怕会更加便利，不行吗？不行。

此书在周末做了校对，星期一做了排版。最初校样的复印件立即就发往印刷厂。到了那个星期的末尾，同意付印的最终校样就发给了印刷商，而印刷商在人们把米耶塞尔的尸体送往拉雪兹神父公墓焚化的当天就开动了印刷机。他的骨灰还没有撒掉，那本书就

① 所谓的厄勒克特拉书目数据库（le référencement Électre），源自“法兰西传播”（France Expansion）于1970年创建的名为“可使用图书”的数据库。而厄勒克特拉（Électre）则是希腊神话中的一个女子，她帮助她的兄弟俄瑞斯忒斯（Oreste）杀死了自己的母亲克吕泰涅斯特拉（Clytemnestre），从而为她被母亲及其奸夫合伙杀死的父亲阿伽门农（Agamemnon）报了仇。

来到了发行商的手中。这是一项纪录，自从戴安娜王妃的那本传记出书以来，出版社还从未如此卖力地工作过呢。五月的第一个星期三，《异常》就已成堆地摆到了所有书店的书架上。巴尔默决定首印一万册，为了给它创造各种机会，他们给这本书加了一个蓝色的腰封，上面很简单地写着：**米耶塞尔**。

这是一次非凡的成功，一炮打响。《解放报》的文化版为它提供了早已答应下来的两大页篇幅的书评文字，而曾把它的所有图书都打发到寂静当中的《世界报·书讯》，这回一反常态地做了弥补，发了一篇充满赞美之词的讣告类长文，从中可以读到“必须祝贺橘树出版社及时地出版了米耶塞尔的书”的字样。大书店[①]节目挖掘了已经存在的米耶塞尔的视频资料，从中竖立起作者的一个肖像，而法兰西文化电台则为他做了三次节目：米耶塞尔事件就此启动。柯蕾芒丝紧急重印了《输棋》，甚至五年前的那本小说《群山将来找到我们》，它最后的那批库存早已受到要被销毁的威胁。

还组织了一些相关的见面会，巴尔默自己就亲自安排了好几场。一些演员前来书店朗读他的作品片段，在巴黎的诗歌之家有过一个“米耶塞尔之夜”。那次，在一个挤得满满当当的大厅中，一个相貌俊美、表情严峻的著名演员，说是被《异常》所“震撼”，一口气读完了这整部作品，读了整整四个小时。依列娜就在听众当中，听得热泪盈眶。书在五月出版，这对参与从文学季才开始的文学奖竞争并不太理想，但米耶塞尔——这个名字在文学奖评委的嘴里被喃喃念叨——是“绕不过去的”。有消息说，他已经被美第契奖看上了。

正是在这个五月份里，维克托·米耶塞尔之友协会成立了。很显然，在这个由同道者与爱好者组成的混杂团体中，并不是人人都

① 《大书店》(*La Grande Librairie*)，法国电视5台的一个文化节目，由弗朗索瓦·布斯奈尔(François Busnel)主持，星期四晚上播出，专谈文学。

认识他并读过他的书的。从此，维克托·米耶塞尔的“最好朋友”中就多出来这样一个叫T.先生的花花公子。此人总是带着一副高腔高调的嗓音说话，并始终穿一件又紧又缩的黑色上装。另外还有一个，叫萨莱尔诺——西尔维奥，利维奥？——据说是他的“老伙计”，而柯蕾芒丝·巴尔默却从来就没有听说过。很快，这个协会就重新改名为维米会[1]，然后又改为“异常主义者协会”。依列娜就是它的成员，而出于对他们不太光彩的爱情故事的一种美妙重写，这位列斯科娃小姐渐渐地为自己赢得了完全配得上正式未亡人称呼的悲剧身份。

柯蕾芒丝·巴尔默带着一种隐约有些恶心的感情，远距离地瞧着这一切尘埃落定，逐渐归位。五十岁时的成功，这就已经相当于甜品时分才来到的芥末了[2]。米耶塞尔的这一死后殊荣让这位女友非常难受，这要比他那毫无道理的不可见性给女出版人带来的悲痛更甚。维克托写了什么？“任何荣耀可能都只是一种冒充，也许除了在赛跑中。但是，我怀疑没有一个人会承认自己蔑视它而疯狂到只想拒绝它的地步。”

① 维米会的原文为“l’Avimi”，应该是维克托·米耶塞尔之友协会（amis de Victør Miesel）的缩写“AVM”的一种简单读音法。

② 法语中有谚语“饭后的芥末”，意思为“马后炮”“事后诸葛亮”。

苗条男孩

2021年六月25日星期五

尼日利亚，拉各斯，艾可大西洋酒店

意大利驻拉各斯领事在走向那些花式小烤点时，每一步都迈得踉踉跄跄。尼日利亚也好，烈酒也好，都对他无效。乌戈·达尔奇尼摇摇晃晃，步履蹒跚，每当有一点点香槟酒从他的杯子里晃出来，洒到艾可大西洋酒店这个极不匀称的招待大厅极富异国情调的镶木地板上时，他都会拖着一种略为嘶哑而又带有浓浓醉意的嗓音，连声道歉。

达尔奇尼来到了正在冷菜台边上的法国女领事身边，仿佛一个海难遇险者终于捞到了一只救生圈。他觉得她柠檬色的裙子有一种催眠作用，因为，裙子上金色的螺旋线令人联想到于布老爹的旋纹大肚子①。在尼日利亚的那些晚会上，自从五颜六色的达西基②和

① 《于布与旋纹大肚子》（*Ubu et la grande Gidouille*），波兰艺术家扬·伦尼卡（Jan Lenica，1928—2001）导演的动画电影，根据法国作家阿尔弗雷德·雅里（Alfred Jarry，1873—1907）的著名戏剧《于布王》改编。影片于1987年在法国上映。

② 达西基（dashiki），非洲人的一种色彩鲜艳的外衣，主要在西非流行，在东非，它被称为“kitenge”，在坦桑尼亚、肯尼亚和索马里，它一直是当地人主要的传统服装。

约鲁巴人传统的阿格巴达[①]代替了范思哲的时装和阿玛尼的燕尾服之后，假如一个人不想不被其他人注意到，那就得做出很大的努力。三个正在跟法国女领事聊天的尼日利亚人，一看到那个意大利人过来了，就赶紧把她抛在一边，专门留给他，仿佛来者是个鼠疫病人。意大利领事的目光被裙子上的旋涡所吸引，他感觉到一阵隐约的恶心。

“晚上好[②]，埃莱娜。您的这一身服装可真的太漂亮了，好一种嗒啪学风格啊……我是说啪嗒学风格[③]。请原谅，不过，我只喝了小小的两杯。”

“晚上好，乌戈，我想打听一些消息。我还以为，在那些事发生之后，您都已经回意大利了。我知道，您女儿跟她母亲一起出发去了锡耶纳。”

听到这话，乌戈·达尔奇尼强挤出一丝微笑，哦，不，埃莱娜·夏里耶是无法明白的，她根本无法让乌戈再度回想起那些日子，为他被劫持的十四岁女儿的归还事宜而跟那些吸食冰毒的强盗谈判。他根本就不敢想象热娜塔所经历的那一切，担心那些疯子中的某一个会剁下她的一根手指头，割下她的一只耳朵，为的是让他更快地交上那七万美元。当时，他已经把钱托交给一个名叫泰沃的“安全顾问”，一个实在很可疑的家伙，但那是意大利埃尼公司[④]

① 阿格巴达（Agbada），西非大部分地区男人穿的一种很宽松的宽袖长袍。约鲁巴人（Yorubas）是居住在西部非洲的一个种族，主要分布于尼日利亚、贝宁、加纳、多哥、科特迪瓦、塞拉利昂、利比里亚、塞内加尔、冈比亚等地。

② 原文为意大利语“Buona sera”。

③ 所谓的啪嗒学（pataphysique），是一些崇尚阿尔弗雷德·雅里文学风格的人创造的词，指的是雅里的那种奇幻的玄学。而“嗒啪学”（tapaphysic）应该是“啪嗒学”的口误，但tapa作为词根，有着“喧闹”“吵嚷”等意思（可构成taper, tapage等词）。另外，在雅里逝世后由他的推崇者们成立的“啪嗒学院”跟乌力波集团也有着某种精神探索上或曰美学追求上的共同点。

④ 埃尼（ENI），全称为“意大利国家碳化氢公司”，是意大利政府成立的国家控股公司，专营石油产品，为世界第七大石油集团公司。

底下一个石油勘探公司的副经理介绍来的。早在两年之前，当那家伙的儿子被劫走时，他就已扮演中间人角色，跟那些当地男孩[①]所做的交换是在两边全都是卡拉切[②]斜挂在肩的武装人员中间完成的。那是在阿帕帕[③]的一条小街上，就在码头边，正对着一座福音传道会的教堂，那上面的灯光招牌闪耀着这样的字眼：请随时祈祷[④]。当年仅仅是五万美元。如今，一切都涨价了。

然而，从驻阿布贾[⑤]的大使，到领事馆的总机接线员，所有人都对他说过，领事先生，当您女儿去国际学校上学时，请多多注意她的安全。在这里，人们一天只花一美元就能活下去，而绑架活动，则成了一桩生意，就像其他生意一样，甚至比其他生意还更走俏。但他在拉各斯的这一职位是一段迫不得已的过渡，假如他想在一两年之后前往雅典谋求前程。妻子玛丽娅始终坚持要跟女儿陪同他一起来，为的是让女儿热娜塔也能发现一下非洲。一天，仅仅一天，他没能果敢地禁止女儿在没有武装护送的情况下就走出严密看守的家，出外随意溜达，结果就出事了。仅仅一天。

“她们回了意大利，做得还真对，”法国女领事叹了一口气，说，“因为，在拉各斯，我可以向您保证，情况在一天天变糟，电力只供应三十分钟，然后一下子就停电，而且一停就是好几个钟头。我不知道当地人都是怎么在冰箱里存放食品的。在领事馆，若是没有发电机组，简直就无法工作，要是没有蓄水池，也就没有了水。一切都是这样。乌戈，一切[⑥]。”

是的，一切都是这样，乌戈知道得清清楚楚。他从飞机的舷窗

---

① 原文为英语“area boys”。

② 卡拉切（kalach），疑指“卡拉什尼科夫枪”（kalachnikov），是一种苏制步枪或冲锋枪。

③ 阿帕帕（Apapa），尼日利亚原先的首都拉各斯的一个滨海区，有港口。

④ 原文为英语“Pray as you go”。

⑤ 阿布贾（Abuja），尼日利亚的首都，位于中部尼日尔河支流古拉河畔。拉各斯是该国的大城市，也是1991年以前的首都。

⑥ 原文为意大利语“tutto”。

中，透过污染重重的褐色雾霾，第一眼看到的拉各斯的景象，就是好几平方公里彼此紧紧挨在一起的贫民窟。那是好几百万个锈铁皮屋顶，是一个混乱不堪的方格子大棋盘。还有道路上规模巨大的堵车，千百辆面包车披挂着马铃薯甲虫一般的黄色和黑色，耀武扬威地横冲直撞，你想阻止都阻止不了。每年夏天，当激流般的雨水降临时，大街小巷就统统变成了一片恶臭冲天的沼泽。拉各斯提醒了所有人，它在葡萄牙语里的意思是“湖泊”[①]。数十年间，这城市始终处在放任自流状态，腐败透顶，甚至到了外国的公共事业和企业都拒绝跟当地各区政府打交道的地步，连自己的国家政体都抛弃了它。整整五年，没有一位尼日利亚总统去过拉各斯。

各种各样的悲剧故事，乌戈每天都能听到一个。那个少女，她为了到唯一的饮用水龙头那里喝口水，步行穿越了快车道，结果被汽车压死，而后又有十辆汽车从她的身上碾压而过，谁都没有停下；还有那个癫痫发作的男人，他在街头倒下——此事就发生在昨天，他的厨娘娜卢玛亲眼看见的——过路人就任他那样躺在路上，浑身痉挛，口吐白沫，兴许他现在已经死了；还有住在奥肖迪贫民窟的那个老人，竟然一头钻到了一辆推土机的履带底下，只为从那里抢出三件衣服来，而推土机根本就没有停下一秒钟。

假如你自以为很厉害，那就请来拉各斯吧，然后，你就走着瞧好了。

女领事放下了她的酒杯，招呼了一下一个高个子的年轻黑人女子。那女人体态丰满，穿了一件鲜红色的达西基裙袍，听到招呼，她赶紧走过来，跟女领事热情地拥吻。

“啊，埃莱娜！我正在找拉各斯时装周的女主任呢，可我不知道她到底会在哪里……”

① 在葡萄牙语中，“湖泊”写成“lagos”，与拉各斯的拼写“Lagos”一模一样。

“丝娃西拉，请允许我为您介绍一下乌戈·达尔奇尼，他是我的意大利同行。这位是丝娃西拉·奥迪亚卡，她一年以来就是我们在拉各斯的文化专员。”

那黑人女子微微一笑，握了一下意大利领事伸过来的软绵绵的手。在大厅的入口处，一道道闪光灯刺啦刺啦亮起，一声声叫喊声传来。

“哦，那是苗条男孩！”女文化专员惊呼道，“两个小时后，他要在维多利亚岛[1]开一场音乐会。当然，您是认识苗条男孩的，埃莱娜。”

不，埃莱娜不认识。见此，女文化专员便一边笑着，一边就唱将起来：

“‘钱不值得它值得它值得它’[2]……但是，埃莱娜，您难道从来就不上YouTube吗？三四个月之前，他刚刚在当地走红，可眼下，火啦，他的那一首《雅巴姑娘》[3]，短短几个星期，观看的人次就超过了十个亿。一次传媒大爆炸，就像十年前的那个韩国人[4]，您明白了吗？总之……就是苗条男孩？您可知道，意大利领事先生？”

乌戈很有礼貌地点了点头，说：

“很抱歉，文化专员女士，我从来就不曾听说过。我嘛，更愿意听威尔第、普契尼，至少，还得是保罗·孔蒂[5]。”

这一次，轮到丝娃西拉显出一脸不明白的神态了，好一次小小的复仇啊。

---

① 维多利亚岛（Victoria Island），位于尼日利亚拉各斯。

② 原文为英语“Money not worth it worth it worth it”。

③ 原文为英语*Yaba Girls*。

④ 指韩国艺人朴载相（Psy，1977— ），2012年，他凭借单曲《江南style》走红全球。

⑤ 保罗·孔蒂（Paolo Conte，1937— ），意大利歌手、钢琴演奏家、作曲家，其声音细腻而又响亮。

“《雅巴姑娘》，是一种很有嘻哈风格的节奏蓝调[①]，总之，更属于非洲流行音乐。这一歌名是向他母亲的一种致敬，因为她在雅巴这个时尚街区[②]开了一家店铺。”

她做了一个很大的动作，把他们拉了过来。

“你们都随我来。我们去找他吧，他有一场新闻发布会。三月，文化部曾经资助了他在巴黎的一场音乐会。”

两位领事便跟在了女文化专员的后面，她很兴奋地在越来越密集的人群中辟出一条路来，一直挤到那个音乐家以及他伴侣跟前，来到粉丝和狗仔队厉声尖叫的中心。

“苗条男孩！苗条男孩！来一张照片！亲吻一下苏奥米！”

非洲流行音乐的皇帝，听从摄影师们的要求，跪了下来，在闪光灯的一片耀眼闪烁中亲吻了那个年轻女演员。看起来，他是那么高大，而他的那个未婚妻却是那么娇小。他们就这样摆了好一会儿姿势，带着一种乖巧和得意。幸福，可能就是这样的吧。

费米·阿赫麦德·卡杜那，又名苗条男孩，始终就没有再回过神来。三个月前，他的名声还局限在被人称作小拉各斯的佩克汉姆地方，在伦敦南部，在休斯敦的郊区韦斯特查斯那一带，而他再怎么变换花样地借用菲拉·库蒂[③]的名气也都无济于事，巴黎的音乐会也好，紧接着的纽约的音乐会也好，都没有取得太大的成功。

正是在巴黎—纽约航班飞行途中的最后一刻，在以为自己会把性命丢在天上，并在极大程度上使用了呕吐袋的那一刻，苗条男孩才生出了创作《雅巴姑娘》的想法。一首用很简单的词语讲述他对

---

① 节奏蓝调（R&B），英语为Rhythm and Blues，又称节奏怨曲，由非裔美国艺术家所创造，是一种融合了爵士乐、福音音乐和电子布鲁斯等风格的音乐。

② 原文为英语“fashion district”。

③ 菲拉·库蒂（Fela Kuti，1938—1997），尼日利亚音乐家，生于富裕家庭，1950年代到英国圣三一学院就读，1960年代回国后开创了“非洲打击乐”，将爵士乐融入非洲节奏。他的音乐作品关注社会和政治，歌词常常带有反腐败、反殖民主义的内容。

童年街区，对“针线与剪刀”姑娘们的绵绵情意的歌，一首歌唱小费米对他妈妈，他那位在市场上出售项链、每天都为他祈祷、刚刚撒手人寰的妈妈的感恩之心的歌，应该会是一首温柔之歌，一首富含旋律的惊人之歌。

在返回拉各斯的航班上，他决定，这一次，他的宣传短片不再展示大功率的高级汽车、豪华的快艇，人们不再从中看到半裸的妖艳美女在海滩上翩翩起舞，或者跟他一起在一个奢华别墅中的床上扭动，他也不再佩戴黄金的项链，不再一边微笑着一边数着他的美元。不，所有人都在那样做，而他想要的是别的东西。于是，他将显现那些普通人的尊严，那些疲惫不堪的劳动妇女，那些女店主，那些裁缝，那些正在干活的熨衣女工。她们大笑着，跳着舞，忍受着阴影下依然高达四十五摄氏度的气温[①]，身上只有荷兰的印花布布条，作为色彩之点。而他，苗条男孩，将在肮脏的街道上穿着白色的衣服，唱着英语和约鲁巴语[②]的歌，跟一个女子打招呼，然后是另一个，恭恭敬敬，甚至很谦卑，就像他自己小时候所表现的那样。他，苗条男孩，他将打破非洲说唱乐的代码规则，避免自动修正、混响、延时，以及其他陈旧到了极点的效果。而在旋律之上，将有一个萨克斯管演奏者前来支撑起复调旋律，给出温和的节奏。苗条男孩甚至还找到了合适的音乐家来合作，那是一个头发稀稀疏疏、瘦骨嶙峋的白人老头，一个魁北克的音乐高手。此人有时候还跟加拿大的说唱乐手德雷克[③]一起表演，象征着旧世界正在把接力棒传给新世界。

他们在雅巴的街道拍摄了宣传短片，拍了两天，并立即把它放

① 《阴影下四十五度》（*Quarante-cinq degrés à l'ombre*）也是比利时作家乔治·西默农的一部小说的书名（出版于1967年）。

② 约鲁巴语（Yoruba），非洲的一种语言，属尼日尔–刚果语系科尔多凡语族，为孤立声调语言，没有词形变化，且以声调辨义，其句法多为“主谓宾”结构。

③ 奥布瑞·德雷克·格瑞汉（Aubrey Drake Graham，1986— ），加拿大说唱乐手。

到网上，这首歌一下子就唱遍了全世界。现在，已经有了《雅巴姑娘》的四种配器合成，其中一种由弗兰克斯[①]配器。苗条男孩曾是科切拉音乐节[②]的惊喜发现，他就在碧昂丝[③]的边上演唱，并跟埃米纳姆[④]一起唱了二重唱，还应奥普拉[⑤]的邀请，参加了她的脱口秀节目。是的，幸福，可能就是这样的吧。

在五月的一次英国巡回演出回来后，他终于买了一辆黄色的兰博基尼，还买下了艾可大西洋集团的一座塔楼顶层中一套宽敞无比的公寓，而实际上，这栋楼的第一块奠基石都还没有安放呢。人总是本性难移吧。不管怎么说，尼日利亚的年轻人想得到的，就是这个，让人把黄粱美梦卖给他们。他们想在高级跑车中喝香槟，想参观面朝大海的豪华顶层公寓，希望有人告诉他们说，尽管他们每天早上都在烂铁皮屋顶的棚窝中无奈地醒来，面对千百个废弃的破轮胎，还有死老鼠，但财富和荣耀就在不远的街角。是的，同意，仅有百万分之一的可能但这又有什么关系呢，既然必将是他们。

两位领事和那个女文化专员终于挤到了苗条男孩所在的讲台前。他们听不清楚人们所提的问题，但站在话筒后面的歌手似乎经过思考，回答说：

“我衷心希望，对于拉各斯，对于尼日利亚，艾可大西洋将是一个极好的机会，生活在它周围的人都将从全非洲最有抱负的城市建设中获得利益。”

---

① 疑指迈克尔·弗兰克斯（Michael Franks, 1944—　），美国歌手及词曲作者。

② 科切拉音乐节（Coachella Festival），每年都在美国加利福尼亚州印第奥市举行的音乐和艺术的节日，为期三天。

③ 碧昂丝（Beyoncé, 1981—　），美国著名女歌手、演员。

④ 埃米纳姆（Eminem, 1972—　），本名马歇尔·布鲁斯·马瑟斯三世（Marshall Bruce Mathers III），美国说唱乐手、词曲作者。

⑤ 奥普拉·温弗瑞（Oprah Winfrey, 1954—　），美国演员、制片人、主持人。她主持的电视谈话节目《奥普拉脱口秀》十分著名。

法国女领事点了点头，叹息了一声：这一光芒四射的荒诞理论依然还有着美好的前景。她转身朝向意大利领事达尔奇尼：

“我倒是想知道，乌戈，这样一座大楼接着一座大楼地建造，就像用一个个花式小烤点没完没了地塞饱肚子，您对这一可怕的前景怎么看？”

意大利领事噘了噘嘴。是的，艾可大西洋，这一从海洋中征服来的人工岛，真的是一个可憎的怪物。如今，它还只是一片巨大的荒地，但是，拉各斯的二十万顶级富人将躲避到它闪闪发亮的摩天大楼中去，受到武装人员守卫着的大桥的保护，不受人口稠密的都市的暴力侵害。在这座城堡中，他们将有自己的电力中心、净化水站、餐馆、豪华酒店、游泳池、游艇码头……

“好一个非洲的迪拜，就像他们所说的那样，”埃莱娜·夏里耶接着说，“预料到海潮的上涨，他们甚至还把它的基点提高了好几米。从这些豪华建筑的顶上望出去，将看到拉各斯及其四千万居民淹没在水中，从库拉莫海滩到马可可的贫民窟，这个朝着天空敞开的巨大下水道……很抱歉，乌戈，我觉得它可怕至极。还有更糟的，您知道那是什么吗？那正是我们明天的世界。人们已经扔下海绵[①]，试图各自逃命，摆脱困境，却没有任何人能够获得拯救。并不是拉各斯在远离文明，而是我们，我们从各处走向拉各斯。”

“您也太夸张了吧，埃莱娜。”

“我倒是希望自己如此呢，乌戈。”

突然，在新闻发布会的大厅中，噪声沉落下来。一个记者向苗条男孩提出了一个问题。

“苗条男孩，我是《潘趣报》[②]的艾泽·翁叶迪卡，有人说，你将跟菲克博士合作演唱一首新歌，请问是不是这样的？那是不是

---

① 在法语中，“扔下海绵”（jeter l'éponge）的意思是“放弃比赛，承认失败”。

② 《潘趣报》（*Punch*），尼日利亚日报，创立于1971年。

一首赞颂同性恋的歌呢？还有，你是不是同性恋者？”

一阵沉默降临了，坚实得如同一块砖石。如果说，整个非洲对同性恋者来说是一个地狱的话，那么，尼日利亚就是这个地狱的第九层[①]。这里有法律，法律在威胁他们，要判处他们十四年的徒刑；这里有警察，警察要围捕他们，勒索他们的钱财；这里有整整一大批人民，人们怀着厌恶与憎恨把他们抛弃。人们从来自南方的福音会主教和神父那里，还从来自北方的信奉其他教的教徒那里，接受了种种仇恨和谣传。没有一天没有年轻人被杀害，被处以私刑；没有一天没有歌手、演员、运动员嗓子里饱含着恐惧，不得不为自己是不是基佬而辩护。如此说来，是的，整整三个月了，那个十分细腻精巧的菲克博士，虽没有明目张胆地宣布他对男人的兴趣，却已经用他的歌，用他那表面上模棱两可并相当微不足道的歌词打破了禁忌，做好你自己[②]。

“这里的问题就有很多了，”苗条男孩回答说，“是的，我将和菲克博士一起演唱一首歌，它叫作《真人说真话》[③]。但是，一首‘赞颂同性恋’的歌，这说明不了任何问题。当我演唱《我的诺莱坞姑娘》[④]时，我觉得这是一首歌唱爱情的歌，而不是一首‘赞颂异性恋’的歌。你注意到了其中的差异了吗？此外，我有一条独家新闻：就在几分钟之前，我刚刚得知，不久，我将在伦敦跟艾尔顿·约翰[⑤]一起录制歌曲。他的飞机后天就会来接我。”

那位记者还在坚持问：

---

① 在基督教的信仰中，地狱分为九层。在但丁《神曲》的描写中，最深的第九层地狱是一片污冰湖，卖国卖主者都被冰冻其中，位于湖中心的是恶魔撒旦。

② 原文为英语“be yourself”。

③ 原文为英语*True Men Tell the Truth*。

④ 原文为英语*My Nollywood Girl*。诺莱坞（Nollywood），尼日利亚电影拍摄基地，因年产数千部影视作品被视为非洲的好莱坞，类似于美国的好莱坞和印度的宝莱坞。“诺莱坞”的说法已被广泛接受。

⑤ 艾尔顿·约翰（Elton John，1947—　），英国摇滚乐歌手、作曲家、演员。

“但你到底是不是基佬，苗条男孩？”

“你想来一次约会吗？”

记者们都笑了，苗条男孩钉下了钉子①：

“这个问题，你为什么不直接去问苏奥米呢？”

年轻女郎很亲切地微微一笑，立即跟苗条男孩接了一个吻，带着一种极具嘲讽意味同时又那么活泼的贪婪。在记者们的热烈掌声中，亲吻并没有没完没了地持续。苗条男孩用一段甜言蜜语结束了这个吻，并补充道：

“但是，当我读到，有一个村庄的人用石头砸死了两个十六岁的男孩，因为有一个传教士在一次布道时揭露了他们，而实际上他们只不过是在一起偷吻。当我读到这样的新闻，我可以肯定，在我们国家，有些事情还是应该变一下的。在这一点上，苏奥米和我的意见是完全一致的。我们不能强迫任何人成为他所不是的那样。要宽容，要有爱。我们怎么能够相信，我们在对其他人使坏的同时会感到更幸福呢？”

此时，大厅中人声鼎沸，一阵喧闹，又有别的问题提了出来。苗条男孩转身朝向他那不无着急的经纪人，经纪人正在设法缩短新闻发布会的时间呢。然而，假如歌手想听凭自己的意愿，他就会讲述起汤姆的命运。汤姆是他十五岁时的第一个好友，最终是当着他的面被失控的众人活活烧死的。他恐怕还会讲述自己是如何光着一双脚连夜逃走的。他满脸是血，惊恐万状，在仇恨的人们的追踪下，拼命地逃往伊巴丹。他还会讲述他那些从此变得如此危险、如此短暂的邂逅，还有同性恋者在尼日利亚和在非洲其他地方的困境，他们最终不得不逃出家乡，永远流亡到白人的那些寒冷国家。在那里，他们毕竟还有呼吸的自由。他将跟菲克博

① 在法语中，所谓“钉下了钉子”（enfoncer le clou）的意思是“执意重复”。

士一起，演唱《真人说真话》，但那又是何等的讽喻，何等的谎言，何等的背叛啊！苗条男孩清楚地知道，要想继续在拉各斯生活下去，就不得不为自己创造另外一种生存方式，直到跟苏奥米串通好，达成了那一通默契。诺莱坞冉冉升起的新星苏奥米，美妙无比的苏奥米。当然啦，她是那样喜爱女人，恰如他如此喜欢男人。

突然，埃莱娜·夏里耶注意到一个身穿暗色上衣的高个子黑人男子，悄悄地待在一旁，偷偷观察着这位年轻歌手。她转身朝向意大利领事，用下巴示意了一下：

“我说，乌戈，那个正在他的手机上不停地敲打什么，还不断地拍照的家伙，您注意到他了没有？我来为您介绍一下吧，他是英国领馆的商务专员约翰·格雷。我不敢保证那就是他的真名实姓，不过，我敢肯定，他是在为英国人做事。而且，他不是单独一个人，还有另外两个，都属于领事馆的安全部门。而且，这里还有五六个我从来都没有见到过的奇怪家伙。军情6处[①]的，我这么对您说吧！”

“如此说来，您可是好有眼力啊，埃莱娜。可您自己难道就不是法国情报部门的人吗？”

“当然不是啦，乌戈，肯定不是。证据嘛，假如我是的话，您就会想到，我是会对您说不是的。”

“那是当然。哦，埃莱娜，您知不知道那个当年在苏联执行任务的美国间谍的故事？——说一下苏联的事是不会让我们返老还童的——那一天，他想去投诚自首，就前往卢比扬卡大楼。”

“您说什么？”

① 军情6处（MI6），全称为军事情报局第6处（Military Intelligence, section 6），是英国秘密情报局（Le Secret Intelligence Service，简称SIS）的另一种称呼。

“卢比扬卡大楼[1]……就是莫斯科的克格勃总部大楼……总之，很简单，他说：‘我是一个间谍，我想来自首。’接待他的家伙问他：‘您替谁效力？’‘美利坚合众国。’‘好的，请前往2处。’美国间谍于是来到了2处，并说：‘我是美国间谍，我前来自首。’‘您是不是武装间谍？’‘是的，我是武装间谍。’‘那就请去3处，请便吧。’于是，他来到了3处，说：‘我是美国间谍，我是武装间谍，我前来自首。’‘您是带有任务的吗？’‘是的，我带有任务。’这个美国间谍开始有点儿恼火了。‘那请您前往4处。’他来到了4处，说：‘我是美国间谍，我是武装间谍，我带有任务，我前来自首！’‘您真的带有任务？’‘是的。’‘那就请先把您那该死的任务完成吧！让那些干活的人都消停消停吧！’”

乌戈对自己的玩笑报以微笑。

“很好的故事。”埃莱娜不得不承认，她知道这个故事，因为已经有人对她讲过，就在“游泳池”，在法国的反间谍部门的大楼里[2]。在她被任命为驻拉各斯的领事之前，她曾经是领土安全总局一双死死盯住肯尼亚以及南非的眼睛。

那几个密探连半步都没有动，眼睛只盯住苗条男孩。

“他们在那里干的事，跟我们没有任何关系，真不知道从什么时候起，秘密情报局开始关注起了非洲说唱艺术，还关注起了节奏蓝调。”

---

① 卢比扬卡大楼（La Loubianka），1898年落成，原为“全俄保险公司”总部，十月革命后被全俄肃反委员会接收，成为秘密警察总部。目前是俄罗斯联邦安全局总部，并设有克格勃博物馆。

② 所谓“游泳池”（piscine），是法国的对外安全总局（Direction Générale de la Sécurité Extérieure）的别称，在巴黎。

阿德里安和梅蕊蒂丝

2021年六月24日星期四

新泽西，普林斯顿大学，范氏大楼[1]

在普林斯顿大学的数学系，即一栋玻璃和红砖结构、说是现代主义风格但已经稍稍显得有些老派的精美建筑面前，大学生们把桌子垒成一个流动剧院，安扎起一个带有尖顶的白色帐篷，点燃了露天烧烤架。他们烤了很多很多红肠来庆贺谷崎获得菲尔兹奖[2]。概率论学家阿德里安·米勒的心里很清楚，他正带着一丝强挤出来的微笑，瞧着他的女同事梅蕊蒂丝·哈珀。而跟这一微笑交替出现的，是一种白痴般多愁善感的神态。说实话，阿德里安第一次见到梅蕊蒂丝时，曾觉得她很丑。不过，这样的一种感觉只是暂时性的，那些最好的作者恐怕会向他证明这一点。自从英国的这位女拓扑学家来这里工作后，时间已经过去了两个月。从此，小腿太细、褐色的头发太老实、鼻子太长、眼睛太黑的梅蕊蒂丝，始终冷漠疏远的梅蕊蒂丝，便以一种不可理喻的方式吸引了他。

① 范氏大楼（Fine Hall），普林斯顿大学的数学系大楼，以《范氏大代数》的作者、著名数学家亨利·伯查德·范恩（Henry Burchard Fine）的姓氏命名。

② 菲尔兹奖（Médaille Fields），正式名称为国际杰出数学发现奖，是由国际数学联盟在国际数学家大会上颁发的奖，被誉为数学界的诺贝尔奖，每四年评选两到四名有卓越贡献且年龄不超过四十岁的数学家。

为了让自己有足够的勇气去接近她，阿德里安先是喝了一杯啤酒，然后又喝了另一杯。空腹的时候，他还隐约可以造成一种幻象——有一天，梅蕊蒂丝曾不带恶意地对他说过，他有着“一种瑞恩·高斯林[①]式的相貌，只不过那是一个稍稍有些谢顶的版本”——但是现在，他只像一个醉汉。他认定自己有27%的成功概率。而假如他不散发出那么恶臭的酒精气味的话，成功概率就有可能达到40%，但从另一方面来说，醉意会把因一种拒绝而引起的痛苦减少大约60%。由此，这位概率论学家得出结论，带着如此高的受挫概率，真的还是喝醉为好。

阿德里安生命中的大部分时间，是在研究概率中度过的。时不时地，他还听听巴赫的音乐，还有海滩男孩的音乐[②]。他还没有组建家庭，没有任何孩子姓他的姓，除非他将一个晦涩的定理推广到后代。梅蕊蒂丝是他很久很久以来的第一次抱有激情的对象，眼下，他甚至不无某种夸张地在心里对自己说：这是他毕生中的第一次。她独自一人待在高大的刺槐树下，穿着一件黑色的棉布长裙，显得十分优雅。他竭力沿着一条笔直的线走向她。

“我喝酒了。”他一开口就说。

“我证实了。”梅蕊蒂丝回答说。她的确发现，他的步态稍稍有些不太稳。

“我散发出啤酒的臭气了，对不起。”

“我实在不知道该怎么对您说呢，阿德里安，因为我也喝酒了。”

她展示了一下捏在手里的空瓶，用一个十分优美的模糊动作俯下身来，往他鼻尖吐出了一口带有啤酒花味道的温和气息。

---

① 瑞恩·高斯林（Ryan Gosling，1980— ），加拿大演员、导演、编剧。最初，他是在迪士尼频道的电视剧《米老鼠俱乐部》中作为童星演出的。

② 海滩男孩（The Beach boys）是1960年代的美国迷幻摇滚乐队。此处为文字游戏，巴赫（Bach）和海滩（Beach）两个词的拼写极为相似。

“深呼吸，好好地闻一闻，阿德里安，这就是烦恼与厌倦的气味。”

因为梅蕊蒂丝在普林斯顿感到厌烦。这个来自伦敦的女子不喜欢这座外省城市，在这里，日本餐馆——就是那家还算开到“很晚”的餐馆——从九点半起就让门前的灯光闪烁个不停，意思是说，它马上就要关门了。她也不喜欢这个校园，因为它试图用它建于十九世纪的那些中世纪风格的圆堡和钟楼，来显示它跟普得腊[①]相似。她无法习惯那些大学生，他们自以为是从朱庇特的大腿中直接诞生[②]的，以他们的父母已经支付了六万美元的学费为由，随时随地给她发邮件，就格罗莫夫的非嵌入定理[③]提出种种粗俗平庸的问题，还要求她立即给予答复。得了吧，去你的，怎么着，只需查一下维基百科，就可以找到相关的入门知识，那里已经写得够清楚了。她憎恶那些高高在上俯视着她的教师，圣安德鲁斯大学[④]——她的母校——显然不能跟普林斯顿比肩而论，既然他们都是这里的人，是普林斯顿的人，就此证毕[⑤]。阿德里安可不是这样的，假如他稍稍聪明一点，他应该早就明白，她其实是很爱他的。就一个

---

① “普得腊”这个词是法国人对“霍格沃兹”(Hogwarts)这一名称的翻译，而“霍格沃兹”本来是英国作家乔安妮·凯瑟琳·罗琳(Joanne Kathleen Rowling)的魔幻小说《哈利·波特》系列中魔法学校的名称。“普得腊”(Poudlard)一词被一些批评家认定是“Pour du lard”，即“爱肥膘”的简称，进而是对“Hogwarts”一词的某种“粗暴”直译。

② 在罗马神话中，酒神巴克斯［Bacchus，相当于希腊神话中的狄奥尼索斯(Dionysus)］据说是从大神朱庇特的大腿中诞生的。传说他是朱庇特和凡间女子塞墨勒的私生子，他还没出生时，母亲被朱庇特的雷火意外烧死，朱庇特把他救起，缝在自己的大腿里，直到足月时才把他取出。后来，在法语中，“自以为从朱庇特的大腿里生出来”就有了“自以为很重要，自命不凡”的意思。

③ 米哈伊尔·格罗莫夫(Mikhail Gromov, 1943—　)，法国籍的俄罗斯数学家，法国科学院院士。所谓的“非嵌入定理”(théorème de non-plongement)，是辛几何学(Géométrie symplectique)中的一个定理，论证的是半径为R的球体在半径为r<R的辛圆柱体中的不可能嵌入性。

④ 圣安德鲁斯大学(University of St Andrews)，始建于1413年，是位于英国苏格兰的一所世界顶尖名校。

⑤ “证毕”的原文为“CQFD”，显然是法语“ce qu'il faut démontrer”的缩写。

概率论专家来说，他算得上是一个梦想者，他有着绿色的眼睛，这就使得人们会把他当作一个数论理论家，尽管他留了一头长发，活像是一个博弈论理论家，戴着一副托洛茨基式的金边小眼镜，像是一个软件专家，还穿着代数学家爱穿的满是破洞的旧T恤衫——而他眼下正炫耀的那一件，尤其不像样子，显得滑稽可笑。她猜想他很优秀，假如不出色，他恐怕早就去做金融事务了。优秀，但很腼腆。当他结结巴巴地说："梅蕊蒂丝，我很想问您……嗯……您是专门研究……局部对称空间的……还有……"这时，她会很干脆地打断他说：

"不，阿德里安，根本不是。那方面，我努力工作，只是有意识地让自己沉醉于其中。我很高兴地证明，谷崎和斯坦福的那个大男子主义者布莱纳，因为研究代数学拓扑几何分界面的问题而获得了菲尔兹奖，而在这一领域中，我早已是他们几乎所有的论文的共同署名人，只是没有把它们写出来罢了。另外，我在特伦顿住的是一栋快要烂透的平房，那里头，三天两头地没有热水，今天水是冷的，明天是温的。我的丰田杂牌车六天前就出了故障，蓄电池中的什么东西似乎不灵了，我跟我生命中的男人——我始终以为他就是我命中之人——分手已经一年，因此，我已经有，让我好好算一下吧，整整四个月时间没有做爱了。我们现在已经是六月底了吧？如此说来，还不止呢，六个月，整整六个月呢……而这，甚至还不算可怕的呢。您呢，阿德里安，您一切都还好吗？房子、汽车、性？"

对话才开了一个头，但对阿德里安来说，它就已经失去了平衡。他竭尽所能地接过对方的话茬：

"嗯……我的汽车倒是没有出故障，我家里也有热水。我……"

"那您为什么总是摆出这样一副长毛垂耳猎狗的沮丧样，像是快要在自己的盆里淹死了？我想，我就要喝完这瓶啤酒了，我还想再来一瓶。”

“假如您打算更快地倒在醉意中，那么，在图灵大厅中有的是墨西哥龙舌兰酒，就在大柜子里，毛毡的后头。”

“真是个绝妙的主意。”

梅蕊蒂丝放下了酒瓶，歪歪斜斜地走在草坪上，一直来到大楼门前，动作笨拙地把门推开。阿德里安跟在她身后，心中不无担忧，当她快速地爬上楼梯时，他竭力地不去——不至于过分地去——瞧她的屁股。她在大厅的门前停了下来，背靠着墙壁。

“我是英国人，阿德里安，我预先提醒您，假如您打算强暴我，我会任由您那样做的，我会想着女王的。”

“您喝多了，梅蕊蒂丝。”

“您喝得还不够。”

梅蕊蒂丝拧了一下大厅门的把手，转着圈进到了里头。她有些头晕眼花，差点儿摊手摊脚地倒下来，最终，好不容易坐到了一把椅子上。她瞧着四周，问：

“龙舌兰酒在哪里呢？”

“我不知道那样是不是有道理……”

“您坐在我旁边，不要跟我谈论什么随机过程①，假如您知道我是那么讨厌它。”

阿德里安乖乖服从了，瞧着她，哑口无言。

“哦，哎，去他的，倒是过来抱抱我啊，阿德里安。您不是早就憋不住了吗，现在，立马，您就是像个大傻瓜那样过来笨手笨脚地抱我亲我，我也无所谓的。”

---

① 随机过程（processus stochastiques），概率论中的术语，指的是依赖于参数的一组随机变量的集合。参数通常是时间，随机变量是随机现象的数量表现，其取值随着偶然因素的影响而改变。

“我……梅蕊蒂丝，我向您保证……不过，我真的很喜欢您，但是，我……”

“对，是的，这并不太浪漫，但那又怎么啦？以后，会有人笑话我们的，跟我们的孩子们。快来抱我亲我，要不然，我就要哭了。或者，我就要喊了。哈！救命啊！”

“梅蕊蒂丝，求求您了，”阿德里安说，突然变得有些担忧，“不要拿这个来开玩笑。”

“啊！我这一下可抓住您了。但是，不，我在开玩笑呢。你们这些男人，当一个女人主动迈出第一步之后，你们为什么又丧失了所有的办法呢？”

梅蕊蒂丝突然一把把他拉过来，然后把嘴唇压在他的嘴唇上。嘴唇有一股草莓的味道。她闭上了眼睛，两人就这样彼此紧紧地抱在一起，待了很长一段时间，却不敢亲吻。接着，阿德里安上衣的内兜突然振动起来，电话铃声大作。他猛地挣脱开跟他一样轻率冒失的梅蕊蒂丝，赶紧从衣兜里掏出一部铁灰色的智能手机，十分惊愕地看着手机屏幕。

“是你妻子打来的吗？”梅蕊蒂丝当即问他道——在这种情况下，她会彻底变得带有嘲讽意味。

“我还没有结婚呢。”

三记铃声响过，智能手机突然不响了，五秒钟里一直保持着寂静，然后重新振动，并同时响铃。这一回，铃声响了一下就停了。阿德里安的目光一刻都无法离开手机。现在，是真的吗？

“假如不是您的妻子，那就是某个非常非常执着的人。”

“他妈的，真他妈的。很抱歉，无论如何，我都得……梅蕊蒂丝，我必须……”

他匆匆走到室外，奔跑在数学系的走廊中。时间过去了十秒钟，电话又响了起来。三记铃声，一记铃声，又三记铃声。这是约定的信号：他接通电话。一个男人的嗓音，既自信又没有调性，军人式的。

“是阿德里安·米勒教授吗？”

“嗯……是的。”他回答道，有些迟疑。

“托托，我感觉……”

那嗓音在等着，一直在等着，而米勒则用一种很中性的嗓音回答说：

“我们已经不在堪萨斯了。”

“托托，我感觉……我们已经不在堪萨斯了。”无论如何。阿德里安只能怪自己，怪二十年前他这个只有中学生幽默感的孩子。当年，是他自己选择了《绿野仙踪》①中这句断章取义的话，根本没有想到，将来会有一天，他还需要补全它作为暗号，来证实自己的身份。同样，二十年以来，他始终拥有这部手机，这部人们会定期为他更换，并要求他时刻开机——为此，每个月得支付一千美元的费用——而且永不离身的手机，为的是让阿德里安在任何情况下——绝对是在任何情况下，眼下就是一个证明——都能够随时回答，并立即待命。这手机，它还从来都没有响过呢！

“阿德里安，”梅蕊蒂丝叫嚷道，“快回来抱我亲我，就算那是您妻子来的电话！”

“请您赶紧准备好，米勒教授，”那个嗓音继续道，“几分钟之后，会有一辆警车开到范氏大楼的门前，带你前往联络点。”

“范氏大楼的门前？您怎么知道我在哪里的？”

“我当然知道，米勒教授。您被地理定位了，误差不超过三米。

① 《绿野仙踪》（*Magicien d'Oz*），维克托·佛莱明导演的美国歌舞奇幻电影，1939年由米高梅电影公司发行。影片改编自莱曼·弗兰克·鲍姆（L. Frank Baum）1900年撰写的童话《绿野仙踪》，描述桃乐丝·盖尔与三位伙伴前往欧兹王国找回家路程的故事。上文电话中说到的“托托”（Toto）是《绿野仙踪》系列儿童读物中一条狗的名字。

您上路之后，我们会再给您打电话，好让您跟指挥中心联系上。”

“阿德里安，您在干吗呢？”梅蕊蒂丝在图灵大厅中叫嚷起来，“您真讨厌，阿德里安，您可真的是讨厌透了。”

阿德里安朝门口跑来，梅蕊蒂丝并没有动，她僵在了椅子上，头发蓬乱，神情愤怒。

“我很抱歉，梅蕊蒂丝。有一件非常重要的事情，我……我回头再跟您解释吧。”

阿德里安飞奔下楼，梅蕊蒂丝嚷嚷了一句话，大概意思是让那些概率论学家见鬼去，请他们快快地下地狱去。但，说时迟那时快，阿德里安已经奔到了楼下的大厅。

*

要想弄明白，阿德里安·米勒在2021年六月24日这一天为什么必须回答从一部无烟煤色智能手机上发来的指令，那得返回2001年9月10日。那时，阿德里安还是罗伯特·波奇教授的概率论学者团队中最年轻的博士后，在麻省理工学院庆贺他的二十岁生日。第二天，在日本将发现一例疯牛病的病例。由基地组织的两名突尼斯成员实施的针对马苏德的自杀性谋杀行动[①]之后，各方将发表一系列政治声明，迈克尔·乔丹将宣布复出，回归华盛顿奇才队[②]。但是，尤其是，那将是本·斯利尼工作的第一天[③]。他刚刚获得FAA

① 艾哈迈德·沙阿·马苏德（Ahmed shah Massoud，1953—2001），阿富汗抵抗运动军事领导人，从20世纪80年代起，他先后参与了抵抗驻阿苏联军队、苏联支持的政权以及塔利班武装的斗争，被誉为“潘杰希尔雄狮”。2001年9月9日，两名伪装成外国记者的塔利班成员在马苏德身边引爆炸药，致使马苏德当场死亡。

② 迈克尔·乔丹（Michael Jordan，1963— ），美国NBA篮球明星，外号“飞人”，曾效力于芝加哥公牛队以及华盛顿奇才队。

③ 本·斯利尼（Ben Sliney，1945— ），美国联邦航空管理局运营经理，他在这一职位上工作的第一天就是2001年9月11日，当时是他下令紧急实行全国机场的地面封锁。

即联邦航空管理局的运营经理的职位。在为庆祝他就职而举行的小餐会上，他喝了咖啡，吃了炸糕，两小时后，他将下令把四千两百架飞机全都钉死在地面，这是一个史无前例的决定。有些日子就是这样的。

2001年9月11日的8点14分，波士顿机场的一个地面控制人员就很忧虑地发现，美国航空公司11号航班的无线联系应答器被切断。六分钟之后，飞机上的一个空姐拨了一个她还能拨打的电话号，也就是美国航空公司的预订电话号，告知有人劫持飞机，机舱中已经死了好几个人。等到人们证实她的身份时，已经是8点25分了，一个监管员警告了空中交通管制中心。这时候，本·斯利尼和空中控制系统的人员才通过雷达的回波发现，美航11号航班正朝南飞向纽约。根据反劫机规则要求，机组应该——让我们暂且忘记，教科书上说，飞行员在这种情况下应该当即在无线联系应答器上输入代码7500，当然，眼下，他已经被刺杀了——立即通报民用航空的总部。而在总部，一个“专门的反劫机”协调人应该马上联系五角大楼的某部门，该部门则应该立即请示国防部秘书办公室，由后者告知国防部部长，而国防部部长的决定则应该按照同一途径再反向层层下达。这样，全国军事统帅中心的负责人才能命令战斗机起飞，去拦截遭劫持的飞机。但由于自从冷战以来，能随时准备执行空中拦截任务的空军基地的数量已下降到二十六七个，而留在美国东海岸的基地仅剩下两个，一个在波士顿附近的奥蒂斯，另一个则在华盛顿附近的兰利，也就是中央情报局的总部。

这一切需要花费大量的时间，以至于2001年9月11日那天，将由波士顿机场的空中交通管制监管员紧急呼叫奥蒂斯军事基地。由于按规矩不应该由他来做此事，奥蒂斯基地方面坚持让他先跟位于纽约州罗马镇的东北地区军事统帅部取得联系。他打电话过去联系，那边的人却再次告诉他，他没有遵循程序。不过，好在对方还是被他说服了，那位罗伯特·玛尔上校也没有经过国防部的准许就自行决定，要求奥蒂斯基地赶紧做好战斗准备，让战斗机起飞，执行拦截任务。

远在“‘9·11’委员会”的官方结论发布之前，五角大楼就知道，那天，在决策链中，一切功能都失调了。针对这一情况，它后来在自身内部创建了一个特别工作小组，其任务就是在危急情形下提出另一种特别途径。这个小组把其中涉及技术常规化的一切都转包给了麻省理工学院的应用数学系。也正是在那个小组中，出现了阿德里安·米勒的姓名。

那时候，阿德里安是波奇团队中一个很年轻的概率论学家，而波奇不是别人，正是麻省理工“应用数学”的头儿。二十岁刚出头的阿德里安刚刚通过了他的博士论文答辩，论文涉及的是马尔科夫链①、肯德尔记号②……简单说吧，是他感兴趣的排队理论③。他尤其喜爱利特尔法则④，该法则指的是，在一个相对稳定的系统中，完成工作的平均单位数量，等于平均抵达率乘以它们在该系统中通过的时间。但这些我们暂且按下不提。

由于实验室中的人都很忙，所以，跟国防部签订的这个合同深深地惹恼了波奇，结果，这样的一个任务，即迅速建立起通联模型，设法减少中间阶段的数量，缩短决策时间的拖延，就以常见的老油条作弄新来者的形式，委派给了阿德里安。阿德里安要求得到蒂娜·王的帮助，而后者正在波奇的指导下准备撰写一篇博士

① 马尔科夫链（chaînes de Markov），概率论和数理统计中的概念。

② 肯德尔记号（notation de Kendall），统筹学中的概念。

③ 排队理论（files d’attente），一种数学理论，运筹学的一个分支，研究系统随机聚散现象和随机服务系统工作过程，又称“随机服务系统理论”。

④ 利特尔法则（la loi de Little），属于排队理论，由约翰·利特尔在1954年提出。其内容为：在一个稳定的系统（L）中，一段时间内的平均顾客人数，等于该时间内的工作产率（λ），乘以顾客在该系统中平均的等待时间（W）。其含义是：物料在生产线的通过时间等于总工作量除以平均产率，当产率一定时，产量越大，等待时间越长。

论文。阿德里安希望那位聪明的蒂娜·王能在图论[①]方面大力帮助他，因为他在该领域稍稍有些外行。他们通常工作到很晚，吃得很快、很差，睡得很少，说着他们所能想到的关于国防部的坏话，而当他们感到对一切都无能为力的时候，他们就开上阿德里安的那辆旧本田车，深更半夜里跑到波士顿的幸运一击俱乐部去打保龄球，那里是从不关门的。一天夜里，在一番关于遍历性假设[②]和稳恒分布[③]的争论之后，他们经历了一系列更为性爱而非情色的波折。总而言之，那是一段美好的回忆。

尤其，阿德里安和蒂娜统计了可能影响空中交通的所有变量，赋予它们统计学上的种种价值，详细列举了会引起灾难——哪怕仅会扰乱流量——的任何可能性，大大地超出了五角大楼的期待。他们的模式绝对考虑到了一切可能发生的情况：事件的联链，交流的方式，语言的不通，计量单位的不同（是英尺，还是米？），驾驶操作的失误，机械的故障，技术性问题，气象因素，破坏，劫机，黑客行为，违规偏航，维护失当，其他诸如此类的因素……两位研究者仔细鉴别了三十七种最基础的规约程式，而对其中的每一种规约程式，又分别有七到二十条相关通道，也就是说，总共有大约五百种基本情境，并给出了同样数量的应答措施。当理查德·里德[④]在2001年12月把炸弹隐藏在鞋底，成功地穿过机场的安检区，他们也相应增加了一种被称为12A的规约条文的异文；而伯明翰—

① 图论（théorie des graphes），数学的一个分支，和其他数学分支，如群论、矩阵论、拓扑学有着密切关系。图论以图为研究对象，图论中的图是由若干给定的点及连接点与点的线所构成的图形，这种图形通常用来描述事物之间的某种特定关系，用点代表事物，用连接两点的线表示相应两个事物间具有这种关系。

② 遍历性假设（hypothèse ergodique），数学概念。

③ 稳恒分布（distribution stationnaire），数学概念。

④ 理查德·科尔文·里德（Richard Colvin Reid, 1973—　），也被称为“鞋子炸弹”，英国恐怖分子，他在2001年12月从巴黎飞往迈阿密的美国航空63号航班上试图引爆鞋子炸弹，结果当场被空乘人员制服。

马拉加那次航班的驾驶舱风挡玻璃破碎事故[①]，则成了规约条文7K的一个典型例子；由于积雪，一架空中客车在哈利法克斯机场降落时冲出跑道[②]，于是就有了规约条文4F；冰岛火山爆发喷出的火山灰阻碍了所有航班的起飞，便有了新的条文13E；德国之翼患抑郁症的飞行员驾机撞山[③]，则促成了新条文25D。

经过五个月的工作，他们提交了一份长达一千五百页，简单地题为《民用航空交通：危机诊断，决策链的最佳化与反击/安全规约条文》的秘密防御备忘录，写下了他们的种种建议。尽管（或者，兴许正是因为这一点）他们两个人加起来已经四十一岁，他们共同署名为“Pr. T. 王&Dr. A. 米勒&*alii*，作者单位：麻省理工学院应用数学系，图论系，概率论系”。在“王&米勒&*alii*”中，阿狸是实验室中仓鼠的名字。一拨真正的小孩子。

他们什么都没有缺失；五角大楼本来有可能要求他们对某种“或正或反之选择”[④]提交一切能够想到的答案，而他们可能已经想到了三方面：正面、反面，以及钱币决定一动不动地垂直地立在侧面的罕见情况。但是，在报告上交后的第十天，2002年的4月，国防部却把报告给他们退了回来，同时附上一个用红色毡笔写下的问题：“假如遇上了并不符合已研究之情境的案例呢？”

蒂娜抬眼望天：来一种这样的猜测吧，扔上天的钱币悬浮在了半空。

---

① 1990年6月10日，英国航空公司BAC-111航班从伯明翰飞往马拉加。飞到17300英尺高空时，驾驶舱左侧风挡玻璃松动脱落，机长的半个身子被吸出驾驶舱。幸亏一名乘务员紧紧抓住他的裤腰带和双腿，副驾驶紧急降落，机长才得以生还。

② 2015年3月29日，加拿大航空公司一架由多伦多飞往哈利法克斯的空客A320在哈利法克斯机场着陆时冲出跑道。机身受损严重，所幸无人死亡。

③ 2015年3月24日，由西班牙巴塞罗那飞往德国杜塞尔多夫的一架德国之翼客机空客A320在法国境内撞上阿尔卑斯山，机上150人全部遇难，调查结果认定是副驾驶卢比茨蓄意坠机。

④ 所谓“或正或反之选择”（pile ou face）指的是“猜测一枚被抛向空中的钱币落地时是正面朝天，还是反面朝天”。这个词组往往表示“前途未卜”“命运难猜”的意思。

他们花了五天时间，为这一最后的“并不符合已研究之情境的案例”补充了一个最终的规约条文。而且，跟其他各处的做法不同，在其他所有地方，蒂娜和阿德里安均建议，必须有一个唯一的负责人，且不论是民事的还是军事的，都能监督这一规约的条文。女数学家决定，“鉴于某些突发事件的非理性特征需要这样一种条文”，该条文将被指派给一个由科学家搭档的小组来撰写。她写上了自己以及阿德里安·米勒的姓名，并建议为他们配备专为该规约条文之用的带装甲保护的安全手机，他们必须随时携带，绝不能停机。由于阿德里安承认，自己十分崇拜道格拉斯·亚当斯①的《银河系漫游指南》，还有他“关于生命、宇宙，以及万事万物的终极问题”②。而对这一问题，“深思”，即所有时代中第二大的计算机，经过七百五十万年的计算，得出的答案是“42”，它将是程式规约之书的第42号条文。

或许是为了表现出严肃，或许是为了开心，或许是因为，表现出严肃这件事本身让他开心，阿德里安还补充了一句对话作为届时的联络暗号：

1. 接头人：托托，我感觉……

2. 负责人：……我们已经不在堪萨斯了。

阿德里安走出实验室时，一辆警车早在楼前等着他了，就停在烧烤架的前面，大红肠正在架子上欢欢实实地烤得热腾腾的呢。警官向他敬了一个礼，仿佛他就是一位四星上将，而同事们的目光也

① 道格拉斯·亚当斯（Douglas Adams，1952—2001），英国广播剧作家、音乐家，尤其以《银河系漫游指南》出名。该作最初为广播剧，后发展成包括五本书的“三部曲”，并拍成电视连续剧。在亚当斯逝世后还被拍成电影。

② “关于生命、宇宙以及万事万物的终极问题”是《银河系漫游指南》中关于生命意义的最终问题，其中的一个答案是：数字42。但问题是，谁都不确切知道，它回答的是哪一个问题。故事中，这问题是由超强计算机“深思”来计算的。但这个计算机还没有达到足够强大的程度，经过七百五十万年的计算，它仍未提供出最终的那个问题。

一下子就聚焦到他身上。他笨拙地回了那位警官一个马马虎虎的礼，然后上车坐在了后排座位上，脑袋还在车顶上碰了一下。汽车启动，警笛鸣响，警灯闪烁。阿德里安远远地离开了梅蕊蒂丝和性爱，奔向了陌生。

在银河系的某个地方，某个人扔出了一枚钱币，而那钱币当真悬浮在了空中。

玩　笑

美国东海岸，国际海域

北纬41°25'27"，西经65°49'23"

马克勒检查了一下话筒，但什么回答都没有。肯尼迪机场切断了联系。连线过程中有啪嗒一声响，接着又是一阵很长时间的寂静，之后是另一个嗓音响起，更为低沉的男子嗓音。

“法航006，呼救，我叫路德·戴维斯，联邦航空管理局特别行动指挥员。请问，您还能不能确认自己的身份？请输入应答代码1234。”

马克勒做了个鬼脸，吉德翁在键盘上敲入了指定代码。我们可不是每天都会遇上联邦航空局的特别行动指挥员的……又中断了。然后，那个低沉的嗓音又回来了。

“谢谢，我是路德·戴维斯，联邦航空局。马克勒机长，能不能告诉我您的出生日期和出生地点？”

马克勒叹了一口气，一字一顿地乖乖答道：

“1973年1月12日，伊利诺伊州，皮奥里亚。”

“能不能告诉我你们航班上所有机组人员的姓名？”

“肯尼迪，我不知道您是否知道，我正在竭力让一架遭受损伤的波音787客机安全着陆……”

又是一阵长久的寂静，联络又中断了，接着传来另一个女性的嗓音。

“法航006吗？我是凯瑟琳·布伦菲尔德，北美空防司令部①。您能听到我说话吗？”

北美空防，真的吗？马克勒不由得皱起了眉头。

“我是法航006，我能为你们做什么，北美空防？”

“出于安全原因，你们应该断开飞机上的Wi-Fi。”

马克勒没有争辩，乖乖服从了。那嗓音还在说：

“谢谢。现在，请您要求你们的所有乘客关闭他们的手机以及所有电子设备。”

“我们早已这样做了，北美空防，我们曾经遭遇湍流，而我们……”

“好极了。副机长法弗洛，在稍后的几分钟里，您以及机组人员，你们将去搜缴所有的，对，我是说所有能跟外界有所联系的设备：平板电脑，电话，医疗呼叫器，游戏机，电脑，等等。另外，请别忘记，还有增强现实眼镜②以及智能手表。不能有任何例外。马克勒机长，我们遭遇了来自外界的一次十分危险的黑客行为，其目标是破坏航行系统，而种种电子设备有可能被用作中继……此外，假如您觉得，为得到乘客们的合作，有此需要的话，您可以把这些信息都告诉乘客。”

“但是，那将会造成种种不安情绪……”

“那就没办法了。请明确告诉他们，一个小时之后，飞机着陆

① 北美空防司令部（North American Aerospace Defense Command，简称NORAD），是由美国和加拿大共同组成的军事机构，成立于1958年，作用是由美加两国共同实施北美地区空中的联合防卫。

② 增强现实眼镜（lunettes à réalité augmentée），也叫AR眼镜，是一种智能眼镜，可以实现诸多功能，实际上就是一台微型的手机，通过跟踪眼球视线轨迹，判断用户所处的状态，并且可以开启相应功能，如打电话或发短信等。

纽约之后，所有这些设备将立即归还给他们。副机长法弗洛，假如你们遭遇某种对抗，请坚决强调飞行安全，强调电子仪器干扰作用的危险性。你们完全有权清查所有的电子设备。我们正在遵循一项十分明确的规约条文。”

“但是……那些设备……我们怎么才能保管呢？”法弗洛突然焦虑不安起来。“所有手机都很相像，我们该怎样来辨别呢？”

“请使用呕吐袋，在袋子上用毡笔写上座位号。赶紧行动吧！请安慰乘客们，他们将在飞机着陆之后取回自己的设备。”

副驾驶嘟嘟囔囔地憋出一声模模糊糊的“是的”，然后站起来，跑去对机组人员下达命令。与此同时，马克勒对着话筒，向所有乘客一字不漏地做了说明。客舱中，副驾驶本来预料会遭遇一波抗议，但不知道是因为气流带来的颠簸恐惧余波未平，还是刚刚宣布的黑客行为的威胁有些吓人，又或者是航班机长的嗓音透着一种不容置疑的权威，绝大多数乘客都乖乖地听从了他的要求。少数几个倔强的抗拒者甚至还被邻座约束，不得不乖乖地服从命令。这次行动原本估计会十分棘手，实际上只持续了短短几分钟，令人大为惊讶。在得到了电子联络设备都已在客舱中收缴齐全的肯定回复之后，北美空防司令部的军官接着说：

“这一措施同样也针对机组人员。还有，您也一样。您的手机，您的电脑。马克勒机长，您对这架飞机拥有一切权力。可是您得听命于……”

“空防司令部的这位女士，您得弄明白，我是本次航班的机长！”马克勒有些恼火，“显然，我对这架飞机拥有一切权力，但现在却是您在……”

“马克勒机长，此事关乎国家安全，我们将共同遵循规约条文42。”

马克勒一下子就不吭声了，他从来就没有听说过什么规约条文42。

“法航006，您的新目的地是新泽西的麦奎尔空军基地。我再重复一遍，麦奎尔空军基地，新泽西。”

麦奎尔要塞……1937年，正是在那里，德国的兴登堡号飞艇正准备抛锚着陆时突然起火，被彻底烧毁。①马克勒完成了一次朝西南方向的缓慢拐弯，并且不得不向客舱广播说，对不起，乡亲们②，由于飞机重大损伤，本次航班现在改变航向，前往新泽西。这次，很多乘客发出了抗议，有人高声叫嚷，尤其是因为，在夕阳下，曼哈顿那些闪闪发亮的摩天大楼正面对着他们，恰如一种最高级的嘲讽。马克勒本来可以给乘客讲述兴登堡飞艇灾难性焚毁的故事，给他们解解闷，但本能告诉他，现在可不是开玩笑的时候。

纽约方面又通过对讲机发来了信息：

“这里还是肯尼迪机场进场。马克勒机长，我在为您接通五角大楼的国家军事指挥中心。”

马克勒根本来不及回复什么，立即就有另一个嗓音传来，男性的嗓音，口音中带有浓重的鼻音，拖腔很长，很有北佬腔，很有新罕布什尔的味道。

“马克勒机长，我是国家军事指挥中心的帕特里克·西尔维利亚将军。我受国防部长的指令讲话。您将在三分钟之后，得到海军的两架战斗机的护航。它们刚从杜鲁门号航空母舰③上起飞，将护送你们一直到美国的领海区域。假如遇到企图逃跑或不服从它们指令的情况，按照现有的命令，它们有权击毁你们的航空器。”

---

① 兴登堡号是德国一艘大型载客硬式飞艇。1937年5月6日，该飞艇在新泽西州莱克赫斯特海军航空总站上空失事，原因不明。不过，通常认为，这是由发动机放出的静电或火花点燃降落时放掉的氢气所致。

② 原文为英语“sorry, folks”。

③ “杜鲁门号航空母舰”的英语为USS Harry S. Truman。

这一回，实在是太过分了。马克勒哈哈大笑起来。他终于明白了。

“马克勒机长吗？我是国家军事指挥中心的西尔维利亚将军。您在吗？”

马克勒再也无法控制地笑了起来，笑得都流泪了。但，这是多大的一个玩笑啊。臭婊子！但这又是多么愚蠢的一帮子监控者啊！好一个肯尼迪机场，好一伙铝制顶推轮的大笨蛋！他差一点就轻信了这一切。北美空防司令部，规约条文42，现在又是五角大楼……他又拿起了对讲机。

“敬礼，我那两个蛋的西尔维利亚将军！这就是您所找到的一切吗？说实在的，一开始我居然还相信了呢，但是，说到要把飞机打下来，那可就太过分了。您觉得这次是时候了，就用我们刚刚才遭遇的雷暴？而且，您还搞错了，我最后的一趟飞行，是后天，而不是今天。但我承认，作为出发的礼物，这总归要比一个操他妈的胡萝卜蛋糕要强得多。”

“法航006吗？我是西尔维利亚将军，五角大楼。我这就把杜鲁门号航空母舰的信号转给您。”

“还是我，机长在说话！是你吗，弗兰基？但这，多么操蛋的扬基佬口音啊……你们可真是……按照你们的狗屁命令，我们已经真的收集了客舱中所有的手机。你们真的想让我们被那些乘客骂得狗血淋头，这就是你们的想法吗？”

一个新的嗓音在对讲机中响起，更尖利，而且，这一次，是得克萨斯口音。

“法航006吗？我是杜鲁门号航空母舰上的海军上将约翰·伯特勒。”

一丝嘲讽的微笑始终没有离开过马克勒的嘴唇。

“敬礼，差劲儿的约翰·伯特勒。很好，弗兰基，你可以停止你的古怪口音的把戏了，否则会更加滑稽。”

“马克勒机长吗？这里依然是伯特勒海军上将。目前，您正处在我的两架F/A-18大黄蜂战斗机的保护之下。一架就在你们的波音飞机后面，处于拦截位置，而另一架……请看右舷方向。”

马克勒抬起眼睛望着机舱的顶，但转过了脑袋。离右侧机翼顶端几米远的地方，正飞着一架大黄蜂战斗机，携带着十枚空对空导弹。在驾驶舱里，飞行员还举手跟他打了一个招呼。

“现在，请服从所有指令。”

安德烈

2021年六月27日

印度，孟买

“Fotografei você na minha Rolleiflex...”[①]孟买的君悦酒店大堂，低低地播放着斯坦·盖茨、裘宾和若昂·吉尔伯托[②]糖浆一般黏糊的波萨诺瓦[③]。这首歌的年纪跟从电梯里面的那个男子一样老了，此人溜肩，呼吸短促。电梯厢中生硬的霓虹灯光照下来，镜子把他六十岁的年纪显现出来。此时，他把眼睛别过去，不去看镜子。

安德烈·法尼耶没有睡觉。时差还没有倒过来，心情还很忧伤，想法还太黑暗。离开酒店房间前，他给吕茜写了一份很长的电子邮件，但知道自己不会发送。这无非是扔到大海汪洋中的一个滑稽可笑的漂流瓶，而当时在电话中，她带着一种厌倦的嗓音，在依然还沉浸在黑夜中的巴黎，狠狠地给他扔下这样的一句话，说她已

① 葡萄牙语，意思是“照片你就在我的禄来福来中”。禄来福来（Rolleiflex）是当年的一种名牌照相机。这句葡萄牙语是安东尼奥·卡洛斯·裘宾一首歌中的歌词。

② 斯坦利·盖茨（Stanley Getz，1927—1991），美国爵士萨克斯管演奏家，通称斯坦·盖茨（Stan Getz）；安东尼奥·卡洛斯·裘宾（Antônio Carlos Jobim，1927—1994），巴西词曲创作人、歌手、钢琴家与吉他手，当年爵士乐领域里波萨诺瓦潮流的领袖人物；若昂·吉尔伯托（João Gilberto，1931—2019），巴西歌手、歌曲作者和吉他手，波萨诺瓦音乐流派的先驱，常被称为“波萨诺瓦之父”。

③ 波萨诺瓦（Bossa Nova），融合巴西桑巴舞曲和美国酷派爵士的一种“新派爵士乐”。

经“转向别的东西”了。他已经给她写了，尽管知道那样做并没有用，甚至，不妨这么说吧，还可能适得其反。但每每电视遥控板的电池耗竭时，人们总会摁得更用力。人性就是如此。

建筑师安德烈走出了国际酒店——这一切，他是那么憎恶，毫无力度的比例，毫不优雅的材料，令人压抑的庞大体积——他离开了空调造就的冷飕飕的北极，钻进了夏季的热带印度这个熊熊的火炉。噪声一下子就变得震耳欲聋，令人窒息的空气简直就不配有空气这个名称。整个孟买散发出烧焦的轮胎和精疲力竭的柴油臭味。在拥堵不堪的输油管大街上，他高声叫住一辆脏绿色的人力车，车子在他面前猛地停住，同时摁响了十记喇叭。安德烈给了车夫位于卡马西普拉区的建筑工地的地址，出了一份不菲的车钱，接着就把身子折为三截，让自己又细又长的骨架钻进了三轮车的狭窄空间中。车夫匆匆地启动——依然又是一阵喇叭声——然后沿着一条只有他一个人知道的道路，一头扎入了密集的车流中。

“你为什么总是要坐人力车呢？”前一天，尼尔森曾这样问他。“出租车，那就远不会那么紧张了。”

是的，但是，尼尔森，留着长长的金发，穿着能衬托其运动员体型的无懈可击的雨果博斯牌时装，只有短短两年公司工作经验的尼尔森，这个刚刚从学校新鲜出炉的尼尔森——啊，这样一个“自从你们的大密西西比中心计划开始实施，哦，先生，我就梦想着要去法尼耶&埃德尔曼工作了”的尼尔森——他还不知道，这几分钟的窒息其实恰恰是法尼耶的奢华时刻。在这三轮车后排深深下陷的长靠椅上，法尼耶要去寻找的，而有时候也能找到的，是他二十岁时在斯里兰卡的青春岁月，那时候，他跟一位可爱得有些疯疯癫癫的那不勒斯姑娘在一起，她的名字，他一下子竟想不起来了。她的胸脯沉甸甸的，她的微笑让他眼花缭乱，茱莉娅？是的，正是这个名字。茱莉娅，他差点儿就回想不起来了。

在嘈杂且恶臭的车流中，人力三轮车一次次生硬地加速，发出一声声尖利的喇叭声，一路冲向苏尔亚亚塔楼的工地。安德烈·法尼耶惊讶地注意到，一辆辆汽车的两翼根本没有擦伤的痕迹，后视镜也都完好无损地幸存了下来。这次，蹬车的终于不是一个疲惫不堪的小青年，因为这样的小青年实在太多，他们往往会买下一辆三轮车，三班倒，对道路交通规则全然不知，并把他们的命运全都托付给Waze导航系统[1]。不，这一次，蹬车的是一个又矮又壮的男人，看不出年纪，戴着一副宽边的飞行家墨镜，在卡车和轿车的行列中变幻无常地横冲直撞。他大胆地穿越白线，根本不担心会撞上迎面而来的几十辆车子。他在车流中刀枪不入般的行进全靠奇迹，粘贴在车把上的透明塑料的菩萨像大概不会是无用的。

苏尔亚亚塔楼是法尼耶&埃德尔曼建筑事务所赢得的最大的工程之一，是他们建筑技艺和美学的一次完美展现：一座八十米高的玻璃与竹子的建筑，在关键的战略要点上得到了钢铁长条的加强。北墙聚集着流动的水，前来浇灌向东方倾斜的植物墙，而西南的墙壁天窗与太阳能电池板轮换交替——因为苏尔亚亚这个词[2]意味着太阳——并且给大楼提供电力。它将是博物馆街区与大学学区之间的象征之桥，将为一些追寻图像技术的初创团队提供办公地点。所有的楼层都已经预售出去，没有任何装饰会毁坏塔楼的简约：这是遵循连续不断的减法所获得的一种完美，甚至连他们的中国竞争对手也不得不佩服。

但有一个印度转包商在混凝土地基的质量上作了假，等到可怜的尼尔森发现其中的猫腻，为时已然太晚。于是工程不得不推迟两周。安德烈·法尼耶利用他两天时间的巡视，来威胁、谈判、总

① Waze是一个免费的交通导航类应用系统，可自动向车辆驾驶者提供更好的行车路线。

② 原文为“sūryayā”。

结，就算是星期天，那也活该白瞎了。然后，他还得在当天下午再飞往纽约，去视察他的银环工地。

"转向别的东西"了：安德烈十分憎恶吕茜以一种很确信的本能来选择的这些词语。早已死去的往昔，早已冰冷的东西，他猜测着这一"别的"究竟意味着什么，它兴许早已表现出来。吕茜曾希望是残忍性，因为，她早已不再渴望他们之间还能有什么别的，除了不可补救之事，甚至更愿意把他们共同生活的三个月中所经历的不多的东西缩减为一种简单却又新鲜的平庸经验——跟一个多少还可消费一下的老家伙睡觉，尽管他的皮肤很老，名字也很老。反正，人们早已不会给哪个孩子起那样的名字了。兴许，他强加给自己一段更为残忍的简述，而不像吕茜这样缺了一点严肃劲。

他认识她已经三年了。那是在布鲁姆家的一次晚餐上。他当时颇有些消沉，正要出门离去，进来了一个十分年轻的女人。请原谅我迟到了。需要给一个场景，一部长片调整光线。吕茜是电影剪辑师。尽管安德烈想努力做得不露声色，他还是无法把自己的目光从她的身上移开，她竟然那么是"他的菜"。她嗓音中的那种强度征服了他：她从不提高声调，每个句子都以一种稳稳当当、深思熟虑的方式从她嘴里说出来。她努力操控着自己的话语，一旦集中精力，在头脑中展开思路，就会有一根细细的血管在她的太阳穴上跳动。后来，他得知，二十岁时，她曾有过一个小男孩，叫路易。从此，她便一个人独自养育了他。安德烈注意到，她身上从来没有过任何时髦小饰品。这一现象，他心里想，兴许正是来自单身母亲的种种责任心。

是的，要是说，吕茜让他震惊，那是远远不够的。若是再年轻二十岁，他恐怕会建议她给他生一个孩子。年龄的差距让一切变得有些不太真实。他女儿让娜也很快就要到吕茜现在的年龄了。前不久，他曾问过一个女人，只为了让她笑一笑："您想成为我的遗孀吗？”那位假定的遗孀并没有笑。为什么他的伴侣从此会那么年轻？他的朋友们都在跟他一起变老，但他爱上的女人们却不变老。他逃逸，他害怕。他可以跟正在来临的死神一起晚餐，但做不到跟它一起睡觉。

两年间，他一直在见她。他无法做到不再看到她。在神奇的某一天，她亲吻了他，而后，奇迹一连持续了好几个月。

建筑师开列了一张单子，细细分析在这年轻女郎的行为方式中，究竟是什么东西渐渐把他给消灭了。他最终给出结论，认为一切归咎于身体问题。自从他看到死神隐约出现在地平线上，也就是说，很长时间以来，他就把欲望放在了他所谓的爱情的中心。而吕茜则不同，很显然，她把它放在了外围。

每当吕茜做了好几个钟头的影片剪辑，疲惫不堪地回家，每当他微笑着站起来，把她拥在怀里，他都会在她的每一个动作中读出一种保留——兴许只是因为疲劳。躺下后，他又担心一个过于冒犯的动作会让她逃跑，他的夜晚也将就此远离她而度过，把他驱赶出她所谓的“生存空间”，这一词语显然已经不会让他这一代人联想到纳粹提出的*lebensraum*①。她倒头便睡，他对她早已思而不得了，于是沉浸在忧伤之中，担心会打呼噜，增添她的不舒服，或者更糟，会沉湎于睡梦中。他担心她醒来时会发现，昏昏睡在她身边的，是一个丑陋的老男人，张着大嘴，满口臭气。

早上，闹钟刚刚响起，吕茜就会赶紧起床，总是忘记去拥抱他一下。而他则在清晨没戴眼镜的一片模糊中，瞧着他如此渴望的这个身体跑出卧室，去浴室冲澡。他听着水在流，久久地想象她赤裸着身子，在一阵热雨底下闭着眼睛，胸脯在痛苦中紧紧收缩，兴

① 德语，意为“生存空间”，纳粹德国侵略扩张理论中的术语，认为国家是一种有生命的机体，要有能满足它生长和发展的“生存空间”，这一“生存空间”就是不断扩大的领土和殖民地。

许，还觉得受到侮辱了呢。

他还能回到他的三十岁，还能拥有一身依然紧绷的皮肤，一身既不怕皱纹也不怕死亡的皮肤，以及那一头又硬又黑的浓密头发吗？吕茜还会远远地逃离她英俊的情人，跑向清晨的淋浴吗？那情人会不会就是英俊的尼尔森呢？对啊，是的，尼尔森，为什么不呢？想到一个正骑在他那温柔的吕茜身上的尼尔森，想到这样一个一闪而过的威武形象，他不禁浑身一哆嗦。他有了答案，被折磨得痛苦不堪。

然而，有时候，吕茜会把手放到他身上，确认那肉柱的坚硬，然后就爬上来，骑到他身上。他远远地进入她体内，因为这一姿势妨碍了亲吻，他便尝试着把她拉向他，但她几乎立即又挺起身来，很快达到高潮。她那苗条的躯体大汗淋漓，向他表明，这一下，他的男性快感也应该来临了。安德烈试图粗鲁地对待她，立即达到解脱性的高潮。但他显然已经达不到这一频率和节奏。

安德烈的欲望，他的忧伤，他的忧虑，渐渐地让他丧失了所有的谨慎。有过好几次，他曾笨拙地坚持，但是不是存在着一种灵巧的坚持呢？生存中被否定，肉体上被剥夺，他不再知道，究竟能在哪里找到一个第二重心。他还剩下多少时间能继续作为一个男人？年龄让他变得脆弱，带着这十位数上的可咒的6。如果说，今天，吕茜就已经带着一种绝对真理不那么渴望他了，那么，未来的岁月也不会让他变得更加诱人。

人力车一边左躲右闪地行进，一边在烂泥洼与木板条中发出噼里啪啦的爆音，毫不迟疑地进入了工地，一直来到那个很大的组合式结构的矮楼前，门口的横幅上写有V&E事务所的字样。安德烈上了楼，来到二层的大厅中，尼尔森正在那里等他。吕茜，会跟尼尔森吗？不，他早已不那么认为了。

“辛格朝日建设公司的工程师们都到了。”那个年轻的建筑师只说了这么一句。

“让他们等一下吧，先给我几分钟时间。”

安德烈给自己倒了一杯黑咖啡，面对窗户坐下来，目光扫视了一遍苏尔亚亚塔楼的工地。现在已经十点钟了，而会议定的是九点开始。从此，一切都会一丝不苟，而不是随意为之：他那很不适当的迟到，他的凉鞋，他那褪色的牛仔裤，他那尼赫鲁式领子的白棉布衬衫，还有他的布制背包。他对工地的视察是早就定好了日子的，但是，尼尔森和他决定对他们说，他只是为了他们才动身来印度的。

辛格朝日建设公司的一小群工程师坐在那里，团团围住他们的老板。六件剪裁得体的黑色正装，六条系得紧紧的领带，六张神情紧张的面庞。安德烈一走进房间，大家都赶紧起立。他毫不犹豫地径直走向辛格，虽说从未见过辛格，但尼尔森已经把辛格的照片发给他了。此人五十来岁，身体紧凑，肌肉发达，目光锐利，一头灰发梳得平平整整。没等他来得及弯下身子，按照印度传统的礼节把双手交叉放到胸前，法尼耶就使劲握住了他的手，尽管，他即将模仿的莫里斯·谢瓦利埃[①]的口音颇有些故作玄虚。

“早上好，辛格先生。”[②]

“非常荣幸，法尼耶先生，非常荣幸。”[③]

“辛格先生，我们有两个小时来解决这个问题。我今天晚上还要飞往纽约。事情非常紧急，非常，您明白的。首先，我希望我们能一起视察工地。”

① 莫里斯·谢瓦利埃（Maurice Chevalier, 1888—1972），法国演员、歌手。

② 原文为英语“Good morning, Mr. Singh.”

③ 原文为英语“Very honored, Mr. Vannier, very honored.”

“法尼耶先生，我们想……”[①]

法尼耶立即就转过身，出了门，所有人都跟在他后面。他走得很快，身后紧跟着尼尔森，然后是那些工程师，一个个鱼贯而行。尼尔森紧赶几步，朝他的上司转过身，压低嗓门，悄悄说：

“今天早上，我们收到了实验室发来的关于混凝土微型桩样品提取的检查结果。抗压强度远没有达到严格要求的标准C100/115。我们只有C90左右，甚至还要更小一些。本来，通过安置其他微型桩，这事情还有挽回的余地，可我们把那些给彻底忘了。”

法尼耶表示同意。尼尔森是他在印度的秘密武器。这个年轻人到印度才一个月，在这一个月里，他每天都要用一种掌握精准、技术含量丰富的英语，来主持召开工地现场会议，跟供应商解决种种紧急问题。整整一个月，这个有着澳大利亚冲浪者外表的小伙子，总是倾听人们在他周围用他掌握得极好的印地语所说的一切，那是他在果阿[②]度过的童年时代的语言。他母亲在果阿邦的一个海水浴场城开了一家小旅店[③]。对这一方言的精通，决定了他在法尼耶&埃德尔曼事务所中的融入，他猜想到了这一点吗？那是事务所赢得苏尔亚亚塔楼建筑招标之后两个星期的事。

到了支柱的底座，法尼耶就打开背包，从里头掏出来一台电脑、一个卫星信号接收盒和一个激光遥测仪。他接通仪器，检验了数据，操纵着遥测仪，五次，十次，重又计算了一次，把它对准了其中一个微型桩的顶端，然后是另一个。与此同时，辛格朝日的人则在大太阳的毒晒底下，豆大的汗滴滴滴答答地滴落[④]。他

---

① 原文为英语“Mr. Vannier, we think that...”。

② 果阿（Goa）是印度的一个小邦，位于印度次大陆的西岸，北临马哈拉施特拉邦，东及南方与卡纳塔克邦接邻，西濒阿拉伯海。

③ 原文为英语“guest-house”。

④ 此处为文字游戏，原文中“les hommes de Sunset Singh suent sous le soleil”有很多字母“s”。译文试用很多带“d”音的字。

让一切就那么持续着，远远越过了必要程度，然后小心翼翼地收拾起所有东西，不慌不忙地放回到背包，大家又返回到生命基础的那栋矮楼。

法尼耶坐下来，做了一个手势，请所有人都像他那样坐下来。他稍稍等了几秒钟，让一切复归原状，然后，用一种突然变得没有口音的英语说：

“辛格先生，一个错误已经犯下，并带来了严重后果。现在，是改正的时候了，再拖下去，那就太晚了。建筑，是一种游戏，一种智力的游戏，但总归还是一种游戏，这个，我们就不再谈了。而建造，那可不能玩游戏，那是在一起制造东西……你们明白吗？在一起……”

辛格点了点头。

中午，法尼耶获得了他这次来想获得的一切。辛格朝日建设公司签订了一份新的预定日程表，而法尼耶&埃德尔曼事务所对它的微乎其微的罚款，只够抵销专家鉴定费和律师费。人们不会过河过到一半时就杀马[①]。新的钻探当天下午就将开始，新的混凝土将在夜里加压灌注，在最凉快的时辰。鉴于事情的紧迫性，法尼耶不仅提出一个C115标准，还提出一个XS2标准，它能够抵挡咸水的侵蚀。在高温天气下，它一个星期就能干透，三个星期之后，人们就完全可以在那上面施压了。

辛格朝日的工程师争论着研究新计划时，法尼耶按照印度的礼节弯腰鞠躬，随即和尼尔森一起离开了那里。

他们远离了工地，从一个流动商贩那里买了两份翠鸟牌冰激凌，就朝码头那边走去。法尼耶离他那趟飞往纽约的航班还有三个小时的时间。突然，尼尔森带着一种关心的口吻问道：“我说，安

---

① 法语中有谚语“过河过中央，半途不换马”。意思是“在行动的关键时刻，不宜更换人手或更换计策”。

德烈，吕茜现在怎么样？她跟冯·特罗塔一起干的那份工作现在结束了吗？”

法尼耶微微一笑，几乎就是一个鬼脸。然后，他扯开了话题，躲避开去。他发现，自己在有意隐瞒他们彼此间的分手，仿佛向尼尔森承认这一点会让它变得更加彻底。他受到了侮辱，生平第一次，他感到自己的衰老，并为生活带给他的不公而羞愧。

吕茜真的走了，法尼耶一再对自己重复她的那句原话：“转向别的东西。”由此而过[①]。安德烈已经猜想到：总的说来，每一天都恋恋不舍地怀念一个早已不在跟前的女人，毕竟不会比不停地渴望就睡在自己身边的那一位更痛苦。要知道，她就在一种无动于衷的温吞吞的昏暗中，却又离他有好几光年的距离。

在飞往纽约的美联航航班中，法尼耶恰好又重读了他送给吕茜的那部短作品，维克托·米耶塞尔的《异常》。这是一位两个月前他还一无所知的作家。他尝试着工作，但又情不自禁地重写十来遍他那封绝望的电子邮件。他都落地了，还没有从这一通令人晕头转向的狂跌中预感到任何什么。

正是这一表达并展示出来的痛苦惹怒了吕茜，最终让他归于失败，但他似乎根本无力重整旗鼓。面对着失败的苦痛，他指责自己，诅咒自己不耐心。他自以为是个好情郎，温柔而又博学，恐怕还会梦想着用性事来留住她，让自己在她心中成为一种绝妙愉悦的象征。于是，很愚蠢——因为，没有什么会像欲望那样愚蠢了，如果相信斯宾诺莎的话，这欲望也就是生命的本质自身[②]——安德烈一直希望能把她拉回到一张她最终只想着一心躲开的床上。

---

① 原文为拉丁语“Sic transit”。

② 巴鲁赫·德·斯宾诺莎（Baruch de Spinoza，1632—1677），著名的荷兰犹太人哲学家，主要著作有《笛卡儿哲学原理》《神学政治论》《伦理学》《知性改进论》等。斯宾诺莎在《伦理学》一书中有这样一句名言：“人的本质是欲望。”

“你的欲望压迫着我。您成功地杀死了我的欲望。”吕茜这样对他说，而她要求得到一种“歇息”，当然，它并不是一种歇息。

柏拉图小姐对抗斯宾诺莎博士，结果斯宾诺莎输了。将死了，输棋。

所有这一切，安德烈都没有写下来，不，他撰写了一封无疑很可笑的电子邮件。“我实在很想，跟你一起，走过一条尽可能长的路，甚至是所有可能的路中最长的那一条。”他憎恶所有这些词语，然而，他还是写了下来，把邮件发了出去。现在，巴黎几点钟呢？那里，已经是星期一了。她还在睡觉呢。

随后，美乐托宁[①]起了作用，他昏昏入睡，什么都没有梦见。在肯尼迪机场过海关时，他依然有些昏昏沉沉，关员扫描了他的护照，很认真地观察了他一番，把他留住了，留了好几分钟，一直等到有个男人和一个女人过来找他。他们都很年轻，穿得很休闲、很时尚，男的穿黑色上装，女的穿灰色时装。他们的外表很符合自己的身份：联邦调查局的人。此外，他们还亮出了蓝色的证件和金色的徽章，警徽上，一个脸容很像是摩比世界[②]人物的正义女神两手分别持着一架天平和一柄利剑。

“安德烈·法尼耶先生吗？”那女人问道。

他点点头，她向他显示了她手机屏幕上的一张照片。

“您认识这个人吗？”

是吕茜。吕茜坐在一个充满了黄色霓虹灯灯光的小小房间里，惊呆了，吓坏了。是的，在她的姿势中，她的目光中，一切都显出了她的惊恐。在吕茜的这一形象中，有什么东西很不对劲。

“是的，我认识她，当然。吕茜·博加埃尔，是我的一个朋友。请问，她出了什么事吗？她不在巴黎吗？”

---

① 美乐托宁（mélatonine），主要用于治疗失眠症的一种药物。

② 摩比世界（Playmobil）是德国出品的一个儿童玩具积木系列。

“我们只接到命令，请您跟我们走一趟，法尼耶先生。你们领事馆的一位官员应该会在那里接待您的。他将在那里等我们，就在我们要带您去的地方。您有权利拒绝，但那样的话，我们就只能在留置地点一起等他了。”

法尼耶点了点头。很显然，他没有拒绝。

他们出了机场，走向一辆黑色的高级轿车；一个男人正等在那里，手里提着他的行李，并把它放进了后备厢。他们坐到了后排车座上，他刚刚落座，那男子就敲了敲把他们跟司机分隔开的暗色玻璃板壁。汽车启动，安德烈此时注意到，车窗是不透明的，彻底地不透明。

“请关闭您的手机，并把它交给我，”那女子说，“很抱歉。这是规定。”

安德烈服从了。他也很害怕。既为吕茜，也为他自己。

最初时刻

2021年六月24日星期四
新泽西，特伦顿，麦奎尔空军基地

一架机身遭损的波音787飞机停在2号跑道的尽头，离美国空军的黑鹰直升机以及灰色的螺旋桨双引擎大飞机不远。三辆装甲车就位于这架远程客机附近，泛滥着海腥味的热腾腾的黑夜降临在一片长满金雀花和鼠尾草的荒地上。

仓库边上，一辆辆军用卡车鱼贯而行，像是在表演一场不间断的芭蕾舞。紧急情况，纪律严明，杂乱中，几百名士兵正在一个宽敞的机库中不知忙着什么事，人们刚刚从中撤出一架维修完毕的洛克希德C-5银河系列重型运输机。巨大的滑门附近，出现了三个小小的人影，其中一个女人身穿蹩脚的夏奈尔时装的冒牌货，一个男人穿着《黑衣人》[①]的那种深色上装。这一男一女的仪表举止不会让人有什么疑问：他们属于某一公务部门。第三个人则很不典型：他留着一头颇为油腻的长发，戴一副总在鼻梁上滑动的钢丝边圆眼镜，那件T恤衫已经破了洞，上面写有“我喜爱0，1，以及斐波那

① 《黑衣人》（*Men in Black*），1997年巴里·索南菲尔德执导的一部科幻喜剧电影，讲述由于宇宙战乱不断，大批外星人纷纷到地球避难。黑衣人作为专门对付外星人的特殊警察，致力于阻止邪恶的外星人对地球采取的秘密入侵和破坏的计划。

契”[①]的字样，身上散发出一种汗臭，不太厉害，还有啤酒味，很浓烈。

阿德里安·米勒喝了两瓶水，但没有用，他的脑袋还是晕乎乎的。他一走下警车，就有两个警员朝他走来，并做了自我介绍，不过米勒马上就忘了他们的姓名。那个男子是中央情报局的，而那个女的是联邦调查局的。他朝他们软绵绵地伸出手去，没有假装出丝毫的精气神来。

警官不无迟疑地握住他的手，伸出的是手指尖，坚硬无比，就像一条变了质的泥鱼滑溜溜的鳍：

“必须承认，米勒教授，我根本就没有想象到，您竟然是如此……如此年轻。”

联邦调查局的那个女子，一个皮肤细腻、眼睛明亮的拉美人，三十来岁的样子，一言不发地端详着阿德里安。她先是发现他跟约翰·库萨克[②]有那么一点相像，不妨说吧，这就是一个贫穷的约翰·库萨克，甚至还有些软弱无力。但她随后就改变了想法：不，连这个都不是。最终，她用夹杂着惊讶与尊敬的口吻说：

“我们对您的报告早已烂熟于心，米勒教授。一份出色的工作。我们非常期待您的经验。我能想象，布鲁斯特-王博士和您本人早已生生地撞上了规约条文42。”

阿德里安·米勒嘟嘟囔囔地挤出了一声几乎让人听不见的“不”。他得到的关于蒂娜·王的消息极少，甚至都不知道有一个姓布鲁斯特的人已经进入她的生活。哦，不，他还从来没有碰上过

---

① 原文为夹杂了表情图案的英语“I♥ zero, one, and Fibonacci”。所谓的“斐波那契数列”又称黄金分割数列，因数学家斐波那契（Leonardoda Fibonacci）以兔子繁殖为例子而引入，故又称为“兔子数列”，指的是这样一个数列：0、1、1、2、3、5、8、13、21、34……数列中的每个数都是之前那两个数的和。

② 约翰·库萨克（John Cusack，1966— ），美国电影演员、编剧、制片人。2010年与巩俐、周润发等人合作主演动作电影《谍海风云》。

规约条文42。据他所知，所谓“有限概率”规约条文所预计的种种事件，还从来没有前来扰乱航空交通呢：既没有外星人的入侵，此类情况已经在三项条文中提到——“第三种类的相遇”“宇宙大战”“陌生意图”——而每一类都有十来种异文，其中的哥斯拉[①]深受蒂娜的喜欢；也没有什么幽灵与其他吸血鬼通过空降入侵——或任何一种借助空气传播的闪烁性瘟疫，比如某种埃博拉型的出血性发烧，或某种新冠病毒——此类情况已在另外五项条文中考虑到；至于假定某种人工邪恶智能操控了空中交通管制——不论它是以自主的方式行动（这个，条文29提及了）还是由外星人强力遥控（这个，条文30提到了）——这种假设还没有发生过，尽管已经越来越像是那么一回事了。

但条文42……人们不能够碰上条文42。米勒喝了一大口水，终于开口了：

“您知道，夫人……对不起，我忘了你们的姓名。”

“我是高级特工格萝莉娅·洛佩兹。这位是中央情报局我的对等同行马库斯·考科斯。”

“好的，高级特工格萝莉娅·洛佩兹，既然要对您承认一切，我就说，条文42就是个……该怎么说明白呢……”

阿德里安·米勒又喝了一口水，可还是找不到合适的词语。然而，他又不能对他们承认说，这纯粹只是一拨精于数学研究的人士开的一个恶意玩笑，已经花掉了纳税人五十万美元，而实际上，什么事都没有做，只是在二十年时间里，让国家付钱给了两个闹剧制造人，让他们把带有装甲保护的手机时刻带在身上，而手机却可能从来都不会响起铃声。他观察了一眼那架波音飞机，那只巨大的铝壳的蝉，被强烈的探灯照得无比耀眼。

① 哥斯拉（la Godzilla）是人们想象中的一种巨型怪兽，最早出现于1954年的日本电影《哥斯拉》中。从那时起，哥斯拉就成了一个世界性的流行文化符号。

“您可知道，我们为什么会在这里吗？这架飞机，它到底有什么特殊的地方呢？除了它破裂的风挡玻璃，还有它撞瘪了的鼻子？”

“那是雷达天线罩，”特工纠正道，“飞机的鼻子。那叫作雷达天线罩。”

年轻女子打断了他们的话。

“我们并不太知道什么，米勒教授。布鲁斯特-王教授乘坐的直升机即将到达。看，就是那个黑点，那边，正北方。”

“此外，请在这张纸的下端签个字，米勒教授。”特工考科斯补充道，然后打开了一个信封，“这是一份保密承诺书：从现在起，提供给您的所有信息都将属于机密。假如您拒绝签字，那您就将面临因泄露国家机密而上军事法庭的境地。而假如在签字之后还要冒犯条令的话，依据美国法典第18编第79条之规定，将被视为一种严重的叛国罪。感谢您的合作。”

*

自从——至少是如此——亚瑟王与他的骑士们的时代以来，军事人员就喜欢圆桌聚会，这无疑是因为，圆圈宣告了人们之间功绩的平等，却又没有掩盖任何现实的等级。因此，在麦奎尔军事基地地下指挥部的大厅中央，在生硬的灯光下，摆放有一张巨大的圆桌。大厅的四壁，满是各种各样的大块屏幕，其中很多屏幕显示的是那架波音787飞机的图像，它停在地面，被一组摄影机从各个角度拍摄下来。

蒂娜和阿德里安更喜欢并肩坐在一起，这样，他们就可以共同面对十多位将军。那些女人和男人，来自所有那些你能想象的机构，他们的姓名和所代表机构的缩略名称都写在座位前的玻璃片小牌架上。在座的，除了联邦调查局和国防部的人，还有来自外交部、空军、中央情报局、国家安全局、北美空防司令部、联邦航空管理局的。而另一些缩略符号，米勒从来就没有听说过。他和蒂娜同样也有权显示自己的身份，他们的姓名就写在“麻省理工学院”的字样上面。可是，无论是他还是她，如今都早已不在那里工作了。

蒂娜·王的样子没怎么变，尽管她穿了一身很得体的衣服，比当年那个哥特式博士论文准备人要更为审慎。她悄悄地告诉他，她不再教书了，是的，她已经嫁给一个叫格奥尔格·布鲁斯特的人，那是她在哥伦比亚大学的咖啡快餐厅认识的一个物理学家。而且，她还带着一丝狡黠的微笑，对阿德里安说，她都不怎么认得出他来了，因为他已经不那么像《玫瑰的名字》①中的那位克里斯蒂安·史莱特②了。她觉得他从此有那么一点点像掉了头发的基努·里维斯③，但她心中对他保留了赞赏。

一个强有力的嗓音盖过了这片喧闹。那个瘦瘦的高个子男人根本就不需要展示他在西点和科罗拉多斯普林斯④的成绩单，也不用展示他在霍姆斯⑤和摩加迪沙⑥的战功：他那一头齐刷刷的白头发，肌肉分明、意志坚定的面容，还有他那领章上的三颗黑色星星，就完全相当于一份履历表了。在这个颇具平民风格的细木结构的大厅中，他那灰绿相间的迷彩作战服似乎不能为他再带来太

① 《玫瑰的名字》（*Le Nom de la rose*），意大利作家翁贝尔托·埃科创作的长篇小说，出版于1980年，讲述了中世纪时期意大利境内一座以图书馆闻名的修道院里七天中发生的六宗命案及其调查过程，1986年由法国导演让–雅克·阿诺改编为同名电影。

② 克里斯蒂安·史莱特（Christian Slater, 1969—　），美国电影演员。

③ 基努·里维斯（Keanu Reeves, 1964—　），出生于黎巴嫩的加拿大电影演员、制片人、导演、乐手。

④ 西点（West Point），指西点军校，为美国最著名的军事学院。科罗拉多斯普林斯（Colorado Springs），指位于科罗拉多斯普林斯的美国空军学院。

⑤ 霍姆斯（Homs），叙利亚的第三大城市，叙利亚战争中美军在那里有过多次战役。

⑥ 摩加迪沙（Mogadiscio），索马里的首都、重要港口和历史古城。摩加迪沙之战是1993年10月以美军为主的联合国军队在摩加迪沙与索马里武装人员之间的一次战斗。

多东西。

“女士们，先生们，我是国家军事指挥中心的帕特里克·西尔维利亚将军，我在此全权代表国防部。情况究竟如何，应该还处于秘密状态中，总统先生希望他在里约的访问日程不做任何改变，但是，诸位应该知道，他始终在跟进最新消息。请允许我在此介绍一下圆桌前的诸位。在我左侧，是布恰南将军，他统率着麦奎尔空军基地，会在未来的几天中负责接待我们。我猜想，在座的可能还没有人认识我右侧的米勒教授和布鲁斯特-王教授吧：这两位是数学家，我们从‘9·11’事件以来就一直遵循的危急情况下的规约条文便是出自他们俩的手。”

在一片赞许声中，被介绍的这两位数学家笨拙地向众人打了招呼。西尔维利亚继续说：

“米勒教授在普林斯顿大学教书，布鲁斯特-王教授则是国家航空航天局和谷歌公司的顾问。他们对条文42的实施将有完全的行动自由，而我将是这一行动的合作者。假若有人对我说，中央情报局并没有义务在本国领土上开展行动，那么，我要明确强调，该条文的实施要求所有部门通力合作。”

一个军官为每个与会者分发一个平板电脑以及一份厚厚的写有“机密情报”的卷宗时，西尔维利亚逐一地介绍了联邦调查局的那位高级特工以及所有其他人，从中央情报局的秘密特工，到国家安全局的数字监控负责人，后者只有三十来岁，全然一副社会网络创建者极客[①]的刺头样子。最后，还有一个嗓音温柔而又清亮的小个子女人，她一头白雪似的短发，尽管看上去应该有四十来岁了：她叫杰米·普德洛夫斯基，特种作战指挥部的人，身份为PsyOp.，即

① 极客（geek）这个词本来在美国俚语中指“怪胎”“闷蛋”“土包子”之类的人，随着互联网文化的兴起，这个词又逐渐含有了智力超群和努力的意思，被用于形容对计算机和网络技术有狂热兴趣并投入大量时间钻研的人。

心理治疗专家。所有人都以各自的方式，参与规约条文42的行动管理中。记忆又返回米勒的脑海：政府的各参与机构、圆桌前每个人的军衔，甚至还有本次会议的日程……而这一切，蒂娜·王和他都在他们的报告中做出过详细说明。

“我们的团队将在未来得到大大的增强，”西尔维利亚继续说，“甚至，在眼下这一刻，就已经有不同领域的很多人正在赶往基地的途中，来帮助我们对付严重情况。普德洛夫斯基，请问，联邦调查局的心理治疗组给我们派了多少名特工？”

“一百多名，我们还将从纽约的一个部门调人手。”

“谢谢。显示在你们面前的，是我们目前所知道的情况。停机坪上的这架波音787飞机让我们大家都赶到了这里：今天，六月24日，准确地说是在19点03分，它跟肯尼迪机场建立了联络。被识别为法航的006航班承担了从巴黎到纽约的航行。该机强调它遭到了严重损伤，并在接下来的几分钟里改变航向飞往该军用基地。航班的机长称自己叫戴维·马克勒，副驾驶叫吉德翁·法弗洛，你们能看到机组人员和乘客的完整名单。我现在就请国家安全局的布里安·米特尼克发言。布里安，您是不是就这些平板电脑的使用来做一个简要说明？”

国家安全局的那个人站了起来。站起来之后，他倒是更像一个小孩子了，尤其因为他带着一种少年般的热情挥舞着一个细小的黑方块。

“诸位好，你们都跟我一样，面前有一个平板电脑，一人一台，没有被锁定。在首页上，你们能看到波音787飞机的平面图。点击其中的每一个座位，就会有一个姓名在弹出窗口中显示出来，每个座位都能显示，也包括机组人员的座位。国家安全局会在你们的平板电脑上实施数据现时化，让你们看到每一个人逐渐登机而导致的数据上升。一旦有新的页面的链接，无论是在图像中还是在文本片段中，它都会显现为蓝颜色。只要点击一下蓝颜色部分，链接的页面就会显现。如果要退回来，你们就得点击返回箭头。这非常简单。现在，请注意，仔细瞧着监视屏幕。”

米特尼克手指头一动，就让马克勒和法弗洛的那些照片滑动起来，然后是空乘人员和服务人员的照片。正当米特尼克跟他的玩具开着玩笑时，西尔维利亚又开口了：

“之所以要启动规约条文42，是因为今天有另外一趟法航006航班完成了航行，并于四个小时前着陆在纽约的肯尼迪机场，是准时降落的，16点35分整。它由另一架飞机承担航行，执行飞行操作的是另一个驾驶员和另一个副驾驶员。然而，相应，法国航空公司曾有过一架波音787飞机，属于同一趟法航006航班，如同这一航班也遭到了机体损伤，也是由这位马克勒机长驾驶，由同一位法弗洛辅助驾驶，而且，搭载了同样的机组人员和同样的乘客。简而言之，是跟诸位在这里看到的航空器完全一样的航空器。因此，就是同一个航空器降落在了肯尼迪机场，但那是在3月10日的17点17分。恰好就在一百零六天之前。”

会场上顿时响起一片噪声，乱哄哄的。中央情报局的特工举起一只手，终止了人们的喧闹：

“我不明白，同一架飞机竟然降落了两次？”

“是的，我重复一遍：是同一个航空器。负责维修保养的一个技术人员为我们证实了这一点：差不多四个月前他参与维修的，正是这一架波音787飞机。在他看来，损伤很轻微，仿佛飞机在冰雹中停留的时间少了一半，但他坚信不疑，辨认出机头风挡玻璃上的某些撞痕，还有雷达天线罩上的某些损伤，等等。我现在直接接通飞机的驾驶员。”

一阵轻微的电流啸叫声在指挥大厅中响起。

“你好，马克勒机长。还是我，帕特里克·西尔维利亚将军。

我跟危机应急参谋部的人在一起。能不能请您再介绍一下自己？请再说一遍您的出生日期。”

马克勒的嗓音在大厅中回响起来，透着一丝厌倦。

“本人戴维·马克勒，出生于1973年1月12日。将军，乘客们已经精神紧张到极点，他们想下飞机。”

“我们将立即安排他们在几分钟之内撤离。还有最后一个问题，马克勒机长：请问今天是几号，现在又是几点钟？”

“仪器都失灵了。今天是3月10日，我的手表上显示的是20点45分。”

西尔维利亚将军切断了联络。发光的时钟上显示的日期是六月24日，时间是22点34分。此时，最大的那个屏幕上突然出现了一个病人的图像，他躺在医院的病床上，身上还插着管子。

“这张照片是十分钟之前由联邦调查局的一个特工在西奈山医院的344号病房中拍下来的。这个人也叫戴维·马克勒，是今年3月10日那趟法航006航班的机长，因患胰腺癌而处在垂危之中，他是一个月之前确诊的。”

西尔维利亚转身对一声不吭的阿德里安·米勒和蒂娜·布鲁斯特-王说：

“这下，你们明白了我们为什么要启动规约条文42了吧？现在该怎么办呢？”

二

有言道，人生如梦

（2021年六月24日—六月26日）

存在先于本质，而且，还不少。

——《异常》，维克托·米耶塞尔

那一刻

2021年六月24日星期四

新泽西，特伦顿，麦奎尔空军基地

身穿黄色防生化污染连体服并全副武装的士兵们站成了两列纵队，乘客们则在两列纵队之间排成一队，走向机库。他们穿越了一道放射性物质检测门和一个灭菌闸口，然后一步一挪地进入一个巨大的圆穹底下。一排士兵登记下他们的姓氏、名字和航班座位号。很少听到有人抱怨。继紧张和恼怒而来的，是疲竭与焦虑。只有一个疲惫的女律师还有精力在那里分发她的名片。

在机库中，军人们早已安装并启动了淋浴间、卫生间，还搭建了一百来顶帐篷，摆好长桌，端上了热饭热菜。有些乘客试图在罩了床布的床垫上休息一下，但在钢铁的圆顶底下，一片嘈杂，有孩子在哭叫，有人在争吵。几十个士兵在巡逻，筛查每一个来往的人。靠北的角落，一队医护人员用一个消过毒的顶棚搭了一个化验站，十几个护士正为每一个乘客提取唾液样本；东侧角的组合模板房里，心理治疗组匆匆赶到的心理学专家开始对乘客面对面询问，所提的问题都依据阿德里安·米勒和蒂娜·王在紧急预案中所制定的条目。在最后的几个小时里，规约条文42的内容得到了大量的补充。

西侧，离地面五米高的地方，有一个宽阔的金属平台，高高地俯瞰着整个机库。特遣小分队转移到了其中的一个大厅，那些大厅都是悬垂的，可以通过成片的大玻璃窗观察这个乱糟糟、闹哄哄的大蚁穴。一块块电脑屏幕不断地显示出新的数据。国家安全局对3月10日巴黎飞往纽约那趟航班的大部分乘客与全体机组人员早已做了地理定位。一百来人被软禁在家中，处在警方的严密监视下。生物学家对他们的DNA以及目前还被扣留在机库中的他们的对应者的DNA做着比较，结果竟然完全相同。而停留在麦奎尔空军基地的那架飞机，彻头彻尾地就是大约不到四个月前着陆的那一架，一模一样，不差丝毫。

米特尼克，即国家安全局的那个极客，在大屏幕上投影出一幅客舱的图像，图像一分为二。

“这里平行播放的是位于头等舱的摄像头拍的视频：左边的，是第一架飞机的图像，3月10日的那一架；右边的，是今天着陆的那架飞机的图像。停一下……两幅图像的两个时间码[①]上，都标明16点26分30秒……两个图像是相同的。当时，飞机正好处在强气流层中。现在，我们一个图像一个图像地来看……”

屏幕上，16点26分34秒又200毫秒，视频开始彼此分岔了，分列的屏幕变成了一种找差别游戏[②]：左边，一个女乘客看到她的眼镜飞了起来，而在右边，她的眼镜依然留在她的鼻梁上；这边，有一个行李架的门开启了，而那边，它依然关得紧紧的。尤其是左边，画面很阴暗，而在右侧的视频中，一道明亮的阳光照亮了客

① 时间码（timecodes），是摄像机在记录图像信号的时候，针对每一幅图像记录的时间编码。它是一种数字信号，为视频中的每个帧都分配一个数字，用以表示小时、分钟、秒钟和帧数。

② 找差别游戏（jeu des sept erreurs）是一种智力游戏，玩家需要在指定的时间内找出两幅相似图片中的不同之处。最初的找不同游戏出现在纸质图片上，多为儿童而设计，通常两幅画之间有七处不同，也叫“七差别游戏”，后来也衍生出了很多电子游戏版本。

舱。第一架飞机在3月10日那场可怕的风暴中继续它动荡的行程，而第二架飞机则在六月24日18点07分的宁静天空中呼啸而过。

不和谐的噪声是如此强烈，米特尼克不得不大声叫喊着，以便让人听得到他的话：

“就这样，”他有些幸灾乐祸地说，嗓音中透出一种超级激动，“一切就发生在这一瞬间：在16点26分34秒又200毫秒……而不可能的事在继续。我们选择了波音787飞机上的三个内部摄像头：一个在前部，一个在中部，一个在后部。每两个之间的间距是十米。在900公里的时速中，也即每秒250米的速度中，波音飞机在二十五分之一秒的时间里就能飞过这十米，而，神奇的是，这些摄影机每秒钟就能拍二十五帧图像……你们能跟得上我所说的吗？”

没得到任何回答，米特尼克就继续说了下去。

“我现在把屏幕一分为三。左边，是第一台摄影机的视频；中央的，是第二台的视频；右边的，是最后一台。因此，在16点26分34秒又200毫秒，第一台摄影机拍到，阳光一下子洒落在机舱中。同一个现象发生在第二台摄影机上，但图像却显示发生在16点26分34秒又240毫秒。而在第三台摄影机上，右边的那个视频画面，阳光出现在34秒又280毫秒。”

“而这又说明什么呢？”西尔维利亚问道。

米特尼克成功了。

“每一个摄影机之间，有着二十五分之一秒的时差。这就仿佛我们的第二架飞机从乌有中出现，穿越了一个纹丝不动的垂直面。在这一垂直面之前，是暴风雨，而在穿越它之后，则是碧蓝的晴空。据我们观察卫星测定，这一垂直面3月10日那一天恰好位于北纬42°8'50"，西经65°25'9"，但今天飞机重新露面时稍稍偏西南一点，两者之间的差距大约60公里。”

“那您得出什么结论呢，米特尼克？”

“哦，我吗？没有，什么都没有。这又是一个新数据，用来绞尽普林斯顿那些大脑袋瓜的脑汁。”说着，他把身子转向了那两个数学家。

“这一切运作起来有那么一点像是一个复印件，您瞧，扫描仪在一个地方一扫，图像就在别处出现，就像一张纸从一个机器中出来，是不是？”蒂娜·王问道。

米特尼克迟疑了一下。这想法让他觉得太荒诞，他都不好意思想象。

寂静复归。由于空调还没有安装，大厅中又闷又热。一条信息让国家安全局那人的手机振动了一下。他读了一下，叹了一口气：

“美国总统要求国家安全局查明，3月10日那天，在我们的大西洋沿海一带，是不是出现过哪个国家的军舰，在做一项时间旅行实验……”

一丝丝的沮丧神情掠过了西尔维利亚将军的脸。他把脑袋抵在窗玻璃上，瞧着处于一片生硬灯光中的机库。

“但这架飞机是从哪里冒出来的呢？”西尔维利亚叹气道，“您肯定有自己的理论，王教授，是吧？一个没有理论的教授，等于一条不带跳蚤的狗。”

“很抱歉，眼下，我们这里没有跳蚤。”

“我们希望四十八小时之内还能找到所有人，”西尔维利亚继续说，“其中包括3月10日之后又回到了自己国家的外国乘客。在那时候之前，您得给我们一个解释。”

“必须扩充我们的科学家团队，”阿德里安提议道，“量子物理学，天体物理学，分子生物学……应该在凌晨准备就绪。”

“三十分钟之后，”蒂娜·王继续道，“我们就会给您一份科学家名单，另外还要加上两三个哲学家。”

“啊？为什么？”西尔维利亚问道。

“为什么总是只有科学家要在深更半夜被人叫醒，从床上爬起来呢？”

西尔维利亚耸了耸肩膀。

“不要在任何一个姓名上后退让步，我甚至拥有全权，可以绑架每一个居留在我国领土上的诺贝尔奖获得者。条文明确无误这样写道：‘要求他参与在美国总统明确要求下开展的合作项目。’”

“还要给我们找一个情报分析厅：一个很大的能够从事集体工作的大厅，带有很多不同种类的空间，要有不少数量的桌子、扶手椅、长沙发、黑板、粉笔，总之，您知道……”

“所谓的书写板将是白色的，可以互动，这样对你们如何？”西尔维利亚说，嗓音中没有丝毫嘲讽味道。

“另外，还有抵挡瞌睡的刺激性饮料。”

“我们会给你们提供一些莫达非尼①。我们这里有好几百盒呢……”

“我们恐怕还需要一个研究空间连续性问题和图形理论的女专家。”阿德里安大着胆子又补充了一句。

“为什么非要‘一个女的’？您是不是脑子里已经有人选了？”

阿德里安的脑子里确实有了一个人。

“哈珀教授，普林斯顿大学的。梅蕊蒂丝·哈珀。就在几个小时之前，我们……还曾一起讨论过……格罗滕迪克②关于几何学中的拓扑斯理论呢。”

“我立即就派一辆军车去找她。她……可信赖吗？我是指国家安全方面？”

---

① 莫达非尼（modafinil），是一种觉醒促进剂，被用于对发作性嗜睡病、轮班工作睡眠紊乱以及与阻塞性睡眠呼吸暂停相关的白昼过度嗜睡等紊乱症的治疗，但此药品有成瘾性。

② 亚历山大·格罗滕迪克（Alexander Grothendieck，1928—2014），法国数学家、1966年菲尔兹奖得主，被誉为是20世纪最伟大的数学家，其拓扑斯理论（topoï）十分有名。

“绝对，更何况她是英国人。这有问题吗？”

西尔维利亚将军好像有些疑惑。

“无论如何，在这架倒霉的飞机中有十三个英国人。她总算不是俄罗斯人、中国人，或者法国人。而无论如何，我们将跟英国的情报系统合作。”

“还要有一台咖啡机，一台真正的好货，能做浓缩咖啡的。”阿德里安·米勒补充道。

“请不要提根本无法实现的要求。”将军做了一个鬼脸。

*

快到二十三点时，机库的北角落突然升腾起一团灰色的烟雾，开始只是一圈简单的涡旋，但随即变得越来越黑，越来越浓密。一个男子的嗓音叫喊着：“救火啊！”于是，一圈圈恐慌之波在人群中蔓延：一些乘客冲向紧闭的大门，推搡着正看守他们的军人，保安人员则拥上来支援军人们。

火灾很快就被控制住了，西尔维利亚抓住话筒，说：

“我是帕特里克·西尔维利亚将军。请你们都不要无端地惊慌。我这就下来，给你们一个应有的解释。”

一阵喧闹声从大厅中传上来。

“您要对这些人讲什么呢？”蒂娜·王问。此时，将军正准备走下平台。“我建议您不要对他们说，他们早已在某个地方相应地存在了，在这大地上本没有什么事可做了……”

“我会来一番即兴演说的。无论如何，又有谁知道我们大家在这个倒霉的行星上究竟做了什么？”

这一边，西尔维利亚站在麦克风前，面对两百多名乘客，慷慨激昂，长篇大论，什么国家安全啦，黑客袭击啦，公共卫生啦；那一边，军事人员忙着检查受损情况：火是从一张床底下烧起来的，立即就燃及了整个帐篷。一次有意的纵火行为。

三十米远处，朝向外面的一道狭窄的金属小门被一根鹿蹄状的铁撬杆强行撬开了。显然，人们惊慌之际，守门的士兵们一度放松了对它的监视。十分钟之后，人们就发现，围绕着基地的栅栏已被撕开一个五米长的缺口，那是被一辆汽车压坏的。车子是灰颜色的，恰如现场留下的油漆痕迹所表明的那样。它显然是从离机库不远处的停车场偷来的，但要知道，停车场上停的汽车一共有三百多辆呢。

一个乘客逃走了，消失在黑夜中。

*

子夜，多学科团队的名单出炉了：有诺贝尔奖的，阿贝尔奖[①]的，菲尔兹奖的，或者是获奖者，或者是潜在的获奖人。半个小时之后，联邦调查局的人马便摁响了一家家的门铃，打断了室内所有的夜间活动，其中最普遍的就是睡眠。所谓“美国总统的明确要求”，以及刺破夜空的不断旋闪的警灯造成了明显的效果。还不到半夜一点钟，一连串汽车、直升机和喷气式飞机就源源不断地把科学家们运往麦奎尔军事基地。

梅蕊蒂丝也在其中，这从她那股混有伏特加与牙膏的气味中就可轻易辨认出来。人们显然是把她从床上拉起来的，但当阿德里安做了情况介绍——含糊的介绍——时，她的怒气已消退了一半多。她听着，一声不吭，眉头紧锁，眼睛压低了瞧着人群。阿德里安很惊讶地问：

① 阿贝尔奖（Prix Abel），2001年在挪威设立的数学界大奖，每年颁发一次，奖金的数额跟诺贝尔奖相近。

“您没有任何问题吗？”

“您有答案吗？”

阿德里安有些迷茫，摇了摇头，递给她一片莫达非尼。为了不瞌睡，他很想补充一句，但她早已不带任何抗议地一口吞下了药片。

“您本来应该告诉我说，您是个特工，阿德里安。”

“这个……这个……情况并非如此，嗯……来吧，我带您去看一眼驾驶舱。”

“啧啧。普林斯顿的数学家，对一个间谍来说，真的是一张好古怪的外皮啊……”

阿德里安推开门后，梅蕊蒂丝面对布景，惊诧万分。

“哦，阿德里安，我好喜欢啊，”她叹息道，“我们当真就是在《奇爱博士》①的场景中啊。”

在一个个屏幕上，每份新的数据都证实了不可能之事的发生。跑道上的飞机跟3月10日着陆的那架波音787客机一模一样。当然，飞机已经修补过了，乘客们变老了一点点：当天晚上，人们在芝加哥庆祝了那个小婴儿诞生六个月，而他在机库中，只是一个大哭大叫的两个月大的新生儿。在这分隔开了的两次着陆的一百零六天里，在两百三十个乘客与十三位机组人员中，有一个女人分娩了，两个男人去世了。但从遗传学的角度来说，他们都是同一些个体。西尔维利亚在内部委员会做总结时，丝毫没有注意到那两位数学家。

“讯问进行得如何？”

“我们对由王教授与米勒教授制定的问题列表做了扩充。”心

① 《奇爱博士》（*Docteur Folamour*）是一部英语黑色幽默电影，根据彼得·乔治小说《红色警戒》改编，1964年由英国与美国合作出品，斯坦利·库布里克执导。该片获得了第37届奥斯卡金像奖四项提名，与《2001太空漫游》《发条橙》并称为“未来三部曲”。

理治疗组的那个女人杰米·普德洛夫斯基回答道，“我们故意引入了一些有误差的细节，想激起一些能让身份得到确认的反应。开始的时候，乘客的姓名应该得到保密。”

国家安全局的那个男人又挥舞起他手中的平板电脑。

“我们会通过对‘波音’‘麦奎尔’这类关键词的报警，有效地监控社交网络，这样，当危机爆发时，我们就能确认信息散布者的身份，并限制信息的传播。但我们并不是在朝鲜或者伊朗，不能冻结互联网。眼下，只有一个网页提到这架飞机，那是基地的一个士兵的，我们把它抹除了。感谢上帝……”

“既然谈到了上帝……”普德洛夫斯基说。

“上帝”这个词有制造沉默的功能。联邦调查局的这个女人摇了摇头，在光亮中，一条细细的黑色发辫穿越她那梳理得整整齐齐的白发。

“这么说吧……上帝本身可能就是一个问题。在我们国家，如同在其他很多国家，人们都会谈到上帝的干预，或者魔鬼的干预。我们无法止住迷信的烈焰和想入非非者的轻率行动。我率先召集各种宗教信仰的精神领袖的一个咨询会。总统的宗教顾问都是福音主义者，人们不应该指责我们把范围局限于他们。在这架飞机上，我们看到有基督教徒、穆斯林、佛教徒……时间会戏弄我们，而宗教信仰者从本质上是无法预料的。”

“您完全有自由行使权，杰米，”将军说，“有了九十亿美元的预算，你们的部门将成功地完成某种任务。”

“而对法国人，其他国家的欧洲人，中国人，以及所有其他人……我们又能做什么？”米特尼克问，“要通报各国大使吗？”

“难道要对他们说，我们非法拘禁了他们的侨民吗？我们什么都不做，我们将等待总统的决定。还有别的什么吗？”

大厅的深处，阿德里安腼腆地举起了一根手指头。

“要把三月着陆的第一架飞机上的人与第二架飞机上的人区分开来，我们得有一个代码：一和二？阿尔法和贝塔？或者用颜色：蓝与绿，蓝与红？”

“汤姆和杰瑞[1]？劳莱和哈台[2]？”梅蕊蒂丝建议道。

“很棒的想法，但是，不行，”西尔维利亚断然道，“我们搞得简单一点儿吧：第一个即3月着陆的那一拨，代码用三月（March），六月那一拨，代码用六月（June）。”

*

时间是最重要的，布莱克知道。在机库中的十五分钟足以让他在机场的安全部署中发现一处漏洞，从而得以逃脱，然后又有七分钟时间让他能够开着一辆福特F型的旧皮卡驶向纽约，这可是在基地的停车场上能捞到的最万能的汽车了。他始终带着他唯一的行李，一个背包。当然啦，当时他并没有把他在巴黎买的那部一次性手机交给机组人员，很显然，他还躲避开了DNA检测。他在清晨两点钟来到了纽约，把那本含有单程旅行签证的澳大利亚护照扔进了一个垃圾桶，把皮卡丢弃在一条昏暗的街上，擦干净方向盘上的所有指印以及留在座位上的所有痕迹，尽管做得已经很细致了，但为了更为保险，他最后还是一把火烧了它。

显然，这是一个夏日之夜，甚至可以说是酷热难熬。布莱克惊讶地在一份报纸上发现，今天原来是六月24日。如此说来，这样的气温至少还算符合逻辑。在曼哈顿的一家24小时开放的网吧，他浏

① 汤姆和杰瑞（Tom et Jerry），美国动画片《猫和老鼠》中的主角。汤姆是一只蓝灰色的英国短毛猫，与小老鼠杰瑞可称一对欢喜冤家。

② 劳莱和哈台（Laurel et Hardy），美国长期搭档演出滑稽电影的两位演员。劳莱（1890—1965）瘦小，哈台（1892—1957）胖大，形象上就很滑稽，两人从1926年就开始搭档拍片。

览了最近几个月的时政要闻，由此得知，3月21日，在夸格，有个叫弗兰克·斯通的人被谋杀了；某人履行了合同。他想查询他的银行秘密账户，但密码已被改动。他浏览了他常去的巴黎餐馆的脸书，然后是芙洛拉的脸书。在六月20日发布的一张照片上，一个跟他像得足以以假乱真的男人把他女儿抱在膝盖上，额头上还扎着绷带，芙洛拉在照片边上注明："小矮马，野蛮的食肉类。"他情不自禁地检查了一下自己的脑门：没有任何伤疤，没有任何血肿。一时间里，就像是一种平庸而又不牢靠的解释①，布莱克一下子就想到了健忘症。这可不再是一种选择。

最终，每次都一样，还是实用主义占了上风。他必须重新找到他的基地：他叫了一辆出租车赶往肯尼迪机场，然后以新的身份，用现金买了一张飞往欧洲的头班飞机的机票。那是纽约到布鲁塞尔的航班，6点15分起飞。星期六晚上的21点，他就将返回欧洲大陆的土地上，而一小时一趟的巴士将把他带回巴黎。现在，布莱克还有几个小时可以睡，即便不能用来弄明白事情，至少还是可以用来思考的。

① 此处为文字游戏："平庸"和"不牢靠"的法语原文分别为"banale"和"bancale"，两个形容词极为相像，只差一个字母"c"。

七次谈话

戴维 · 马克勒的谈话片段

保密等级：国防秘密 / **规约条文：**第42条
会谈发起方：Off 查尔斯 · 伍德伍兹，PsyOp.，SOC
日期：2021/06/25 / **时间：**00：12 AM / **地点：**美国空军麦奎尔军事基地
姓氏：马克勒 / **名字：**戴维 · 贝尔纳 / **代码：**六月
出生日期：12/01/1973（48岁）/ **国籍：**美国
机组职位：机长 / **座位：**CP 1

查尔斯 · 伍德伍兹（以下简称Off. CW）：第二日，子夜零点十二分。你好，马克勒机长，我是查尔斯 · 伍德伍兹，美军特别行动指挥部的官员。您是戴维 · 贝尔纳 · 马克勒，1973年1月12日出生于伊利诺伊州的芝加哥，如果您同意，我们的整个谈话会被国家安全局录音并跟踪。

戴维 · 贝尔纳 · 马克勒（以下简称DBM）：同意。不过我出生于皮奥里亚，而不是芝加哥。

Off. CW：谢谢这一更正。您于1997年在达美航空公司开始您的职业生涯，2003年三月进入法国航空公司。您有三年时间从事短途航运，驾驶空中客车A319 / 320 / 321，然后转入长途航运，驾驶A330 / 340，此后，您一直在驾驶波音B787。是否属实？

DBM：属实。

Off. CW：马克勒机长，我们可不可以回到最近那次飞行上来？请您描述一下那团积雨云，然后回到湍流上来，好吗？

DBM：大约是纽约时间16点20分，在新斯科舍的南面，我们不得不穿越一个并没有在气象图中注明的积雨云，一个魔怪，就在一个宽阔的锋面上，高度15000多米，这在三月是很罕见的。于是我们沿着一个最小的25度的小角下降——在我看来有一千米，碰上了一道冰雹之墙，恢复了平稳，五六分钟之后，我们猛地钻出了积雨云层，进入了一片晴空蓝天。

Off. CW：您在皮奥里亚的时候上过小学吗？

DBM：对不起，您说什么？

Off. CW：请回答我的问题，马克勒机长。您还记得那个学校的名称吗？

DBM：凯拉小学。您将一直这样瞧着您的平板电脑吗？

Off. CW：这是规约条文：这些问题都是依据个人的本性特地提出来的。您的回答都会被直接验证。您还回想得起您的小学教师叫什么吗？

DBM：已经有五十年了。啊，对了……她叫普拉切特夫人。

CW：谢谢您，机长。……在您的课余时间里，您更像是一个画家，还是一个音乐家？

DBM：都不是。

Off. CW：从云层中出来之后，您是不是感觉到一种慌张，一种难受？

DBM：没有。

Off. CW：您的耳朵里是不是感觉到一种持续的、舒服的、有旋律的声响？

DBM：没有。

Off. CW：您有没有感到头疼，偏头痛？

DBM：没有。

Off. CW：您是不是有角膜炎，鼻窦炎？

DBM：是的，偶尔会有。这都是一些什么问题？

Off. CW：我只是按条文来，马克勒机长。您的脸上是不是有一些瘙痒感，烧灼感？

DBM：没有。

Off. CW：您还能不能认出我刚刚收到的这张照片上的年轻女子，她就显现在您面前的屏幕上？

DBM：是的，我觉得好像认识。

Off. CW：能不能告诉我她叫什么？

DBM：我想，她就是普拉切特夫人。

Off. CW：这是帕梅拉·普里切特，而不是普拉切特，这是五十年前的照片。她现在已经84岁了，还住在皮奥里亚。

DBM：我想联系您的上级。还想给我妻子打电话，她应该非常担忧。

Off. CW：很快就可以，马克勒机长。请问您最近有没有做过体检？

…………

谈话结束于 2021/06/25　00：43

*

安德烈·法尼耶的谈话片段

保密等级：国防秘密 / **规约条文：**第42条

会谈发起方：Lnt. 泰利·克莱因，PsyOp.，SOC

日期：2021/06/25 / **时间：**07：10 AM / **地点：**美国空军麦奎尔军事基地

姓氏：法尼耶 / **名字：**安德烈·弗里德里克 / **代码：**六月

出生日期：13/04/1958（63岁）/ **国籍：**法国

乘客舱位：经济舱2号舱 / **座位：**K02

泰利·克莱因（以下简称Off. TK）：第二天，七点十分。你好。我是泰利·克莱因，美军特别行动指挥部的官员。您就是安德烈·法尼耶先生吗？1958年4月13日生于巴黎？

安德烈·弗里德里克·法尼耶（以下简称AFV）：是的。

Off. TK：法尼耶先生，出于安全方面的原因，我将对我们的会话进行录音。

AFV：我希望能告知一下我的合作方。我们在纽约有一个建筑工地，我必须告诉他们我被扣留在这里了。

Off. TK：眼下，我什么都无法承诺，法尼耶先生。

AFV：那我要求您联系凯道赛[①]。

Off. TK：您说凯什么，法尼耶先生？

AFV：法国的外交事务部。问一下你们特别行动指挥部的头，

① 凯道赛（Quai d' Orsay），直译为奥赛滨河街，是巴黎的一条街，为法国外交部的所在地，通常代指法国外交部。

他一定知道阿尔芒·梅卢瓦是谁。

Off. TK：我会转达这一信息的。您能不能给我描述一下您的旅行，尤其是气流的颠簸？

…………

谈话结束于 2021/06/25　07：25

*

索菲娅·克莱夫曼的谈话片段

保密等级：国防秘密 / 规约条文：第42条

会谈发起方：Lnt. 玛丽·塔玛斯，PsyOp.，SOC

日期：2021/06/25 / **时间：**08：45 AM / **地点：**美国空军麦奎尔军事基地

姓氏：克莱夫曼 / **名字：**索菲娅·泰勒 / **代码：**六月

出生日期：13/05/2014（7岁）/ **国籍：**美国

乘客舱位：经济舱1号舱 / **座位：**F3

玛丽·塔玛斯（以下简称Off. MT）：我们现在是第二天，早上时间九点差一刻。你好，索菲娅，我叫玛丽，我是安全部门的官员。今天早上你还好吧？

索菲娅·泰勒·克莱夫曼（以下简称STK）：是的，夫人。

Off. MT：你可以叫我玛丽，你知道。你睡着觉了吗？吃早餐了吗？

STK：是的。

Off. MT：要好好吃饭。昨天，你们乘坐了一趟很累人的航班。我要问你几个问题，并把你所有的回答都记录在我面前的这个平板电脑中。我会对我们的整个会话进行录音。你愿意吗，索菲娅？

STK：我做了什么不好的事吗？

Off. MT：根本不是的，索菲娅，你别担心。等会儿，我们俩会一起去看昨天夜里新搭建的游戏场，因为你们一共有三十来个孩子，你知道。另外，你还能看动画片。同意吗？

STK：同意。我可以玩一个iPad吗？我本来有一个的，但他们把它给收走了。

Off. MT：他们会很快还给你的。你几岁了，索菲娅？

STK：我已经六岁多，再过两个月我就七岁了。

Off. MT：哦，这很好啊。生日是哪一天呢？

STK：是5月13日。

Off. MT：5月13日，那是在两个月后吗？

STK：是的。

Off. MT：那你喜欢什么样的礼物呢？

STK：另一只青蛙。这样，贝蒂就不会再孤孤单单的一个人了。

Off. MT：贝蒂是谁？

STK：是我的青蛙，它在家里等着我。

Off. MT：我要给你看一张照片，是你妈妈拍的，你认得出你的家吗？

STK：是的……

Off. MT：你能告诉我，照片上有谁吗？

STK：好的，那是我在学校里的同学，她叫杰妮，他叫安德鲁，萨拉……

Off. MT：是的，索菲娅。你看，我记下了你对我说的一切，这很重要。这是一次生日晚会，你能数一下蛋糕上点燃的蜡烛有几根吗？

STK：好的……我数了，有七根蜡烛。

Off. MT：谢谢，索菲娅。在飞机上，你一定感到心口很难受吧？

STK：哦，是的，非常非常难受。

Off. MT：你有没有感觉听到了音乐，有时候？

STK：没有，夫人。

Off. MT：你可以叫我玛丽，索菲娅，你知道。你有没有感觉头痛，有时候？

STK：没有，没有太痛。

STK：你有没有感觉眼睛刺疼？

STK：没有。

Off. MT：太好了。有没有感到脸上的皮肤痒痒的，脸颊上，或者脑门上？

STK：没有。

Off. MT：你是跟你妈妈还有你的弟弟利亚姆一起旅行的吗？

STK：他是我哥哥。

Off. MT：哦，是的，对不起，我弄错了。你爸爸没有跟你们在一起吗？

STK：没有，他留在了欧洲。

Off. MT：你是不是在欧洲度过假？

STK：是的。我没有做错什么事吧？

Off. MT：当然没有，索菲娅，一点儿都没有。你的爸爸是在军队里，是不是？

STK：是的。他也没有做错什么事吧？

Off. MT：没有，索菲娅。行了，别哭啦。拿着这张纸巾。你不用担心的。真的不用。你愿不愿意我让你的妈妈过来，跟我们一起说说话？

STK：不。

Off. MT：瞧瞧，我带来了笔和纸。你喜欢画画吗，索菲娅？你愿不愿意给我画一幅画呢？

STK：我该画什么呢？

Off. MT：你想画什么就画什么好了，索菲娅。

谈话中断于 2021/06/25 09：02

谈话恢复于 2021/06/25 09：09

Off. MT：非常感谢，索菲娅。好漂亮的一幅画呀。可是你画的都是黑颜色。你看到了没有，这里还是有彩色笔的？

STK：是的。

Off. MT：这个高个子的先生是谁呢？

STK：那是我爸爸。

Off. MT：那旁边的，又是谁呢？

STK：是我。

Off. MT：你画你自己画得太潦草了。为什么呢？

STK：（沉默）

Off. MT：这，这是你的嘴吗？

STK：（点了点头）

Off. MT：那你妈妈呢，她不在这里头吗？

STK：不在。

Off. MT：你愿意再跟我说一说你的图画吗，索菲娅？假如你愿意的话，我会请另一个女士过来跟我一起听你讲。你愿意吗，索菲娅？

STK：愿意。

…………

谈话结束于 2021/06/25 09：19

*

乔安娜·伍兹的谈话片段

保密等级：国防秘密 / **规约条文：**第42条
会谈发起方：达米安·汉普斯坦中尉，PsyOp.，SOC
日期：2021/06/25 / **时间：**07：23 AM / **地点：**美国空军麦奎尔军事基地
姓氏：伍兹 / **名字：**乔安娜·萨拉 / **代码：**六月
出生日期：04/06/1987（34岁）/ **国籍：**美国
乘客位：头等舱 / **座位：**D2

达米安·汉普斯坦（以下简称Off. DH）：第二天，七点二十三分。你好，伍兹夫人，我是达米安·汉普斯坦，美军特别行动指挥部的中尉。如果您允许，我们的对话会被录音。

乔安娜·萨拉·伍兹（以下简称JSW）：我不允许。

Off. DH：伍兹夫人，在涉及国家安全的情况下，拒绝合作会被看成可疑行为。请问，您就是乔安娜·伍兹吗，1987年六月4日生于巴尔的摩？

JSW：汉普斯坦中尉，我受第4修正案[1]的保护，不受控任何形式的随意羁押。我希望能给我的事务所打电话。

Off. DH：我可以向您担保，情况会证明，对您所采取的紧急留置措施是合理的。

JSW：汉普斯坦中尉，没有法官签署过拘禁要求，不然的话，

① 所谓的“第4修正案”，指的是《美国联邦宪法第四修正案：非法证据排除规则》，是关于美国宪法刑事诉讼的判例集。

就请拿给我看看。我们不能够被这样羁押，这属于要求人身保护[1]情况。

Off. DH：我明白，伍兹夫人，但一切都会在未来的几小时里向您解释清楚。

JSW：我在收集证据，这是用于联邦范围甚至国际范围的一个集体行为。已经有四十七名乘客同意，让我们的事务所来代表他们……

Off. DH：这是您的权利。我能问您几个问题吗，伍兹夫人？

JSW：不，我不认为可以。我要见你们的上级。

…………

谈话结束于 2021/06/25 07：27

*

吕茜·博加埃尔的谈话片段

保密等级：国防秘密 / **规约条文：**第42条

会谈发起方：弗兰切丝卡·卡罗中尉，PsyOp.，SOC

日期：2021/06/25 / **时间：**07：52 AM / **地点：**美国空军麦奎尔军事基地

姓氏：博加埃尔 / **名字：**吕茜 / **代码：**六月

出生日期：22/01/1989（32岁）/ **国籍：**法国

乘客位：经济舱2号舱 / **座位：**K03

① 原文为拉丁语“habeas corpus”，指受到无理拘留的个体可以根据习惯法向法院要求得到“人身保护”。

弗兰切丝卡·卡罗（以下简称Off. FC）：第二天，七点五十二分。你好，我是弗兰切丝卡·卡罗，美军特别行动指挥部的军官。请问您需要翻译吗，博加埃尔夫人？

吕茜·博加埃尔（以下简称LB）：不需要。

Off. FC：博加埃尔夫人，出于安全方面的原因，我们的谈话已被录音。您能明白我所说的吗？

LB：我讲英语，我刚刚对您说了。

Off. FC：您是吕茜·博加埃尔吗，1989年1月22日生于里昂？

LB：哪里？不对。不是里昂，是蒙特勒伊。

Off. FC：谢谢这一纠正。请问是什么理由让您出现在美国的领土上，博加埃尔夫人？

LB：一个很私人的理由……夫人，我有一个十岁的小男孩，我必须给他打电话，可你们拒绝把我的手机还给我。

Off. FC：很抱歉，您很快就能跟他联系上的。

LB：我昨天就该给他打电话了，他应该担心死了。请问您有孩子吗，夫人？

Off. FC：请您不要动怒，博加埃尔夫人。

LB：没有人告诉我们任何事，我们被羁留在这里已经好几个小时了……

Off. FC：我必须对您提一定数量的问题。

LB：请答应我，你们会把我的情况告诉我的孩子路易的。这是他的电话号码。

Off. FC：好的，博加埃尔夫人。您能不能给我讲一讲您的此次旅行，给我描述一下遭遇空气湍流的那一刻？

…………

谈话结束于 2021/06/25　07：59

*

维克托·米耶塞尔的谈话片段

保密等级：国防秘密 / **规约条文：**第42条

会谈发起方：Off. 弗雷德里克·肯尼思·怀特，PsyOp., SOC

日期：2021/06/25 / **时间：**08：20 AM / **地点：**美国空军麦奎尔军事基地

姓氏：米耶塞尔 / **名字：**维克托·塞尔日 / **代码：**六月

出生日期：03/06/1977（44岁）/ **国籍：**法国

乘客位：经济舱2号舱 / **座位：**L08

弗雷德里克·肯尼思·怀特（以下简称Off. FKW）：第二天，八点二十分。米耶塞尔先生，我是弗雷德里克·肯尼思·怀特，美军特别行动指挥部的军官。出于安全方面的原因，如果您同意，我们的谈话会被录音。您是维克托·塞尔日·米耶塞尔，1977年六月3日生于法国的洛里昂？

维克托·塞尔日·米耶塞尔（以下简称VSM）：我生于里尔，而不是洛里昂。

Off. FKW：谢谢这一纠正，米耶塞尔先生。

VSM：您能不能给我解释一下眼下所发生的事？

Off. FKW：我很抱歉。您是出于什么理由来到美国的领土上的？

VSM：我翻译了一部小说，前来领取一个翻译奖。

Off. FKW：您是翻译家？我知道您是个作者。

VSM：我……我也写一些长篇小说，短篇小说。不管怎么说，一个译作就是一部作品，翻译家就是作者。简单说吧……为什么您要问我这些问题？

Off. FKW：您能不能给我描述一下您的旅行，尤其是空气湍流？

VSM：飞机下坠，我们受到极大的震动，声响十分可怕，我们全都以为自己都将死掉，而这一切却戛然而止了。就是这样。

Off. FKW：目前，您是不是正忙于出一本书？

VSM：我……我在翻译一个美国作家的一本魔幻小说，讲的是一个少年吸血鬼的故事……

Off. FKW：您是不是正忙于一本更加个人化的书，一本书名将叫作《异常》的书？

VSM：《异常》？不。为什么会问这个问题？

Off. FKW：米耶塞尔先生，您平时画画，搞点儿音乐吗？

DBM：不。

Off. FKW：您有没有感觉到一些持续的、舒服的、有旋律的声响？

VSM：没有。

Off. FKW：您有没有感到头疼，偏头痛？

VSM：没有。

Off. FKW：有点角膜炎，鼻窦炎？

VSM：但是……您这是在凭空逗我开心啊！您以为自己是在《第三类接触》[①]中吗？

Off. FKW：我不明白，米耶塞尔先生。

DBM：斯皮尔伯格的这部电影我都看过二十次了，早就记得滚瓜烂熟。您对我提的问题，就是弗朗索瓦 · 特吕弗[②]对理查德 · 德赖弗斯[③]提的问题，几乎一字不差。究竟是哪个蠢货撰写的这份问

① 《第三类接触》(*Rencontres du troisième type*)，美国科幻电影，由史蒂文·斯皮尔伯格执导，1977年出品。影片讲述一批外星人来到地球后和地球人做心灵沟通的神秘故事。

② 弗朗索瓦·特吕弗(François Truffaut，1932—1984)，法国著名导演，新浪潮电影运动的代表之一，“作者电影”的提倡者。他在《第三类接触》中饰演科学家克劳德·拉康姆一角。

③ 理查德·德赖弗斯(Richard Dreyfus，1947—　)，美国演员，在《第三类接触》中饰演电力公司巡查员罗伊·涅瑞。

题调查表？

Off. FKW：我不知道您在对我说什么。我们遵循的是国防部制定的适用于这一特别情境的规约条文。

VSM：什么样的情境？您以为我遇到了外星人？那样的话，您将问我是不是有些恼怒，脑门和脸颊是不是被阳光灼伤了，对吗？

Off. FKW：嗯……是的……因此，您是不是有瘙痒感，或者脸上有烧灼感？

…………

谈话结束于 2021/06/25 08：53

*

外号“苗条男孩”的费米·阿赫麦德·卡杜那的谈话片段

保密等级：国防秘密 / **规约条文：**第42条

会谈发起方：查尔斯·伍德沃斯，PsyOp.，SOC

日期：2021/06/25 / **时间：**09：08 AM / **地点：**美国空军麦奎尔军事基地

姓氏：卡杜那 / **名字：**费米·阿赫麦德 / **代码：**六月

出生日期：19/11/1995（25岁）/ **国籍：**尼日利亚

乘客位：经济舱2号舱 / **座位：**N04

查尔斯·伍德沃斯（以下简称Off. CW）：第二天，九点零八分。我是查尔斯·伍德沃斯，美军特别行动指挥部的军官。您是费米·阿赫麦德·卡杜那，1995年11月19日出生于尼日利亚的伊巴丹。

费米·阿赫麦德·卡杜那（以下简称FAK）：是的，但出生于拉各斯，而不是伊巴丹。

Off. CW：您是出于什么理由来到美国领土的，卡杜那先生？

FAK：所有人都叫我苗条男孩。我是一个音乐组合的主唱，其他乐手昨天已经到达。我们明天要在纽约演出，您不能这样扣留我。

Off. CW：我明白，卡杜那先生。

FAK：我叫苗条男孩……

Off. CW：苗条男孩，请问您的音乐会的日期？

FAK：明天，我已经对您说过。22点，在水星酒吧。

Off. CW：也就是说？哪天？

FAK：3月12日……

Off. CW：我来让您听一下一首歌：《雅巴姑娘》。请您戴上耳机。

谈话中断于 2021/06/25　09：15

谈话恢复于 2021/06/25　09：19

Off. CW：您熟悉这首歌吗？

FAK：不，还真不错。叫《雅巴姑娘》吗？雅巴，那是拉各斯的一个街区。是尼日利亚的一个音乐组合搞的吗？真是太奇怪了，它没能让我想到什么。

Off. CW：卡杜那先生，您有没有循环往复地感觉到一些舒服的、有旋律的声响？

FAK：当然，我是音乐家嘛。

…………

谈话结束于 2021/06/25 10：07

笛卡儿命题 2.0

2021年六月25日星期五

麦奎尔空军基地，情报分析大厅

疲劳的人喜爱争吵，而一旦疲惫至极，人们就远不那么爱争吵了。早晨六点钟时，阿德里安、蒂娜以及他们的第一批二十个专家在基地的一个指挥大厅中安顿了下来。到了七点钟，随着运送专家前来麦奎尔基地的直升机的节奏，他们的人数达到了四十个。长沙发、互动图板都安置完毕，一个士兵启动了浓缩咖啡机。

短短一分钟就足以简述目前的形势。接下来是十分钟的提问时间，蒂娜和阿德里安满足于千篇一律的答复：在机库中的这些人跟一百零六天之前乘坐同一架飞机着陆的，完全是同一批人。阿德里安·米勒与里卡多·贝托尼①——此人因为对暗物质②的研究而加入对2021年诺贝尔物理学奖的竞争——之间的这番对话简述了目前的形势：

"您这是在嘲弄我们吗，米勒教授？"

① 历史上确有里卡多·贝托尼（Riccardo Bertoni，1933—2003）这样一个人，但那是一个专门为电影角色挑选演员的导演。

② 暗物质（la matière noire），指可能存在于宇宙中的一种不可见的物质，可能是宇宙物质的主要组成部分，但又不属于构成可见天体的任何一种已知物质。

“瞧您这话说的。”

到了上午九点，正当蒂娜·王在情报分析大厅继续主持多学科会议之际，阿德里安返回专案组。梅蕊蒂丝陪着他，同时在场的还有一个又高又瘦的家伙。此人一头茂密的灰发，一双青色的眼睛。西尔维利亚指着一个电视会议屏幕，上面显现出一些人们都熟悉的面孔：

“米勒教授，正在里约的美国总统也在直播现场，在场的还有国务卿和国家安全局局长。”

“这一现象实在太神奇了，总统先生，”阿德里安挠了挠自己的脖子，说，“但就像亚瑟·C.克拉克[①]所说的那样，任何一种足够先进的工艺都有难以觉察的魔幻成分。我们已经有了十种假设，七种是玩笑，另外三种引起了我们的注意，其中一种得到了大多数人的赞同。让我们从最简单的开始说吧。”

“请便。”西尔维利亚说。

“它就是‘虫洞’[②]。现在，我们有请拓扑学专家梅蕊蒂丝·哈珀为你们做简介。”

梅蕊蒂丝从办公桌上拿起一支黑笔和一张纸，并把那张纸对折起来。她清晰地感觉到自己是在一部小成本的科幻电影中表演一个教育学游戏，但那是无所谓的事啦。

“谢谢，阿德里安。让我们假设一下，空间可以像一张纸那样对折起来……但按照我们不能企及的某一维度，它不是我们所

① 亚瑟·查尔斯·克拉克（Arthur C. Clarke，1917—2008），英国作家、发明家，尤其以撰写科幻小说闻名，代表作《2001太空漫游》由导演斯坦利·库布里克于1968年拍摄成同名电影，成为科幻电影的经典之作。

② 虫洞（trou de ver），又称爱因斯坦–罗森桥（pont Einstein–Rosen），也译作蛀孔，是宇宙中可能存在的连接两个不同时空的狭窄隧道。虫洞的概念由奥地利物理学家路德维希·弗莱姆在1916年首次提出，1930年由爱因斯坦及纳森·罗森在研究引力场方程时假设，认为透过虫洞可以做瞬时的空间转移或者做时间旅行。

知的三维空间中的任何一维。假如我们的宇宙当真受弦理论[1]的支配，那它就是一个超空间，有着十维、十一维或二十六维的超空间。在这一模子中，每一个基本粒子都是一段微细的弦，跟其他弦的振动不一样，其他弦是在各自的维度中绕着自己旋动。您能明白我的意思吗？……”

美国总统大张着嘴，就像一条胖石斑鱼被一团乱糟糟的金色钓线钩住了嘴。

“所以，空间一旦被对折起来，人们在其中造成一个‘洞’……”

梅蕊蒂丝·哈珀用铅笔尖刺穿了纸张，食指伸进了那道裂缝。

“……人们就可以从我们的三维空间的一个点，十分轻易地过渡到另外一个点。这就是所谓的爱因斯坦–罗森[2]桥，一个负质量的洛伦兹虫洞[3]……”

“我明白了。”美国总统说，皱起了眉头。

“这一点依然遵循经典物理学的规则。在我们的爱因斯坦空间中，人们不能超越光速的界限。但一旦在超空间中打通一个涡旋，就可以在短短的一秒钟里完成各星系之间的旅行。”

“这在各种小说中是个共同概念。”阿德里安说，他觉得梅蕊

---

① 弦理论（théorie des cordes），又称弦论，是理论物理学的一支，结合量子力学和广义相对论为万有理论，认为物质的基本组成单位并不是单个的粒子，而是由粒子组成的弦。它以一段段“能量弦线”作最基本单位，来说明宇宙中所有微观粒子如电子、夸克、中微子都由这一维的“能量线”所组成；换言之，弦理论主张“弦”以不同的振动模式对应到自然界的各种基本粒子。

② 纳森·罗森（Nathan Rosen，1909—1995），美籍以色列裔物理学家，与爱因斯坦共同提出虫洞（爱因斯坦–罗森桥）假说。

③ 按虫洞理论，虫洞分为两种：一种是欧几里得虫洞（即磁虫洞），永远存在；一种是洛伦兹虫洞（trou de ver de Lorentz），偶然出现。天文观测倾向于洛伦兹虫洞的存在，该虫洞可以想象为日常生活中所说的时光隧道。飞船可以通过它飞往其他宇宙，也可以再飞回来。洛伦兹虫洞的两个开口也可能处在同一个宇宙中。

蒂丝说得有些过于抽象，“比如弗兰克·赫伯特的《沙丘》[1]或是别的作品。这一概念在电影中也得到了体现，例如诺兰的《星际穿越》[2]，或是《星际迷航》的进取号联邦星舰[3]中。”

“《星际迷航》！我看过它们，是的。”总统突然欢呼起来。

“通常——反正，这是一种说话方式——”梅蕊蒂丝继续说道，“人们瞬间就能穿越时间与空间，没有任何理由会让任何东西分身为二。在这里，我们有这样的两架飞机……”

“这就如同进取号联邦星舰突然出现在了空间的两个点上，”米勒激情澎湃地说，“有了两个寇克舰长，两个史巴克先生[4]，两个……”

“谢谢，米勒教授，”西尔维利亚说，“我们明白了……那么，第二种假设呢？”

“我们把它叫作‘复印机’假设，我们跟国家安全局的布里安·米特尼克一起来揭示它。”

米特尼克点了点头，做出一种因被点名而不乏自信的好学生的鬼脸。

“如你们所知道的那样，”米勒继续道，“生物打印的革命已经开始……”

“对不起，您说什么？请讲得更清楚一些！”西尔维利亚要求道，他预料到总统会恼怒，于是给自己分派了一个老实人角色。

---

① 《沙丘》（*Dune*），美国科幻大师弗兰克·赫伯特（Frank Herbert，1920—1986）的著名科幻小说（1965），作品以精细入微的笔法创造了一个与地球截然不同的世界——被称作“沙丘”的行星阿拉吉斯。美国电影导演戴维·林奇（David Lynch）曾把它拍成电影（1984）。

② 《星际穿越》（*Interstellar*），英国导演克里斯托弗·诺兰（Christopher Nolan，1970—　）执导的一部科幻冒险电影（2014），主要讲述一队探险家利用他们针对虫洞的新发现，超越人类太空旅行的极限，从而开始在广袤的宇宙中进行星际航行。

③ 《星际迷航》，见第16页的注解。在《星际迷航》中，前后共出现过九艘命名为进取号的联邦星舰（USS Enterprise）。

④ 这里提到的寇克舰长、史巴克先生都是《星际迷航》中的人物。

“人们已经能通过3D打印来制作一些生物学材料。今天，人们用一个小时的时间，就能造出一颗老鼠那样大的人类心脏来。十年时间里，生物分解的精细度成倍地提高了，打印的速度也成倍加快，复制对象的体积也成倍增大。假如人们紧密跟踪这每一个领域中的指数曲线，尽管作为保守派……”

“我就是保守派。”总统突然打断他说，而米勒一时间里不禁问自己，这究竟是不是一句玩笑话。

“因此，”数学家继续说道，“用不了两个世纪，人们就能在短短一秒钟里扫描并同样迅速地打印出一个像这架飞机一样的物体，而且能达到原子层面上的清晰分辨力。但是，这就有了两个问题：第一，这台打印机在哪里？第二，用来制造飞机本身以及各位乘客的种种原始材料又从哪里来？”

“但是，确实……这一‘打印机’的形象，”梅蕊蒂丝插嘴道，“需要假定有一个原件和一个复印件。而在我们办公室的打印机上，首先出来的，总是那个复印件。”

“我明白了，”西尔维利亚高声说出了心中的想法，“在3月10日着陆的，恐怕是那架‘复印件’飞机。而刚刚着陆的那一架，才是‘原件’。在这一情况下，为什么要区别对待这两组人员，并借口说第一架飞机……”

“……只不过是从‘打印机’中‘先’出来而已……”梅蕊蒂丝总结道。

“我倒是很想再提一下后一种假设，”米勒接着说，“它获得了相当程度的赞同，但也很令人难以接受。”

在屏幕上，只见总统摇晃着脑袋，然后深深地皱起眉头，这一切表明，他在集中精力思考。接着，他问道：

“您是想说，这是上帝的行为吗？”

“嗯，不，总统先生……没有人提到这一假设。”阿德里安答道，有些惊诧。

西尔维利亚擦了擦脑门。

“我们再来看一看第三种假设吧，米勒。”

“我们把它叫作‘博斯特隆假设’。我指的是尼克·博斯特隆[①]，他是在牛津大学教书的一个哲学家，他在世纪初提出……”

“这很老了。”总统叹息道。

“是在本世纪而不是上个世纪初，”米勒接着说，“确切地说，是在2002年。现在，我就请哥伦比亚大学的阿奇·韦斯莱来给我们讲一讲。他是软件学家。”

那个头发乱蓬蓬的高个子走到一块黑板前，在上面写了一个方程式：

$$f_{sim} = (f_p f_i N_i) / ((f_p f_i N_i) + 1)$$

……然后转身朝向屏幕，带着一丝善意的微笑以及一定分量的激动，说：

“你好，总统先生。在解释这一方程式之前，我想先说一说‘现实’。任何现实都是一种建构，甚至是一种重构。我们的脑子封闭在脑颅的黑暗与寂静之中，只能通过传感器才能取得跟外界的联系，而这些传感器就是我们的眼睛、耳朵、鼻子和皮肤：我们所看到和感觉到的一切，都会通过一些电缆，即我们的神经突触……我们的神经细胞被传送给它们，总统先生。”

“我明白了，谢谢。”

“好。脑子重构了现实，借助它数量众多的神经突触，脑子每秒钟要进行多达万万亿次的运算。当然，比一台计算机少，却有更

① 尼克·博斯特隆（Nick Bostrom，1973—　），瑞典哲学家，以其在生存风险、人择原理、人类增强伦理学、超级智能风险和逆转测试方面的工作而闻名。

多的相互链接。但是，再过几年，人们将能模拟人脑，而这个人工程序将具有某种意识。纳米技术专家埃里克·德雷克斯勒[1]曾想象过一个系统，其尺寸只有一块方糖那么大，却能重构出十万个人类脑子来。”

“不要再说您的什么亿亿万万了[2]，我什么都听不明白，”总统说，“我的许多同行也一样听不明白。请您继续演示吧。”

“好的，总统先生。请好好想象一下某些高级生命体，他们的智力相比于我们，就相当于我们的智力相比于一条蛆虫……我们的后代可能会那样，兴许吧。同样，让我们想象一下，他们拥有无比强大的计算机，使他们完全能够再创造出一个虚拟世界。在那个世界中，他们会让他们的‘祖辈’以一种精确的方式复活再生，并观察这些前人演变出完全不同的命运。用一台尺寸只有一个小小的月亮[3]那么大的计算机，兴许就能亿万次地模拟从智人[4]诞生以来的人类历史。这是计算机模拟方面的假设……”

“像在电影《黑客帝国》中一样？”总统问道，带着一种显然不甚明白的口吻。

“不，总统先生，”韦斯莱回答道，“在《黑客帝国》中，是一些机器在开发真人的身体能源，这些人都是被束缚了手脚的有血

---

① 埃里克·德雷克斯勒（Eric Drexler, 1955— ），美国科学家，分子纳米技术潜在的开创性研究方面最知名的专家。

② 这里对话中的“十万”和“亿亿万万”在原文中是“cent mille”和“milliards”，很明显，就是对格诺的作品《一百万亿首诗》（*Cent mille milliards de poèmes*）的某种影射。

③ “一个小小的月亮”的原文为*une toute petite lune*，这也是一首有名的儿童歌曲。其第一段如下：“Une toute petite lune/ Une lune enfant/ Tient au bout d’un fil une/ Étoile brilliant。”汉语大致可翻译为：“一个小小的月亮/一个月亮娃娃/手里拉着一根绳/牵了颗星星当亮灯。”实际上，月亮的半径有1737.1公里。

④ 原文为拉丁语“Homo sapiens”。智人是世界上现存的唯一人种。生物学上，世上人种只是一个种，属哺乳动物纲～灵长目～人科～人属（Homo）～智人种（Homo sapiens）。其形态特征比直立人更为进步，分为早期智人和晚期智人。早期智人过去曾叫古人，生活在距今二十五万到四万年前，而晚期智人（新人）是解剖结构上的现代人，大约从距今四五万年前开始出现。目前地球上的所有人类都属于晚期智人。

有肉的奴隶。它们让他们生活在一种虚拟的世界中。而在我们的假设中，情况正好相反：我们并不是一些真实的生命体。我们自以为是人类，实际上不过是一些程序。极其先进的程序，但毕竟仍还是程序。如同《黑客帝国》中的特工史密斯，总统先生。只有特工史密斯知道自己是一个程序[1]。”

“由此说来，眼下，我并没有在一张桌子前喝咖啡？”西尔维利亚说，“我们所感受到、感觉到、看到的一切……也都是模拟出来的？一切都是虚假的？”

“将军，这并不会改变这样一个事实，即您正在这张桌子前喝着一杯咖啡，”韦斯莱接着说，“它改变的只是咖啡与桌子到底是用什么做成的。这会很简单，人类感觉带[2]的最大宽度并不是很大：模拟所有的声响、图像、触觉和气味，只需要并不太高的成本。而要仿造我们的生存环境，也不是一件那么复杂的事，一切取决于细节的水平：‘模拟而成的人类’不会注意到虚拟环境中的种种异常，他们会有他们的房子、车子、狗，甚至他们的计算机，只要人们还存在。”

“这将像英国系列剧《黑镜》[3]中那样，总统先生。”阿德里安·米勒叹息道……

总统皱起了眉头，韦斯莱则接着说下去：

“另外，我们对宇宙了解得越多，就越觉得，它是建立在种种

---

① 电影《黑客帝国》系列中的特工史密斯一开始就是“矩阵”这个程序世界中一个普通的杀毒程序，其职责跟其他特工一样，就是负责清除对矩阵有害的物体（进入矩阵的锡安反抗军和矩阵中觉醒的人），相比其他只知机械地执行任务的特工，史密斯的特殊之处就是他产生了自我意识，更情绪化，并且厌恶人类以及限制着他的矩阵，其目的是脱离矩阵的控制，使自己获得自由，进入真实世界。

② “感觉带”原文为“bande sensorielle”。

③ 《黑镜》（*Black Mirror*），英国电视4台及美国NetFlix公司出品的迷你电视剧。由英国制片人查理·布洛克编剧及制作，已出品了好几季（2011—2019）。该剧分别以建构于现代科技背景的独立故事，表达了当代科技对人性的利用、重构与破坏。

数学原理的基础上的。”

“恕我冒昧，教授，”西尔维利亚打断了他，“人们难道就不能根据经验证明，您这是在信口胡说呢？”

“我想是不可能的，”韦斯莱开玩笑道，“假如，已经把我们成功模拟出来的人工智能证实，‘被模拟出来的人’能观察微观世界，它为他提供足够数量的‘被模拟出来的’细节就够了。而在出现错误的情况下，只需为已被发现异常的‘虚拟脑子’的状况重写程序。甚至还可以倒退几秒钟，进行撤销①，并且以一种能避免任何问题的方式重新进行模拟……”

“您讲述的事情很可笑，”总统发作起来，“我可不是超级马里奥②，肯定不会去对我的同胞们解释，说他们是一个虚拟世界中的程序。”

“我明白，总统先生。但是，从另一方面来说，一架从乌有中突然冒出来的飞机，一架作为另一架飞机复本的飞机，带着它所有的乘客，甚至连机舱地毯上的番茄酱的污渍都不差丝毫，这听起来也未免太不真实了吧？您能准许我向您解释一下我所采用的这一说法吗？”

“那就请吧，”总统虽然松了口，但依然怒气冲冲，“但是，请快点儿。”

“我来给您简述一下总体概念。我很想为您揭示，很有可能是这样的一种情况，即我们全都属于那些模拟出来的意识。对一种技术文明来说，只有三种可能的命运：这种文明完全可能在达到工艺技术成熟之前就濒于湮灭，连同环境污染、全球气候变暖、第六次

---

① 原文为英语“undo”，指的是在计算机技术中撤销某些已输入的数据，恢复原状。

② 超级马里奥兄弟（Super Mario Bros.），是由任天堂公司开发，以其旗下吉祥物——马里奥为主角的电子游戏系列，它是世界上销量最高的电子游戏系列。

大灭绝[1]，等等。就像我们对其过程已做了精彩的展示那样，至于我，我认为，无论是被模拟还是没有被模拟，我们都将消亡。”

总统耸了耸肩膀，但韦斯莱接着又说了下去：

“这不是我们要说的话题。尽管如此，还是让我们假定一下，一千种文明中有一种不会自行毁灭，会走向一个后技术阶段，拥有一种强大得无法想象的计算能力。让我们再假定，在所有仅存文明中，一千种里头只有一种会跃跃欲试，模拟‘祖辈’或者‘其祖辈的竞争对手’。那么，算下来，只有一百万分之一可能性的这技术文明，这根独苗，将有可能来模拟。不妨这样说吧，来模拟十亿种‘虚拟文明’。每当我说到‘虚拟文明’这个词的时候，都会把它理解为几十万年的虚拟时段，在此期间，前后有几百万个虚拟的世代让几千亿同样也是虚拟的但是有思想的生命体诞生在了这一世界上。比如说，在五万年的存在时间中，曾经有近一千亿的克罗马农人[2]行走在地球上。要想模拟克罗马农人，也就是说我们，不过是一个计算能力问题。您能跟上我的意思吗？”

韦斯莱没有瞧一眼屏幕，屏幕上，总统正抬头望着天呢。韦斯莱继续说：

“重要的是，一种超级技术文明能模拟比‘真文明’还要多一千多倍的‘假文明’。这就意味着，假如人们随便选取一个‘能思维的脑子’，比如我的脑子，您的脑子，那么，1000次当中就会有999次，它会是一个虚拟的脑子，只有一次才会是一个真正的脑

---

① 地球上曾发生过五次较大的物种灭绝，每一次都来自气候或地质灾害。有人认为，即将到来或说正在发生的第六次物种灭绝却将由人类造成。大量生物将在第六次物种大灭绝中消失，却很难像前五次那样会产生新的物种。《第六次大灭绝》也是《纽约客》记者伊丽莎白·寇伯特的一本书，全名为《第六次大灭绝：不自然的历史》，她在书中指出，人类的活动正在导致三分之一的珊瑚虫、三分之一的鲨鱼、四分之一的哺乳动物、五分之一的爬行动物和六分之一的鸟类走向灭绝。

② 克罗马农人（Cro-Magnon）是一种智慧程度较高的早期人类，属于晚期智人，他们在距今三万年前出现在欧洲大陆。

子。换句话说，笛卡儿《方法论》中的‘我思故我在’一言已经过时。我们宁可这样说：‘我思，故我几乎确为一程序。’在此，我们不妨借用我们团队中一位女拓扑学家的说法：此乃笛卡儿命题2.0。您能跟上我的意思吗，总统先生？”

总统什么都没有回答。韦斯莱冷眼瞧着他那一副固执而又愤怒的神态，总结道：

“您瞧，总统先生，我向来了解这一假设，直到今天为止，我还认定，我们有十分之一的概率可以假定，我们的生存仅仅是电脑硬盘上的一种程序。而对这一‘异常’，我几乎是坚信不疑的。这也从另一方面解释了费米悖论[①]：我们之所以从来就没有遇到过外星人，那是因为，在我们的模拟中，他们的存在并没有写入程序。我甚至还认为，我们遭遇到了某类检测。说得更远一点，兴许正因为我们从此可以设想自己就是一些程序，模拟这才向我们建议了这一检测。而我们有兴趣去把它做成功，或者至少把它变成某种很有趣的东西。”

“为什么？”西尔维利亚问道。

“因为，假如我们失败了，这一模拟行为的负责人就会把一切都关灭。”

---

① 恩里科·费米（Enrico Fermi，1901—1954），美籍意大利裔物理学家，1938年诺贝尔物理学奖获得者，他对量子力学、核物理、粒子物理以及统计力学都做出了杰出贡献。他曾领导制造出世界首个核子反应堆，也是原子弹的设计师和缔造者之一，被誉为“原子能之父”。所谓的费米悖论（paradoxe de Fermi），指的是对由费米提出的一系列问题的悖论答案，其中主要有“对地外文明存在性的过高估计和缺少相关证据之间的矛盾”。

14号桌子

2021年六月25日星期五，8点30分

麦奎尔空军基地，机库B

《第三类接触》，真的吗？约谈回来后，维克托迟疑再三，不知道自己是应该发怒，还是应该狂笑。在对未来的一片茫然无知中，这位作家打算冷静地记录下在这个机库中发生的事，并把它们统统开列在一个长长的单子上。机库是一个如此怪异的词，它离“悖噤”和“机遇”这两个词都不远[1]。他拿出记事本和一支水笔，尝试着摆脱种种叫喊和声响，集中心思写他的笔记：一个不大可能有的地方的穷尽[2]。但是，不。为什么如影随形跟随在佩雷克[3]的光辉中？为什么他从不摆脱保护者的种种影响和形象？为什

① 此处为文字游戏，“机库”的原文为“hangar”，而“悖噤”和“机遇”这两个词的法语原文则是“hagard”和“hasard”，词形十分相似。译文中三个词都保留“ji”这个音。

② “一个不大可能有的地方的穷尽”，原文为“Épuisement d’un lieu improbable”，是对作家乔治·佩雷克作品《穷尽一个巴黎地点的尝试》的影射，见下文注解。

③ 乔治·佩雷克（Georges Perec，1936—1982），法国当代著名的先锋小说家，他的小说以任意交叉错结的情节、独特的叙事风格、文字的试验探索见长，他是法国文学团体OULIPO（潜在文学工场）的主要成员之一。《穷尽一个巴黎地点的尝试》（*Tentative d’épuisement d’un lieu parisien*）是他1975年发表在《共同事业》杂志上的一篇故事。1974年10月，佩雷克曾在连续三天的不同时刻安坐于圣许尔皮斯广场的区政府咖啡馆中，试图记录下他所看到的事物，由此开列了一个日常生活的清单，写下了单调的生活，以及时间、光线、背景等的细微变化。

么当他并不害怕成为一个冒牌货的时候，他也只是一个寻求骑士盔甲[①]的小孩？

稳稳当当地，他写下了：《飞行模式》。[②]

“日期：2021年3月11日。

“在这个机库中有很多东西，比如，一百来顶赭石色的帐篷，一个战地医院，好几排长桌子，一个即兴造就的篮球场，几十座预制板的房子，一些公共厕所，一些金属栅栏，排成两行，一个‘问讯’中心，却没有任何人前来问讯，一个‘普世宗教空间’牌子上写着六种语言，四处水泉以及其他不少东西。

“天气：太热，太潮湿，相对于眼前这季节。

“肉眼明显可见的东西拟一份清单草图：首先，是字母表的字母，从A到E，写在机库的一道墙上；一个表示‘医院’的大写字母H；‘法兰西航空’这几个字（在乘务员与服务人员的上衣小口袋上）；乘客衣服上的牌子名称；地面上写的‘美国空军’；配电盒上写的‘危险’和‘高压’[③]；墙上写的一些标语口号，‘志存高远，飞翔—战斗—获胜’[④]，‘空中死神’[⑤]，以及美国空军徽章上的格言‘做惊人之举’[⑥]。”

维克托机械地写着，从容不迫。因为读过很多，翻译过很多，深知漂亮的背后隐藏着太多的愚蠢。他觉得，给这世上多强加一句蠢话都是失当的蠢举。他冷嘲热讽，讥笑一种闪闪发光的散文是从

---

① “骑士盔甲”的原文是“adoubement”，也有“中世纪时授予骑士称号、兵器和盔甲的仪式”的意思。

② 以下几段，写的分别是“日期”“东西”“天气”“清单”，完全模仿乔治·佩雷克的那篇《穷尽一个巴黎地点的尝试》，甚至一些句子的结构也完全相同，例如“肉眼明显看得见的东西的一份清单草图”这样的说法。

③ 原文为英语“Danger”和“High Voltage”。

④ 原文为英语“Aim High, Fly-Fight-Win”。

⑤ 原文为拉丁语“Mors Ab Alto”。

⑥ 原文为英语“Do something amazing”。

唯一的“羽笔在纸页上的移动”中冒出来的，他并不自认为“面对句子时是强有力者”，根本就不可能“闭上眼皮以求睁大眼睛”，或者，在这没有灵魂的地方，他会“躲避众人以求刻写下他自己的迷惘”。此外，他还提防种种暗喻。特洛伊战争肯定就是这样开始的。无论如何，他知道，他的句子中只要有一个能比他本人还聪明就足矣。那样的话，这一奇迹就能把他变成一个作家。

维克托观察着这些四处散乱的人，他们在机库这一超大的佩特里之皿[①]中不安地动弹，却又不知道该如何生活在那里。好一个佩特里之皿啊——确实，这个名字可真叫滑稽。他沉浸在对自己生命之外的其他生命体的迷恋中，很想从中选择一种，找到恰当的语言来讲述这一造物，最终相信自己跟它已经靠得相当近了，不会去背叛它，然后转向另一个，之后又是一个。三个人物，七个，二十个？一个读者会同意追随多少个同时发生的故事呢？

在他那张编号为14的桌子前，除了几位乘客，还有航班的机长。对维克托来说，这个人让他联想起了自己的父亲。同样灰绿色的眼睛，同样的鹰钩鼻，同样明显的太阳穴上的静脉疙瘩，将来它们一定会战胜又硬又短的灰头发，还有肌肉发达的前胸。作家本能地把手伸进衣兜，碰到了那块滑溜溜的红色乐高积木。维克托在皮夹子里保存了他那去世的父亲的一张照片，那还是从一本相册中揭下来的。在那个年代，已经有照片了，而过多的照片还没有杀死照片。那男人二十岁，脸上挂着一丝胜利者的微笑，一道目光直直地望着前方。有一天，他笑着对儿子说：“那时，我还很年轻，不知道什么时候一切都开始变了样的。”是的，在黎明的光亮中，马克勒机长很像是维克托的这个父亲，而维克托

① 佩特里之皿（boîte de Petri）即培养皿，以德国细菌学家朱利斯·理查德·佩特里（Julius Richard Petri，1852—1921）之名命名，是一种浅圆柱形且附盖的玻璃或塑胶碟子，用以培养细菌或小型苔藓等。

跟他父亲却又那么不像。

前一天，制服还能给他吸引来那些最忧虑的人，法兰西航空的蓝色服装让他们感到安慰；或者那些喜爱吹毛求疵的容易激动的人。但现在，他已经不再是那些充满敌意的人所关注的对象了。大家见他也跟众人一样情绪激动，最终便承认，他并没有享受到什么优待，也丝毫没有接触到内部消息。为了充分表现出这一点，或仅仅只是为了穿得舒服一些，他换了装，穿了一身平头百姓的上装。到了地面，戴维·马克勒就不再是上帝之后的唯一主人，而只是一个很简单的可爱的家伙，一个被自己的队伍所抛弃的迪穆里埃将军①，此外，他毕竟还是那么和蔼可亲。到了上午，他不得不跟其他十来个乘客一起，接受健康检查。对此，谁都没有给他一个解释。

在14号桌子前，同样还有那个高个子黑人，一双漂亮的眼睛透着深邃与忧伤，剪得短短的头发呈现出配得上阿尔罕布拉宫②铺石地面的几何图案。他会把journey说成“Johnny”，把you are说成“Yuwa”，把vision说成“vishon”③，这是一个尼日利亚人，吉他手和歌手。尽管他第二天晚上在布鲁克林有一场音乐会演出，他总归还是弄明白了，再怎么坚持也没有用，于是也就停止了抗议。无论如何，他总算拿回了他的那把十二弦泰勒吉他，它一直就待在飞机客舱的行李架柜子里。他弹起吉他，现编现奏地唱起了一首节奏温柔的歌。

---

① 迪穆里埃（Charles Francois du Perier Dumouriez，1739—1823），法国将军，法国大革命战争期间的1792年9月，他在瓦尔密战役中率领法军战胜了武装入侵威胁革命政府的普鲁士军队，获得了革命初期鼓舞人心的首次胜利，但他后来背叛了革命军，投奔奥军。1804年移居英国，成为英国政府的顾问。

② 阿尔罕布拉宫（Alhambra），中世纪摩尔人在西班牙建立的格拉纳达埃米尔国的王宫，始建于13世纪阿赫马尔王及其继承人统治期间。

③ “journey”“vision”均为英语词，意思为“旅行”和“视像”。

我记得你昨天的眼睛

你微笑的方式令人以眼花缭乱的方式[①]

吉他回应以一种丰沛而又圆润的声音，嗓音则沙哑而又热烈。一个苗条的男孩，给自己取的艺名十分合适，他冲维克托微微一笑：

“我有很长时间没有伴奏随意唱歌了。”

他弹出一串和弦，继续唱道：

但是穿军装的漂亮男人禁止你……[②]

“穿军装的漂亮男人？[③]”维克托问道，手指着那些守在门口的卫兵。

“是的，这将是我这首歌的歌名。”

然后，他嗓音压得很低继续唱道：

通向光明之路通向光明之路通向光明之路。[④]

桌子另一头传来一阵喃喃低语，“只有你的姓才是我的仇敌”[⑤]。维克托立即就听出来，这是莎士比亚的名句。“即便不姓蒙太古，你仍然是你自己。”

朱丽叶·凯普莱特[⑥]就在这里。这是一个十分年轻的姑娘，重

① 原文为英语“I remember your eyes of yesterday/The way you smiled in a dazzling way”。

② 原文为英语“But beautiful men in uniform forbid you... ”。

③ 原文为英语“Beautiful men in uniforms”。

④ 原文为英语“The way to the light way to the light way to the light”。

⑤ 这是莎士比亚名剧《罗密欧与朱丽叶》中朱丽叶对罗密欧说的一句话。下同。

⑥ 莎士比亚笔下的朱丽叶姓凯普莱特。

复着她的台词："是不是蒙太古家的人又有什么关系？它不是一只手，不是一只脚，不是一条手臂，不是一张脸，也不是人身上的任何部分……哦！快换个名字吧！名字本身又有什么意义？我们叫作玫瑰的这种花，换了个名字，还是同样芬芳。因此，罗密欧要是换了名字，不再叫罗密欧，他会仍然那么可爱完美……"[①]

紧张至极，甚至连犹豫都是那么紧张。她知道，假如需要的话，她甚至是会哭的。角色试演就定在下个星期，她对维克托说。当他们完成了种种检测，他们一定会让放我们走的。这正是他们让我们做的检测，不是吗？他们不能把我们这样扣留，这是一个自由的国家，毕竟有法律在管着呢。

"是的，有法律在管着呢。"说话的是一个面部线条十分细腻的年轻女郎，黑黑的皮肤，头发向后梳去，由一个银簪子挽住。这个女律师已经征集了五十个人的签名，以求发起一个集体诉讼[②]，其中提出了六七条起诉理由，包括随意拘捕，秘密羁押，非法收缴私人财物，拒绝为四十八小时之外的扣押提供法律咨询，等等。她因无法联系自己的事务所而白白流逝的每一分钟，算下来会浪费多少钱？她自身遭受的痛苦又该如何估算？听不到阿比的说话声，想必他早已焦虑不堪，这种痛苦多么难忍？仅仅是人员的扣留，相关的损害赔偿款，估计就要每人每天两千美元，这难道不是送给美国空军和政府的一份厚礼？

这究竟是一个什么故事呢？啊，对了，是这样的。有个魔鬼钻入了一个律师的心中，对他说："你好，我是魔鬼。我有一桩买卖要跟您商量。""请讲，我听着呢。""我将让您成为世界上最富有的律师。作为交换条件，您应该把您的灵魂，您父母的灵魂，您

① 这一段，根据小说的法语文字翻译，不考虑莎士比亚的英语原文。因为那是演员的一段朗诵。
② 原文为英语"class action"。

孩子们的灵魂，还有您五个最好的朋友的灵魂全都交给我，这样行吗？”律师带着惊讶的神态望着他，说：“同意。其中的陷阱又在哪里？”

年轻女子做了个鬼脸。不，真的，她可不是这个笑话中的卑鄙之人。但在这个世界上，必须拍打着钱包，他们只懂得这个。她又从一个小姑娘那里借来一张纸和一支彩笔，写了一封信。孩子的母亲，一个金发女子，有些迟疑。

“我丈夫在军队里工作，我可不愿意给他制造什么麻烦。”

“正好相反，夫人。您明确地对我说过，您丈夫是个战争英雄，在战斗中负了伤，是不是？这就使他变得不能碰，根本就碰不得。另外，签了这份集体诉讼文件，军队就根本不敢吓唬他，威胁他。那就会是对正义的另一种亵渎。团结一致，我们会变得更加强大。我们不会被关在这里更长时间的。您还有两个孩子跟您在一起，不是吗？心理上的损害将是很要命的，尤其是对他们而言。”

“心理损害？”那女人接着又问。

她的目光投向她的小男孩，他已不再要他的平板电脑了，而是趴在桌子上昏昏欲睡，她又看了看女儿，女孩正胡乱地画着一些阴暗的、奇怪的东西，长有长长的、细细的却又十分吓人的肢体，还用一些黑色的道道涂抹掉已经描画好的人物。

在14号桌子上，还有这样一个姑娘，维克托早已注意到了。她三十来岁，褐发，纤细得如一根藤条——但他很快就后悔这一老套的说法了。她让他回想起好几年前在翻译工作大会上遇到过的另一个姑娘，她当时一下子就穿透了他的心，但此后，他就再也没有见过她。怀旧伤感是一种卑鄙的行为，它让人相信生活是有意义的。维克托坐到边上，像是被磁铁给吸住了，吸引力的本质就是始终愿意缩短距离。

他尝试着跟她交换几句。不，她就跟所有人一样，什么都不知道。她噘了一下嘴，表示厌倦，然后就埋头看她的书去了。她是有人陪伴的：一个男人，六十来岁，风度翩翩，应该不会是她的父亲。维克托从他体贴入微的举止，也从他那道目光中，猜测着他的身份，因为当维克托试图跟她说话时，此人分明投来一道犀利的目光。一丝焦虑不安动物般的怀疑，无法掩饰。他们彼此做了介绍。一个建筑师。维克托知道建筑师这一名称，但不知道建筑师的工作。这个混凝土与玻璃的世界让他厌烦。偶尔，当他翻译一篇东西时，也会遇到一个建筑方面的技术词汇——额枋、屋面板，诸如此类，那时候，他会立即就去寻找词汇的意思，但用过即忘。维克托观察着那个男人，并没有觉得他丑，一个老年人的形象已经从他那双皮肤细腻的手上，从他那满是皱纹的额头上显现了出来。他也许只有她所猜测的年纪。她觉得他怎么样？关于女人对男人的渴望，他又知道些什么呢？

那男人站了起来，问那年轻女子是不是想喝咖啡，既然现在军方已经为他们配备了咖啡机。她摇了摇头，他便不慌不忙地走开了去。维克托猜测，这便是一种优雅，一种让她好好透口气的方式。这一禁止旁听的禁闭场景本身就已足够令人压抑，他绝不会在一旁不间断地相伴，以此来窒息对方。

哎哟，她正在翻阅的那本书原来是库切①写的。维克托没有读过。

“好看吗？”维克托问。“什么？”“库切写的书吗？”“是的，”她回答说，“但是远不如《耻》。”“我同意，”维克托说，“那是他最好的作品，不是吗？”“那确实是一部杰作。”她

① 库切（Coetzee，1940— ），南非白人小说家、文学评论家、翻译家、大学教授。2003年获得诺贝尔文学奖。参见第29页注释。

赞同道，然后转身过去，背朝着他。维克托明白，他让她厌烦了，便不再坚持，重又拿起了自己的记事本，不带任何讥讽地写下了“耻”这个词[①]。

① 《耻辱》（*Disgrâce*）是库切的一部小说，写于1999年。而“disgrâce”这个词，除了“耻辱”的意思之外，在法语中也有“失宠”“灾祸”“粗俗”“无风度”等意思。

然而，它还是在转动[1]

2021年六月26日星期六，9点30分

华盛顿，白宫，战情室

杰米·普德洛夫斯基和她的小组在白宫的地下战情室里聚集起了十几个男性人士，他们全都坚信——感谢主啊——自己生在一种优秀的宗教中：两个基督教枢机主教，两个犹太教拉比[2]，其中一个是传统主义派，另一个则是自由派，一个东正教神父，一个路德派新教的牧师，一个浸礼会教士，一个摩门教传教士，三个博学的伊斯兰教教徒，分别出自逊尼派、萨拉菲派和什叶派，一个密宗派的佛教徒，还有一个大乘佛教徒。桌子上，放了很多杯咖啡，尽管普德洛夫斯基在四十分钟的直升机旅途中已经成功地睡了一大觉，她还是需要有东西来提神。

心理治疗组的这个女头头很有些担心。坦途憎恶坑洼多，黑暗最恨未释明。不变之法则固执地来碰撞宇宙之圆舞和先知先觉。在《摩西五经》[3]《新约》《古兰经》中，或者在其他默启的文本

---

① 原文为意大利语“E pur, si muove”。通常也写作“Eppur, si muove”。据说，这是伽利略的一句名言。当伽利略在宗教法庭前被迫宣布放弃日心说的主张之后，还是低声说出了这个句子，表达了他心有不甘。

② 拉比（rabbin）是对犹太教教士的一种称呼。

③ 所谓的《摩西五经》指《圣经·旧约》的前五卷。

中，该从哪里去寻觅细微的句子，隐晦的章节或暧昧的诗行，从中找到蛛丝马迹，从而得以预料并且证实，有一架跟另一架三个月前已经着陆的一模一样的飞机会突然出现在蓝天？

美洲各民族以自身的牺牲为代价，先是发现了克里斯托弗·哥伦布，然后又发现了紧随他而来的那一拨又一拨的征服者时，天主教教会应该在它的经典文本中找到了能证实它们存在的解释。当然啦，假如相信使徒保罗的话，《福音书》早就“在世界的尽头都被人听到”了。但挪亚的三个儿子闪、含和雅弗又如何见鬼地能在整个大地上繁衍后代①，而那些可怕的孩子在我们的地球上到处流动，直至来到了西印度②？这些新人是不是属于以色列的偏僻部落，也就是《以斯拉书第四》③这部由特尔图良④提及的伪经启示录所讲到的那些部落？最终，人们在《约翰福音》中找到了一种说法，证明了此事：耶稣“另外有羊，不是这圈里的”⑤。

杰米·普德洛夫斯基从父系那边来说是天主教徒，从她母系这边来说则是犹太人。1960年1月，波士顿的一个德裔犹太女大夫疯狂地爱上了巴尔的摩一个被视作异教徒的基督教徒警察，随后，没有什么是不言而喻的。小姑娘杰米，就在彼此从来说不上有什么亲近感的祖父母和外祖父母之间长大，母亲这边是犹太人和德国人，

① 据《圣经》记载，挪亚（Noé）在他五百岁时生了三个儿子：一个叫作闪（Sem），一个叫含（Cham），一个叫雅弗（Japhet）。在大洪水以后，挪亚的儿子们又生了儿子，他们的后代绵延不绝。

② 公元1492年，意大利人哥伦布横渡大西洋，发现了美洲，他坚信自己到的地方是印度，也一直称那里为印度。后来，为了与真正的印度区分开来，欧洲人便把南北美洲之间加勒比海中的群岛称为“西印度”，而真正的印度便被称为“东印度”。

③ 所谓的《以斯拉书第四》（*Le quatrième livre d'Esdras*）或曰《以斯拉启示录》是一部伪经，据说是以斯拉（Esdras）所写。它出现在一些《圣经》的版本中。《圣经·旧约》本来有《以斯拉记》，而《以斯拉续篇》又分上下卷，收录在《次经》或曰《后典》中。

④ 特尔图良（Tertullien，公元150？—230？），或译铁徒良、特图里安、特土良，生于罗马帝国阿非利加行省迦太基，是早期基督教著名的神学家、哲学家。

⑤ 见《约翰福音》（10：16）：“我另外有羊，不是这圈里的；我必须领它们来，它们也要听我的声音，并且要合成一群，归一个牧人了。”

而父亲那边则是天主教徒和波兰人，他们反复无穷的争执造就了一个总爱问长问短的女孩子。慢慢地，杰米从一个疑心重重的人变成了一个怀疑论者，然后就一劳永逸地成了对任何形式的宗教信仰都表现出倔强反抗的人。尽管受过洗礼——当然是由她那姓普德洛夫斯基的祖父母偷偷干的——她却拒绝去行领圣体礼，而后，在接下来的那一年，拒绝行她的犹太教成人礼。同样，她也没有什么太强的政治信仰，当然，她会去投票，投民主党的票。

当年，就在即将为她打开通向心理治疗组的大门的那一番对话开始时，负责招聘新人的那个女主管问了杰米的宗教信仰，结果，这位心理学家一口否定说："我没有。"那女人固执地又问："如此说来，您是无神论者？"她一边问，一边玩着手中的笔，仿佛在一份想象的问卷中有一个表格要填写。杰米·普德洛夫斯基耸了耸肩膀，说："我才不在乎呢，上帝，对于我，就如同桥牌[①]，我从来就没有想过。因此，我从来不以我根本不在乎桥牌这样一个事实来界定我自己，也不跟那些为他们同样也不在乎桥牌这一事实而争执不休的人凑在一起。"这回答真是一语中的。六年后，她不到四十岁就领导了中央情报局的一个心理治疗部门，然后又在国防部特种作战指挥部内部担任同样的职务。

杰米·普德洛夫斯基对种种宗教问题有过特别的研究，今天，她也早就做了功课，了解了所有在场的宗教人士。由于她是大厅中唯一的女性，普德洛夫斯基显而易见地会以"女士们，先生们……"开场，希望他们中的哪位会注意到话里话外的讽喻，但是，不，当然啦，没有人感到奇怪。于是，她用手指向大屏幕，只见屏幕上出现了总统，身边簇拥着跟前一天同样的那一批人，但显然增加了一些精神顾问。她说：

① 指的是上帝洗牌，别人发牌，自己出牌，或者说，上帝给了你一副牌，但怎么玩全看你自己。

“总统先生，只要您愿意，您当然随时都可以打断我。感谢诸位来到这里。我是杰米·普德洛夫斯基，美军特种作战指挥部的高级军官。你们来到这里，是因为你们代表着在美国领土上奉行的宗教的绝大多数崇拜者。”

接着，普德洛夫斯基一一介绍了在场的各位高级教士，没有让其中的任何一个人因一大早就被人从梦中叫醒，马不停蹄地赶来白宫，径直来到地下的战情室而有丝毫抱怨。

“我这就来为诸位简要地介绍一下目前的形势，然后会提出一些简单的问题。我并不期待从诸位这里得到一种伦理学的回答，而希望会是一种神学上的回答。我先阐明我的意思。诸位都知道，某些实验室已经能够用3D技术来打印有机物质，从干细胞出发，人工制造出一些生物学材料，例如肌肉、心脏，从而避免导致手术病人常常产生的排斥现象。而……”

那位传统派的犹太教拉比打断了她：

“是的，在这方面，我们已经达成一致，包括跟我们的天主教和伊斯兰教朋友。”

那几个主教点了点头，萨拉菲派的伊玛目也表示赞同：

“伊斯兰教的法理学会已经认定，伊斯兰教准许基因工程，条件是它在拯救生命。”

“先生们，谢谢你们。请想象一下，人们已经能够完全彻底地复制一个个体的人了。”

“您所说的完全彻底，究竟是什么意思？”路德派牧师问道。

“以一种无比细微的精准性来再造他。这一新的个体拥有跟他的源本同样的遗传密码，但那还会走得更远。”

“就像一个完美的复制品，是不是这样啊？”摩门教传教士说。

“是的，”普德洛夫斯基微笑道，“一个复制品。”

“是思辨型的吗？”一个佛教徒问道，带着一种东方的温柔，几近于某种老生常谈。

心理治疗部门的女负责人停顿了好长一阵子，想表现得从容一些。

“不，我的问题不是理论性的。我们召见了一个个体，他显示跟另一个人没有区别，他还肯定自己就是那另一个。这样的对质已经发生了。真令人瞠目结舌。”

“像是双胞胎吗？”

“不……他们拥有同样的个性和回忆，以至于两人都坚信自己才是源本。他们那两个脑子是以同样的方式编码的，无论是在化学与电子层面上，还是在原子层面上。”

大厅里骚动起来。亵渎神明的、冒犯神圣的下流词语说了出来，说出口的，还有其他难听的话，粗俗不堪，几乎跟神学无关。

“这一丑行中，究竟哪一个最为根本？”浸礼会教士言简意赅。

“不知道，”杰米·普德洛夫斯基说，“我们并不要求你们给出伦理学上的意见，但这样的生命体是存在的。”

“莫不是谷歌他们搞的鬼？”一个主教说，口吻中透着一丝激动，“他们可……”

“不是他们，大人，不是谷歌。”

“然而，夫人，”那个高级教士继续道，“谷歌参与了以色列公司的一个3D打印项目，并……”

“不，主教阁下，不是他们。我的第一个问题是：按照教义，这个……生命体是神圣的创造吗？”

普德洛夫斯基的心中可不缺少词语，她在选择措辞方面的犹豫只是想刺激一下争论：混乱已经产生，萨拉菲派教士第一个跳将出来，俯身探向话筒：

“安拉给人和动物以生殖的天赋，安拉给人以理智，理智使人得以发明物品。但先知——愿安拉福安之——在朝圣过程中也说过：‘哦，人类！有一个寓言，请听我把它说来：你们祈求的安拉之外的那些人不能够创造出一只苍蝇来，即便他们为此而团结在一起。’[①]这就是寓言所说的意思：人是不能创造生命的，即便是一只苍蝇。”

“我明白，但在这里，我们碰到的问题远远不是一只苍蝇那么简单，亲爱的朋友。”杰米·普德洛夫斯基纠正他道。

这时候，逊尼派教士站起来，说：

“在《布哈里圣训》[②]中，阿布·萨伊德·阿勒–胡德里[③]（愿安拉喜悦他）说，先知（愿安拉福安之）这样说：‘没有生命被创造出，但安拉创造了它。’只有这才是重要的。”

“因此，在您看来，这些生命是被真主创造出来的。”

“我不会对您重复关于苍蝇的寓言，”萨拉菲派教士接着说，“假如安拉不愿意这一生命被创造出来，他就不会准许它存在下去。”

“我明白了，”普德洛夫斯基说，“我明白了……”

然后，她就不吭声了，等待着天主教神父或新教牧师出来说上一句，但她白等了。那个传统派的犹太教拉比迟疑了片刻，开口说：

“《塔木德》[④]里，毕竟还是有一些关于创造的神话。其中的

① 语见《古兰经》(22: 73)：“众人啊！有一个譬喻，你们倾听吧！你们舍真主而祈祷的（偶像）虽群策群力，绝不能创造一只苍蝇。”（马坚译文）

② 圣训（hadith），意为“叙述”，是伊斯兰教先知穆罕默德的言行录，由后人所编。圣训形成于公元8至9世纪，其主要内容是先知对教义、律例、制度、礼仪及日常生活各种问题的意见主张，也包括他的行为准则和道德风范。《布哈里圣训》（*Sahih al-Bukhari*）是伊斯兰教逊尼派的六大圣训集之一，由穆斯林学者穆罕默德·伊本·伊斯梅尔·布哈里辑录，记载先知穆罕默德的言行。大部分逊尼派穆斯林认为该圣训是最重要的圣训，是仅次于《古兰经》的最权威的经典。

③ 阿布·萨伊德·阿勒–胡德里（Abu Sa’ id al-Khudri，公元612—693），是先知穆罕默德的早期盟友，也是年轻的“先知同伴”之一。

④ 《塔木德》（*Talmud*）是犹太教中地位仅次于《塔纳赫》的宗教文献。形成于公元前2世纪至公元5世纪间，记录了犹太教的律法、条例和传统。其内容分三部分，分别是密西拿（口传律法）、革马拉（口传律法注释）、米德拉什（圣经注释）。

《桑海德林》[1]一卷中曾经说，拉瓦[2]（愿他得保佑）以魔法之力创造了一个人，但经文中并没有谈到那是用什么样的魔力……”

“对不起，可是，请问，拉瓦又是谁？”普德洛夫斯基问道。

“他是第四代的一个拉比……不过，这就无所谓啦，拉瓦派他所创造的男人去找拉比·泽拉，后者则向他提了一个问题，但因为那男人没有回答问题，拉比·泽拉明白了，原来他不是真主创造的，他只是一个戈莱姆[3]，于是就命令他返回到尘土中去。”

“在另外一些版本中，”那个自由派拉比补充说，“拉瓦创造的这个人能说话，但不能繁殖。在《桑海德林》那卷，另一处也说到，拉弗·哈尼纳和拉弗·奥夏亚[4]创造了一只绵羊，然后，把它吃了……所有这一切都写得相当模糊……必须把它当作一个寓言故事来讲，用来显示人的虚荣和真主的万能。”

那个什叶派教徒叹了一口气。

“但我们还是回到《古兰经》上来吧。在阿拉伯语中，‘创造’一词叫khalaqa，它还在使用，意思是‘从乌有中造出’，而这只有安拉才能做得到，我们都同意这么说。即便你们的那个拉比，那个叫拉瓦的，也是用泥土来造人的。但是，夫人，在您刚才提到的这个例子中，那个……生命物……不是从乌有中凭空造出来的吧？”

“当然不是啦，”中情局的那个女人回答说，“然而，制

---

① 《桑海德林》（*Le traité Sanhédrin*），《塔木德》版本之一的《损害篇》（*Nezikin*）十卷中的一卷，内容涉及法庭的诉讼，也是造就犹太教律法的最重要的灵感源泉之一。《桑海德林》尤其涉及刑法。

② 拉瓦（Rava）当指阿巴·本·约瑟夫·巴·沙玛（Abba ben Joseph bar Ḥama，约公元280—352），在《塔木德》中，他是唯一被称呼为拉瓦的人，是巴比伦的拉比，属于第四代阿莫莱姆（amoraim，即犹太大学者）。下文提到的拉比·泽拉（Rabbi Zera）也是一个拉比，属于第三代阿莫莱姆。

③ 戈莱姆（golem）是犹太民间传说中有生命的假人，或是一种靠注入魔力行动的黏土人。

④ 拉弗·哈尼纳（Rav Hanina）是第三代的一位阿莫莱姆。拉弗·奥夏亚（Rav Oshaya）也是一个阿莫莱姆，属于第四代（一说第三代）。

造……过程……中的一切，我们是完全不知道的。”

自由派拉比利用了这一段短短的沉默时间，开口说：

“必须回顾一下迈蒙尼德[①]的教导：神把他的灵给了人，即尼腓什[②]，但是，神之所以把法则与戒律给了人，正说明人拥有自由的意志，有一种向善或向恶的倾向。”

“我看不出自由意志跟我们正在谈的这个问题有什么关系。”传统派拉比有些不太愉快，“他们在问我们要一个神学立场，而您倒好，完全跑题了，把您的迈蒙尼德带给了我们！”

“可我并没有把我的迈蒙尼德带来！”

“求求你们了，”普德洛夫斯基出来打圆场，“请弄明白我的意思：我之所以提出了创造这一问题，是因为我尤其不愿意让人说这个人是撒旦创造的。”

“撒旦并不创造！”睿智的萨拉菲派教士愤怒起来。

“哦，不！”传统派拉比的情绪再度高涨，而两个新教派的牧师则轻轻地摇起了头。

“主创造了撒旦，”一个主教手里画着十字，说，“他把它创造出来，为的是考验人。在伊甸园里，撒旦就体现为一条蛇，它正是主的最狡猾的造物。但撒旦并不会创造。”

“啊，”普德洛夫斯基惊叫起来，很有些天真，“然而，我相信我当真听说过‘撒旦的创造’的说法。”

“这是语言的滥用，是大众的世俗化经文。”萨拉菲派教士微笑道。那个什叶派教士却在桌子的另一头窃笑，愤愤不平地说：

“世俗化的经文吗？然而，如果我没有记错的话，应该是你们

① 迈蒙尼德（Maïmonides，1135—1204），中世纪犹太教神学家、哲学家。

② 原文为希伯来语“nèphèsh”，意为“灵魂”，在希伯来《圣经》中，人类和其他动物都被认为有“尼腓什”。

的神学家穆罕默德·萨利·阿尔–穆纳吉德[①]把米老鼠形容为‘撒旦的创造’吧？”

“米老鼠？！”美国总统跳将起来，到目前为止，他还没有说过一句话呢。

“阿尔–穆纳吉德可不像您说的那样是‘我们的’神学家，”萨拉菲派教士叹息道，“他是一个受人尊敬的学者，仅此而已。他的确说的是‘撒旦的士兵’。但他的话语被异教徒和背教者歪曲了，用来嘲弄伊斯兰教。”

“他还是推出了他的法特瓦[②]来反米老鼠，”什叶派教士继续嘲笑道，“而阿尔–穆纳吉德根本就不反对奴隶制，也不反对跟奴隶的性行为。”

“这是伊智玛尔[③]，因此也是穆斯林智者们的意见，”萨拉菲派教士有些不耐烦地说，“穆罕默德·萨利·阿尔–穆纳吉德只是重复它而已，而我……”

“哈！人们因此就可以活活烧死同性恋者了？”路德派牧师问道。

自由派拉比抬头望着天空：

“嗯。还要不要我对诸位回顾一下路德派说的关于同性恋者的话呢？”

“先生们，先生们，”杰米·普德洛夫斯基赶紧插嘴道，“我

---

① 穆罕默德·萨利·阿尔–穆纳吉德（Muhammad Saalih Al–Munajjid，1960— ），叙利亚学者，被认为是萨拉菲派最受人尊敬的学者。他曾声称，米老鼠是“撒旦的将士”，它碰过的东西都会变得不纯洁，因此必须将米老鼠“置之死地”。

② 法特瓦（Fatwah）是伊斯兰教用语，意为“教法判例”“教法新解”，指权威的教法学家就经文、圣训或法典未作规定的问题或法典虽有规定但不全面，或事实上难于执行或如何执行有争议的问题，根据教法原理，经过审慎推理引申出的法律处理意见或补充见解或裁断说明。

③ 这是阿拉伯文“ijma”的读音，意思为“公议”（协商、公决、公众评议），是伊斯兰教的一个法学概念，也是四大立法依据之一，即“以公众利益为标准议论、评议国家政事”。

们都跑题了。这第一个问题我视为已经解决了：我们人并不是魔鬼的造物。同意吗？”

“人只是神的造物，这一点我们全都同意。”传统派拉比说，用的是一种抚慰人的口吻。

佛教僧侣们保持着沉默，但其中的一个有点儿生气，开口道：

“说到你们的‘神的造物’……我们已经让你们自己去争论了，但世界从来就只有一个相对的起源。这是一个无穷无尽的圆圈，宇宙在其中漂浮于各种创造状态之间，梵天的优先权，毗湿奴统治的稳定时刻，湿婆以或缓慢或急促的方式来毁灭一切的阶段①。因此，万物均可重新开始。对我们来说，您的问题根本就没有任何意义。任何有感觉的生灵自身都菩萨在身，能达到悟觉之境。你们恐怕看不到佛教徒见到‘撒旦的造物’就大喊大叫的情况。我们欢迎这一新的生灵，始终如一地发出和平的信息。”

“这确实是一条漂亮的和平信息，”那位逊尼派教徒反驳道，“当你们的同宗教友在缅甸打着狂热的阿欣·维拉图②的旗帜，屠杀我们的罗兴亚人兄弟③时……”

“但是……那可不是我的佛教……首先，我要问问你们，到底是谁摧毁了巴米扬大佛④？还有，在斯里兰卡，是谁……？”

杰米·普德洛夫斯基温柔地加以居间调停：

“求求你们了。我知道，你们全都怀有良好的愿望，但是——

---

① 梵天（Brahma）、毗湿奴（Vishnu）与湿婆（Shiva）为印度教的三相神。印度教的神作为生发者、维持者与融化者，发挥其生发、维持和融化三个主要属性（sifat）。此“三合一”状态相应于神的三位一体：梵天为创造者，毗湿奴为维护者，湿婆则为毁灭者。

② 阿欣·维拉图（Ashin Wirathu，1968—　），缅甸佛教僧侣，被认为是极端主义佛教徒，一直在散布对罗兴亚穆斯林少数民族的仇恨。他本名维拉图，“阿欣”是缅甸传统习惯中加在僧侣名字前的尊称。

③ 罗兴亚人（Rohingya），或译洛兴亚人、罗辛亚人或罗兴迦人，是缅甸若开邦阿拉干地区的一个穆斯林族群。

④ 巴米扬大佛是曾经坐落在阿富汗巴米扬山谷内山崖上的两尊立佛像，是希腊式佛教艺术的经典作品，2001年3月12日被塔利班武装炸毁。

我很遗憾——我们不可能在这里解决地球上的所有问题。因此，那是主的一个造物，或者，是能感受到菩萨在其心中的一个生灵。这已经是我们取得一致的重要一点啦。我还有另外一个问题，是关于一个概念的：灵魂①。”

“灵魂吗？”那个逊尼派教徒重复道。

“是的。我不知道如何定义它，但，这是一个基本的原则，不是吗？”

“这是很基本的，但又很复杂，”逊尼派说，“我可以来阐发一下吗？”

“我有的是时间……”普德洛夫斯基叹息道。

会议持续了两个小时，两个小时后，什么都没有解决。杰米·普德洛夫斯基有些厌倦，便宣布休会。这样下去，即便讨论上一个星期，一个月，也解决不了任何问题。

“各位先生，请便吧。我们是不是能够达成一个共识呢？甚至撰写一个宣言？在宣言中尽可能求得一致，当然，那是暂时性的，但它毕竟可以保护这个人来抵抗由对神圣经文的糟糕阅读而引出的犯罪行为。”

“这是最好的结果了。”佛教徒中的一位说。

“绝对是的，”自由派拉比表示赞同，“我们完全可以接受《利未记》19章18节②中神告诫我们的那些漂亮词语，他要求我们爱他人如同爱我们自己。”

---

① “心灵”的法语原文为“âme”，这个词也是乌力波（OULIPO）团体人员的创作中的一个关键词。

② 《圣经·旧约·利未记》（19：18）中说：“不可报仇，也不可埋怨你本国的子民，却要爱人如己。”

“或者《约翰福音》13章34节[①]中的那些话，”路德派牧师说，“耶稣要求他的使徒们彼此相爱。”

萨拉菲派教士躬了一下身子，总结道：

“‘你们当行善。’先知——愿安拉福安之——如是说。‘安拉确是喜爱行善者的。’正是通过接纳这些生命，不折磨他们，我们才没有作恶。”

“很好，”杰米·普德洛夫斯基说，“谢谢你们。必须补充一点，这是不可忽略的。我们并不是遭遇到一个‘被复制了的’生命体，而是好多好多。确切地说来，是两百四十三个。”

“两百四十三个吗？”

她不容众人有时间反应，紧接着说：

“朋友们，我跟你们约好明天上午再见面。那时候，你们就将得到所有的信息。无论如何，我能想象，这不会从根本上对我们的争论改变什么。我这就去起草一份这次会议的总结报告，我会让你们接受一个求大同的结果的，它将超越各个宗教之间的差别。”

普德洛夫斯基久久地对所有与会者表示感谢，然后就离开了。一钻进将把她带回军事基地的直升机，她就给阿德里安·米勒去了电话。

“喂喂，怎么样，”数学家问道，“一切都还不坏吧？”

“一切都很好，”普德洛夫斯基叹息道，“都很好。”

手机振动了。原来是美利坚合众国的总统[②]发来的一条短信。

“干得好！[③]”总统这样写道。

① 《圣经·新约·约翰福音》(13：34)中说：“我赐给你们一条新命令，乃是叫你们彼此相爱；我怎样爱你们，你们也要怎样相爱。”

② 原文为“POTUS”。

③ 原文为英语“Great job！”。

机 库

2021年六月26日星期六

麦奎尔空军基地，机库B

“怎么回事？他们在跳舞！”西尔维利亚在平台的高处惊叹道。

在偏北的角落里，一张张桌子之间辟出了一个空间，是的，有乘客在跳舞。一些少年，一些儿童，但也不尽是他们，随着艾德·希兰[①]的那一首《厌倦了我自己》[②]的节拍翩翩起舞，那节奏风格介乎于节奏布鲁斯和舞厅雷鬼[③]之间，但西尔维利亚远不是这方面的专家，而他身边的人，无论是普德洛夫斯基还是米特尼克，谁都帮不了他。

他有多少日子没有跳舞了？上一次还是在两年前，跟他女儿一起，在她婚礼舞会上跳的开场舞呢。兴许吧！那天，他们随着路易斯·阿姆斯特朗[④]的音乐跳了华尔兹。他穿着紧绷绷的正装，她则在白色的婚纱中欢快地绽放出青春的风采。西尔维利亚当时

① 艾德·希兰（Ed Sheeran, 1991—　），全名为爱德华·克里斯托弗·希兰，英国歌手、音乐制作人、演员。

② 原文为英语“So Tired of Being Me”。

③ 舞厅雷鬼（Dancehall），牙买加流行音乐，起源于1970年代后期。

④ 路易斯·阿姆斯特朗（Louis Armstrong, 1901—1971），美国爵士乐乐手，20世纪最著名的爵士乐音乐家，被称为“爵士乐之父”。

刚从阿富汗归来，开心地大笑着，跟吉娜一起旋转。吉娜也大笑着，在父亲的怀抱中旋转，而跟他们一起旋转的，还有他头脑中令人作呕的战争场景。即便闭着眼睛，喝了三杯啤酒，被女儿带水果味的温柔香气所包围，西尔维利亚的世界依然越来越不是一个美好的世界[①]。尽管如此，通过跟她一圈圈地跳圆舞，他还是把鲜血、尘埃和荒漠驱赶得远远的，把地狱中所有的魔鬼贬得一文不值。

“是谁允许他们播放音乐的？”西尔维利亚有些愤怒。

“应该是人们的一种即兴发挥吧，”杰米·普德洛夫斯基说，“我们已经为孩子们放了电影，还要分发一些桌上游戏，各种棋啦，各种纸牌啦。这应该有利于给他们减压。”

“那就让他们跳吧。”

将军瞧了一眼时钟：已经是下午两点钟了，他早就累得像是夜幕已然降临。从他所在的平台望出去，机库变成了一个由沙土伪装色的帐篷和白色预制板房子所构成的村落，一个散发出油脂的哈喇味和消毒剂气味的临时小镇。军事后勤部门尽可能地适应这些根本不守纪律的平民百姓。士兵们知道得都极少，因而什么也说不出来，对他们的唯一禁令就是，不许透露日期。绝大多数士兵坚定地守卫着各道大门，但也有一部分士兵被允许去照顾孩子。西尔维利亚把他们的人数增加了两倍，发现他的人马有点紧张过度时，便把他们手中的自动步枪换成了泰瑟枪[②]。

是的，帕特里克·西尔维利亚很疲劳，然而，他漂浮在一种罕见的饱满状态中。平生中第一次，他对自己提出了另外一些问题，而不是想知道自己为什么最终变成了西尔维利亚将军，获得过空军

① 原文为英语“wonderful world”。
② 泰瑟枪（taser），即电击枪，没有子弹，靠发射带电的“飞镖”来制服目标。

十字勋章、紫心勋章和功绩勋章[①]。孩提时代，他曾想成为一名医生，为的是能够救治他生命垂危的母亲。少年时代，他曾尝试着去当一名演员，然后开始学习理论物理学。但风向总在不停地转，乱转一气。他没能获得奖学金，因而没能进入劳伦斯大学，父亲不幸又患上了白血病，丢了性命，漂亮的玛丽娅也跟他分了手，投入了一个老头的怀抱。出于一种挑战心理，他参加了西点军校的入学考试并获得了成功，成了同年级学生中唯一家中无军人背景的人。从此，他便不断地质问人们所谓的命运：假如十八岁时，他被留在了百老汇，在那出政治喜剧中扮演二号角色；假如汉娜没有那么快就怀孕；假如在2003年4月的进攻战中，他没能成功地在摩苏尔[②]上空干掉那架该死的米格–25战斗机，他的命运又会如何？从此，他有了自己的答案：这条偶然之路之所以存在，只是为了能有这么一天，在洛克希德–银河飞机[③]机库的钢铁平台之上，能把自己的双手放在漆成丹红色的栏杆上，身边簇拥着诺贝尔奖得主，俯瞰着那群不知从哪儿冒出来的人。

“我要下到狮子坑中去[④]。”西尔维利亚决定道。

“刚才，有过一阵小小的骚乱，”普德洛夫斯基说，“他们要把您撕碎……”

“我也许正想这样呢。”

---

① 空军十字勋章（Air Force Cross），美国空军第二高等级的勋章；紫心勋章（Purple Heart），美国军方的荣誉奖章，一般颁发给对战事有贡献或参战时负伤的人员；功绩勋章（Legion of Merit），美国军方的军功章，授予在美军中服役期间功绩卓著的人员。

② 摩苏尔（Mosoul），伊拉克第二大城市，2003年伊拉克战争爆发后，摩苏尔实际上由美军控制。

③ 洛克希德–银河飞机（Lockheed Galaxy），美国大型战略军用运输机，也是美国空军现役最大的战略运输机。

④《旧约·但以理书》记载，当时，巴比伦人商议，要立一条坚定的禁令，“三十日内不拘何人，若在王以外或向神，或向人求什么，就必扔在狮子坑中”（《但以理书》6：7）。结果，但以理违令，一日坚持三次祈祷。于是，“王下令，人就把但以理带来，扔在狮子坑中。王对但以理说：‘你所常侍奉的神，他必救你。’”（《但以理书》6：16）

“哦，我差点儿忘了，”米特尼克说，“乘客中有个女律师……叫乔安娜·伍兹。我不是法律学家，但她的卷宗似乎很严肃，尽管有些……花花绿绿的样子。”

“花花绿绿？”西尔维利亚有些惊讶。

“她在我们分发给孩子们绘画的纸上写了诉状，就用他们的彩笔写的。”

将军深深地叹了一口气，脑子里出现了十几个关于律师的短笑话，其中有个十分精彩，说的是一只壁虱与一个律师的区别[①]，但他把它们都留给了自己。就连这样甚至也不能缓和一下气氛。

“假如你们想商谈，伍兹夫人就在第一排，14号桌子前，跟机长在一起。”

见西尔维利亚一脸惊诧，米特尼克继续说：

“将军，假如稍稍查询一下您的平板电脑，您就会看到，我们已经在围墙上安装了几百个高清晰度的摄像头，还有同样数量的定向麦克风。在您的电脑界面，有人脸识别系统，能做话语分析，对几乎所有语言都能做同期翻译。只要您在乘客的姓名上摁一下，他的话语就能直接显现为文字。桌上的干枯花束其实是一些电子元件，帐篷也全都被监听了。”

“太好了。厕所里就没有装什么吗，都那么长时间了？”

“我们讨论过了，但最后还是没有装。”

米特尼克的脸上表情凝固，没有一根线条在动。西尔维利亚不禁在心里问自己，他到底是一个连说笑话都绷着脸的人呢，还是表情总那么严肃？

“既然您的本事那么大，米特尼克，您肯定有那个逃走的乘客的图像……”

① 笑话是这样的——问：“一只壁虱与一个律师的区别何在？”答：“你死了之后，壁虱就会放过你，但律师不会。”

“没有，我们昨天早上才安装摄像头和麦克风。那时他早逃跑了。我们知道，他在巴黎登机时用的是米夏埃尔·韦伯这个名字。这是一个冒名顶替的身份，他使用一本澳大利亚护照旅行，一个始终没有采用生物识别技术来做护照的国家。在澳大利亚，有好几十个米夏埃尔·韦伯，但居住在黄金海岸的这一个，是个校车司机，从来就没有离开过他的城市。在波音飞机上，我们曾经想采取措施，在他的座位上采集指纹什么的痕迹，但结果只有织物。我们回收了装餐盒的盘子和餐具。排除了其他乘客的DNA之后，只剩下餐盘配备人的DNA。无论如何，还是让我们想象一下，假如发现了他的DNA，我们就能知道他皮肤和眼睛的颜色，他头发的结构，他的年龄，他的相貌，就能创造出一个机器识别生成的人像来，然后在社交网络上寻找他。不应该等待什么奇迹来临。”

“那飞机上的监控录像呢？”

“他预订了座位30E，不在任何一个摄像头的监控角度中，甚至在登机的时候，人们也没有找到能显示他面孔的任何画面。我们采访了他的邻座乘客，但没有人曾对他加以特别的注意。我们制作了他的机器生成人像。厚厚的眼镜，长长的头发，一撮小胡子，只有一些吸引眼球却忽略根本特征的细节。航行期间，他一直戴着风帽。”

“戴高乐机场的监控录像呢？”

“那是三月的事了：绝大多数录像都已经被抹除掉。在仅剩的不多录像中，根本看不到什么东西。能达到这样不被看到的水平，我们算是碰上一个职业老手了。”

“那机库中的撬锁行为呢？”

“火灾刚发生时引起了小小的惊恐，他就在那时撬开了一道门，那火一定也是他放的。门把上，那根使用过的铁撬棒上没有任何指纹。中午，有人在纽约发现了那辆被偷的皮卡，已经被焚毁了。可以说，是个职业老手。”

“继续寻找吧，就算是一只蚂蚁也会留下痕迹的。”

“一只插翅而飞的蚂蚁，还没有到这个程度吧！”米特尼克做了个鬼脸。

梅蕊蒂丝的问题

2021年六月26日星期六，7点30分

麦奎尔空军基地

“我拒绝成为一个程序。”梅蕊蒂丝咒骂道，“……阿德里安，假如这一假设是对的，那我们就是在经历一种洞穴比喻[①]，但强度要高出n多倍。这是不可忍受的：假如我们是走向真实世界的表面，那也就算了，也就不要希冀获得真正的知识啦。退一步说，即便这种表面是一种幻象，也足以令人不计后果地开火，干上一番。”

“我不知道‘开火’这一说法是不是适合一个程序。”阿德里安的口气软了下来，递给她当天上午的第三杯咖啡。

---

① 洞穴比喻（allégorie de la caverne）出自柏拉图《理想国》第七卷。假设有人从小就居住在一个洞穴中，像囚徒一样双腿和脖子都被锁链锁住，他就不能回头，只能看到眼前的事物。他们身后有一堆火，火与囚徒之间有一条路和一道矮墙，一些人拿着动物和人的雕像走来走去，火光把这些雕像投射到洞壁上，形成各种影子。由于囚徒不能转身，所以就把洞壁上的影子看作真实存在。假设有一天有个囚徒挣脱了锁链，回过头来，看到火光，最初会不习惯光亮，感到很痛苦，认为他所看到的不是真实存在。但之后他会发现，过去被看作真实存在的不过是影像，而眼前的东西才是真实的。如果他被拉出洞穴，面对太阳，他一定会被阳光照得眼花。经过一段时间，他终于发现，太阳照耀下的外面世界才是真实世界。这时，他会怜悯那些仍然生活在洞穴中的同伴，决定回去拯救他们。然而，他已不能适应洞穴中的世界了，在他的同伴看来，是他自己把眼睛弄坏了。如果他执意要释放他们，把他们带向光明，他可能要付出生命的代价。

但梅蕊蒂丝还是气鼓鼓的，完全控制不住自己，尽管这很可能是服用莫达非尼后产生的副作用。要知道，为了不至于犯困得打瞌睡，她是每隔六个小时就要吞一片这药的。阿德里安遭遇了一波波问题的袭来，而实际上，她对这些问答题却并不要求有什么回答。一切都随其自然吧。

我不喜欢咖啡，难道这一事实也被写入了我的程序中吗？我昨天曾有的那种酒醉感，当我把自己变成了吸收龙舌兰酒的海绵时，也早就被模拟好的吗？假如程序有欲望，会爱，会痛苦，爱、痛苦、欲望的计算法又是什么样的呢？难道我就是被程序规定好了，在我发现自己成了一个程序时就要发火吗？难道我尽管如此还有一种自由意志吗？难道一切都在预料之中，在程序的设计之内，全然不可避免吗？而这一模拟包含了多少剂量的混沌呢？至少，这里头有混沌吧？难道就没有任何办法证明不是这样的吗？难道就不能证明，哦，不，实际上，我们并不处在一种模拟中呢？

很困难，阿德里安将回答，很难找到一种可以证实这一假设的经验，因为，说到底，模拟也不是太傻的东西，它也能提供一种结果，证明情况正好相反。然而，他们已经有整整三十个小时在那里固执地想象一种检验。那些天体物理学家尤其想观察拥有最高能量的宇宙射线的行为。他们认为，运用物理学的那些“真实”规律，是不可能以百分之百的精确度来模拟它们的。它们行为中的种种异常情况可以证明，现实并非就是真实的。目前，这还不能带来什么。

关于模拟这一想法，阿德里安是很憎恶的，他把卡尔·波普尔[①]看作他在认识论研究方面的灯塔，而对于这位正直的波普尔，

---

① 卡尔·波普尔（Karl Popper，1902—1994），奥地利犹太哲学家。波普尔最著名的理论，是对经典的观测–归纳法的批判。他提出“从实验中证伪”的评判标准，以区别“科学的”与“非科学的”，在科学哲学史上具有重要地位。

一种理论，如若没有什么可以来反驳它，便没有任何科学特点……但他再怎么反复掂量这一问题都不顶用，在条件相同的情况下，最简单的解释往往就是正确的解释。最简单的，但同时也是最不舒服的：航空器的出现不会是模拟过程的一种混乱状况——要不然，“抹除它”并且晚它几秒钟再回来，就会是轻而易举的事。不，这是一次检测，很显然：面对自身虚拟性的显现，亿万个虚拟生命体又会如何做出反应呢？

但是阿德里安根本就没有时间争辩，因为梅蕊蒂丝已经在继续说了。

我们生活其中的时间是否只是一种幻觉，每个表面上的世纪只在巨型计算机的处理器中持续了短短的一秒钟？那死亡又是什么呢，难道不就是写在一行代码中的一个简单“终结”[①]吗？

难道希特勒、大屠杀[②]只存在于我们的模拟之中，或者只存在于其他模拟中吗？难道六百万个犹太人程序是被几百万个纳粹程序杀死的吗？难道一次强奸就是一个雄性程序在强暴一个雌性程序吗？那些偏执狂的程序不就是比其他系统更英明一点儿的系统吗？难道这个疯狂的假设不就是在巨大无比的阴谋中凝练而成的阴谋理论的最精炼形式吗？

这是多么邪恶的行为啊，竟然炮制出一些程序来模拟如此愚蠢的存在者，同时又炮制出另一些程序来模拟过于聪明的存在者，他们是那么聪明，被前者所包围，不会不感觉到痛苦；有些程序模拟音乐家，还有一些程序模拟作家，写作其他程序规定者要读的书，或是没有人会去读的书！究竟是谁设计了摩西程序、荷马程序、莫扎特程序、爱因斯坦程序？为什么会有那么多毫无质量可言的程序，它们穿越了电子存在期，却丝毫不带来任何东西，或为复杂的

① 原文为英语“end”。

② 大屠杀（la Shoah）特指第二次世界大战时纳粹屠杀犹太人的历史事件。

模拟带来那么少的贡献？

或许，或许，梅蕊蒂丝还在自寻烦恼，我们是由尼安德特人[①]做出的对克罗马农人世界的模拟，而这一智人种族，跟我们以为的正好相反，真的做成功了，而且是在五万年之前？我们是不是真的好想看到那些具有超强侵略性的非洲原始人可能完成的事，假如他们，可怜的人啊，没有早早消亡的话？好的，赢了，他们现在知道了，克罗马农人是如此不可救药地愚蠢透顶，破坏了自己的虚拟环境，毁掉了自己的森林，污染了自己的海洋，自我繁殖到了荒诞的地步，耗尽了所有地下矿能，而几乎所有物种，在仅五十年被模拟的时光中，都死于气候变暖以及其他荒唐事。或者，喏，既不更好，也不更坏，我们莫不是处在一种由恐龙的后代发起的模拟中？它们可能并没有被任何陨星撞击所毁灭，还饶有兴趣地观察着一个由哺乳动物所统治的世界。又或者，我们生活在围绕着双螺旋DNA结构而设想的碳基生物学骗局中，生活在一个被外星人所模拟的宇宙里，而外星人的生命则围绕着一个三重旋面结构及硫原子而构建？甚至，甚至是不是有这种可能：我们只是一些被模拟的低级生命体，被一些在更大的模拟行动中同样被模拟的生命模拟，而所有被模拟的宇宙都像一系列的套桌[②]那样，一个被另一个套在里头呢？

甚至，如何才能知道我们的外表是什么样的呢？既然在程序中，我是一个白种女子，年轻，黑眼睛，长长的褐发，过于苗条，模拟为什么就不能为我创造出跟对话者一样多变的脸与身体呢？

---

① 尼安德特人（Neandertal），欧洲、西亚及非洲北部的古人类，晚期智人的一种，因其化石发现于德国尼安德特山谷而得名。尼安德特人是现代欧洲人祖先的近亲，从十二万年前开始，他们统治着整个欧洲、亚洲西部、非洲北部，两万四千年前消失。尼安德特人要早于克罗马农人。

② 套桌（tables gigognes），是一套大小不一、不用时能互相套在一起、使用时又彼此分开的桌子，有些类似俄罗斯套娃。

喏，阿德里安——现在，梅蕊蒂丝已被愤怒窒息——还有一个不那么荒唐的想法：在我们虚假的死亡之后，是不是还会有一种虚假的生命存在？其实，让这些如此高级、如此有才华的生命为自己的模拟增加一些劣货的天堂，以便褒奖那些顺从而又听话的、默默地忍受强制臆断的小小程序，这又能让它们多费一些什么事呢？它们又为什么不能为穆斯林的那些优秀程序设想一个天堂呢？他们始终吃清真食物，虔诚地朝着麦加的方向，一天五次地祈祷安拉。还有，为什么不能给天主教徒程序一个天堂呢？他们每个礼拜天都要去望弥撒做告解。为什么不能给特拉洛克①这个阿兹台克的水中之神的崇拜者程序一个天堂呢？这些牺牲者在金字塔高处献祭，变为蝴蝶后又返回大地。

还有，是不是有一千个地狱，留给那些可耻的背教者程序，那些不忠诚者或者自由思想者？有一千个磨难处，让那些放任无度的精灵无休止地遭受火焚，遭受永恒的虚拟折磨，被红色的恶魔纠缠，被面目狰狞的妖怪吞噬？甚至更甚，为什么这些爱胡闹的精灵就不会想象，每一个宗教信徒程序所祈求的都是邪恶之神呢？而且，一旦他们死去，会不会便是惊喜，我的伙伴，无论你曾是浸礼会教士、佛教徒、犹太人还是穆斯林？但必须成为摩门教徒啊，傻瓜！赶紧的，所有人全都下了地狱啊！

总而言之，阿兹台克的众神多次创造了世界，也多次毁灭了世界：奥斯罗托那体乌赫让美洲豹吞噬了人们，艾赫卡托那体乌赫把人们变成了猴子，吉奥赫托那体乌赫把人们葬在一片火海之中，阿

① 特拉洛克（Tlaloc），美洲阿兹台克人神话中的雨神、水神、风暴之神，主宰降雨，以将天上的雨水落下滋润大地为职责，同时也会带来干旱、洪水、冰雹与风暴等灾难，在农业及祭祀中有着举足轻重的地位。

托那体乌赫把他们统统淹没，变成了鱼。[1]

这些就是梅蕊蒂丝或是她自己的程序对自己提出的问题，反正她对世界和阿兹台克众神生出了一大堆问题。此外，虽然并不想贬低单一神论，她却认为，世界本身的机能缺陷问题，将由众神间的无穷冲突得到更好的解释。

梅蕊蒂丝突然想要一杯她不喜欢的咖啡，便跟那个难伺候的大咖啡机较上了劲——那些倒霉的笨蛋，他们甚至还在模拟程序中加上了故障程序。当黑色的泡沫液体最终流出来时，她一声不吭地转身，朝向阿德里安。

他瞧着她，心中有种鲜红色的狂喜。他的的确确爱她身上的一切，包括她发火时玫瑰色的脸颊，流到鼻尖上的那串汗珠以及她在自己极度苗条的身上松松垮垮地穿一件衬衣的方式。莫非，对她产生的整个这一番冲动也都是加了程序的？不过，他才不在乎呢！生活兴许就是在人们知道自己没有了生活的那一刻开始的。

总而言之，这对于他们又能改变什么呢？无论是否被模拟，人们都活着，都有感觉，都会爱，都会痛苦，都会创造，都将在模拟中死去，留下一点点痕迹。知不知道又有什么用？必须永远喜欢黑暗超过喜爱科学，无知是个好伙伴，而真理却永远制造不出幸福。如此说来，真的还不如被模拟并幸福着呢！

梅蕊蒂丝喝了一口苦咖啡，微笑道：

“谢谢你所做的一切能让我走到这一步，阿德里安。我的愤怒跟我们所经历的这些事情的强度是成比例的。我为我能在这艘大船

[1] 这里提到的四位神明（原文分别为Ocelotonatiuh，Ehecatonatiuh，Quiauhtonatiuh，Atonatiuh）应该都是太阳神。在阿兹台克人的创世神话中，先后有五个太阳，他们相信世界曾经四度被创造，四度遭毁灭。每一次创造，都会产生新的太阳，照亮全世界。前四个太阳神，通常被称作特斯卡特利波卡（黑夜神）、魁札尔科亚特尔（羽蛇神）、特拉洛克（雨神）、查尔丘特里魁（河湖神）。

上，能跟你在一起感到非常非常幸福。”

这位英国女拓扑学家哈哈大笑起来，而在这一刻，她也嘲笑自己被模拟，她的快乐也不是服用莫达非尼产生的副作用。她开始哼唱起那首歌，《我得不到满足》①：

> 我可以不不不不是假冒
> 不不不
> 我叫喊我叫喊我叫喊！
> 我可以不不不②

她旋转起来，照着滚石乐队的旋律翩翩起舞。站在左边的阿德里安笨手笨脚，反应迟钝，虽心中烈火腾腾，却毫无动作，她就一把抓住他的手，把他拖过来：

“来吧，阿德里安，别像电线杆子那样干戳在这里啦！我可以不不不！”

“这太精彩啦，”阿德里安心里说，“这太精彩啦，我爱上了这姑娘。”

突然，他把她拉过来，想把她紧紧地抱在怀里，心中满是柔情和渴望。正当他亲吻她的时候，西尔维利亚将军走进了房间。

“米勒教授，”将军开口说，稍稍有些尴尬，“直升机在停机坪上等您。您得立即出发去白宫，总统在等您。”

---

① 原文为英语“*I Can't Get No Satisfaction*”，由英国滚石乐队首唱的歌曲。

② 原文为英语“I can be no no no no simulation/ No no no/ And I cry and I cry and I cry !/ I can be no no no”。

几位总统

2021年六月26日星期六，11点

华盛顿，白宫，西厢办公室

总统激动得像火山爆发般，在椭圆形办公室里来回踱步，眼睛死盯着落在厚厚的白色地毯上的一道道阳光。他已经在房间里转了整整一大圈，按逆时针方向，并且是在两位先人的目光的注视下，一位是半身塑像的温斯顿·丘吉尔，目光中透着冷漠，一位是挂在壁炉上方画框中的华盛顿，神情似乎稍稍专注一些。

在场一共四个人，全都坐在扶手椅中等待，面朝着总统的办公桌：特别顾问，国务卿，一个科学女顾问，最后就是阿德里安·米勒，他似乎被坚定之桌①壁板上的雄鹰所捕获。他一到达，规约条文负责人就让他换上一件干净的喷过香水的白衬衣。“哎，我们会利用这段时间尽快地洗一下你的T恤衫，米勒教授。”

“我并不想打电话给法国人。”总统嘟囔着，回来坐下了。

“可我们扣留了六十七名法国侨民，”特别顾问说，“而且，

① 原文为英语“Resolute desk”。坚定之桌是19世纪由英国海军舰艇“坚定号”改造制作而成的。该船曾在北冰洋附近失踪，后被美国捕鲸船队发现并拖回美国，美国国会决定把它送还给英国。这艘舰艇退役后，维多利亚女王用船上的木料打造了两张书桌，并将其中的一张书桌赠予了当时的美国总统，成了此后历届美国总统办公用的坚定之桌。

这是法国航空公司的航班，还是应该打电话给他的，总统先……”

“不，不。我首先要给中国领导人打电话。这一次，我们有多少个中国人啊？”

“二十来个，总统先生。我们紧接着就给法国总统打电话。”

“好的，我们走着瞧。杰妮芙，请联系中国方面。而我呢，穆勒教授[1]，几分钟之后，我就把您的电话转给中国领导人，是不是应该这样啊？”

说着，总统转身朝向阿德里安·米勒，此人让他隐约想起了《阿甘正传》[2]中的那个演员，他叫什么来的？身上总是透着那么一种青春活力。

阿德里安没有回答。连续熬夜带来的疲惫感压迫着他，他有些漫不经心地想，真是怪，真是怪，我竟然待在了椭圆形办公室里，跟总统在一起，我要跟中国领导人说话，而我还穿着一件白衬衣。

“穆勒先生，我在跟您说话……”

汤姆·汉克斯，对了，就是他，总统想了起来。他名叫汤姆·汉克斯。

“是的，总统先生，”阿德里安点头示意，“我叫米勒，总统先生。”

“我是说我要把您的电话转给中国领导人，您对他解释吧。”

“米勒教授应该毫无例外地回答所有问题吗？”特别顾问问道。

总统扬起了眉毛，朝着国务卿的方向，似乎在向他寻找答案，后者赶紧点了点头，说：

“您愿意怎么讲就怎么讲吧，教授。不管怎么说，我们也知道

---

① 此处原文为Muller，而不是Miller，应该是总统念错了这个姓。

② 《阿甘正传》（*Forrest Gump*），美国电影，其主人公阿甘是一个智商指数只有75的低能儿，他通过自身不懈的努力，改变了自己的命运。这一角色由著名演员汤姆·汉克斯（Tom Hanks）扮演。

得不太多。”

“总统先生，我已经给您转到了中国领导人那里。”一个女人的嗓音在说。

一万多公里之远的地方，在中南海，西楼的会议室，一只手拿起了电话筒。

“您好，”总统说，“请原谅这么晚给您打电话。”

“我还没有睡，总统先生。”

“太好了，太好了。我联系您是因为有一件极为重要的事。我们遭遇了一个前所未有的特殊情况。形势紧迫，事关整个世界，正因如此，我首先联系您。眼下，我正跟我的科学家顾问们在一起，他们将随时随地为我提供帮助。事情是这样的：两天之前，有一架法国航空公司的飞机降落在我们的领土上，而这是一架早在三个月之前就已经着陆了的飞机。”

“是吗？飞机多次着陆，这可是经常发生的，”中国领导人说着，尽量克制住笑声，“尤其是对于定期航班……”

“事情要复杂得多。我现在就把电话转给我最好的科学顾问之一，普林斯顿大学的阿德里安·穆勒教授。”

阿德里安站了起来，拿住了总统转给他的电话，嘟囔了一句“我是阿德里安·米勒教授……”随后，他说话尽量清晰、简练并且完整。电话的另一头，却是彻底的不明不白：“飞机着陆了两次？”中国领导人问道，然后又重复了一遍：“两次？”对话在继续，阿德里安问答着种种问题，什么积雨云啦，什么乘客们的DNA检测啦，什么乘客们的扣留条件啦……简述完毕后，他又转入各种不同的假设，试图解释根本无法解释清楚的一切。对方的惊讶让他不得不一再反复说明。整整一刻钟之后，那位领导人要求得到一份被扣留在麦奎尔基地的中国公民的清单。

“您猜想他们已经有名单。”科学顾问悄悄地吐露了一句。

“他们关心每一个中国人的下落，您猜对了，早在二月份就登上了巴黎—纽约航班的人……”

“我们会让我们的有关部门来解决相关问题，”中国领导人最后说，“请代为问候你们的总统，告诉他我很快就会给他去电话。”

然后，中国领导人挂上了电话。阿德里安也挂上了电话，重新坐了下来。美国总统一直纹丝不动，似乎成了被击垮了的拳手。阿德里安观察着这个浅薄无知的人，更加坚定了自己那个令人绝望的想法，即把每个个体的蒙昧统统加起来，也很少能够获得集体的智慧光明。

“他们肯定已经在寻找那些公民的‘复本’了。”国务卿高声说出了他的想法。

“总统先生，我们已经联系法国的马克龙总统，一分钟之后就能通电话。”特别顾问说道。

“我实在很烦那些法国人，尤其是那个家伙。好吧。杰妮芙，给我接通那个高傲的小笨蛋。”

电话铃响起来，总统喝了一杯水，摘下话筒，强挤出一丝苦笑来。

“我亲爱的艾玛纽埃尔，很高兴能跟您通话。但愿您一切都好，您那动人的夫人也一切都好。我联系您，是为了一件极其重要的事……”

离那里一万多公里之远，中国领导人瞧了一眼平静地降落到中南海的夜幕。湖边有好几百棵银杏树，空闲时，他喜欢一边眺望它们，一边沉思。这种原始的树木总让他惊叹不已，它已经在地球上存在了好几亿年，甚至在恐龙出现之前就存在了，它还将活到人类灭绝之后。简直就是一个植物版的活化石[①]。他回到会议桌前，在

① 原文为拉丁语“memento mori”。直译的意思是“记住你会死去”，象征着“令人想到死亡的物体”。

场的一共有十来个人，有军人也有平民，全都默不作声。他们已经听了米勒的解释，并做了不算太多的笔记。这是“黑天鹅”[1]中最黑的那一只，是不太可能发生的却又带来无穷后果的事件。

在议事大厅的屏幕上，有很多由布置在地球外空的最新尖兵系列卫星30-06[2]拍摄的种种图像，清晰度相当地高，很容易就能分辨出法国航空公司那架波音飞机编号，可以清楚地看到飞机与机库之间那长长的行列，直升机不断地来来往往。不断显现的，还有每一个乘客的脸：两天来国家安全部已经尽可能地采集了有关这些人的信息，工作效率不会比美国的国家安全局来得低。

“很好，”中国有关方面负责人简述道，“他们也碰到了我们在四月份碰到的麻烦，一月份，北京至深圳的航班也曾这样。他们在东海岸军事基地扣留了二百四十三个人……我们的空中客车有多少乘客？”

“三百二十二人，”一个将军说道，“其中大部分还待在某空军基地。”

“要不要告诉美国人那航班的事？”一个穿便装的女人问道。

“不急。他们还没有来要机上的十五名美国人中的任何一人呢。没有人想念那些失踪者。”

“这么说，他们也一样……”另一个领章上有四颗星的军人说，“关于模拟的这种假设，很可能……”

“是的，对他们来说也一样……”负责人打断了他的话。

1 415 152 689个程序的负责人。

---

① “黑天鹅”（cygnes noirs）喻指非常难以预测且不寻常的事件。一般来说，“黑天鹅”事件是指满足以下三个特点的事件：具有意外性；产生重大影响；虽具有意外性，但人的本性促使我们在事后为它的发生编造理由，并或多或少认为它是可解释和可预测的。

② 尖兵系列卫星（satellites Yaogan），中国军用对地观测卫星，分为返回型与传输型两大类。

阿德里安离开白宫时，规约条文行动的负责人把他拉到走廊中，递给他一个黑色的布袋子，上面绣有美国国旗：

"您的T恤衫就在这里头，米勒教授。已经洗过了，我们还自作主张地……给它缝补了一下。补充一句，我不得不在互联网上搜寻了一下Fibonacci这个词，这才明白您这T恤衫上'I♥ zero, one, and Fibonacci'[①]的意思。很有意思，假如我可以这样说的话。当然啦，您可以留着您的衬衣。里面还有一件带有白宫图案标志的厚绒套头运动衫，总统坚持要亲自为您签上名字。"

阿德里安还没来得及回答，规约条文行动的负责人就已抢在了他前头，沉着冷静地说：

"您不用担心，教授。我们给他的是一支水笔，一洗字迹就会洗掉。"

---

① 见第122页注解。

人民有权知晓[1]

《纽约时报》文章，

2021年六月27日星期日

有违常理，

美国空军否认在麦奎尔基地扣留一架法航飞机以及机上乘客

星期四傍晚，法国航空公司的一架波音787飞机被迫降落在位于新泽西州的麦奎尔空军基地。乘客与机组人员可能被秘密扣押在了一个被改装成接待站的宽敞的建筑中。尽管我们多次提出要求，军方与航空公司却并未就此事件给出任何解释。

六月26日来自麦奎尔基地的报道。退休老人约翰与朱迪特·麦德里克夫妇，分别已有六十五岁和六十六岁，他们简直无法相信自己亲眼看到的事实。星期四晚上，老两口正在他们位于库克斯敦（新泽西州）的自家花园里吃晚饭，一架民航飞机由两架战斗机护送，降落在一英里之远的麦奎尔空军基地。约翰与朱迪特早已习惯各种超级大力神[2]和预警机的来往，但他们无论如何也回想不起

① 原文为英语“THE PEOPLE HAVE THE RIGHT TO KNOW”。

② 超级大力神（Super Hercules），美国的一种大型运输机。

来，自从他们生活在此地三十年来，这个基地是否接待过一架民航飞机，哪怕只有一次。至于其他证人，包括武装力量的一名成员，也都证实，那是一架有法航标志的波音787飞机。

空军方面的发言人安德雷·威利否认隐瞒任何信息，但他证实，麦奎尔空军基地已被全面封锁，处在第86步兵旅战斗队士兵的严密监视下，他们是在六月24日星期四到25日星期五的那个夜晚赶到现场的。未经许可，任何采访都被禁止。通道上部署着装甲车，只留出两个交叉车道——而不是以前的七个——基地中四千军人的出入受到控制，汽车的进出就像点滴输液般缓慢，还不时地造成附近公路上的交通堵塞。

据一个在肯尼迪机场空中交通管制站工作的人提供的消息，一架遭受航损的波音787飞机确实进入了美国的领空，同时给出了法国航空公司的巴黎—纽约航班的错误代码。该机在北美空防司令部的命令下立即转向，飞往东海岸的一个军事基地。按照麦奎尔空军基地几个希望能不透露其姓名的文职人员的说法，两百多名乘客及机组人员已经下了飞机，被安顿在了一个经过改装而专门用于接待的大型建筑物中。从此，种种重要活动都受到监视。这架波音飞机随后被停放在另一个机库中，而在此举实施之前，可能就已经有很多照片被拍了下来，它们能证明这是一架波音787–8型飞机。不过，发布在社交网络上的某些图像很快就变得无法访问。

至于法国航空公司方面，它已经通过其公关总监弗朗索瓦·贝尔特朗告知公众，他们没有飞机失踪。此外，法航还提供了一份名单，上面列有他们的二十三架波音787，都在好多航线上运行，其中有几架还带有KLM[①]字样，而所有飞机都能被确切定位。还要提

① 即荷兰航空。

醒一下，波音公司目前已经在全世界交付了387架波音787–8型飞机，而法航是它的第二大欧洲客户。该飞机制造商始终明确保障其航空器的维修，并没有发现他们的任何一架飞机失去联系。另外，东海岸也没有机场通报发现过商业航班事故。

然而，在某些照片上，机身清晰可见的标码787，跟通常在巴黎—纽约航线上飞行的飞机标码相符。航空公司承认，它的一架同样编号的波音787飞机确已停飞。出于“安全方面的理由”，星期六早上，在美国官方的要求下，它处于被保管状态，就停在肯尼迪机场，要在那里接受一系列检测。这应该是一架在三月穿越“十年未遇之风暴”的湍流时遭受航损的飞机。那次巨大的湍流曾导致不少飞行器和海船遭受严重损害。

不过，那架被迫降落在麦奎尔空军基地的飞机，其身份始终是一个谜团。其乘客，也就是那二百多个人，是不是还被扣留在基地的那座宽敞建筑物中？从军方权威人士那里来的消息，对此说法是肯定的。然而，民用航空的国际规则不允许对民间人士不做审判就施行扣留，除非涉及国家立法机构规定的几种特殊紧急情况。恐怖袭击的情况当然包括在内，一些紧急卫生措施也可以强迫乘客接受一段时间的检疫期。不过，这样的措施只能咨询疾病防控中心（CDC）的意见后，由总统下令才能采取。在被问到这一点时，疾控中心的主任肯尼思·罗甘肯定地回答说，该组织并不认为国内遭遇了任何疫情。

还有其他令人惊讶的消息来源，无论是两天前对该飞机的羁押，还是对其乘客的扣留，都没有在任何地方激起什么反应。白宫通过它新的通信联络办公室主任杰娜·怀特明确宣布，没有任何美国公民，也没有任何外国侨民被任意扣留。然而，在法国航空公司的巴黎—纽约航班上，超过三分之一的乘客是法国人。法国驻美国大使馆，在我们跟它进行接触之后证实，有一些法国公民被强行扣留在麦奎尔空军基地，但它并不希望对此提出什么假设。

调查办公室代签

安佳·斯泰因

"All the News That's Fit to Print"

The New York Times

VOL. CLXVII ... No. 58,039 NEW YORK, MONDAY, JUNE 28, 2021

Mysterious Flight. Image of the Air France Boeing 777, taken on the morning of Saturday 26. The aircraft is still immobilized at McGuire Air Force Base. The military base is now closed and under Army surveillance.

Against The Evidence, The USAF Denies Holding A French Airliner At The McGuire Base

Early Friday evening, An Air France Boeing Was forced to land At Air Force Base In New Jersey.

Thick mystery surrounding the mobilization of scientists in the United States.

By PABLO LEVIN BECKER

Saving the Amazon Rainforest At the Center Of Discussions Between Brazil And the United States

By IAN BORTI

*

2021年六月26日星期六，23点

麦奎尔空军基地

西尔维利亚将军把遥控器放到桌上，而《纽约时报》的那篇文章依然留在大屏幕上。

“文章将在一个小时后正式上线，请不要问我国家安全局是怎么做的，反正，它优先为我们提供了知情权。是这样的：只有短短两天时间，不能期待一架大型波音飞机及两百多名乘客长时间消失而不被人知道。”

“传闻在网上流传得很快。已经有五百来条报道了，而且数量还会增加，”布里安·米特尼克提醒道，“跟法航协商取得一致后，我们在机票预订系统内部销毁了3月10日航班乘客信息的原始文件，代之以一份虚构的名单。我们正着手干预网络上的大多数航行比较数据，抹掉了所有行程的痕迹。尽管到目前为止还没有任何关于飞机上乘客的消息在传播，我们还是发现了一些报道，说在美国领土上到处都有一些逮捕行动。”

“从技术层面上说，那并不是逮捕，而是一些‘涉及国家安全的征调’。”西尔维利亚纠正道。

“那这些人，他们会被带到哪里去呢？”阿德里安问道。

“联邦调查局和国家安全局会把他们送上带篷的小卡车，绝对秘密地带到这里来。”将军用一种恼怒的口吻说，“杰米，米特尼克，对你们的部门来说这样做不算太狡猾，假如能允许我这样说的话。”

“假如允许我也发表一点意见的话，将军，”国家安全局的那个人反驳道，“把这些人全都集中到唯一一个地方，集中在H大厅中，同样也不算太狡猾。某些乘客会认出其他一些乘客来……从此，所有人就全知道了，他们在三月曾经登上同一架法国航空公司的飞机……他们会想象最糟糕的情况，一种病毒，或者他们中有一个恐怖分子。”

“联邦调查局已经派遣了一些心理学家，”杰米·普德洛夫斯基说，“预见会有一些对抗……必须让他们做好心理准备，去跟他们的……复本相遇。”

“那是当然，”西尔维利亚叹息道，“我们又不能把机库中的这二百四十三个人通通枪毙掉……我同意，这很遗憾，米特尼克，但事情就是这样。”

国家安全局的那位做了一个鬼脸，继续说：

“有线电视新闻网、哥伦比亚广播公司和福克斯广播公司派出了一小队记者，开着有卫星通信设备的小卡车，还带着三明治和热咖啡。我还得补充一句，哥伦比亚广播公司的晚间新闻广播节目中，伊莱恩·基哈诺[1]刚才还邀请了一个拉比和一个牧师，作为节目结尾部分的对谈嘉宾。他们透露说，白宫召集过各宗教教派的代表，讨论‘灵魂本质’问题。应该可以期待有一个重要声明。”

“这一定是那个自由派的拉比说的，一定是他说的，”杰米·普德洛夫斯基做了一个鬼脸，“他没能控制住自己，喜欢电视谈话节目。这还没有完呢！尽管我们已经有了绝对保密的禁令，美国全国广播公司仍在刚才宣布，不仅有不少著名的科学家失去了踪影，还有一些集中在这里……”

“记者有两个敌人：一个是新闻检查，一个就是信息，”米特尼克言简意赅地说，“这是开始……”

“这不是开始，而是终结。”西尔维利亚说，“三月那次航班的乘客与六月航班的乘客之间的对抗，一有可能就将马上开始。明天星期天晚上，最晚后天星期一早上，军队就会把这漂亮的一切全都托付给联邦调查局。对此，你有什么问题吗，杰米？”

“没问题，将军。我不知道还有什么问题能挡得住解决法的一种缺少。”

① 伊莱恩·基哈诺（Elaine Quijano，1974—　），美国电视台记者，曾在有线电视新闻网（CNN）工作，后来在哥伦比亚广播公司（CBS）当新闻记者和主持人。

三

虚无之歌

（2021年六月26日之后）

没有一个作者写下读者之书，没有一个读者读过作者之书。最后的句号，到终了，对他们可以是共同的。

——《异常》，维克托·米耶塞尔

第二类接触

2021年六月27日星期日

巴黎，拉法耶特街

脸颊上一阵刺痛，布莱克在一把冰冷的铁质扶手椅中醒来，浑身赤裸，被绑得死死的，嘴还被封住了。好一番职业老手的活计：虽说绑得不是那么紧，他却丝毫无法动弹。他认出了背景，简洁，实用：他是在自己家里，拉法耶特街的家里。他甚至还认出了自己身上的绑带，那根极其抗磨损的布条，还是他在四月份新买的。他依稀回想起来，刚刚走进这个两居室的套间时，就感觉到后脖子上一阵强烈的剧痛，他立即倒在了地上。

他现在所处在的房间，曾经是一间卧室：里面有一张窄窄的床，附带有一个搪瓷大浴缸的卫生间。假如其目的首先不是实用的话，这里也许就透着一种现代实用工艺的味道。他无法转动脑袋，但也不一定非得转动脑袋才能弄明白，整个房间都蒙上了一层透明塑料布。三月布莱克[①]——我们不妨就这样叫他吧——猜测着这将预示着什么。在他右侧闪闪发光的，是三十来件外科医学的专用器

① 三月布莱克的原文为“Blake March”，意即“三月的那个布莱克”的意思。下文中六月布莱克，原文为“Blake June”，则是“六月的那个布莱克”的意思。后文中的其他人物亦如此。

械，大可作为对丝毫不会逊色于系列剧《嗜血法医》[1]美观效果的补充背景，他同样也认出了手术刀、解剖刀、柳叶刀、电锯、剪刀、锉刀。有一些还从来没有使用过，比如那把头颅电钻，当然，他已经尝试过在几根带骨髓的骨头上做小小的检测。他并没有被吓倒，但是，无疑是身上注射了咪达唑仑[2]之后产生的副作用，他的神经处在一种过于松弛的状态。

他需要长长的好几秒钟时间，才能认清那个身穿连体服、戴着头盔、站在他面前、正瞧着他苏醒过来的人是谁。他的眼睛惊愕得睁得大大的。"惊愕"这个词，用在这里一点儿都不为过。

两个男人久久地彼此对视。六月布莱克观察着他的囚徒。整整三天，他就一直在思考，推理，却找不到解释。但荒诞的情境并不能消灭他的实用意识，他设置了陷阱。他没有别的路可走，苍蝇从不跟蜘蛛约会。

三月布莱克突然挣扎起来，在布条底下号叫，呻吟，嘟囔出一句话，但六月布莱克毫不松开封塞住对方嘴巴的胶条，用低沉的嗓音在他耳边说：

"我是不会跟你多费什么口舌的。你不明白发生了什么事，我也同样。这并不重要。我就是你，你就是我。但这就过了，我们不能是两个人。你明白我的意思。"

六月布莱克拿着笔和本子，坐到已经开机的计算机旁边。

"我银行账户的所有号码都被改过了。显然是你改的，因为我每三个月都改一次。你有办法记这些密码……如果是的你就点点头。"

---

① 《嗜血法医》(*Dexter*)，美国电视剧，讲述主人公戴克斯特·摩根白天以迈阿密警局法医身份作为掩护，黑夜降临时就去追捕罪犯的故事。

② 咪达唑仑(midazolam)，苯二氮草类药物，有抗焦虑、抗惊厥、镇静催眠、松弛肌肉的作用，临床上主要用于治疗各种失眠症。

三月布莱克服从了。他思绪纷繁，甚至不禁自问，自己究竟是不是在做梦，一个难以想象的现实的梦。

“我要当着你的面登录我的账户，我口授数字和字母，你来确认，你点一下头就表示肯定。只要出了第一个差错，我就会拔掉你的一个指甲，到了第二个差错，我会砸烂你的第一根手指头。我不知道你是谁，但你肯定有着跟我同样的记忆。你一定记得两年前的亚眠合同吧？点点头表示‘是的’。”

三月布莱克点了点头。他回想起来……这是阿尔巴尼亚人常玩的把戏，要么是顾客没有建立链接，要么是被吓坏了。这游戏太残暴了，他差点儿退缩。膝盖刺穿，胳膊肘折断，手指头砍下，舌头和性器官割掉，耳膜戳穿，而最好的结局，也莫过于眼睛里被灌酸液。为了拿到七万欧元的另一半，这人可不能死掉啊。

六月还在继续说。

“换作我的话，你也会这样做，况且你就是处在我的位置上。”

三月眯缝起眼睛，观察着他。六月布莱克露出一丝算不得残酷的微笑，毋宁说是有些尴尬。他没有喜爱过亚眠。太过了，实在太过了。

“假如不出任何差错，假如我恢复了所有的账户，那我们就将讨论一下未来，谈论一下我们之间还能商讨的事。你明白吗？”

三月点点头，而六月则又想起了阿尔·卡彭[①]的那句话：通过武装加礼貌，人们会得到比单单靠礼貌更多的东西。

“好，那我们就开始吧。第一个银行。第一加勒比投资信托银行[②]。”

三月点点头，闭上了眼睛，集中精力，想到了六只玫瑰色的火

① 阿尔·卡彭（Al Capone，1899—1947），美国著名的黑手党头子，因斗殴被对手打伤脸部留下疤痕，而拥有“疤脸”的绰号。

② 原文为英语“First Caribbean Investment Trust”。

烈鸟在夜色中飞过阿尔卑斯山。

“第一个符号。是字母吗？OK。小写？大写。小于L？不。小于T？对。L M N O P Q R……R？好极了。”

布莱克记下了字母R。

“第二个符号。是字母吗？不，数字。好。一，二，三，四，五，六。”

点了点头。

“六，是吗？”

点了点头。布莱克在字母R后面记下数字6。

一刻钟之后，六月布莱克找回了他所有的账户，并重新改了密码，始终按照同样的方法。三个账户每一个都是一句话，很容易写下来的。第一加勒比投资信托银行的账户密码：“瞧玫瑰色的六只鸟！”（Regarde six oiseaux de couleur rose!）这没多大意思，但写成了“R6odcr!”，而这，记住六只玫瑰色的火烈鸟就行了。接下来是拉脱维亚国际银行：“它们穿越了从威尼斯到巴黎的一片黑天。”（Ils traversent un ciel noir de Venise à Paris.）因此就写成“It1cndVaP”。等等，等等。

他同样还记住了暗网上他的网站的新用户名和新密码，甚至连手机密码也换了。他读到了信息的历史记录，那是在他的日志中发现的，他——原来，他叫“约”——多次跟一个叫蒂莫泰的人一起吃晚餐，但他对此人尚一无所知。但六月并未好奇到会去从三月的嘴上撕下胶布。他并不担心后者会大呼救命，因为两个人都知道，这个房间很隔音，四面墙壁，包括天花板和地板都用隔音材料制成。但是，他不想让自己产生任何怀疑，不愿意让丝毫疑点还留在自己心里。

当三月看到六月站起来时，他不需要任何解释。显而易见，换作他，他也会这样做的。他闭上了眼睛，只希望这一切进行得快一些。六月不慌不忙地走到他身后，在他的后脖子上注射了一剂丙泊酚[①]，这让他在几秒钟里就失去了知觉。没有无用的痛苦，布莱克并不憎恶自己到这一地步。一分钟之后，又一针箭毒[②]让三月停止了心跳。死亡与睡眠本是双胞胎兄弟，这话，荷马早就说过了。

布莱克——从此，就再也没有什么模棱两可的啦——割断布条，撑住尸体，才让它慢慢倒下。他把对方的衣服小心地叠放好——说到底，这也是他的衣服，就这尺寸——然后把尸体放到浴缸里，四脚朝天，脑袋向上，打开了淋浴的龙头，再把喉咙割断，让鲜血流个干净。他把手指头浸到酸液中以毁掉指纹，然后仔细地用电锯把尸体分割。他操作得是那么细致，根本就不让人的肢体能被清晰地辨认出来，比如一只手，一只脚。他还缺少一点点经验。在背上，在他的背上，他记下了一颗痣，这是他从来就不曾注意到的，痣的下缘有些不规则。值得注意。割下性器官时，他的性器官，他不由得有些控制不住由恶心而引起的一阵战栗。用了整整三个小时，他填充满了一百来个密封的冷冻用塑料袋。就只剩下脑袋了。

他妈的。橡皮膏。

六月布莱克差点儿忘记了，那是不是小马蹄子的那一记踢呢？他只能等芙洛拉到时候再跟他说个明白了。他把三月布莱克额头上那块四四方方的橡皮膏揭了下来，那上面的伤口已经结了疤。然后，解剖刀轻轻一划，他便微微割破了自己头上的皮肤，直到未来的伤疤真真地显露出来。他对伤口做了消毒，把橡皮膏又贴到自己的额头上，接着把三月的脑袋浸到他已在一个水池中准备好的酸液中：皮肤渐渐地分解了，散发出一团酸溜溜的蒸汽。

已经十九点钟了。布莱克将在明天结束。他擦洗干净浴室，揭

① 丙泊酚（propofol）是一种短效静脉麻醉药，用于全身麻醉的诱导和维持。
② 箭毒（curare）是一种肌肉松弛药。

开透明的塑料盖布，小心地把它们卷起来。溅洒到那上面的污渍并不太多，完全多余的谨慎措施。不管怎么说，假如有一天有人在他的家中发现这些血迹，那也是他自己的血。那些袋子都堆在浴缸里，其体积远不如他期待的那么大。八个手提箱，四趟旅行。

他用一部一次性手机，给一个秘密接收者发去一条信息："八块木柴，克里尼昂古尔加油站。"立即有了回答："OK。星期三，十五点钟。"J减2，H减2[①]：就是说，弗兰西斯会在明天星期一的十三点钟，开着他的四驱车，在克里尼昂古尔门的那个站等着他。

随后，布莱克出了门，用钥匙锁上门。他知道他会发现，冈丹和玛蒂尔德又长大了一点。死亡之后有一种生命，尤其是其他人的生命。

*

2021年六月28日星期一，21点55分

巴黎，爱丽舍宫

"一切都已准备就绪，艾玛纽埃尔。五分钟。我们有各种新闻频道，一个脸书直播，还有一个YouTube直播。万一出现问题，还有一分钟的延时播出。"

总统对他的联络处女主任微微一笑道：

"那么，华盛顿呢？决不允许那个家伙抢了所有人的风头。"

"他将落在我们的后头，他还在重复他的演讲。"

"那家伙在重复他的演讲吗？我觉得他总是随心所欲地乱讲一

① 指的是，日子数字减去2，钟点数字也减去2。

气。俄罗斯呢？中国呢？”

“我不知道。”

“总统先生？”一个男人的嗓音在说。

国家元首转身朝向反间谍处的副主任，这是一个小个子的秃顶男人，还在瞧着自己的手机，神情忧虑。

“是梅卢瓦吗？他什么时候从美国回来？”

“不是他，总统先生，”那位副主任说，“部委间航空联络组[1]的飞机刚刚从麦奎尔基地起飞。但是，我这里有一条信息。”

“说简单点，格里马尔。”

“十天之前，空中客车的维修部门报告了一件怪事。在迪拜进行的对另一架中国航空公司的空中客车的大修中，机械师们发现，机翼的一个部件的编号，竟然跟中国国内北京—深圳航线上的一架飞机的同一部件的编号完全相同。本来，那是绝对不可能的。飞机制造商起初怀疑是盗版行为。但正是在这条北京—深圳航线，四月份我们的卫星检测到一次异常的航行：一个身份不明的航空器改变了航向。根据情报部门的消息，中国人也拥有另一架，怎么说呢，一模一样的飞机……但他们把它给彻底拆解了，并把零件投入了循环使用中。”

“那么乘客呢？机组人员呢？”

“对此，我们一无所知。”

“美国人没有提醒过我们吗？”

“没有任何迹象表明他们了解此中的任何细节。”

两个男人不吭声了，负责联络的女主任此时走了过来。

“艾玛纽埃尔？还有二十秒。”

总统坐了下来，化妆小姐过来，给他的脑门上补了一次粉，纠

① 部委间航空联络组（Glam，即Groupe de liaisons aériennes ministérielles），法国空军的一个单位，其使命是确保法兰西共和国重要政治人物和军事人物的航空运送。

正了一下反光。

“十秒……”

联络处主任默读着倒计时的秒数。总统的目光盯着摄像机，提示器滚动起来。

“法国的女士们和男士们，我亲爱的同胞们：

“我在此刻这么晚的时候对你们讲话，恰如美国总统此时此刻在华盛顿，德国总理在柏林，俄罗斯总统在莫斯科，以及许多国家元首在世界各地一样。

“星期四，发生了一个十分例外的事件。在新闻媒体上和社交网络上传播的流言有相当一部分是确凿的事实。事情是这样的：星期四那天，有一架飞机突然出现在美国东海岸的天空中……”

法国总统说着说着，不到五分钟就住了嘴——这可是罕见的举动——他把话筒转交给了他的科学顾问。而那位数学家，为了不至于在艰涩难懂之上再偏离主题，一改自己平常的那副疯子学者的模样，换掉了他那吸人眼球的大红色花领带，改为一条灰白色的丝绸围巾，却并不忍心从上装的翻领上取下一只银质的蜘蛛。他介绍了有关的种种假设，并在言语之外嵌入一种动画，以求说得尽可能更清楚，最后，他甚至还求助于爱丽舍宫的网站，用直接组织聊天室的方式来做更为细节化的解释。

与此同时，在巴黎布莱克的家中，兴许也就像在法国的各处那样，是一种绝对的寂静。芙洛拉脱口来了一句：真奇怪。真的太奇怪了。

待在一旁的约一直默不作声，但芙洛拉并不等待他的说明。总统谢过他的科学顾问，继续讲话。

“亲爱的同胞们，1945年八月，原子弹在广岛爆炸后，动荡不安的世界就此进入了核时代，进入了对毁灭的恐惧，那时候，作家阿尔贝·加缪写道：‘从此，一种新的忧虑便落在了我们头上，那完全有可能是决定性的。我们有可能提供给了人类最后的机会。而这，无论如何，兴许是做一个专题节目的借口。但是，它应该更确切地成为一些思考以及很多沉思的主题。’这般漂亮的文字应该成为我们的一种灵感源泉。

“正因如此，法国的女士们和男士们，如同在去年发生悲剧时那样，那段长时间的抗疫封闭期，未来的一个个日子和一个个星期，应该成为一段用来思考的时间，但它同样也应该成为一段用来寻找和平的时间。科学家们很愿意做出解释，他们希望能够弄个明白，希望能够说个清楚，这是他们的任务，但是，它就在我们自身中，而只有在我们自身中，每个人才将找到答案。

“我谢谢你们。共和国万岁，法兰西万岁。”

“真是奇怪，”芙洛拉重复道，“你倒是想象一下，约，假如你一分为二成了两个人的话，那又会怎样？”

一个男人瞧着一个女人

2021年六月28日星期一

麦奎尔空军基地，机库B

“您就是法尼耶先生吗？”杰米·普德洛夫斯基接着又对建筑师说，她就待在指挥大厅那道没有镀锡汞齐的玻璃墙的后面。在他们的背后，在平台之上，排列着几十个大方块，那是一些钢铁和暗色玻璃的半立方体，仅配有一道很简单的玻璃门。而在他们下方的几米处，便是那个麇集了大量人群的机库小世界，一派躁动，一片喧哗。

“法尼耶先生，您明白目前的处境吗？”

“就其可能的程度来说，是的。”

“他们给您看了视频了吗，带有两架飞机的监控录像，两者不一致的那个时刻？还有国家安全局拍摄的介绍种种假设的动画短片？他们对您解释了另外的一个‘您’就在这个机库中吗？说得更精确一些，是跟另外的二百四十二个‘复本’在一起。”

安德烈·法尼耶把自己的双手放在栏杆上，注视着那一大群人，这就算是他的所有回答了。他想象着他立即就在这群人当中锁定了“自己”，但是，他再怎么费力地寻找他自己的身影也没有找到。他甚至有些害怕被看到了却没有被认出来。

“请跟我来吧。”杰米·普德洛夫斯基说着，把他带进了一个大方块中，那里头简单地配备了一张椭圆形的桌子、四把座椅、一个摄像头，墙上则挂了一个屏幕。玻璃板的透明、墙壁的那种赭石与波尔多葡萄酒的颜色，让这个宽敞的牢房看起来一点都不带监狱色彩了。等他们坐下来之后，她不慌不忙地操作起了手中的平板电脑。

“我读到，你们的法尼耶&埃德尔曼建筑事务所曾参与联邦调查局在华盛顿新总部的建造任务的竞标。很遗憾啊，因为投资的缺乏，这个计划不得不放弃了。”

“没错，我们确实提出了一个方案。你们对一切都了如指掌。”

“可惜，不是这样的。比方说，我们始终不知道，您还认识法国的反间谍中心主任。拥有一个这样的朋友，您是永远都不可能赢得那项建造工程的竞争的……法国虽说是我们的一个盟国，但做得尽可能谨慎一点儿，那总归是没有错的。”

“重要的是参与，”法尼耶叹息道，“梅卢瓦和我读的是同一所高校，我选择的学科是建筑，而他的学科则是外交。”

普德洛夫斯基手指头滑动着，屏幕显示出了大厅的一个整体图。

“我们是违规偷偷拍摄的，”女军官道歉道，“但是，种种情况实难预料，总会有例外的。”

法尼耶瞧着安置在房间中央的摄像头，明白它早已记录下一切。普德洛夫斯基点了点头，有些尴尬，但她更愿意继续说下去：

“高精密度的摄像机，带自动转向麦克风。国家安全局安装了……不少。机组人员或者乘客尽可以站起来，走来走去，摄像头是专用的，会自动跟随对象转动。”

她在平板上轻轻地敲击了一阵子，屏幕上立即出现了另一个安德烈的图像，那个“六月”的。手指头又一阵操作，屏幕分成了两块，吕茜显现在了第二个半块上。

法尼耶感到了一种恐惧。知道一件事情，并不等于在经历它。

吕茜和“他”坐在一张桌子前，他们说着什么，一副无所事事的样子。随着普德洛夫斯基的一个最新动作，人们听到了他们的说话声，而且，他们的对话内容用英语显现在了屏幕上，是即时传译的。“美式咖啡？”六月安德烈一边问，一边做了个鬼脸。“美国人做了什么？”[①]英语字幕很傻地来了这么一句。把“咖啡”（café）翻译成了“做什么”（qu’a fait），系统就是这样，还没有做得太到位，三月安德烈稍稍放下心来……

“我现在让您独自待一会儿，法尼耶先生。”联邦调查局的女官员说着站了起来，把他一个人丢在那里，独自面对着屏幕。

他现在惊恐不已，弯腰驼背地瞧着这另一个安德烈，瞧着他满脸的皱纹，他那双灰色的眼睛，灰得像是一枚带有乳白色光泽的蓝宝石，还瞧着他略显枯萎的脸颊，那上面滋生了一把白色的大胡子，还有他那脑袋上散乱的头发。每天早上，安德烈都会面对着镜子刮胡子，但是，他和他的图像最终还是变得彼此习以为常了。这里，摄像机是不可以被收买的，高清晰度，不带仁慈心，其拍摄角度也根本不讲什么礼貌：他所观望着的，是一个老年男子。一个耗损得很厉害的人，疲惫不堪，毫无魅力可言。他在这张脸上寻找永不衰老的青春的印记，有时候他还自以为体现出这一点了，但实际上他并没有看到。到处都是岁月的留痕，就像一副淤泥的枷锁。他发现自己有些虚胖，甚至，都有些臃肿不堪。他似乎应该节食了。显而易见，衰老，那不仅仅是当年曾经欣赏滚石乐队，如今开始偏爱披头士了。

一个天使坐在这个男人的旁边。光线为她投来一丝敬意。那是依然还在三月初的吕茜，一个头发始终那么长，明眸始终那么温柔

---

① 原文为英语“What did the American?”，是自动翻译机对上一句“美式咖啡？”的法语原文“Café américain?”的机械翻译。有错，见下文中的说明。

的吕茜，一个他还没有让她跑掉，依然还留在身边属于他的吕茜。而当另一个安德烈抓住吕茜的手时，他并不感到有丝毫的嫉妒，迷惑力带走了一切。他瞧着他曾经所是的那个安德烈站起身来，走向咖啡机，而当他发现他弓背弯腰，动作迟缓，他本能地猛地挺起胸部，一把捏紧拳头，直握得自己的手生疼。

在这个跟外界紧密连接在一起，并受到国家安全局直接观察——但他根本就不在乎这一切——的小房间里，安德烈别的什么都不想，只想着吕茜和这另一个他自己，尤其不想什么实际问题。他没有一刻在关心他的法尼耶&埃德尔曼事务所，它毕竟不能变成法尼耶独家事务所吧，总还是法尼耶&埃德尔曼事务所嘛；他也没有想他的女儿让娜，她从此有了两个父亲，无疑，还是两个多余的，但这无疑也有它的好处；他也没有心思去关注巴黎的公寓——那恐怕还得分享着用呢——或者关心他在德罗姆那边的房子……

不，这一切，他还丝毫没有想到呢。他崩溃在了大屏幕提供给他看到的这一片混乱的灾难景象中。他很希望能把自己的目光从他们身上挪开，但他做不到，那是一团令人眼花缭乱的旋风。在这间小小的屋子中，巨大的重量压垮了他的胸脯，他只觉得空气稀薄，透不过气来。这不是一对夫妇，远不是的，这是一个认真而又焦虑的老年男人，面对一个态度冷淡的年轻女子，因绝望的爱情而战栗不已。那位安德烈还处在最初时分的惊奇之中，还在把吕茜的保留态度视作一种谨慎，而把她的温吞水看作某种睿智的表达。但是，三月安德烈明白，他从来没有停止过害怕，生怕会吓坏了这只可爱的燕子，会把它吓跑，它实在是难得同意与一只那么老的乌鸦结伴而飞啊。该死的，爱情，真正的爱情，它不可能是心中一个忧虑的结。他从来就没有平静过，当然，这一焦虑本身就包含了他们的失败。

机库中的安德烈回来了，手里端着两杯咖啡，脸上露出一丝微笑，那是一种穷苦人的微笑，但吕茜并没有把脑袋从她的书本中抬起来。面对屏幕，另一位安德烈实在太容易就认出这种冷漠了，这种特别属于她的心不在焉的方式。但是，瞧一瞧他吧，他妈的，快放下那本该死的七星文库的罗曼·加里作品集，把你美丽的眼睛转向这个稍稍有些古板的高个子家伙吧，稍稍对他加以一丝温柔的关注吧。但是，不，什么都没有。并不是每一个人都配得上远远地见证自己的毁灭，来他一下自我怜悯，同时却又不那么特别地怜悯自己的。

一个颇有些痛苦的鬼脸露现在了他的嘴角。内心深处，这个昨日的安德烈，他在自我抱怨。他知道自己还须忍受的是什么，侮辱与失望。年龄在其中一点儿用处都没有。很简单，不应该去爱一个爱你爱得那么少的生命存在。为什么这事情会如此复杂？

坐在这屏幕前，三月安德烈远离了吕茜，如同一片枯叶从一棵树上飘落，或者不如说，如同一棵树抛弃了一片枯叶。十分钟残忍的仔细观察抵得上好几个月的痛苦悲伤。在平台上，憎恨自己还在爱着她的那个安德烈早已在庆幸自己爱她爱得少了些许。

人群中产生了一种骚动。好几个便衣特工在机库里冒险忙碌，而每个人都踊跃地冲向他们，拿种种问题去纠缠他们。只见他们中的一个靠近法尼耶，悄悄地跟他说了一句话。法尼耶瞧着他，似乎并没有明白，就使劲捏了一下吕茜的手，吕茜对他微微一笑，他就乖乖地跟着局里来的那个人走了。

玻璃大厅中，一个醒悟了的安德烈观察着一个疲惫的安德烈渐渐远去。这时候，他发现，在桌子尽头，有一个瘦瘦的矮个子男人，一头褐色的头发，四十来岁的样子，毫无魅力可言，用一种紧密的字迹，在一个黑皮的小记事本上写着什么，一个不时地会抽空冷眼观察吕茜的男人。三月安德烈在他的目光中立即认出来那种特别的迷惘，它没有别的理由，而仅仅是因为吸引力所导致的不平衡。又一只多余的蝴蝶，在吕茜天真无邪地编织的蛛网中被捕获。安德烈突然就认出了他，一时间不禁惊得目瞪口呆：他就是维克托·米耶塞尔。但是，这家伙不是说已经死了吗！如此说来，他当时也在这架飞机上？

他早已经在写什么了呢？希望，本来是幸福之过道，而它的实现，却是不幸之门厅，或者说，是一种类似的玩意儿。因而，维克托·米耶塞尔正处在这个过道上，希望能捕捉到吕茜的注意力。兴许，他想到吕茜的时候，脑子里甚至也出现了这一措辞？那男子站了起来，也走向了咖啡机。如此说来，他们竟然全都是那样喜爱这一令人难以容忍的混合饮料啊。他就这样远去，而吕茜却连眼睛都没有朝他走去的方向抬一下。安德烈后悔自己由此轻松了下来。但这一愤怒心情显示了一条正在逐渐加深的鸿沟。

“请问，您就是法尼耶先生吗？”

安德烈惊跳起来，转过身去，杰米·普德洛夫斯基正站在那里，背靠着大门。她这样观察他已经有多长时间了呢？在她身边，有一个高个子家伙，略微弓背，大约五十来岁的年纪，行为举止中透出一种因身材过于高大而被迫生出的一种笨拙。那男人走近来，朝他伸出手，显得有些过远：

“我是雅克·列文，法国领事馆的商务专员。”

嗓音很是平淡，动作有些迟疑。安德烈微微一笑，这男人露出一丝巨大的恐惧：列文很可能会用手指头来画一个十字，同样也可能会戴一条蒜瓣的项链。建筑师明白，此人刚刚才接触了飞机上的那个安德烈，而那第二个安德烈对于他只是一个怪物而已。

“好一个奇怪的故事啊，不是吗，商务专员先生？”安德烈开玩笑似的说道。“依您看来，我到底是原本的那个，还是复本的那个？”

“我……一架法国军用飞机将在几分钟之后降落到麦奎尔基地，法国派来了二十来个……特工人员，而反间谍部门的梅卢瓦先生也亲自前来。随后，这里所有的法国人都得跟他一起回国。他让我先来向您问好。”

“您是说，来向我们问好吗，我和我？”

“您准备好了吗，法尼耶先生？”普德洛夫斯基打断了他的话，文字游戏没能让她开心，“我们可以安排一次跟您的‘复本’会面。”

“我坚持请你们让我们单独会见。这是一次私下的谈话，即便是在我和我之间……”

“这……你们的……另一位也对我提出了同样的要求。但是，因为您是第一个要去……对峙的法国人，所以，外交部命令我时刻都要跟你们俩待在一起。”列文抱歉道，“到时候，我还必须撰写一份报告……”

“从某种程度上说，是一份跟我们之间的关系有关系的报告[①]，对吗？”法尼耶嘲笑道。

建筑师指了指摄像头。联邦调查局的那个女官员做了一个简单的手势，紧接着，绿色的指示灯就熄灭了。至少，信号指示器是熄灭了，他想。他突然发现，领事馆的那个人一时间里盯住了左边的某个人：原来，在玻璃墙的后面，待着另一个安德烈，一个茫然不知所措的安德烈，突然，他猛地一推，推开门，走了进来。

他们久久地面面相觑，谁都没有说一句话。他们的目光也在彼此躲避。此情此景，多么令人尴尬：任何一个安德烈都不是镜中之安德烈。再也没有什么还是熟悉的了，面容的颠倒让另一个成为陌异之人，成为敌手。一个正要说话，但是，另一个的一个动作，

① 这里有文字游戏，法语中，“报告”和“关系”用的是同一个词形的词“rapport”，因而这一句中，一连出现了三个“rapport”。

就让那一刻推延了。三月安德烈转身朝向列文和普德洛夫斯基，只见他们站在一旁，不无尴尬。普德洛夫斯基点了点头。列文离开了那里，带着一种明显的轻松神态。房门复又关上，他们彼此端详。服装方面的独特性从来就不是安德烈的强项：他们穿着同样的牛仔裤，只不过其中一人身上的那条稍稍更旧一点。他们还穿着一模一样的带风帽的灰色运动衫，这样的穿着，在长途的空中旅行中既轻松自如，又令人安心，他们还穿着同样的十分结实的黑色步行鞋。啊，不，并不完全相同，六月安德烈注意到了。两个安德烈依然是一声不吭。但他们不可能长时间地满足于此。一句印度谚语说得好，默默无语的乞讨者，会默默无语地饿死。

“新鞋子吗？”

“刚穿了两个星期。”

在这两个人身上，惊喜也同样来自嗓音。一种音调，不那么低沉，每个安德烈都没有想到会那样，同样，它还不那么温和了。毕竟，它向来是“从内心深处”听到的。开会时，会谈时，它总是在减慢语速，注意着抑扬顿挫，定位于低音区。他发现了自己真正的嗓音。

“让娜怎么样？”六月安德烈在又一阵沉默之后问道。

“她很好。她还不知道这件事，很显然。”

“吕茜呢？吕茜和我？”

“我们分手了。”

然后，三月安德烈就继续说了下去：人们总是可以对自己撒谎，但自我撒谎又有什么用呢？他继续说：

“她离开我了。从她那方面，欲望太少，而从我这方面，失落又太多。另外，无疑，期待也太多，不耐烦也太多。你也都感觉到了，不是吗？”

“有备无患者，一个顶俩。”[1]

一时间，仅仅在一时间里，一个想法在三月安德烈的脑子里生出，那就是想尝试着重新征服这个昨日的吕茜，这个三月份的吕茜，这个还没有把他推开的吕茜。但是，他只是做了一个鬼脸，而这，已经成了一丝微笑。当他比所有那些追求她的人更不年轻、更不英俊时，他曾是善于取悦于这个女人的，而之后，他却永远都不会知道他的王牌是什么。而要跟他自己竞争，会是一个新课题。而且……一个安德烈，那是三十岁的年龄差距，而两个安德烈，那简直就是一个养老院[2]。她别无他择，只能逃跑，这是如此显而易见。对六月安德烈来说，最好还是寄希望于运气啦。于是，他补充了一句：

“我只有一条建议：要做得温柔，认真，但同时，也要表现出那么一点点的漠然来。不要显得过于渴望她。这一点，你心里其实早已明白了，只是你并没有接受而已。我是记得的。”

人们是如此鲜有机会来教导自己。

六月安德烈很想表现得轻轻松松，但他的肚子里像是有一个球在打结，揪得紧紧的。再过一个小时，他就将再见到吕茜，该如何向她承认，他们的命运兴许已经确定？或者，该如何向她掩饰呢？

“那事务所呢？”六月安德烈问，这个话题已经让他有些不太自在了。

“苏尔亚亚塔楼的建设工地上，出了混凝土问题。已经解决了。还有，几个月之前，你还记得吗，我想到要改为做半工，甚至要退休。你知道得很清楚的，我有些受够了。”

三月安德烈对那个待在玻璃后面的商务专员做了一个手势，专

---

① 这是法语中的一句谚语。原文为“Un homme averti en vaut deux”。

② 养老院的法语原文是“Ehpad”，它是“Établissement d’hébergement pour personnes âgées dépendantes”（依赖性老年人居住院）的缩写。

员正假装在注视着金属地面，但立即就看到了手势，并走了进来。

“亲爱的先生，您不是对我说过，法国可以提供第二个身份证件吗？”

“是的。一个新的身份证，给哪一位呢？”

“给我。”三月安德烈接腔道，然后转向那个六月安德烈，说：“回到事务所去的人应该是您。这样更好。我们在一起度过的三个月，我已经在那里度过了我的一生。而要我把时间都费在等待她上面，恐怕会让我变疯的。因为——你很快就将明白这一点的——吕茜工作起来实在是很卖命。你应该有点儿事情做一做。我会把工地上最新的进展都告诉你的。而我将前往德罗姆，我在那里会很好。实际上……”

三月安德烈皱起了眉头，转身朝向商务专员。

“让我们还是现实一点吧：政府又该如何回答那些实质性问题呢？涉及的法国人一共有七十来人呢，他们告诉过我的。他们是不会去分享他们的公寓，不会丢失他们一半的节余的。人们兴许还会认为发生了一种……自然的灾难？是不是就让……保险公司去玩吧？虚拟灾害的概念完全能够进入文本之中。而假如我决定就此退休，那又会发生什么？难道我退的会是我的那个……复本之人的休吗？鉴于补充退休制度很慷慨大方，我猜，他们会双倍奉还我曾缴付的社会保险费！除非会有一道政府禁令。”

领事馆的人似乎有些控制不了眼前的场景。他瞧着自己的手机，这根救命稻草。

“正好，他们告诉我说，梅卢瓦先生会在一分钟之后到达。”

“他将赞赏的，正是这类问题。”六月安德烈笑道。

“实际上，另一处老房子，蒙特茹地方的一个古老驿站，我一直在犹豫，因为它始终处于待售中，”三月安德烈说，“我要把它买下来，至于人们会不会产生‘虚拟灾难’的想法，那我就不管了。我们将会有我们的两处房屋，彼此相距也就十公里远。前来度假的朋友们会分道扬镳，各自去我们中的某一人处。到时候，我们倒要比一比，看看到底是谁待客最殷勤。”

索菲娅们的世界

2021年六月28日星期一
纽约，联邦调查局的附属机构
克莱德-托尔森度假中心

一个金发碧眼的高个子，很瘦，一个刚刚从联邦调查局培训中心出来的新手，站在那里，直挺挺的如同一根桅杆，面对一个坐着的黑人，四十五岁，运动员身材，秃顶。特工沃克微微抬起眼睛，瞧着新生乔纳森·韦恩。

“见习生韦恩。您的培训班进行得怎么样？请别忙着回答我。您的档案中说您的老家是在阿拉斯加。”

“我是朱诺地方的人①，沃克特工。那是太平洋边上的一个小小城市……”

“可您是从匡提科②出来的。”

“是的，沃克特工。”

“请停止再叫我沃克特工。叫我尤利乌斯……”

① 朱诺（Juneau），美国阿拉斯加州的首府。

② 匡提科（Quantico），美国弗吉尼亚州威廉王子县的一个小镇，但那里有美国海军陆战队基地、海军陆战队大学、联邦调查局的某些单位、美国海军犯罪调查局和美国空军特别调查办公室等军方和政府的重要机构。

“是的，尤利乌斯。”

“不，还是继续叫我沃克特工吧。”

“好的，沃克特工……”

“我知道。您跟您父亲曾打猎打过大褐熊。您有跟野生动物打交道的经验。您是不是已经去过现场？”

“没有，沃克特工。”

尤利乌斯·沃克把他一直捧在手上的卷宗放了下来，显得有些担忧。他转身朝向就站在他旁边的高级特工格萝莉娅·洛佩兹，只见她的手里拿着一纸杯咖啡。

“格萝莉娅，”沃克叹息道，“把这个任务交给他是很不谨慎的做法。”

“尤利乌斯，这是一个机会，可以检验一下他在现场的能力。而且，他还将有见习生安娜·斯坦贝克做他的同伴。她已经有了一个月的工作经验，她让我们十分满意。”

“让两个见习生一起工作？这样一来，任务的危险程度可就达到了四级。”

“可我们全都快忙不过来啦。”

特工尤利乌斯·沃克转回到实习生跟前，把一个黑色的卷宗盒递给他。

“见习生韦恩，您的任务就是逮住那个野兽，不要让它受伤……”

金发高个子打开了那个盒子，立即惊讶得瞪大了眼睛。

“但……这不是一只青蛙吗？”

“这是一只癞蛤蟆，叫贝蒂，就像所有人那样有个名字。现在，把它给我们放回到它的玻璃缸里去。”

“我……”

“您现在早就应该出发了，见习生韦恩。”

“还有最后的一件事，”格萝莉娅·洛佩兹补充说，“假如癞蛤蟆遭到了生命威胁，您的任务就是为它去死。”

两个小时之后，两位见习生韦恩和斯坦贝克就完成了他们的使命，把贝蒂带了过来。半途中，癞蛤蟆显然想利用一次急刹车的好机会，从半敞着口子的玻璃缸中逃出来，它都快成功地躲到了最难被发现的地方，远远地藏在了司机的座位底下。安娜·斯坦贝克见此不禁哈哈大笑起来，不得不把汽车停在紧急停车道上，而韦恩，则弯下腰来把这小动物捞了回来，小心翼翼地把它捂在手中，生怕把它给挤坏了，同时，好长一串的脏话[①]脱口飘出，劈头盖脸地朝它洒落下来。

人工智能科学的专家们在一个房间里配置了一个温和、软乎、色彩缤纷的空间，那些“复制”的孩子得以在那里“围绕着游戏”彼此见面。

三月索菲娅和六月索菲娅趴在地上一起玩。人工智能专家们认定，在她们那个年纪，她们是不害怕新生事物的，他者还不是敌人。在她们之间，贝蒂不再是一个两栖类动物，而是一个过渡性的慰藉物，它呱呱呱呱地叫得实在太合适了。此外，玻璃缸中的那个埃菲尔铁塔从此则被安置了一个十分精致的微型麦克风。两个心理学家其实就隐藏在这一相当有滋有味的玩意儿中：她们坐在桌子前，啃着巧克力松饼，或者喝着橙汁，假装一副对那两个双胞胎一般的小姑娘毫不关心的样子。那两个小姑娘则共同面对着一切，回忆、趣味、本领，你还记得诺尔玛的那次生日吗？你最喜欢什么味道的冰激凌呢？你知道anaxyrus debilis[②]是什么吗？

一开始，她们中谁都无法抓住对方的什么小辫子。但是，很快地，三月索菲娅就明白了，只有她一个人知道最近几个月的事。她

① 原文为英语“F words”。

② 拉丁语学名，意思是“北美绿蟾蜍”。

一下子就捅到了对方的软肋，并赢得胜利。啊，你都记不起利亚姆在我生日那天说的话了！你也不记得妈妈都送我什么礼物了吗？

她喜出望外，而六月索菲娅就这样被灭了。突然，后者又找到了一个杀手锏，迅速反击，低声地却又充满挑战意味地说：

“你也一样，爸爸让你发过誓的，有件事情不能对任何人说，尤其是不能对妈妈说，你还记得吗？”

六月索菲娅冲着三月的耳朵，喃喃低语地说了一句话。

那两个儿童心理学专家正等着这一时刻，她们一下子凝住了，僵在了那里，不再去观察小姑娘们了。在她们的平板电脑上，几乎难以听清的句子立即转变成了文字，显现为字幕条。如果说，那些词语还是一个儿童使用的词语，那么，它们的意思转达却变得十分明确，一点儿都不暧昧了。

三月索菲娅摇了摇头，她站了起来，叫喊道：

“你没有权利说这个！”

“不，我可以说的。”

“这不是真的，这不是真的！”

“你说什么不是真的，索菲娅？”儿童心理学家中的一人开口问道，用的是一种温和、自然、平心静气的口吻。而听到有人在叫她们的名字，两个小姑娘不约而同地都把身子转向了那个说话的女人。

三月索菲娅气呼呼地打翻了杯子，冲着另一个索菲娅嚷嚷道：

“你闭嘴！你闭嘴！爸爸说过的，什么都不能说。这是一个秘密。”

另一个一下子就闭上了嘴，有些吓坏了，低下了眼睛。游戏结束。贝蒂不再呱呱叫了。

“来吧，我们一起去散散步吧。”一个心理学家说，拉住了六月索菲娅的手，“我们就来看一看你的母亲愿不愿意来陪我们。”

*

那个秘密，就是巴黎。索菲娅没有爱上它。

首先，她当时很为贝蒂而担心，毕竟，它独自一个留在了家里，在它的培育场中只有几条可怜的蛆虫与它为伴，这样的情况要维持整整十天呢。其次，当利亚姆想乘坐塞纳河上的观光游艇时，她父亲宁愿把她跟他一起留在旅馆里，既然她肯定会“肠胃难受”。而当她母亲带着利亚姆登上埃菲尔铁塔的第一层时，他却不让她陪同他们一起去，因为她已经“很累了”，而无论如何，“这座塔远没有我们随便哪一栋摩天大楼来得高”。每一次，他都带她进浴室，让她钻进热水中。而索菲娅不喜欢光着身子跟同样脱得光光的父亲一起待在浴缸里。他给她身上抹浴液，久久地，浑身上下。我很干净的，爸爸，够了。这样很好我的宝贝，你也应该给我抹浴液，不要跟妈妈说，这是我们的秘密。但是，索菲娅的目光总在试图躲避父亲的身体，双手总在忘记它们应该学着去做的事。她的眼神总是落到它们能够到的各处，落到镀了镍的衣帽架上，落到马赛香皂的瓶子上，落到镀金的水龙头上。

更晚些时候，五月份，当她父亲从伊拉克回来时，自己家的那个浴室，三月索菲娅同样也不喜欢。在霍华德海滩也一样，她熟悉油漆的每一处开裂，天花板上霓虹灯的每一次闪烁，天蓝色瓷砖的每个不规则之处。她憎恶种种气味，香皂的、洗发香波的，所有的气味。但那是一个秘密。

苗条男孩们

2021年六月28日星期一

英国，肯辛顿，斯特拉福德路

“请拿一个寿司卷，卡杜那先生。”军情6处的那个人一边说，一边把盛有寿司的托盘递向三月苗条男孩。“这是肯辛顿当地最好的日本厨师做的。它远远地超过了拉各斯城维多利亚岛上那些寿司店家的水平。”

但是乐手的怒气依然没有止息。在拉各斯，他之所以同意登上私人飞机，之所以带上了他的那把十二弦泰勒吉他，还有那把吉普森蜂鸟吉他，那都是因为有人要用一个二重奏的美妙前景来诱惑他，要他来跟大众音乐的一个活生生的传奇合作演出。但是，当他一只脚刚刚踏上英国的土地，在他前往离荷兰公园并不太远的那栋维多利亚风格的小楼房的整个途中，那个带有牛津口音的高大黑人就为他奉上了一番又冗长又隐晦的演说。他从此将遇上一段“罕见的时光”，一个“匪夷所思的现象”，而根本不是什么艾尔顿·约翰[①]。并非一切都失去了：在客厅的中央，倒是还有一台无与伦比的红色的施坦威三角钢琴。

① 艾尔顿·约翰（Elton John，1947—　），英国摇滚乐唱作人、钢琴家和演员。

“你们把我一直弄到伦敦来，为的就是不让我跟艾尔顿见面吗？我在整个飞行途中就已重复过许多遍了。”

这是实情，五个小时的飞行，苗条男孩就一直在练习《你的歌》[①]中度过。任何一个歌手，在其职业生涯中都会让自己唱上一次的。乐谱本来是为键盘之琴而谱写的，但苗条男孩选择的是洛·史都华[②]的吉他曲版本。按照吉布森[③]的方式，他一开始就带着一种高傲、轻蔑来演唱，轻轻地哼出这样的词句：“你可以告诉每一个人，这是你的歌……”[④]然后，他很快就忘记了。这首白人的抒情歌曲已经有五十年历史，陈旧得已经不能再陈旧了，他发现自己早已被句子所捕获，激动得像一个少年。他回想起来，贝尔尼·陶宾[⑤]创作它的时候只有十八岁。他明白，歌里的每一个词都是为他，为苗条男孩而写的，为的是说出他既没有权利经历，也没有权利歌唱的爱，而等到猎鹰飞机开始朝伦敦希思罗机场降落时，苗条男孩已经唱得热泪盈眶，简直就快唱不下去了。

“我们现在是在一处安全可靠的建筑中，但是请您不要担心。艾尔顿·约翰爵士很快就会来到这里，”秘密警察低声道，“证明就在这里：请相信我，在情报局的那些套房里，是不会有钢琴的。”

“如此说来，我们乘坐的真的是他的私人飞机啦？”

“绝对如此。此外，扶手椅是玫瑰色皮子的。但您是……您是不是明白我刚刚对您解释的话了？是不是准备好了要去见面，卡杜那先生？”

---

① 原文为英语“*Your Song*”。这是一首由艾尔顿·约翰唱红的歌。

② 洛·史都华（Rod Stewart，1945— ），英国摇滚歌手。

③ 大概指的是布赖恩·吉布森（Brian Gibson，1975— ），美国音乐人，“闪电箭”（Lightning Bolt）乐队的贝斯手。

④ 原文为英语“And you can tell everybody this is your song...”，是《你的歌》中的一句。

⑤ 贝尔尼·陶宾（Bernie Taupin，1950— ），英国歌词作家，也是一名歌手，与艾尔顿·约翰长期合作。《你的歌》就是他作的词。

“我再说一遍，最后的一遍，我不是卡杜那先生。”苗条男孩愤怒起来，“而您，您真正的姓名，是不是约翰·格雷[①]？”

“您可以叫我约翰。”那人说着，朝守在门口的一个军官做了一个手势。

当另一个苗条男孩露面的时候，第一个情不自禁地向后退了一步，第二个则停止不动了。两个男人彼此端详，彼此打量，久久不止。弗洛伊德曾经说到过令人不安的陌异性、自恋的重影，以及内心的镜像。而那一切中，没有任何东西跟眼前的情境完全贴切。陌异性并不让他们担心，他们的重影也并不能诱惑他们，太苗条，太高大，太年轻，甚至，他们彼此都发现，他们并不是自己理想中那一类。六月苗条男孩终于走了进来，一直走到窗户前，从那里，可以看见爱德华兹广场上的那些老橡树。他抓起一个寿司卷，送到自己嘴里，眼睛却一直没有离开他自己的那个复本。

三月苗条男孩坐了下来，也拿了一个寿司卷，渐渐地，一个个小小的米饭团就消失了。军情6处的特工并没有想到这一点。这个英国人在想，他们恐怕会心生怀疑，彼此发问，希望寻找对方身上的缺口，并安慰自己说，这里头并没有丝毫的神秘性，但事情不是这样的。异乎寻常的场景并没有让他们哑口无言，令人难以置信的形象也未激起丝毫焦虑，相反，让人饥肠辘辘。

很快地，盘子中就不再剩下寿司了。六月苗条男孩一声不吭地指了指他手腕上一道明显的伤疤。他的目光就是一个问题。

“汤姆。”另一个只是简单回答说，也撩起了自己的衬衣袖子，亮出了一道同样明亮的线条，重复道：

“汤姆。你知道的。”

---

① 有一个著名的作家就叫约翰·格雷（Dr. John Gray, 1951—　），他是美国的流行心理学畅销书作者，其作品主要讲两性关系及个人成长。他最著名的作品是《男人来自火星，女人来自金星》。

是的，六月苗条男孩知道的，而且他是唯一知道这个的人：在汤姆被杀害之后，他就不想再活了，割了自己的腕。母亲把他救了回来。他以一种地理学上的精确性，一下子缔结了他们之间的契约：

“那是在伊巴丹。”

两个男人都不无忧伤地冲对方微微一笑。这是一种同谋的、亲和的微笑，一种兄弟般的微笑。总之，不应该撒任何谎，不应该隐瞒任何事，不要为任何事而羞愧。世界并没有改变，但这一个和那一个都感觉自己更为强有力了。三月苗条男孩站了起来，过去找了两把吉他，并把十二弦的那一把递给六月，六月说：

“《雅巴姑娘》那首歌……我听了，真是太美妙了……我真的跟德雷克一起演唱了吗？总之，你……”

“跟德雷克，跟埃米纳姆，还跟碧昂丝，五月份，我在伦敦参加了阿非罗共和音乐节。两个星期之后，我在一部诺莱坞浪漫爱情片《拉各斯的婚礼》①中会有第一个角色。我还跟索尼音乐②签订了一份新的合同，我有可口可乐作为赞助商，我还创建了它的新品牌，就叫真正苗条娱乐③。就这样。”

六月苗条男孩微微一笑。他又想起了那个笑话，说的是，等到美国人踏上火星地面的那一天，他们会在那里找到两个拉各斯的家伙正在签订一份合同。

“那你就瞧一下吧。”三月苗条男孩继续道。

他拉下了他运动衫的拉链，只见里面的胸口处显示出“百分之百人性化并健康”④的字样。那是一件雷克斯-扬⑤的T恤衫，是表

① 原文为英语“*Wedding in Lagos*”。

② 索尼音乐（Sony Music）是一家全球性的唱片公司，为日本索尼公司旗下的音乐事业群。

③ 原文为英语“Real Slim Entertainment”。

④ 原文为英语“100 % human and valid”。

⑤ 原文为“T-shirt Rex Young”，是一款流行的文化衫。

示赞同彩虹族群[1]的秘密符号，而很少有异性恋者敢支持它的。

两个男人直率地笑了起来。这一切全靠了《雅巴姑娘》……六月苗条男孩并不嫉妒这一成功，甚至对自己的不嫉妒都不带什么惊讶的。他很幸福，就仿佛有一笔遗产突然从天而降。军情6处的那家伙并没有料到这一点。

“我也一样，我也写了一首歌。就在他们把我们扣留下来的那个机库中，歌名就叫《穿军装的漂亮男子》[2]。”

“《穿军装的漂亮男子》？”

第一个用力弹响了和弦，唱起了主旋律，另一个立即就找到了第二声部，即兴配起了和音。两个歌手一唱一和，互相衬托，却又从不比对方高过一头。就这样，他们共同创造出一段精彩的结尾曲，三月苗条男孩的眼睛闪耀着光亮，突然说：

“等一下！对别人说我们是双胞胎就行了。这样问题可就非常简单了。无论如何，我们是约鲁巴人[3]。”

约鲁巴人，当然啦。这是显而易见的。阿昌人很怕双胞胎，曼丁哥人更怕。他们拥有双重视觉，能读出人的想法。对于讷当布人、班图人、乐勒人，双胞胎是动物世界中才有的现象。而佛罗那人，在双胞胎诞生的时候，会把他们抛弃整整一天一夜，扔得离村庄远远的，为的是不让他们威胁到首领与巫师。路巴人则会把双胞胎中的一个杀死，因为那是不幸的孩子。在整个非洲，人们都说，只有那些原始的物神才会生出他们来，那是上天的一个信号，而且，永远都会受到人们的白眼。但在约鲁巴人那里，一个世纪以

① 彩虹族群（LGBT），又叫性少数群体，即性取向、性别认同等与大多数人不同的群体的总称。

② 原文为英语“*Beautiful Men in Uniforms*”。

③ 约鲁巴（Yorubas）是西非尼日利亚的一个民族，为国内第二大民族。下文中的阿昌人（Atchan）、曼丁哥人（Mandingues）、讷当布人（Ndembu）、班图人（Bantous）、乐勒人（Lele）、佛罗那人（Folonas）、路巴人（Luba）也都是非洲当地的民族。

来，人们已经不再杀雷神的孩子，那些会引起恐惧的婴儿。随着岁月的流逝，诅咒也渐渐地变成了敬仰，变成了崇拜。因为，在约鲁巴民族中，出现了一个举世无双的现象，二十次出生中就有一次会是双胞胎，以至于有那么一个叫易格波-奥拉的村子，竟然成了双胞胎的世界之都，而泰沃（Taiwo）——意思是“老大”——和克辛德（Kehinde）——意思是“老二”——这两个名字在孩子们中叫得是那么普遍。是的，苗条男孩会有一个双胞胎兄弟，一个失而复得的兄弟，为什么不呢？这不会让任何人感到吃惊。

“这就需要有一个假的身份登记。”六月苗条男孩假设道。

“这只是一个用金钱就能解决的问题。”三月苗条男孩认定。

军情6处的特工记下了笔记，就仿佛有人向他点了比萨饼的订单：

“那么，新的身份给哪一位呢？”

“当然是给我。”六月苗条男孩回答道。

“我们会解决的。我们会为您编一个故事，为您制造一个数码标识。这是我们很善于做的事。”约翰·格雷坚持道。

“我们将能够举办音乐会，编写新的歌曲。双胞胎……我们将会大获成功。”两人中的一个微笑道，“苗条男孩们，这很好。”

另一个正要回答，但一辆长长的玫瑰色豪华轿车停在了小楼房前面。一个矮个子男人从车里出来，鹅黄色的丝绸上装，酒瓶绿色的草丝凉帽，鼻梁上架着一副富铅玻璃的巨大眼镜。

*

《卫报》，拉各斯版

2021年七月2日星期五

从苗条男孩到苗条男子

苗条男孩有一个双胞胎兄弟！正是在今年一月份，在他母亲遗留给他的一封信中，我们的著名作曲家，世界流行的歌曲《雅巴姑娘》的作者发现了自己亲兄弟的存在。母亲当年太贫穷，无法养活两个孩子，就把刚刚出生的一个男孩抛弃给了一家孤儿院，从此没能再把他抱回来。于是，已经有了三个妹妹的苗条男孩，决定去寻找这个丢失的兄弟，他把调查工作委托给了拉各斯的一个叫阿达威乐·舍胡的私人侦探，此人以擅长寻找失踪者而闻名遐迩。"这可不是一件容易的事情，"他这样对我们说，"我花费了差不多四个月时间才最终确认这个陌生兄弟的身份。必须承认，我的客户近来赢得的众所周知的声望大大方便了我的工作，因为，在尼日利亚，几乎所有的人都熟悉他的脸。我只需要去寻找那个长得跟他十分像的人就行了。"

于是，费米·阿赫麦德·卡杜那有了一个兄弟，他叫萨姆，也是一个出色的音乐家，已经不再干他原来的送货人的活儿了，而在拉各斯的种种晚会上有过精彩的表演，因为这个失踪的兄弟就生活在离拉各斯不远的奥若杜。两兄弟的重逢在亲眷友朋的极小范围内进行，场面实在令人激动。从此，这对双胞胎——人们真的会把他们互相弄错呢！（请看我们的照片）——决定以"苗条男人"的艺名，一起进行音乐巡回演出。

我们衷心地双倍祝愿这一组合能获得成功。

同一个表演者又死一回[①]

2021年六月28日星期一

纽约，西奈山医院

药理学是如此喜欢成为一门实实在在的科学：每隔八分钟，注射泵就会发出“哔”的一声低响，并往静脉中注射一剂含有两毫克吗啡的药液。这样的一种血浆浓度是最低量的，也是有效的，戴维·马克勒并不会因此而痛苦。他熟睡着，疲惫不堪，在他进行姑息疗法的病房中。他的肌体衰竭到了极点。假如他还会醒来的话，那兴许就是为了吐尽最后的一口气。

乔迪回家去休息了。明天，葛蕊丝和本杰明将去学校上学。但是，保罗·马克勒还会在这里，他将听从于一次召见：依照联邦调查局的委婉说法，这是“一个例外的情境”。当他进入西奈山医院时，局里的一个女军官接待了他，对他做了解释。他摇了摇脑袋，皱了皱眉头，表示他彻底拒绝领会“情境”这一意思。有人把他带到了楼上，那里已经成了医院中一个处于军事警戒的区域，只留下了一个跟秘密警察部门有关的女护士，其他工作人员统统被清走。保罗在一旁等待着，他浏览着规约条文42的医疗小组转交给他的那

① 原文为英语“SAME PLAYER DIES AGAIN”。

份资料。那是另外一个戴维·马克勒所接受的新的核磁共振扫描检查的数据。

保罗等待着，但当他看到那个男人推开房门，身后还跟着两个特工人员时，他的嘴里根本就来不及吐出那句骂人的脏话，他的双腿当场就软了，他不得不坐下来。

这一位戴维瞧着他的兄长保罗，然后，又瞧着躺在病床上即将死去的另一个戴维。注射泵的警示声并没有打破他们之间的沉默。

“我们已经转告您妻子了，”联邦调查局的那人悄悄地对戴维说，“我们的人已经去找她了。我们要让她对此做好思想准备……”

“让她好好睡觉吧，”戴维说，“那样更好。”

这个嗓音，再一次听到它，让保罗大为震撼。他站了起来，走向他的弟弟，把他紧紧拥到怀中。这是他的气味，同样，是他得病之前的气味，还有，这是他结实的身体，魁梧，强壮。他把它紧紧拥在怀中，然后后退一步，继续瞧着他，说了一句蠢话：

“是你。真的是你呀。”

“真的是我，”飞行员回答说，“来吧，让我们出去说。”

心理学家们犹豫不决地想跟在他们后面，戴维的一个动作对他们发出了命令，让他们不要跟得太紧，就让兄弟俩单独待上一会儿。两兄弟离开了垂死者戴维所在的病房，安坐到了医院的一张灰色人造革的长沙发上，而那些长沙发，其实有着更多的悲剧而不是奇迹要讲述[1]。戴维闭上眼睛，脑袋转向了他：

“到底什么事……保罗，我到底出了什么事？他们对我说，是一种胰腺癌，是在……五月份确诊的。”

在保罗身上，医生的意识占了上风，他抓住了他兄弟的胳膊：

① 长沙发常常作为心理医生问诊时的一种道具，他们会让病人躺在那上面，讲述一些心里话。

“戴维……上个星期六，你的检查，你还记得吗？在机库中。他们刚刚把病历资料转给我了。”

戴维一下子就明白了。假如人们知道了自己会在什么时候死掉，那么，死亡就叫人更无法忍受了。他得走上几步，于是他站了起来，走近半开的门，瞧了一眼躺在病床上的那个躯体，它是那么瘦，那么弱，他一下子就调转了目光，回过来又坐到了有着墓碑一般颜色的长沙发上。他喃喃低语着，仿佛生怕被人听见：

“那么，你觉得我的情况也一样，我只有一点点时间了吗？”

“这就仿佛，我们是在三月12日或13日，而不是在五月30日才开始化疗和放疗的。”保罗带着一种很能安慰人的口吻说，同时查阅着那些病历资料。“四个月的治疗，而不止一个月，鉴于这种癌症的进犯性，这是异乎寻常的。”

保罗又一次对他的弟弟做了解释：肿瘤长得很不是地方，转移到了肝脏，并一直渗透到了小肠中，早在一个月之前，他就对三月戴维说过，已经无法动手术治疗了，而现在，当然就更加不能动手术了。六月戴维提出了同样的问题，并做着推论，保罗则给他做出同样的回答，用的是同样的词语。时不时地，一句“就像我已经对你说过的那样”会从他的嘴里秃噜出来。他根本无法心甘情愿地承认自己束手无策，而对这个戴维开诚布公地说话，不，他还是什么都没有说。

“多长时间？”戴维又一次问道，“至少有三个月吧。或者更长时间？”

“我们将尝试着用另一种治疗法。你曾经就是你自己的试验品，至少，我们已经更清楚地知道了什么是行不通的。”

保罗不无忧伤地微微一笑。他对医学与规约条文的信任比他自身还强得多，正因如此，他才选择了这一疯狂的职业，他才把它做得卓绝超伦。实际上，他有时候甚至会相信，是这一职业选择了他：他从来就不丢失希望，他知道如何安慰病人，因为他对自己撒谎也会撒得很好。但是，又一次，他有些透不过气来。一个人正在他的边上渐渐死去，一个正是戴维本人的人。他真的很想能够同时既笑又哭。他迷惘了。

“那，乔迪呢？”戴维重又问道。

“她累坏了。你根本想象不到她都经历了什么。”

从目前戴维所面临的情况来看，这个说法其实很有些笨拙，但是，活该，说了也就说了。保罗的电话振响起来。他匆匆瞥了手机一眼，便低下嗓门回答说：

“乔迪吗？”

*

这是一个微型的日本花园。一道墨竹的高高篱笆把它跟一个小小的英国式花园的榆树林和桦树林分隔了开来，一条小溪从一道小小的瀑布处流下，蜿蜒曲折地从几块浅色的石头之间流过，一直流向一个有几条鲤鱼在戏水的宁静池塘。一条细砾石的小径通向一座很短的木头桥，过了桥便是一个小岛，它只有很小的一片地，只摆得下两条石头长椅。构思设计这个花园的人肯定是想让这里保持一种宁静的氛围，让它尽情地呼吸生命的气息，但是，这样一种人为设计的至福之境却反过来让它成了一个临终漫步之处。它被安置在一个豪华的临终关怀中心的正中央，恐怕只有那些拥有一份很好的医疗保险，并愿意相信一种禅宗之涅槃并非彻底死亡的人，才会优先选择这里来度过生命中的最后日子。

当乔迪在局里的一个特工和保罗的陪同下，出现在竹林之间时，戴维看到她突然停住了脚步，凝定在了那里，像是被一阵既没有闪电又没有震响的雷电击中了似的。她的整个身体绷得紧紧的，死命地抵挡着后退的欲望。她的脸消瘦了，干枯了，坚硬了很多，她的眼睛变红了，有了黑眼圈，疲惫刻写在了她脸上的每一道纹路上。最终，在保罗的搀扶下，她才迈着十分缓慢的步子走过来。她走向了一个幽灵。她穿过小桥，坐到了另一条石头长椅上，久久地凝视着他，然后，低下眼睛。保罗对他的兄弟做了一个令人心安的手势，接着就离开了。

他们就这样静静地面对面地坐着，长长的几分钟就这样过去了。最后，还是戴维先开口：

“请相信我，我其实更喜欢一个街心小广场，有孩子们在吵吵嚷嚷。一切都可以，除了这个愚蠢的玩意儿。心理学家们应该是想到了这样很合适。而说实在的，我……”

“你闭嘴。”

乔迪压低了嗓音说着话。戴维乖乖听从了，他谛听着细细流水的潺潺声，还有一只小家雀的叽叽喳喳，而在他的眼前，泛绿的水面突然被一条鲤鱼的翻身所形成的涡流搅动。这个小花园，兴许还不是一个愚蠢到了极点的想法。

突然间，乔迪嗓音有些颤抖地说：

“自从你昏迷不醒，被插了管，靠吗啡来止痛的那一刻起，我就没有打算让孩子们来医院里看你。我会对他们说，你已经进入了恢复期。”

谈到他，如此生龙活虎的这一个，还有那另一个，已经奄奄一息的他，她称呼的都是“你”，完全出于本能。这就是她否认一种现实、接受一个消息的方式。那些心理学家，在未来的日子里，将会在所有人身上确认这一态度。

戴维点了点头。他很想把她拥在自己的怀中，但是，他感觉到她还没有准备好，他从她的脸上读出了一种恐惧，还有一种厌恶。乔迪既没有听到潺潺淙淙的流水声，也没有听到叽叽喳喳的鸟叫声。她的眼睛死死地盯着白色的细砾石，她实在做不到目不转睛地凝视他。

“我很抱歉，”她说，“我很想亲吻你来的，而我却没能做到。”

一旦惊慌失措的状态消失，一旦问过了每一次都会来到所有人头脑中的种种问题，她要问保罗的第一件事就是：那么，癌症，现在怎么样了呢？而当保罗最终还是将实情坦诚相告，当她明白，这个早先的戴维，这个凭空出现的戴维兴许也将再一次死去时，她就感觉鲜血已经从她的身上流空了。她对自己的想法感到有些后悔，她竟然想到，你为什么还回来，戴维，为什么？这一切，难道不就是一种总的彩排吗？一个月的痛苦，只为了让自己准备好去面临更多的恐惧，更多的哭泣，还有无能为力的狂怒吗？她很愿意相信，老天给予了她第二次机会，但是，不是的，那将是她要吃的第二遍苦，她要受的第二茬罪，而她所感觉到的一切，仅仅只是愤怒与反感。

她重复道，而她的嗓音是冷冰冰的：

“对于孩子们，你将进入一个恢复期，是的，就是这样了。这样更简单。”

她并没有补上一句，说我不愿意让孩子们来埋葬自己的父亲两次。

“我要尝试着痊愈，乔迪。为了葛蕊丝，为了本杰明，为了你。”

“是的。”

“同样，也为了我。毕竟。”

她抬起了眼睛。他很想让她笑一笑，而她却无力做任何事。她潜入这一目光中，想重新找到他，想驱走那不愿再离开她的绝望。他朝她伸出手来，她接受了它，他摁着她，她又找到了它的热度，它独有的方式，那个用大拇指抚摩她的方式。

“真的是你啊。”她最终问道。

这不是一个问题。她从未有过怀疑。戴维没有回答，他带着一种贪婪的温情，久久端详着她，就仿佛，他已经在想把她的一切统统留住，就仿佛，日子已经在一天天地计数了。

他们没有看到保罗，他就在花园的入口，女护士刚刚把一张字条悄悄地塞给了他，保罗的眼睛蒙上了一层忧伤的迷雾。他们同样也没有听到联邦调查局的官员下达的那道命令。

时间在流逝，它在解除痛苦的武装。

一条鲤鱼跃出了水面，复又潜入水底，哗啦啦的水声把他们吓了一跳。

伍兹对瓦瑟曼

2021年六月28日星期一

纽约布鲁克林，卡罗尔街

一个人的身体中怎么可能含有那么多眼泪呢？两个乔安娜都在哭，同样的想法在同一时刻来到了她们的头脑中。同样多的眼泪。

在场的一共有五个人，都在阿比·瓦瑟曼的那个大工作室中，就在一张张草图与一张张水粉画的中央，联邦调查局的心理学家们笨手笨脚地栖息在高高的凳子上，两个乔安娜则分别坐在一把扶手椅中和一张陈旧的长沙发上，边上则是神色迷茫的阿比，他根本就找不到一句话来说。素描画家不假思索地就坐到了“他的”乔安娜的身边，从此，他就在另一个的目光中读出了悲伤。这个女人也一样，自从那次巴黎—纽约的旅行以来，三个月里，他一直拥在怀中的，正是这一位呢。他本来应该好好地亲吻她，安慰她来的。但是，不，他已经变成了一个石头人。

好长一阵子里，他们就一直那样纹丝不动，缄默无语。

“我必须出去一下。”一位乔安娜突然说，而两个女人却一起站了起来，打开落地窗，匆匆来到朝着大街的宽敞阳台上，阿比赶紧跟在了她们的后面。

他们来到了阳光下，眼睛红红的，大口地喘着气。乔安娜始终相信待在室外的好处，她从来就没有怀疑过，清风、天空、云彩会给问题带来答案，恰如鹳会带来新生儿①。当她还是个小孩子时，每一次觉得世界跟她作对，跟她格格不入时，她都会出门而去，来到公园里，来到靠“西边”和“神”的角落，寻找安宁。她会在沥青路面上跑得上气不接下气，直到肺快要爆炸，不得不在地上躺下来，脊背贴着剪得平平的草坪，胳膊交叉成十字，心儿扑通扑通地直跳。随着她的每一下呼吸，整个宇宙进入了她的身心中，渐渐地，她又重新拥有了世界。但是，卡罗尔街的那些闪闪发亮的枫树是无法为她们提供任何简单的解决办法的。一个乔安娜擤着鼻涕，慢慢地呼吸，寻找安宁；另一个乔安娜则揉着红红的眼睛。

“我不想偷走你的生活。”其中的一个使劲吸着鼻子说。

“我也不想。”

“可我也并不想失去我自己的生活。”

一个乔安娜转身朝向那个年轻男子，说：

“阿比，你觉得呢？你倒是说句话呀。”

他猛地惊跳起来，目光在一个乔安娜和另一个乔安娜之间不停地扫来扫去。只有一个悄悄鼓起来的肚子能让人分辨出两者的区别。

“我很抱歉。我实在无能为力。我……我实在不知道该说什么好了。”

他低下了眼睛，仔细察看着他手腕上的文身图案：一片沙丘上的两棵棕榈树。那是对他的祖父、对他的故事的怀念：还在孩提时代，他就在老人家的小臂上看到过OASIS②这个词，他还问过老人为什么要文上这个词，老人的回答就是你瞧，阿比，我的好

① 西方人有一种迷信的说法，说是有生命的云朵创造了孩子，然后再由腿长脖子长的鹳通过屋顶上的烟囱把新生儿送到人们的家中。

② 在法语中，“OASIS”这个词的意思是“沙漠中的绿洲”。

孩子，绿洲，这就意味着荒漠中心的水，这是一块安宁与分享之地，而我是在我二十岁的时候把它文在身上的，因为它象征着一种在这里的战后新生活的希望，这是一种吉祥物，你明白吗，阿比，ein Glücksbringer[①]。于是，小小年纪的阿比就重复着这个词：Glücksbringer，而当他后来明白，在德语中，只有一个词，即Glück来同时表示幸福和运气的意思，这位素描画家就更惊讶了：不幸，那兴许只是一种让人讨厌的倒霉罢了。阿比十一岁生日那天，他的祖父告诉他说不是的，文身上的那个词并不是他曾经以为读出来的OASIS，而应该倒过来辨认，那是51540，是他在奥斯维辛集中营的囚徒编号。在老人家去世后的第二天，阿比就让人在他自己的皮肤上，在相同的地方，画上了这个绿洲的图案，只有他一个人知晓其中的秘密，并且从中获得力量。但是，那两个女人都在瞧着他呢，他死死盯住看的这文身图案已经不再是一个避难所了。

“那么，咱们已经结婚了？咱们就生活在这里了？”六月乔安娜问道。“我们的婚礼是什么样的呢？”

不论这一声“咱们”，还是这一声“我们的”，都是脱口而出的，并未经过深思熟虑。但它们在语言中甚至都已经构成了一种平衡形式，形成了乔安娜·伍兹和这位已经怀上了阿比的孩子的乔安娜·瓦瑟曼之间的某种平衡。她并不是邪恶的进犯者，而只是被遗忘的不幸者。

一阵夏季的微风吹动了银箔，汽车的声响显得不那么真实在场。“当风儿吹拂时，它必定来自某处。”为什么这样的一句诗会来到她的头脑中，乔安娜不知道。

“我不知道咱们将做点儿什么。从律法上说……”第一个乔安娜大胆地说了一句。

① 德语，意思是“幸运符”。

没有什么律法问题，另一个正要回答说，但立即就想到他妈的坏了，我也真的是太心直口快了，竟然立即就想到了合法不合法的问题。她的脑子里马上就想到了当年的马丁·盖尔审判案[1]，那还是在十六世纪的法国呢。一个冒名顶替的家伙，一个叫阿尔诺·迪·蒂尔的人回到了盖尔的故乡，声称自己就是盖尔本人，跟盖尔的妻子共同生活，并说服了所有人，他才是他声称所是的那个人。但真的是无巧不成书，马丁·盖尔后来回乡了，冒名顶替者最终被送上了绞刑架[2]。说这些又有什么用呢，乔安娜想，既然她猜想到，在同一时刻，同样的想法也会在另一个人头脑中产生。她喃喃道：

"这一点儿关系都没有。"

寂静复归，玻璃窗上一记悄悄的敲击声，让这三个人全都转身朝向了联邦调查局的特工们，而后者出于腼腆或胆怯，都不敢来到阳台上。

"你们还是来一杯咖啡吧。"阿比建议道，想摆脱一下尴尬的处境。

"爱伦呢？"六月乔安娜问，"她的那病怎么样了呢？"

"还行，她今天去治疗了。而……我在丹顿&洛弗尔事务所获得了一个职位，负责瓦尔代奥制药公司的业务，要打关于七氯污染案的官司。"

"不会吧？跟普里奥尔这个垃圾货？你……我竟然都做了这个？"

"这可不是一堆垃圾，这是一种陈见，因为他是亿万富翁。"

---

① 马丁·盖尔案（L'affaire Martin Guerre）是一起涉及冒充身份的法律案件，于1560年在图卢兹作出判决，引起了公众的极大兴趣。巴斯克地方的农民马丁·盖尔（1524年生人）在外出多年后回乡，发现一个叫阿尔诺·迪·蒂尔（Arnaud du Tilh）的人在他外出的岁月里竟然冒充他的身份，欺骗并霸占其妻长达八年。于是，盖尔对阿尔诺提起了诉讼，经过漫长而复杂的法律程序，冒名顶替者阿尔诺终于被宣布有罪并被绞死（一说被同时绞死和烧死）。

② 1548年，年仅24岁的马丁·盖尔被指控从父亲那里偷谷物。根据巴斯克人的法典，这是一种很严重的罪，于是，马丁·盖尔决定放弃自己的妻子及其家人，外出谋生。

六月乔安娜知道这个。很显然，这也够荒唐的。当然啦，换成她自己，她也会做同样的事，为了支付治疗费，但，同样也因为，毕竟，这是丹顿&洛弗尔事务所……不经思索地，她就把手伸给了阿比。他把它给握住了，同样地不经思索。面对着这个动作，另一位乔安娜却再也找不到什么空气可呼吸了，痛苦粉碎了她的胸膛。她的妹妹将永远是她的妹妹，但她只有阿比一个男人。有些爱是可以彼此相加的，而另一些爱却永远都不能彼此相除的。

“这太可怕了，”阿比说，同样也握住了她的手，“我不会爱上你们全部两个人。我只爱一个女人，她的名字叫乔安娜。”

他不能继续说下去。含在他眼眶中的晶亮晶亮的泪水开始滚落下来，一发而不可收。同样多的眼泪。

一个孩子，两个妈妈

2021年六月29日星期二

巴黎，穆里洛街

两天之前，联邦调查局的心理治疗小组向盟国的情报系统通报了规约条文的五大要点：做准备，通信息，见面，跟踪以及保护。但是，这一份礼仪之书没能解决任何问题：在法国的对外情报和反间谍局所保留的巴黎的这家特别酒店中，在这家为保守秘密而一次又一次地更换名称的酒店中，在拉上了纱布窗帘的这个房间中，在这个面朝着蒙梭公园的房间中，两位吕茜·博加埃尔已经面面相觑地对峙了整整一刻钟，好斗的挑衅性在瞬间显露无遗。

彻底的战争。六月吕茜一回到法国，就明白自己根本逃脱不了这一劫。三月吕茜的心中也同样坚定。她们的儿子、公寓、正在剪辑中的影片，甚至一直到种种服装，全都是要命的斗争和毫无意义的战役。

心理学家们做着紧张的准备：整整十年，吕茜和她的儿子始终一起生活在一种爱与温情的封闭状态中，这年轻女子从来就没有想到过要跟孩子的父亲共享什么监护权，那个过于年轻的家伙一直在逃避他作为父亲的责任，从来就不打算抚养他的儿子，只是在几年前才勉强同意给予孩子一点点关心。而现在，吕茜难道就必须去跟另外那一个女人谈判，必须去接受一种根本无法忍受的分离，而不是狠狠地咬上一口吗？两个人中，谁都没有准备好要在这一孩子之“平衡”的神圣祭坛上牺牲自己，而那些儿童心理学专家本来就对此一窍不通，却非要大肆赞扬这一所谓的平衡。在母爱中，最最昏黑的自私自利之心会跟最最闪光的慷慨大方做着殊死的搏斗。

“路易还没有准备好。”三月吕茜一再重复说。

“这是我的儿子，”六月吕茜回答道，“同样也是你的。”

三月吕茜死死地盯着地板，十分固执。她没有再抬起头，就回答说：

“那可不行。必须想到他的平衡。”

不行？怎么就“不行”呢？人们到底有什么权利拒绝她去看自己的儿子？难道她没有意识到，她同样也是孩子的母亲吗？她不是同样合理合法吗？六月吕茜彻底愤怒了，根本就无法推理。很显然，是同样的一种愤怒让另一位的脸颊变得苍白无色，是同样的一种愤怒让她的嗓音变得颤巍巍了。

“我再也不想在这个酒店里多待一夜了，”六月吕茜叫嚷道，“我自己就有一个公寓。你们有没有想过每一分钟我都在经历着什么呀？”

六月吕茜深深地吸了一口气，接着说：

“你不能住在我家里。”

一个女心理学家控制住了自己的叹息。看来，他们现在需要的，应该是一个婚姻问题顾问，一个离婚问题专家。她本想插嘴干涉一下，但六月吕茜又违心地补充了一句：

“不能时时刻刻。”

“眼下的情境是……前所未有的，博加埃尔夫人。”内务部的那个年轻男子尝试着说，这个刚刚从国家行政学院毕业的新手，总爱推销汉娜·阿伦特[1]的理论。他被推举到了危机应对小组中，但非常苦涩地怀念他在农业部的职位。他结结巴巴地说：

“我们在走向一个结论……”

“我并不比夫人更‘多余’，她就生活在我家里，跟我自己的孩子在一起。你们知不知道，五天以来，人们就不让我跟路易说话了吗？”

但是，路易还远不是这整整一大团无名怒火的唯一起源。她同样憎恨另一位每当心中怒气冲天时下巴就会有的那种抖动，憎恨她嘴角的那种细微的扭曲，以及她想把随时都会爆发的怒气控制在冷漠的外表底下那种顽固方式，还有她使劲地挤鼻子把眼镜向上推的那种习惯。在这两张脸上，竟然有着那么多清晰可见的信号。另外，面对这种分明就是她自己才有的俊俏，面对这个如此纤细、如此脆弱的躯体，她同样也会有即刻产生的震惊，她的身体太过微妙，不会不在男人们的心中催生出一种要保护她的渴求，一种要占有她的胃口，而这位六月吕茜，带着一股怒气观察着三月吕茜，不禁想到了拉法耶尔。

吕茜是在一年之前遇见他的，在一次电影拍摄中。一个摄影师。尽管身材矮胖，还长了一个拳击手的鼻子，拉法耶尔还是不乏魅力。她明白自己很讨他喜欢。时不时地，她会打电话给他：假如他有空的话，她就过去，进他的家，亲吻他。她脱衣服，在床上躺下，她愿意他干她，从后面来，始终，同时还揪着她的头发，抓着她的胯部；她尽兴，然后把他推到一旁，一旦他达到高潮就抛弃他，自己去匆匆冲一个淋浴，然后马上离开他家。她不寻求任何别的。这不是她的秘密花园，而是一块空地。在拉法耶尔之前，还有过别的人。不去爱，这是何等的简单啊。

---

① 汉娜·阿伦特（Hannah Arendt，1906—1975），美籍犹太裔政治学家，原籍德国，尤以其关于极权主义的研究而著称西方思想界，被认为是二十世纪最重要的哲学家之一。

在跟安德烈一起出发去纽约的前几天，她前去拜访了他。

如同往常一样，那天，她脱下了外套，摘下手表，还有安德烈送给她的那枚镶嵌了蓝宝石的铂金戒指，脱口一句我只有半个钟头，不再多。他感觉到她是如此急迫，不禁有些茫然，他没能像她希望的那样迅速地满足她。几分钟之后，她就已经在淋浴了，而拉法耶尔则对她说，你知道，吕茜，假如我们不只是看着你记事本上的空余时刻来见面，我会很开心的，我们可以去餐馆吃饭，去剧场看戏。吕茜静静地瞧了瞧他，她擦干了身子，穿上了她的裤衩，她的袜子。他补充了一句或者咱们可以一起出去几天，去布鲁日，去威尼斯，去你愿意去的地方，不要别的，就我们俩在一起。她已经穿上衣服，突然，冷冷地，她说不要别的就我们俩吗？我们俩？但是，你想什么呢，你以为你爱我是因为你在我的身子里玩得尽兴而我爱你是因为我在咕哝着快干我，狠狠地要了我，是这样吗？但是，咱们并没有在一起，拉法耶尔，这并不是相爱，这什么都不是，这，它什么都不是的。这是化学反应，这是欺骗。你还不明白吗，这是欺骗！

年轻男子怔住了，然后，猛地发起火来，冲她嚷嚷着，滚开，快滚开。吕茜则只是耸了耸肩膀，她重新戴上手表，把戒指戴在无名指上，然后就出了门。他在她身后把房门重重地关上，走到窗户前，瞧着她在大街上渐渐远去，然后跨上小摩托车，消失得无影无踪。他则一直留在窗前，被这个女人带给他的侮辱与懊悔所击垮，他原本以为已经拥有了她，而实际上她从来都没有真正属于过他。他没有猜想到，一个星期之后，或者一个月之后，她还会给他打电话，就仿佛什么事都没有发生过那样，绝对是任何事都不曾发生过。他会为她开门，会对她说我还以为你再也不会回来了呢。她会很惊讶地瞧着他，然后脱下衣服。

六月吕茜相信，她是从来都不会为一种如此的骗人把戏而感到脸红的。那个拉法耶尔爱怎么想就怎么想去好了，还有，在他之前的其他所有人，他们也爱怎么想就怎么想去好了。但是，突然地，面对这另一个有着蛇一般目光的女人，六月吕茜这个知晓一切，甚至连那些从她身心中穿越而过并让她获得快感的主导性污秽场面也都知晓得清清楚楚的女人，因心中生出一种厌恶之情而浑身透凉。她变得赤裸裸的，丑陋不堪，淫秽不堪。这已经不再是一块空地了，而是一堆露天的垃圾。

她不寒而栗，不禁问自己，在这一刻，三月吕茜是不是也跟她一样，想到了拉法耶尔，她是不是还在继续跟他见面。不过，这又有什么重要的呢？三月吕茜接着说：

“我同样也不敢确定，路易是不是做好了准备，要去遇见，该怎么说呢，他的两个母亲……”

“这是一个很聪明的男孩，很成熟，”那个女心理学家插嘴道，“他的所有反应都证明，他是能够对付新的情境的。当然了，一切要由他自己来决定。”

因为，从此之后，路易就知道了实情。这一次，情报部门要求他跟三月吕茜一起过来，一个多钟头以来，他就在隔壁的一个房间里跟儿童心理学家交谈。他已经明白了：他并不是有两个妈妈，而是先后两次有过他的妈妈。等到觉得时间已到，女心理学家就打开了大屏幕，屏幕上转播的是那两个女人的见面场合，没有声响。孩子并没有做什么别的，只是睁大了眼睛，说：

“这也太怪异了。”

那个女心理学家笑了，点了点头。是的，这也太怪异了。她还重复告诉他说，这是一个秘密，必须好好地守住它，不然，那是会有危险的。但是，这可就不是路易该操心的事了：

“人们是不是会要求我在那两个人当中选一个妈妈？因为当父母亲要分开的时候，人们就会问孩子，到底想跟谁在一起生活，是父亲，还是母亲。不过，这个嘛，当然啦，这并不是同一回事。”

路易说得对，那并不是一回事，女心理学家提请注意道，然而，为了小男孩的好，必须签订一份契约，或者说得更透一些，是一份保障合同，找到一种各方都认可的协同，不让任何一方做出牺牲。

路易还不能表达清楚自己的意思，甚至都还不能表示同意，但是，他更喜欢的妈妈是三个月之前的那一位，是每天晚上都给安德烈打电话的那一位，她在电话里会说上很长时间，每个星期都会有几个晚上把他委托给他的外祖母来带。对路易，对在他母亲生命中如此重要的这个孩子来说，那个瘦高个子的、满头白发的、爱开玩笑的人突然闯入，曾是一种放松。日常生活的轨道被打乱了，而路易曾那么喜爱他母亲的宁静与欢笑，还有她偶尔露出的如梦的目光。一个不那么时时刻刻都在场的母亲自然有她的种种好处，当她离开安德烈后，路易重新赢得他的中心地位，毫无欢乐地转向了他们那老夫老妻一般的日常习惯。

三年前，他就认识了安德烈，而在他的时间阶梯上，这是一段永恒的时间。每年夏天，那个建筑师都会习惯地邀请他们去他在南方的家里度假。正是在那里，有一天晚上，安德烈从阁楼中拿出一个很旧的小匣子，并教他玩《城堡与恶龙》的游戏[①]，学着创建一个个世界，一个个城堡，给一个个人物穿上服装，并跟逆戟鲸和怪兽做拼死的搏斗。他送给他一个小匣子，里面还有多面骰子的游戏，他演示给他看如何计算每一掷的可能性，如何选择最佳的武器、最佳的战术。经过几局游戏后，路易成了具有第三级别魔法的精灵，而他母亲则成了一个侏儒弓箭手。安德烈还教他如何猜谜语。

① 《城堡与恶龙》（*Donjons & Dragons*）是一款有奇幻背景的分角色游戏，也是世界上第一个商业化的桌上角色扮演游戏。该游戏创造于1974年的美国威斯康星。

“我有一个谜语给你们猜。”路易说。

“你说吧，我听着呢。”女心理学家微笑道。

“穷人们有它，富人们需要它，而假如人们吃它，人们就会死。”

女心理学家自认猜不出来。

“答案是无有①。”

“是无有？”

“就是无有。穷人们有什么呢，他们什么都无有，而富人们需要什么呢，他们无有什么需要，而假如人们没有得吃，那他们就会饿死。”

“这个谜倒是很不错。我得把它记住。”

“为了知道我会跟哪个妈妈待在一起，我可以通过掷骰子来决定。”路易突然建议道。

女心理学家微笑起来。马拉美说得没错，我们不妨可以说，在这里，骰子一掷将永远毁灭不了杂乱的集市②。而且，她是那么喜爱卢克·莱茵哈特的《骰子人生》③这本曾在1970年代大受欢迎的书。那个时候，一个陷入厌烦与不满意之中的精神分析学家也会开始通过掷骰子来做出生存中的每一个决定。她尤其欣赏路易为避免巨大的紧张而采取的这一战略战术，这里头透出了一种智慧，这种自发的嘲讽充分证明了他的成熟。就在这时候，突然，此中明显的事实吓得她大吃一惊：路易做得真有道理。应该做的真的是这样：路易始终是生活的主人，他用不着去承担做出一个决定的重任。

---

① “无有”的法语原文为“rien”。

② 法国著名的象征派诗人马拉美（Mallarmé, 1842—1898）有一首名诗，叫《骰子一掷将永远改变不了偶然》。这里，显然有文字游戏，小说作者把“偶然”一词换成了“集市”，法语中两个词分别为“hasard”和“bazar”，读音很相似。

③ 乔治·考克罗夫特（George Cockcroft，1932—2020）以笔名卢克·莱茵哈特（Luke Rhinehart）而广为人知，他是美国小说家、编剧家。他的小说《骰子人生》（1971）写一个精神病学家根据掷骰子来做日常决策的故事。

“当然可以，这是最好的主意，路易。”女心理学家赞同道。

她希望由这个孩子来制定规则：

“你想象应该怎样做？”

“每星期一开始，我将玩骰子七次，每次都为决定这星期中的一天归谁。假如星期一骰子的点数为偶数，那就归这一个，假如是奇数，那就归另一个，以此类推。”

“为什么不呢？”

一番快速的计算告诉她说，这两个女人，每一个在整整一星期期间都被剥夺跟儿子在一起的概率是百分之一，而一连十天都被剥夺的危险概率则是千分之一。任何一个吕茜都不会被牺牲掉，也不会跟骰子所做出的制裁作对。她们可以协商好的。

“那么，我们就去见她们吧？”女心理学家建议道。

路易点头赞同，两个人便走进了两位吕茜正等着他们的那个房间。来到门口时，他瞧了她们一眼，先是一个，然后，另一个，微微一笑地又说了一句这也太怪异了，他并没有特别偏向她们中的任何一个，而是前去坐在她们对面的一把座椅上，平静地表述了自己的想法。

两个年轻女子试图压制住各自心中呼之欲出的岩浆，她们冲着路易微笑，每个人都尝试着去捕获自己儿子的微笑。假如路易是一条小狗，假如这一位或那一位手里有一根骨头，她们就会把它拿在手里来引诱他。但无论是这一位，还是那一位，她们都同样在观察他，倾听他，并在心中欣赏这个确实美妙无比的儿子。

当他结束骰子游戏后，一阵沉默降临，让人不免有些压抑。终于，路易打破了这一番寂静，说：

“我是因为玩《城堡与恶龙》的游戏，才想到了它的。”

他微笑起来，很自豪，仿佛这就解释了一切。于是，在同一时刻，女人们也迫不得已地纷纷点头。有时候，最糟糕的办法其实就是最好的。

“我有一个谜，”路易说，“我们是同一个母亲所生，同一年，同一月，同一天，同一时辰，可是，我们既不是双胞胎兄弟，也不是双胞胎姐妹。这是为什么？”

两个吕西摇了摇脑袋，神情茫然。

“我们是三胞胎。”路易说着，哈哈大笑起来。

回归的[1]维克托·米耶塞尔的肖像

2021年六月29日星期二

法国诺曼底，伊波尔悬崖

就是在那里。在阵阵西风的吹拂下，金雀花纷纷弯下了腰，信天翁翱翔在英吉利海峡上方灰色的天空中。从大海上升腾而起的雾气，搅和着低处伊波尔那一座座白房子的轮廓。维克托躺在高高的草丛中，瞧着云彩。一只海鸥在他身边停落下来，维克托想让它靠得再近一点，直到它用翅膀碰触到他，给他，给他这个只剩下满腹疑虑的人带来一点点那种原始的生活。他一翻身站了起来，走向悬崖，坐在陡峭的崖壁边上，用手指头抚摩着经历了风雨千万次冲刷的粉白色的白垩岩。

是的，的的确确，就是在这里，四月底的时候，另一个维克托·米耶塞尔的骨灰就撒在了这里。他的第一部小说《群山将来找到我们》的主人公曾选择以一个自愿的行动前来死在这里，而柯蕾芒丝·巴尔默后来也想到了这里，并选择了再来一次这个地方。正是在这里，她曾经读到了大卫王之子、《传道书》作者的话语[2]。

① “回归的”原文为“en revenant”，也有“还魂”的意思，影射乌力波作家乔治·佩雷克的小说《回归》（*Les Revenentes*）。

② 据传，《圣经·旧约·传道书》是大卫王的儿子所罗门晚年时所写。

玄雾之玄雾，传道书说
虚空之虚空
虚空，传道书说，一切皆玄雾。
万千水流奔向大海
而大海不满。
水流奔向大海
到彼不再奔走
曾有的，将必再有，
曾行的，将必再行：
太阳底下无新事。①

然后，她来了一通演讲，既简明又真诚，强调了生者为忍受不可接受之事而发明出来的这些礼仪和巧计妙法的重要性。天开始下起雨来，而她很喜欢这场及时雨，雨水前来掩饰了并不在她期待之中的眼泪。“死亡永远都不是一件值得的事，维克托，它总是孤独的。但人们能够寄希望于这最终的告别时刻，让它至少还能对那些活下来的人有用。假如那些禁欲主义者说的是真的，假如人与人之间什么都不存在，既没有爱，也没有温情，也没有友谊，而是相反，唯有躯体才是一切，假如任何感觉当真就诞生并扎根于自我之中，那么，维克托，这最后的话语就不是没有用的。”

这几句话，柯蕾芒丝现在满可以对那个幽灵重又说上一遍，这

① 《传道书》的第1章第1—9节的内容如下：“在耶路撒冷作王，大卫的儿子，传道者的言语。传道者说：虚空的虚空，虚空的虚空，凡事都是虚空。人一切的劳碌，就是他在日光之下的劳碌，有什么益处呢？一代过去，一代又来，地却永远长存。日头出来，日头落下，急归所出之地。风往南刮，又向北转，不住地旋转，而且返回转行原道。江河都往海里流，海却不满；江河从何处流，仍归还何处。万物满有困乏，人不能说尽。眼看，看不饱；耳听，听不足。已有的事，后必再有；已行的事，后必再行。日光之下，并无新事。”

幽灵，她就那样瞧着他危险地行走在山脊线上。她冲他叫喊，让他不要那么靠近悬崖边缘，但她的声音没能压住风。维克托转过身来，对她做了一个手势，然后就朝她走来，微笑地说：

“我们该有多么快乐啊，当一个朋友死去时，我们还能再一次证实，那可不是我们！”

柯蕾芒丝颇有些慌乱：她的维克托真的返回来了。早上很早的时候，军队包租的一架空中客车把他给送了回来，跟他一起回来的还有乘坐了法航006航班的其他法国乘客，包机降落在了埃弗勒-佛维尔军事基地。整整好几个小时，人们就一直在给她解释。他是第一个被释放的：因为预计他不会跟第二号维克托·米耶塞尔有任何相见的机会。这里头的工作量也就少了一半，需要的心理学家人数也少了一半。但是，即便如此，“有关部门”配备给他的那一位心理学家却也寸步不离开他。眼下的情况是在任何教科书中都找不到答案的，心理学家约瑟芬娜·米卡莱夫便只能靠自己即兴发挥了。

“您一开始就来这里默哀，这很有道理。”她说。

“我并没有在默哀，夫人。我没有在吊唁我自己。我有那么一刻想到，我来到这悬崖前，将有助于帮我自己弄个明白。但实际上，情况根本就不是这样。我不过感觉自己被关押了四天时间，从我自己家出去时，是冬天，而回家时，却已经是夏季了。让我们一起去城里吃饭吧。我需要吃到一份里昂大香肠，还有一杯上梅多克葡萄酒，甚至要喝他好几杯呢。”

他们坐上了一辆黑色的标致汽车，慢慢地驶向埃特雷塔城。SDLP即重要人士保镖处的一个男人负责开车。年轻的女心理学家坐在副驾驶位子上，维克托和柯蕾芒丝则坐在后排车座上。汽车行驶起来静悄悄的，坐在车里头只听得到女心理学家在电脑键盘上不停地打字的声音。维克托的思绪飘浮在车窗外由绿树、青草与白垩岩石构成的一片风景中，女出版人的目光则无法从作家身上离开哪怕片刻。她本来已经准备忍受再也见不到他的面了，她现在却不知道该对他的再度现身所引起的困惑做何感想。重新阅读了他写的所有书之后，她现在比任何时候都离他更近。他的缺席曾经在她心中挖出了一片空白。

在餐馆里，维克托选了一张圆桌，坚持让大家全都在一起吃这顿饭，包括那位警察，尽管这样做根本就不符合有关规定。作家点了他最喜欢吃的里昂大香肠，还有一瓶拉帕耶特城堡2016年的葡萄酒。他微笑着对柯蕾芒丝说：

“你有没有意识到，我上个星期才刚刚跟你一起吃过晚餐，那还是在三月初。你是不是很高兴看到我呢？”

女出版人端详着他，像是在做梦，但她的目光远远地消散在他的身后。在风雨与泥泞中一路行走，双手还捧着那个骨灰盒。骨灰的白色旋风，风的呼啸声，还有《传道书》的话语：“曾有的，将必再有，曾行的，将必再行：太阳底下无新事。”维克托把她从梦境中唤醒了过来。

“柯蕾芒丝？你是不是很高兴再见到我啊？”

“是的，维克托，很开心。我很抱歉。我经历了残忍而又怪异的两个月。而现在，迎来了这个。这故事，真的是一个……”

柯蕾芒丝寻找着恰当的词语。此时，一个犹太人笑话突然掠过她的脑际。那笑话说的是，神总是反复重读托拉经[①]，想弄明白在他创造的这个世界中到底发生着什么事。她接着又说：

“为什么你要告诉我这一切，对我，仅仅对我？”

“比起其他人，我对你更为信任，我知道你很能守机密。你有没有告诉其他人呢？没有吧。你看是不是？”

“这不过是推迟了一下时间，仅此而已嘛。”柯蕾芒丝说，

---

① 托拉经（Torah）为犹太律法书。希伯来文的原意为“教谕”。该词狭义专指《旧约全书》前五卷中的律法，据说是上帝授予摩西的。

“所有人都将知道，事关你乘坐的那架飞机。”

“并不一定吧，”约瑟芬娜·米卡莱夫插嘴道，“乘客的名单将永远守在秘密中，情报部门就是这样保证的。”

“我完全可能消失得无影无踪，”维克托接着说，“然后用另一种身份过上一种新的生活。政府建议我们做这样的抉择。”

“首先，你并没有这样的欲望，这对你来说应该是不可能的。”

她打开平板电脑，登上出版社的网站，在“新闻”上点击了一下，出现了《异常》，然后又点击了一下指头索引“报刊”。

“已经有一百多篇文章和专题节目，而你的图像则到处都是，甚至还出现在了《读书》杂志这个月的封面上。已经有十个译本正在翻译过程中，而要是他们得知你……想象一下那股浪潮吧……所以，要想消失得无影无踪……除非有一次整形外科手术……”

在埃弗勒军事基地的那个早上，维克托读了《异常》，从中认出了自己的写作方式，但没有找到自己的痕迹。他并没有领略这种行文艺术，对那浮夸庸俗的语句没有产生什么激动的情绪。这本书所激起的热情在他面前溜走了。

“这是在LSD[①]作用下的扬克雷维奇，”维克托微笑道，“另一个我。我在出发去纽约之前，没有写下过它的一行字。”

“而我，我又在这里头找到了你的影子，我很喜欢，”柯蕾芒丝说，“不然的话，我也就不会出版它了。你应该能够接受它的，你已经卖出二十多万册书了……”

“我本该更早地尝试LSD的……”

她关上了平板电脑，以一个坚定的动作，给自己倒了一杯上梅多克葡萄酒。

“看来，还必须宣告一下你的‘复活’了。利维奥会很高兴的。”

---

① LSD，是麦角酸二乙基酰胺的简称，这是一种强烈的半人工致幻剂和精神兴奋剂。

“什么？你是说萨莱尔诺吗？”

“这是你的后世朋友俱乐部的主要主持人。”

“我称为朋友的人可不是这样的啊……我们曾有过共同的朋友。”

“还在你的……你的……之前，你们曾多次见面。无论如何，他在火葬场还是发表了一通很精彩的演讲，带着他的意大利口音，引用着你的作品的片段。”

“利维奥一直很喜欢葬礼。演讲赞美性的悼词，那是他的得意时刻，他不仅能尽情地展示心灵的谦虚，还能彻底体现心灵的崇高。”

“我得对你承认，他看起来非常自在，如鱼得水。无论如何，依列娜，她将……”

“依列娜吗？她离开我已经有六个月了。总之，九个月……”

“你们已经和解了……在最后的几个月里，的的确确。她甚至肯定地说，你们已经重新建立起了联系。”

“这让我很吃惊。”

依列娜离开他的那天早上，还是在去年秋天，在维普勒餐厅，她一边喝着她永远不变的“双份去咖啡因奶油咖啡口味很淡的请不要加太多奶油”，一边坚持要告诉他，她很久以前就有了一个情人，“他跟我干得很合拍，他”。维克托听她这么一说，是那么吃惊，不禁请她重复一遍那句话，她便又愤愤然地说了一次，把每个音节都交代得清清楚楚：“他跟我干得很合拍，他。”他耸了耸肩膀，发出一阵大笑，脱口说道：“随他是什么，依列娜，随他是什么吧！”她腾地站了起来，补了一句：“你让我觉得好可怜。”特别强调“好可怜”这三个字，只为告知寥寥无几的听众。然后，她头也不回地就走掉了，当然没有忘记以她傲慢无礼的目光来确保一点，确保在那个大厅中，没有任何人从此还会怀疑这个可怜家伙的卑鄙性格。他瞧着她就此远去，坚定地迈着大步，而面对荒诞的情境，自嘲的心态渐渐回过味来，最终，他不由得哈哈大笑起来。

因此，是的，这让他大为惊讶，惊讶他们竟然已经和解。

“我死去还真的是死对了，”米耶塞尔叹息道，“总之，你说得很有道理，所有的人都将很高兴地再看到我。”

“我嘛，我就很高兴，”柯蕾芒丝笑着说，“当内务部的人来到出版社，当他们对我解释了具体的情境，并把我一直带到这里来时，我实在是吓坏了。我还以为我会看到一个……一个外星人呢。一个怪兮兮的家伙，眼窝空空的，嗓音冷冰冰的，就像在那部电影中那样，那部《异形基地》①。”

“很抱歉，柯蕾芒丝，真的是我。此外，我这里还有两个问题。关于日常生活的基本材料的。我需要一部能运行的手机。我手机上的SIM卡已经失效了。我感觉自己已经跟世界脱节了。我很想打电话给我的‘遗孀’……并听到她快乐的笑声。”

“您会有这一切的，米耶塞尔先生。”重要人士保镖处的那位官员告诉他说，“打电话的时候一定要小心谨慎。”

“我还想回我自己的家去。”

“我们为您在勒瓦卢瓦镇预订了一个房间，米耶塞尔先生。就在隶属于国家对内安全总局②的当地反间谍机关部门的楼房中。这只是出于安全方面的理由。明天，我们会为您在巴黎找到一家宾馆的。”

“然后……”柯蕾芒丝开始说。

但是，她不知道话该从哪儿开始说起。是被远方亲戚清空了房子并被立即瓜分了家具的公寓呢，还是已经着手售卖它的相关事项，“因为发生过自杀事件，房子恐怕不会卖出最好的价格，难道

① 《异形基地》（*Body Snatchers*），又译《外星人入侵》，是一部美国电影（1993）。该片讲述外星生物在地球人熟睡的时候大批侵入人体和大脑，进而毁灭人类的故事。

② 对内安全总局（Direction générale de la sécurité intérieure，简称DGSI）是法国最主要的对内情报机构，主要任务有反间谍、反外国势力干涉、反恐、保护国内财产和经济安全、监视通过暴力颠覆国家的各种危险行为等，其总部就在巴黎郊区的勒瓦卢瓦镇。

不是吗？”作者之友协会，如此充满活力……维克托并不愤怒，也不做什么解释。她继续说了下去。

“说到你的藏书，在你家里曾经有过一次晚会，晚会上，所有人都各取所需。还剩下很多书，都被装进了硬纸箱，例如雅里①的作品，陀思妥耶夫斯基的作品……如今，已经没有人再去读它们了。你的表兄弟们拿走了你七星文库的那些书：它们用来做装饰很不错，却通过eBay的渠道流走了。”

“政府已经采取了必要的举措，来帮您重新回收您的财产，米耶塞尔先生。”情报部门的那个人明确道。

一个问题始终萦绕在柯蕾芒丝的脑际，而那位女心理学家倒是抢在她之前把问题直接提了出来：

“维克托，我们已经在飞机上谈过了，但是……究竟会是什么导致了‘另一个’维克托的自杀行为呢？”

作家显出一副很有趣的神态。

“没有人自杀，人们难道没有告诉过您这个吗？只有那些被判处了死刑的人杀死刽子手成功地逃脱了。”

“这难道不会是因为……依列娜·列斯科娃吗？”约瑟芬娜·米卡莱夫坚持道。“《异常》这一书名的法语拼写跟‘Amo Ilena L.’这句话就是一种同字母移位的文字游戏嘛②。意思就是‘我爱依列娜·列’啊。”

米耶塞尔哈哈大笑起来。

“不会吧？真的是这样吗？究竟是谁找到了一个如此好玩的想法呢？”

---

① 指《于布王》的作者阿尔弗雷德·雅里。参见第76页中的相关注释。

② 《异常》的法语为“*L'Anomalie*”，跟“*Amo Ilena L.*”（这是拉丁语系的一些语言中“我爱依列娜·L.”的意思）正好使用了同样的字母，只是字母的位置不同而已。这属于一种叫字母移位（anagramme）的文字游戏，是乌力波集团的作家很喜爱的文字游戏。

“依列娜在一次采访中吐露出了言外之意。”

“幸亏拉丁语还存在，可以把amo这个词放进去。一种好语言是一种死语言，就像谢里丹将军①所说的那样。抛开笑话不论，这一动作的理由我是完全不能明白的。我不是什么自杀者。请记下，我会自愿杀死自己，尤其因为再晚，那可就太晚了。”

“啊！”柯蕾芒丝叫嚷起来。这个女出版人打开了她的平板电脑，狂热地沉浸其中，然后，得意洋洋地指给维克托看《异常》中的一个句子。

“你刚才引用了维克托（Victør）·米耶塞尔的话。”

她特地把对方的名字念成了维克拖（Victeur），故意把卷舌音“r”卷得很响亮，并很好玩地把元音“ø”拖得很长很长。

“看来，我是喝上梅多克喝多了，柯蕾芒丝，这是唯一的解释。”

女出版人对那糟糕的文字游戏②报以一笑。她打开包包，从中掏出一个信封，递给维克托。

“喏。你从楼上跳下来的时候，身上带着这一切来的。”

维克托撕开了信封。那里头有他的手机，他的钥匙，还有一块很小的乐高积木，红色的。他在自己的衣兜里掏了掏，从中掏出来一块一模一样的乐高积木，放在了第一块的边上，完全就是它的双胞胎姐妹。他很惊奇地察看了一下，然后，把一块扣在了另一块之上。记忆严丝合缝地镶嵌在了回忆之上。

---

① 菲利普·亨利·谢里丹（Philip Henry Sheridan，1831—1888），美国军官，南北战争时期联邦军将领。他对美国内战后期联邦军取胜有十分重要的贡献，战后升为四星上将。

② 上一句说到的“我是喝上梅多克喝多了”原文为“Je suis sous haut-médoc”，也可以理解为“我是在上梅多克的下面”，有文字游戏的味道。

*

2021年六月30日星期三

巴黎，卢泰西亚酒店的客厅

柯蕾芒丝·巴尔默以**维克托·米耶塞尔的双重生命**的名义召集媒体开会，并且把《异常》一书的一个片段作为会议邀请函的题铭：“我害怕会给我未来的传记作者的不够格寄予太多的希望。”

来了一大群人。维克托留在了后台，就在那个相邻的小房间中，跟橘树出版社的团队在一起。会议的布置把他给吓坏了：一个高高的大讲台，一张桌子，两把座椅专门留给柯蕾芒丝和他，而面对他们的，是一百来把椅子，而且全都坐得满满的。在大厅的尽头，还有十来台摄影机在等着他。

“国际媒体都到场了，”柯蕾芒丝说，“下个星期，你的书会在世界各地出版……都是紧急翻译出来的……有些还是一些大致的初样。”

“毕竟，我还不是乔治·克鲁尼①。”

“你远远超过了他。你就位于罗曼·加里和耶稣–基督之间。位于自杀与复活②之间。”

维克托耸了耸肩膀。柯蕾芒丝掸了掸自己灰色上衣上的灰，动

---

① 乔治·克鲁尼（George Clooney, 1961—　），美国电影演员、导演、编剧、制片人与社会活动家。

② 罗曼·加里（Romain Gary, 1914—1980）的小说《天根》（1956）获得了龚古尔奖，后来，他用笔名埃米尔·阿雅尔（Émile Ajar）创作的小说《如此人生》（1975）又一次获得了龚古尔奖。其实，他不止一次用不为人知的假名发表作品，这是针对当时竞相吹捧名作家的巴黎出版界开的一个玩笑，也是对自己作品质量交由社会检验与评价的大胆尝试。1980年12月2日，罗曼·加里在寓所吞枪自杀身亡。死后不久，其遗作《埃米尔·阿雅尔的生与死》发表，再次在法国引起轰动，因为它将罗曼·加里两次获龚古尔奖的真相揭开了。

作有些做作。维克托微微地打开了一道门缝，观察着开会的大厅。

“我亲爱的依列娜没有在场吗？我的遗孀应该闷在自己的家里。”

“对不起，你说什么？”柯蕾芒丝说，皱起了眉头。

“不，我什么都没说，我明白我自己了。”

女出版人瞧了瞧自己的手表。已经十八点了。

“我们该去了。算上刚才门口安检的时间，我们已经晚了。很多人希望能在二十点打开电视新闻时[①]看到你呢。”

“这样的一批大众，他们还存在吗？BFM[②]和互联网没有杀死[③]一切吗？”

“一千万人正瞧着他们呢。我们去吧，带上你半剂量的莱克索米尔[④]。我感觉你很放松，甚至太过放松了。别出什么洋相啊，我求求你了。”

“我发誓，吐唾沫，不会的。”维克托说。

他从幕后走了出来，在一阵照相机快门的咔嚓声中走上了讲台，坐到他的座位上，抑制住了一个哈欠。他真的很放松。

“大家好！”柯蕾芒丝·巴尔默说，麦克风拿在手中，“我的话会很简单，因为，我想，你们一定会有很多的问题要问……”

维克托对在场的一百个记者一个都没有认出来。谈论文学应该是没有什么风险要冒的，各家报刊派来了新闻记者，而不是评论家。假如他们中有什么人已经读了《异常》，那也都会是职业习惯使然。当柯蕾芒丝做完她的介绍时，所有人都举起了手。稳稳当当地，她控制住了混乱，把话筒递给了第一排的一个高个子。

“米耶塞尔先生，您好，我是《世界报》的让·里加尔。自从

① 法国最重要的新闻节目安排在二十点钟播出，几大电视台均如此。
② BFM是马来西亚独立的商业和时事广播电视电台。
③ “杀死”（tuer）一词应该是对雨果在《巴黎圣母院》中说的“这一个杀死那一个”的影射。
④ 莱克索米尔（Lexomil）是一种苯二氮䓬类抗焦虑药物，常用来镇静助眠。

您于三月份从巴黎出发赴美旅行起，对于您，时间只流逝了一个星期。而在这四个月期间，实际上，有很多事情发生了，尤其是对您而言，有一本书的写作，还有应该被称作您的死亡的这件事。请问，您是如何经历这一令人难以置信的情境的？”

“我尽我所能地去适应那一切。我读了‘我的’书，还有不同报刊上的关于我的讣告悼文。仅仅为了能看到这些，就让人有一种要去死的欲望。”

“您是不是认定，《异常》就是您的一本书呢？”

“请您定义一下‘您’[①]。”

维克托怀疑，柯蕾芒丝的内心正抬起眼睛望着天呢，于是，他恢复了镇定，立即改口。

“请原谅我的这一答非所问。有时候，我确实会让自己落到此类词语当中。这并不怎么算得上是一本我——眼下正在对你们说话的这个我——写的书。但是我拥有作者的版权，这才是问题的本质。”

“我们早就提醒过了，千万不要出洋相……”柯蕾芒丝在一旁提醒说，她有些后悔方才建议他服用镇静剂了。

“在您看来，您的书是不是包含了破解发生在那架飞机上的秘密事件的钥匙？”

“有千千万万的人在寻找它。假如当真有一把钥匙的话，他们会在我之前找到它。尤其是因为，如您所知，当人们有一把锤子在手，一切都会变得像是一枚钉子了。[②]”

“您是不是认为，我们所有人都处在一种模拟中？”

---

① 法语中，单数尊称的“您”跟复数的第二人称“你们”用的都是一个词形“vous”。

② 所谓的锤子定律或曰马斯洛锤子（marteau de Maslow）是一种判断偏见，涉及对工具的过度依赖。美国心理学家亚伯拉罕·马斯洛（Abraham Maslow，1908—1970）曾在1966年提出：“我想这很有诱惑力，如果你仅有的工具是锤子，那么，你也许会将一切都视为钉子。”

“我对此一无所知。借用一下伍迪·艾伦[1]的话，我会说，假如情况确实如此，我希望程序设计者道一个歉。因为他们所创造的世界毕竟恐怖得很。尽管，依据我的理解，兴许正是我们自己创造的它，就是我们这些人。”

“米耶塞尔先生，如您所知，无疑，航班上几乎所有的乘客都拒绝显示他们的身份。请问，您为什么接受生活在众目睽睽之下呢？”

“我并不认为自己受到了任何的威胁。无论如何，我享受到了来自警方的保护。另外，还有一种心理学方面的支持。他们想到了一切。”

“您认为自己感觉到了被某些人称为‘分歧’的时刻，或者，甚至，有时候，比如眼下，‘异常’的时刻？”

“当然，就像飞机上的所有人那样。湍流停止了，阳光重新显露在机舱中。最后的这句话，同样也是百忧解[2]的定义。”

整个大厅哄笑一堂，维克托也笑了，他有些轻飘飘的，柯蕾芒丝对他的作秀感到失望。

“您知不知道您的‘复本’为什么要自杀？”

“他兴许就想死去。这是自杀的基本理由。”

“请问您跟依列娜·列斯科娃究竟是什么关系？”

“目前，并不存在什么关系。不妨说，至多也只是生前的关系。”

维克托从此神采奕奕，这是为溴西泮[3]所做的一种非常生动的广告。

“我是《泰晤士文学增刊》的安娜·瓦瑟。请问，您是不是正

① 伍迪·艾伦（Woody Allen，1935—　），美国电影导演，以飞快的电影拍摄速度与数量众多的电影作品著名。

② 百忧解（Prozac），又称为盐酸帕罗西汀，属口服抗抑郁药，主要用来治疗抑郁症、焦虑症及暴食症。

③ 溴西泮（bromazépam），中枢神经系统抑制药，通常用于治疗焦虑和失眠。

在写一本新书，米耶塞尔先生？”

情不自禁地，维克托的目光投向了第一排，那个略带一点点嘶哑的美妙的女性嗓音正是从这里飘出来的。他的脸容顿时亮堂起来。她正是当时在阿尔勒翻译大会上的那个年轻女子，对冈察洛夫作品中的幽默十分感兴趣。

“是的。我正在写一本书。”

柯蕾芒丝惊诧地瞧了他一眼。

“这是一个经典主题，”米耶塞尔继续道，“一个女人重又出现在了一个男人的生活中，而那男人却以为她已经永远消失了。这本书的书名将叫作《阿斯科特，或英格兰式奶油的回归》。”

“这是一个令人惊愕的书名。”年轻女郎微笑道。

“现在，请谁来提最后一个问题？”柯蕾芒丝·巴尔默问道，她已经猜到，此时此刻，她的那位作者的脑子里有了别的东西，而不是想着如何确保这场新闻发布会的正常秩序。

“我是《法兰克福汇报》的记者安德雷娅·希尔芬格。请问您如何定义昨天晚上发生在美国的事情①？”

“定义它吗？我认为，美利坚合众国不过是一个名称而已。始终存在两个美国，从此以后，它们将不再彼此明白，彼此理解。由于我只在它们中的一个里认出了我自己，所以我也一样，我并不明白和理解另一个。”

① 指下一章中描写的“夜晚秀”以及随之发生的枪杀事件。

夜晚秀

2021年六月29日星期二

纽约，艾德苏利文剧院

《斯蒂芬·科拜尔夜晚秀》[①]的女化妆师欣喜万分地欣赏着自己的作品。

“您实在是棒极了，阿德莉亚娜。我好好地借题发挥了一下，把你们的发型做得稍稍有些不同。”

“斯蒂芬结束了他的开场白，”舞台女助理过来打断了她，“请跟我来。等我碰您一下肩膀时，您就走上台去，明白吗？”

女助理没等对方回答，就离开了化妆间。于是，那两个年轻女子走上了通向灯光雪亮的舞台的过道，然后在黑黑的幕布后原地踱步，等着“坚守人性”乐队[②]把他们的那一小段表演完。

斯蒂芬·科拜尔待在他的书桌后面，面对观众，查看着手中的卡片，而当摄影机重又转向他时，哥伦比亚广播公司的这位明星主持人就皱起了眉头。

---

① 原文为英语*Late Show with Stephen Colbert*。这是斯蒂芬·科拜尔在哥伦比亚广播公司的电视频道中所主持的深夜脱口秀节目。斯蒂芬·科拜尔（Stephen Colbert，1964—　）又被译成“扣扣熊”，是美国著名的脱口秀主持人。

② “坚守人性”（Stay Human）是由美国音乐家乔恩·巴蒂斯特（Jon Batiste，1986—　）创立并领导的一个乐队。

“今天晚上，我十分有幸地邀请到一位十分年轻的女演员，她的知名度是相对的（失望的叫嚷声）。请不要如此粗暴无礼，别让我感到难为情（笑声）。好啦，女士们，先生们，我现在就请你们跟我一起来欢迎……阿德莉亚娜·贝克尔的到来。”

斯蒂芬·科拜尔做了一个手势，“鼓掌”的牌子亮了起来，并立即得到了全体观众的听从。

一个年轻女郎向前走来，小巧玲珑，几乎还是个少女，穿着牛仔裤和篮球鞋，上身则是深蓝色的安哥拉羊毛衫，褐色的鬈发披散下来，耷拉到了肩膀上。主持人一直走向她，亲了亲她的脸颊，像是在让她镇定下来。

“您好，阿德莉亚娜·贝克尔。非常高兴能在这里接待您。”

“您好，斯蒂芬，我也很高兴能来到这里。”

“同时，还很激动吧，我希望是这样。第一次上电视镜头吗？”

“是的。”

“做任何事都会有第一次的。我还记得我的第一次恋爱，我们第一次去餐馆吃饭，很是浪漫啊，我还保留着那一顿饭的发票呢（笑声）。阿德莉亚娜，您二十岁了，您是演员。五月份，人们看到了您在《罗密欧与朱丽叶》中的表演。请问您演的是谁？”

“朱丽叶。”

“当然是啦，您演的是朱丽叶，您是在哪里演《罗密欧与朱丽叶》的？”

“在桑德拉-费恩斯坦-格拉姆剧院。”

她喃喃地道出了剧院的名称。在大厅中响起了很残忍的咯咯笑声。年轻女郎脸红了。斯蒂芬·科拜尔扬起眉头。她补充道：

“那是在……沃维克，在罗德岛上。那是一个很小的剧院……”

“阿德莉亚娜，这根本就没什么可脸红的。您知道，马特·达蒙[1]就是跑龙套出身的。他曾演过一个比萨饼师傅，他把一个玛格丽塔比萨递给一个顾客，只有一句台词：‘请付，五美元。’现在倒好了，他逢人就讲，到处都讲，说他卖的可是一个雷吉纳比萨，要卖七美元的。可那就是一个爱吹牛的该死家伙（笑声）。对不起，阿德莉亚娜。接下来，您会在哪一出剧中表演呢？”

“《榆树下的欲望》。这是尤金·奥尼尔[2]的一出五幕戏剧。我在剧中扮演那个年轻姑娘。”

“年轻姑娘？……但是，这就有问题了，阿德莉亚娜。剧中是不是只有一个年轻姑娘。您想到过这个问题吗？”

阿德莉亚娜·贝克尔笑了起来。观众也一样笑了起来，还没有太明白是怎么回事呢。斯蒂芬·科拜尔微微一笑，冲着幕后喊了这么一句：

“现在，观众们，请看，我希望你们能给予阿德莉亚娜·贝克尔一阵雷鸣般的掌声！是的，有请阿德莉亚娜·贝克尔！”

从大幕后面，钻出来另一个阿德莉亚娜，发型和穿戴都跟先前那一个一模一样，除了那件套头衫。这一次，她穿的羊毛衫是红色的。整个大厅的观众全都站了起来，发出了呼喊声，叫嚷声，还有热烈的鼓掌声，而斯蒂芬·科拜尔则朝她走来，亲吻了一下她的脸颊，把她领向另一个姑娘已经坐着的长沙发。在电视台的控制机房中，女导演吸着她的电子烟，根本无视禁烟的公开法令以及内部规定。这就是可恶的好电视，这一电视频道一下子就把美国广播公司

① 马特·达蒙（Matt Damon，1970—　），美国演员、编剧。他在电影《神秘比萨》（1988）中首次有专业表演。

② 尤金·奥尼尔（Eugene O’ Neill，1888—1953），爱尔兰裔美国剧作家，1936年的诺贝尔文学奖获得者，主要作品有《琼斯皇》《毛猿》《天边外》等。《榆树下的欲望》（*Désirs sous les ormes*）是他1924年的戏剧作品。

和全国广播公司①远远甩在了后头。在它后面，哥伦比亚广播公司的十来家社会网络服务器在推特上发文，在照片墙上发帖，在脸书上直播。表示喜欢②和分享的人数在直线上升。

她们俩就在那里，并肩而坐，一个额头上有一绺红红的头发，另一个额头上则是蓝色的一绺，完全是化妆师小姐异想天开的一招，是她秘密却又突然变得很明显的一招。欢呼声在持续，然后，科拜尔回到桌后。

“您好，阿德莉亚娜。”

“您好，斯蒂芬。”新来的那一位答道。

“请问，你们不是双胞胎吗？”

“不是，根本不是的。”两个年轻女人几乎同时回答说，带着同样的微笑，同样的能量。

“嘿！好啊，我想，观众们这一下就明白了（笑声）。几个小时以来，人们谈论的没有别的，只有你们。看来，我必须好好地区别一下你们俩了，这样吧，我把你们分别叫作六月阿德莉亚娜和三月阿德莉亚娜吧。六月和三月，这是联邦调查局给予你们的代码姓，是不是呢？”

“是的。”

“六月是红色的，三月则是蓝色的，我正是这样来辨认出你们的……请别对我说不，在这两件羊毛衫的选配上，还有你们俩发绺的染色上，制片方是投了很大的一笔钱的。”

“没错。”

两个年轻女子做出了同样自由自主的反应，而观众中也产生了

① 在美国，直接接收电信信号的公共电视台有三家，分别是哥伦比亚广播公司（CBS）、全国广播公司（NBC）和美国广播公司（ABC），加上后来的新秀FOX和CW，并称“五大公共电视台”。

② 原文为英语“likes”。

同样的狂喜现象。年轻的阿德莉亚娜，或者不如说，年轻的阿德莉亚娜们成功地霸屏了。

“六月阿德莉亚娜，您没有扮演过朱丽叶，是这样的吗？”

“是的，没有演过。”

“好的，您没有演过，因为，《罗密欧和朱丽叶》，那是在五月演出的。当您乘坐的飞机五天之前在麦奎尔军事基地降落时，当您跟另外二百四十二名乘客一起被扣留在那里时，您相信当时还是三月份呢，是这样的吗？”

“是的，斯蒂芬。但是我无法告诉您究竟是哪一天，联邦调查局严格禁止我们打听。出于所有人安全的考虑。”

“这个我明白。而我，我真的很想知道，而且，我想，观众们也一定很想弄明白，您是怎么得知……你们‘是“两位一体的同本”’的呢？”

他带着一种特别集中的注意力，瞧着眼前的两个年轻女子：

“三月阿德莉亚娜，上个星期天，早上很早的时候，联邦调查局的人去找您，到您父母的家，是这样的……就在……”斯蒂芬·科拜尔不慌不忙地参阅了一眼手中的卡片，“就在新泽西的艾迪森。您的父母一定是被吓坏了……而您也一样……”

“是的，联邦调查局的特工对我们说，事关国家的安全问题。尽管如此，他们还是力图做得让我们稍稍心安。”

“没错，联邦调查局的两个特工一大清早就来到了你们家，这总是让人们心安的（笑声）。那么，后来呢？”

“后来，他们带我上了直升机，一直来到军事基地。而我们……”

“是第一次坐直升机吗？”

“是的。”

“噪声应该很刺耳吧，就如一台到了甩干过程中的洗衣机。螺旋桨，大风，所有那一切。我是很讨厌直升机的。”

斯蒂芬·科拜尔戏弄着观众们不断增强的不耐烦，但他知道应该在什么时候在什么地方停下来：

“而一降落到军事基地之后呢？”

“一来到军事基地，他们就把我带到一个行政大楼中，门口有一些士兵把守着。他们让我走进一个布置得很简单的大厅中，里面只放了一张桌子，几把椅子，我就坐了下来。有一个女心理学家陪在我身边，还有联邦调查局的一个女官员。”

“他们对您说了一些什么？”

“他们说我不应该害怕，还说我将经历一个很特别的时刻。”

“正是在那时候……”斯蒂芬·科拜尔说。

“他们让我走了进去，”六月阿德莉亚娜说，“我同样也由一个心理学家陪着。”

“这对您应该是一个猛烈的冲击。对那些心理学家也一样……（笑声）”

“我费了好几秒钟时间才明白过来，我面对的是……另一个我。”身穿海蓝色羊毛衫的那个姑娘接着说，“我有些头晕眼花，在心里想，我到底是谁，我是不是真的存在于世。”

“那么您呢，六月阿德莉亚娜，请给我们讲一讲当时发生的情况。”

“我们的飞机航班是在三天之前落地的……”

“依您看来，那时候还是在三月份……”

“是的。飞机遇到了湍流，遭到了损害。我被扣留了，不能跟外部世界接触，没有了手机，没有了其他东西……”

“您甚至都不能玩《糖果传奇》游戏[①]了，是不是？（笑声）

① 《糖果传奇》(*Candy Crush*)，英国网络游戏公司King Digital开发的一款宝石方块游戏。

于是，就在第三天的早上，也即刚刚过去的那个星期一……”

“有人前来找我，对我说了同样的话，说这是一个很特别的时刻啦，等等，还说我将遇见某个我本来不可能遇见的人……”

“而您当时认为，那应该会是什么人呢？”

“我知道这事很荒唐，但我当时还以为我将重新见到我的祖母。她刚刚在一月份去世了……”（“哦！”整个大厅发出了一片激动的惊讶声）

“哦，很抱歉，阿德莉亚娜。我表达深切的问候。”

“然后我就进入了那个房间……”

六月阿德莉亚娜瞧了瞧三月阿德莉亚娜，后者莞尔一笑。观众们又一次鼓起掌来。科拜尔不想由此丢掉节奏，马上接上了话头。

“我的天哪……我，我要是处在您的位置上，恐怕就会犯心脏病了。甚至，我会接连犯上两次心脏病（笑声）。您并没有被吓坏吧？三月阿德莉亚娜？”

“谁说没有，当然被吓坏了。一开始，我们根本就不敢彼此说话，我们所做的，只是回答心理学家们还有联邦调查局那个女官员的问题。他们为我们放映一段视频……作为解释。在视频中，我们看到，在机舱中，那一刻……就在那一瞬间……”

“发生辐散，或者说发生异常的那一瞬间。”科拜尔补充说，瞧了一眼手中的卡片。

“是的。之后，他们建议我们彼此问一些我们想问的问题。联邦调查局很想由此向我们中的任何一个做出证明，证明另一个并不是……我不知道该怎么说，并不是克隆人。我们有着同样的回忆，同样的生活。”

“同样的生活，直到三月份，直到巴黎—纽约的那个航班为止。”斯蒂芬·科拜尔明确道，“比如说，三月阿德莉亚娜，您就问了阿德莉亚娜某一件您认为只有您自己才知道的事，是这样的吗？”

“是的。一件发生在新年之夜的事情，但那只有我一个人知道。”三月阿德莉亚娜不无腼腆地说。

“总之，只有我们两个人知道。”六月阿德莉亚娜强调（笑声）。

而实际上，是三个人：她们俩，还有她们的弟弟。弟弟的房间，阿德莉亚娜是从来不可以不敲门就进去的，她总是给他留出时间来关上他的电脑，然后才敢进去。

“您有一个千载难逢的机会，您知道，”斯蒂芬·科拜尔微笑道，“我嘛，我在圣西尔维斯特日那天晚上[①]喝得实在太多了，我的记忆直到一月4日中午才恢复（笑声）。现在，你们已经坚信，你们俩是……你们俩都是阿德莉亚娜了？”

“完全相信。”她们异口同声地说，在依然有些激动的观众中掀起了一阵欢腾声。

“你们知道，有时候，我想，差点就遭遇了灾难，而这也有可能发生在空军一号上。你们想到了没有？两位总统啊！（叫喊声和鼓掌声）他们甚至有可能在同一天里让他们的推特落空。我想象，人们一定为你们提供了一些科学上的假设，那些假设，我们从此在媒体上到处都能看到……”

两个年轻女子点点头，主持人继续说。

“在你们看来，是不是有一种解释似乎比另一种更说得过去呢？”

她们摇了摇头。

“无论如何，对我来说，你们并不是模拟行为的结果。还有些人会认为，你们是二百四十三个外星人，想侵略地球（笑声）。现在，你们将做什么呢？六月阿德莉亚娜，您肯定是要回去跟您的父母团圆的，您会生活在那里……”

---

① 圣西尔维斯特日（Saint-Sylvestre），就是12月31日，按西方基督教的宗教习惯，这一天是圣徒西尔维斯特的本名日。

“他们把我安顿在我弟弟以前的卧室中，他现在在杜克大学上学。我昨天晚上看到他了，当时，联邦调查局的人正把我们带回家里。”

“他叫奥斯卡，是不是这名字？他有什么样的反应？三月阿德莉亚娜？”

“他一再地重复‘这太怪异了’，说了至少有十遍。他还设想了我们会有不一样的发型。”

观众们都笑了起来，她们也笑了。斯蒂芬·科拜尔的目光一时间离开了她们，转向了摄影机。

“奥斯卡就在我们现场的大厅中。我们同样也邀请过你们的父母来这里跟我们一起做节目，但他们谢绝了。当时，见到他们时，事情是什么样的一个经过呢？”

两个年轻女子一时间面面相觑，还是六月阿德莉亚娜先开口回答。

“我母亲很害怕。今天早上，她都没敢过来亲吻我。”

“她是在害怕我们俩，”三月阿德莉亚娜补了一句，“她分不清我们谁是谁。她还以为其中有一个是……”

“是‘假的’呢。”六月阿德莉亚娜把话里话外的意思补全了。

“那你们的父亲呢？”

两个年轻女子都不说话了。见此情景，连制片方都有些后悔当初没有向主持人斯蒂芬·科拜尔交代清楚那位父亲的情况，让主持人留在了模糊之中：原来，头一天晚上，当两个阿德莉亚娜即将返回位于艾迪森镇的家中时，联邦调查局的一个特工和一位心理学家领先一步，赶在她们之前拜访了她们的父母。他们对阿德莉亚娜的父母久久地解释了这件难以设想的事。母亲一个劲地重复说老天啊这怎么可能呢。而当她们最终回到家里时，本来一直躺倒在长沙发中的父亲，不无惊恐地一下子挺起身来，一句话都不说，一路倒退着上了楼梯，把自己关在楼上的卧室中。别人不得不隔着房门跟他商量了很长时间，他才终于同意出来见女儿。从此，他的行为就提醒了联邦调查局，使得他们决定，专门派一个特工一天二十四小时地留在他们家里，以防不测。

斯蒂芬·科拜尔明白，必须避免谈论这一话题。还没等尴尬的场景出现，他就转身朝向了那个穿着鲜红色套头衫的阿德莉亚娜。

“无论是谁，可能都会很难适应一种如此独一无二的情境。说是独一无二，实在也不太妥当（笑声）。你们的父母很爱你们，他们从此会为自己能拥有两个同样美妙的女儿而感到十分幸福。”

观众为这个美丽的童话而久久地鼓掌，这一次，反倒是轮到斯蒂芬·科拜尔不得不来打断这一阵喝彩了。

“而在你们俩之间，关系又是怎么样的呢？”

“很好。”六月阿德莉亚娜说。三月阿德莉亚娜也点了点头。

这可不是一个出于好心而故意撒的谎。两个年轻女子不是敌手，她们的生活还有着远大的前程呢，未来还有待于她们去征服，她们目前还没有什么必须共同分享的。

“您有一个男朋友，是不是，六月阿德莉亚娜？我可不是什么西班牙宗教裁判所，假如您不愿意回答这方面的问题，没有人会抱怨您把这一点独自留在自己的心中。”

“不，我很愿意回答这个问题。我现在是单身。”

“这么说吧，阿德莉亚娜，在这里直截了当地承认这一点，恐怕不是什么好主意（笑声）。”

科拜尔转身朝向海蓝色的那位阿德莉亚娜。

“那么您呢，三月阿德莉亚娜？三月份以来，您是不是已经遇上了什么人啊？”

“是的，那是在三个月之前。”

“谢谢您跟我们分享这一点，阿德莉亚娜，”科拜尔继续说，

“那么，他叫什么来的？”

“诺郎。”

听众又开始叽叽喳喳地活跃起来。在剧院的控制机房，制片人的脸上显现出一种狂喜的表情：爱情，永远都是一种很叫好的产品。

“我想我猜到了，”斯蒂芬·科拜尔接着说，“诺郎一定是您在《罗密欧与朱丽叶》中的一个搭档。他莫不是罗密欧吧？”

“不是的，他是茂丘西奥[①]。”

“啊，是茂丘西奥！罗密欧最好的朋友。有没有可能，我们的这位诺郎–茂丘西奥就在这里，在大厅中，跟我们在一起呢？”

一道探照灯的光束在观众的行列中慢慢悠悠地探寻着，最终落在了第一排，停在了一个又高又瘦的黑人小伙子身上。他咧开嘴笑了，并在一阵欢呼声中站立起来。

“女士们，先生们，在此，让我们有请诺郎·西蒙斯。”

科拜尔向他伸出手去，帮他走上了舞台。掌声经久不息，恰如预料中的那样。两个阿德莉亚娜一起微笑，致敬，三月阿德莉亚娜多少有些献媚，六月阿德莉亚娜则带着一种不无惊讶的微笑瞧着诺郎，这一下更是掀起了众人的一阵笑声。她在后台已经遇见过诺郎，但她表现出一种惊喜，这是她吸引别人注意力的方式。无论是这个她，还是那个她，都不难被说服来表演这一场戏，而诺郎更是如此。《斯蒂芬·科拜尔夜晚秀》是一档很要命的综艺节目，而她们并没有选择这一职业来拒绝光芒，炫耀一种畏葸不前的廉耻心。所有人都在演戏，那就来他一场表演吧。

“您可以亲吻您的女朋友了，诺郎，您可不要搞错人啊（笑声）。”

---

① 茂丘西奥（Mercutio）是莎士比亚戏剧《罗密欧与朱丽叶》中的人物，罗密欧的好友，在一场冲突中被朱丽叶的表哥提伯尔杀死。

年轻人很温柔地亲吻了三月阿德莉亚娜的脸颊，然后又很短促地握了握六月阿德莉亚娜的手。斯蒂芬·科拜尔摇了摇脑袋。

“请您不要太担心，我的小伙子，”科拜尔说，“从来就没有任何人遭遇过类似的情景。请您跟我说实话，诺郎，假如您在化妆间遇到她们，您真的知道她们谁是谁吗？而假如我跟您承认说，从一开始，我们就要求她们中的一个去扮演另一个的角色了呢？假如我们从一开始就是在试图骗您呢？”

观众席上升起一阵惊诧的嘤嘤嗡嗡声。诺郎被一种真正的疑惑揪住了心，完全失去了常态，在三月阿德莉亚娜的面前本能地后退了一步。这场戏再也演不下去了。整个大厅突然被一种不安的气氛所笼罩，所有人都有些困惑，科拜尔立即就为他的狡黠感到后悔。

“您别担心，诺郎。她确实就是您的那位阿德莉亚娜（观众中发出一阵轻松的叫喊声）。这是一通很糟糕的玩笑，我实在没办法抵挡住它，请原谅我……”

诺郎重又拉住了阿德莉亚娜的手。斯蒂芬·科拜尔做了个鬼脸，为自己刚刚显得如此残忍感到有些后悔，这一切，全是因为他的即兴发挥。他又读了一下他的卡片，恢复了他那预先设定的行为举止，继续说：

“那么……现在，你们到底如何在你们之间分配角色的呢？”

正当《斯蒂芬·科拜尔夜晚秀》节目重新找回了它的乖孩子趣味时，在后台的控制室里，一种不安的氛围降临了。几个屏幕显示出艾德苏利文剧院门外的场景。自从社交网络发出预警后，几十个狂热的基督教徒早已聚集到一起，向剧院赶来，十几分钟之前就已经包围了剧院。

“我没猜想到，在纽约，会有那么多虔信上帝的疯子。”女制片人带着一丝苦笑说。

在这样的场合，脱口秀节目的保安力量得到了倍增，一根细细的警戒线试图把赶来的人们阻挡在一定的距离之外，但是，示威者面对监控摄像头高声吼叫着，喷吐出他们的仇恨和恐惧，他们挥舞着标语牌："滚回去"[①]"地狱的娘们""撒旦的造物""亵渎神明的家伙"……

"亵渎神明？但是，这算什么样的亵渎？"女制片人问道。

"我读到了他们的标语，他们认定，那些作为复本的人，就是该死的下地狱者。"一个女助理甚至这样说，"这都是因为十诫中的第十诫[②]。"

"这一诫，到底是什么？"

"您是知道的……'你绝不可觊觎旁人的妻子，你绝不可贪图旁人的房屋，等等。'毫无疑问，这一条，对他们来说根本无法遵守，既然他们拥有着同样的东西。从另一方面来说，人们还可以推断，他们并不是'他们的旁人'……"

"好吧。我怀疑这些古怪的人还会做什么神学的阐释。"

就在增援的警力赶来并巩固了警戒线的那一刻，一个莫洛托夫鸡尾酒[③]突然带着一道火焰的抛物线飞了过来，在剧院的门口粉碎了。剧院的保安人员很快扑灭了烈火，警察们推搡着示威者，掏出了警棍，准备抓人，但这一切举措都无济于事，情绪激昂的小小人群人数变得越来越多，他们推翻了栅栏，试图冲出一条路来，奔向剧院的台阶。

电视节目正在走向尾声，斯蒂芬·科拜尔得知了剧院外面的突发事件，便转身朝向观众。

"亲爱的朋友们，我们恐怕得在这剧院里待上比预料的稍稍长

① 原文为拉丁语"Vade retro"。

② 所谓"十诫"，是《圣经·旧约》记载的神借由摩西向以色列民族颁布的十条规定。其中的第十条是："不可贪恋人的房屋；也不可贪恋人的妻子、仆婢、牛驴，并他一切所有的。"

③ 莫洛托夫鸡尾酒（cocktail Molotov）是土制燃烧瓶的别称。

一些的时间。外面正发生一场很有进犯性的示威活动，警方已经介入，发生了一些冲突。假如现在就让你们出去，会让你们遭遇到某种危险。此外，在这里，我还要问最后的一个问题，是问给你们俩的：联邦调查局已经警告过，你们可能会碰上宗教狂热的危险。从一些宗教团体的负责人所发表的宣言中，我们听到过这样的说法，你们俩都被认为是撒旦的造物，是‘一些可恶的东西’。而你们自己也受到过死亡威胁，是不是这样的？”

“是的，有过几百次，就在我的脸书账户上，总之，应该说是在我们的账户上……”

“我为你们感到深深的遗憾。那么，对那些因为弄不明白是怎么回事而有时候会有点儿害怕的人，你们想说点儿什么呢？”

斯蒂芬·科拜尔让一阵沉默缓缓地降临现场。这是节目本身最扣人心弦的时候，所有人都会记得它。斯蒂芬和姑娘们在后台曾经长时间准备过的，是跟危机应对小组派来的专家代表一起准备的。这是一番耐心的重复演讲，应该会给人一种即兴发言的幻象，这一任务应该由六月阿德莉亚娜来承担——专家们特别地强调这一点——既然，在绝大多数人看来，她将被人看作一个擅入者：

“很显然，我并不知道这架飞机是如何第二次降落的，”六月阿德莉亚娜说，口气中带着一丝的温柔，“没有任何人知道的，是的，*尤其要说得缓慢，掌控好嗓音，显示出是在很困难地字斟句酌，要让人感到激动。*对那些有点儿害怕的人，我想说的是，其实我也一样，我也有点儿害怕。必须让每个人都尝试着想象一下我们所经历的事。我不是被挑选上的，尤其不是被‘选中’的。飞机上这二百四十三个乘客中的任何一个人，也都并不比我更为特殊。发生在我身上的，在我们身上的，同样也有可能会发生在在座的任何一个人身上。我就是一个普通人……*假如有可能的话，请重复，不，这也太过分了。*没有丝毫的特殊，*这里应该停顿一下，*我是一个十九岁的姑娘，住在艾迪森，想成为一个小学教师，不要说是法语教授，很多人是不喜欢法国人的，同样，也不要说是教授，不，只要说小学教师，这样更简单，所有人都喜爱小学教师的，是一个业余爱好演戏的年轻女子，要特别地强调‘业余爱好’，三月初，我刚刚从欧洲回来这里也一样，是的，要说的宁可是欧洲，而不是法国，却发现自己原来处在了六月份，我对发生在自己身上的事一点儿都不明白，但我将尽可能地厘清眼前的这一切。请再停顿一下，含混不清地结巴一点，不要马上就找到该说的词语。而这另一个年轻姑娘……在我眼前的这一位，她跟我就是我自己一样是我自己……她也一样，她也将尽可能地厘清她所处的一切。那位阿德莉亚娜比我多出了三个月的经历，但我们有着一样的记忆，我们同样相信上帝，我差点儿忘记了提到上帝，真是该死，这是最基本的，他们再三坚持这一点的，一定要记得说，我们是信徒，而我却差一点忘记说了，真是怪异，我们有着一样的朋友，一样的父母，我们同样地爱他们，谁也不比谁更差，甚至，我们还要分享我们的衣服，既然那些衣服同样也是她的。”

“还有，”三月阿德莉亚娜打断了她，“每一次，我们都是同一时刻想穿同样的衣服。这个，这是科拜尔的一个想法，还真的不算坏，等着观众笑吧，就这样，然后再接着说别的。”

“没错，”六月阿德莉亚娜说，“如此一来，从现在起，我们的两种生活就将分岔开去，那是当然的。它们已经开始那样了。请转身朝向诺郎，开始倾听全场观众的激动反应。比如说，我并不知道，假如我是在出发去欧洲之前认识诺郎的，假如我爱上了他的话，我们到底又会做什么。不要太坚持，还是让观众们自己去努力分辨吧，让他们自己去掌握混淆的程度吧。现在，有很多东西就在我的头脑中翻滚，而这只是其中的一件。”

“我相信，”三月阿德莉亚娜接着说，“我相信，请稍稍地改变一下嗓音，强调一下她们俩之间可能存在一些不同点，我想要的一切，就是人们既不要害怕我，也不要害怕另一个阿德莉亚娜，更不要害怕我们。愿他们都是一些好心人。这时候，请来一个很长的停顿，然后，再下结论。我们迷惘了，我们需要所有与我们亲近的人的爱。要低下眼睛，拉住六月阿德莉亚娜的手，等待观众们的掌声响起。假如你感觉到你能够哭出来，那就尽情地哭出来好了。”

一滴眼泪流在了六月阿德莉亚娜的脸颊上，她根本就不需要强迫自己，激动之情一下子喷涌而出，她完全可以开始呜咽了。三月阿德莉亚娜走近她，抱住了她的肩膀。与此同时，斯蒂芬·科拜尔朝她微微一笑。

“非常感谢你们俩。我知道很多人是能理解你们的。我还有最后的一个要求：你们的弟弟对我说过，圣诞节的那天晚上，你们曾一起在家中唱了那首名叫《伊帕内玛来的姑娘》的著名的波萨诺瓦舞曲[①]。”

“唱的是艾米·怀恩豪斯[②]的版本，是的。”六月阿德莉亚娜说。

“那么……你们俩，在离开我们之前……能不能为我们来上一段呢？”

观众叫嚷起来，两个年轻姑娘微微一笑。

“我还要补充一句，你们并没有排练过。”科拜尔明确道，撒谎撒得一点儿都不带脸红的，实际上，她们练唱已经练了有半个小时了。

---

① 波萨诺瓦（Bossa Nova）是巴西的一种舞曲，近似于桑巴舞曲。《伊帕内玛来的姑娘》的原文为英语“*The Girl from Ipanema*”，这是一首兼有波萨诺瓦和爵士乐风格的巴西歌曲。安东尼奥·卡洛斯·裘宾（Jobim）作曲，巴西诗人维尼修斯·德·莫拉埃斯（Vinícius de Moraes）用葡萄牙语填词。1960年代中期曾经风靡全球，并于1965年获得年度格莱美奖。伊帕内玛是巴西的一个海滨小镇。

② 艾米·怀恩豪斯（Amy Winehouse，1983—2011），英国女歌手、词曲作家，以其低沉的嗓音闻名于世，最终死于酒精中毒。

“坚守人性”乐队的架子鼓手开始柔和地敲打起来，在查尔斯顿鼓和小鼓上敲击出裘宾和莫拉埃斯的那首波萨诺瓦的节奏。柔和的灯光洒落在舞台上，两条软管落在她们身上，一条红色的，在其中一人身上，一条蓝色的在另一人身上，消除了她们之间的不同点。不同颜色的游戏效果是制片方的一个想法。维尼修斯·德·莫拉埃斯有一天这样说到他的歌，说它什么别的都没有说到，只是说到了流逝的时间，说到了这样一种既属于所有人同时又不属于任何人的忧伤的美，说到了海浪的那种凄凉冲击与拍打。而当一个阿德莉亚娜开口唱起来的时候，伊帕内玛的海岸就出现在了《斯蒂芬·科拜尔夜晚秀》的舞台上，一个阿德莉亚娜唱了第一句，从第二句起，她的那个“双胞胎姐妹”就接了上来：“古铜肤色的高个子，年轻又可爱……”[①]

两位阿德莉亚娜以一种完美的二重唱形式，歌唱正在伊帕内玛细细的沙滩上款款走向大海的优雅的美人鱼。一个开始唱一句，另一个则会接着把它唱完，她们竭力表演两人在一起，然而却总是显出很不相同，她们的和谐擦到了魔法的边，令人头晕。而这眩晕的每一次战栗，都包含了它那份恐怖的顺势疗法的剂量。

“这真是该死的好电视，”制片方的那个女人在控制机房中说，“该死的好电视。”

① 原文为英语“Tall and tan and young and lovely...”。

雅各布·伊文斯心中之音

2021年六月29日星期二，23点

纽约，艾德苏利文剧院

上帝之手从来就不会变软。而雅各布·伊文斯的行动就是由他指引的，雅各布在对基督的信仰中诞生于弗吉尼亚州的斯科茨维尔。他从父亲约翰那里得知，那些并不在痛苦中出生的人便不是上帝的造物，因为，他不是别的，只是上帝的创造，而在他的脑壳中不断说话的那个嗓音，则会一再重复他儿童时代在农庄劳动时听到过的那些词语。

当那亵渎神圣的邪恶之举在媒体和社交网络上被揭露出来时，上帝就在引导雅各布·伊文斯。第一天，他和他第七日之军的那些兄弟就聚集在浸礼会教堂中，一起聆听令人尊敬的牧师罗伯茨说到创造物与撒旦，说到由所有与上帝作对之人所构成的那个毫无信仰的军团。因为圣约翰的《启示录》中曾说到，那时候有过雷电闪耀，有过一次大地震，一场大冰雹。那些重达一塔兰[①]的冰雹从天而降，砸到人们身上，而全靠了全知全能的上帝的引导，令人尊敬的牧师罗伯茨以及跟他紧密团结在一起的雅各布以及所有的信徒，

① 塔兰(talent)，古代的一种重量(和货币)单位，特别指罗马人和希腊人使用的一种货币。一塔兰的重量恰为一块金塔兰币的重量。

辨认出了那场暴风雨，还有被神圣的风暴攫住的那架飞机，那全都是由救世主安排在他的道路上的。就在这架飞机中，聚集了所有那些因冰雹灾难而亵渎上帝的人，因为这场灾难实在是太大了。

而救世主的恍惚一下子传入了雅各布·伊文斯的躯体，救世主的愤怒流动在了他的胳膊中，救世主希望雅各布能在人世间完成他的荣耀。

这里头，有报刊给出和重复的种种解释，这里头，有专家与学者之间的种种争论，但是，我将毁灭智慧者的智慧，我将消灭聪明人的聪明，[①]因为，是的，雅各布回想起了以赛亚，想在自身寻找自我拯救，这是对全能者的傲慢与蔑视。这同样也是保罗给哥林多人发去的信息[②]，那些哥林多人只想着摆脱上帝的信息，在人的虚荣中寻求智慧。而实际上，在人的心中，占支配地位的只应该是谦卑，是对上帝的敬畏，是对救世主耶稣基督的信仰。他复活了，他真的复活了。[③]上帝以他渎神之举的故事，发信息告诉人们，只有在救世主的荣耀中，在对恶的毁灭中，人们才能得到拯救。雅各布的眼睛曾经紧闭着，哦，是的，但是，至高无上者让它们在黑夜中大大地睁开了。

在这一时时刻刻吞噬着美国的无穷尽的火灾的中心，在这场由黑暗引导着智力，而理性面对无知与非理性只能节节败退的战争中，雅各布·伊文斯重又披挂上了他那原始而又绝对的希望的影子盔甲。宗教就是深海中一条食肉的鱼，发射出一道微不足道的光，为了吸引它的猎物，它需要很多黑暗。

伊文斯和第七日之军的其他成员排成了一条汽车长龙，行驶了

---

① 语出《新约·哥林多前书》(1：19)：“就如经上所记：‘我要灭绝智慧人的智慧，废弃聪明人的聪明。’”

② 《圣经》中的《哥林多前书》全名是《保罗达哥林多人前书》，是保罗为哥林多教会所写的书信，涉及的多为教会纷争、道德纪律等问题。

③ 这是基督教信徒在复活节弥撒中要念诵的经文。

七个小时，朝纽约赶来，车上竖起了救世主基督的十字架。他们在军事基地前面高呼口号，表达神圣的愤怒，但士兵们把他们赶了回去。接着，雅各布在上帝、照片墙以及脸书的帮助下，得知那些畸形魔怪中的一个今天晚上会当着众人的面展现自己，便带着厌恶和愤怒看了这个褐发姑娘在电视上的表现。雅各布知道，她代表着巨大的谎言，是堕落者的背信弃义。

雅各布跟其他很多人一起涌向了哥伦比亚广播公司的剧院，他们在50街那一站下车，来到五彩缤纷、五光十色的百老汇大街。他们行走在巴比伦大女[①]和成了城市形象的大淫妇[②]中，但警察封锁了从南边进入那条大街的口子，金属路障挡住了剧院大厅的入口。激动的人群数量在增加，每一分钟，这队伍都因网络上声援的召唤而越来越壮大。

到了子夜时分，第一个燃烧瓶在空中飞过，粉碎在剧院门前明亮的挡雨披檐上，火焰立即燃烧起来，形成电线短路，熄灭了几千个灯泡和写有“斯蒂芬·科拜尔夜晚秀”字样的闪闪发亮的灯牌，但雅各布在火焰中向前冲去，别怕地狱，耶稣在他的心中喜悦。警察冲上来，跟一些骚乱者纠缠在一起。雅各布祈求救世主让他接近那些污秽之人，完成他的意愿。在热腾腾的烈火中，他在求救世主，他知道，他很快就能在入选者中间品尝到天堂之蜜。

救世主在他的山顶上瞧着他的羔羊雅各布·伊文斯，引导他走向第53街。雅各布行走在他的光芒中，因为神是唯一知晓道路的[③]。在那里，就在他那些相信上帝的兄弟们冲着百老汇大街叫喊

① 巴比伦大女（Babylone la Grande）是《新约·启示录》中提到的寓言式的邪恶人物，见《启示录》（17: 5）：“在她的额头上写着这样的字：‘奥秘！巴比伦大女，作世上的淫妇和一切可憎之物的母。’”另参见《启示录》第18章以及第19章第2节。

② 大淫妇（la Grande Prostituée），见《启示录》（17: 1）：“拿着七碗的七位天使中，有一位前来对我说：‘你到这里来，我将坐在众水上的大淫妇所要受的刑罚指给你看……’”

③ 《圣经·旧约·约伯记》（28: 23）有言：“神明白智慧的道路，晓得智慧的所在。”

的那一瞬间，雅各布看到，从离他只有几米远的一个地下车库中，冲出来一辆黑色的豪华轿车。它正要左转，逃离信徒们的示威活动，但街道都被堵塞了，汽车被卡死在一家百老汇风味的快餐店面前。后排的车窗玻璃很快就摇了起来，但已经晚了，就在纽约之夜冰冷的灯光中，雅各布瞥见了后排长椅上坐着两个年轻女郎，她们的面容是如此相像。神的智慧何其难寻[①]，污秽之人在咯咯地笑着，她们大笑着，露出了她们那恶臭的嘴巴中整整齐齐的牙齿，她们天使般纯洁的脸上露出了黑影天使背信弃义的面容。救世主引导着我的复仇之剑[②]。

愿那些尤物死去吧会有一片天空来裹住人们的身体，雅各布从他的衣兜中掏出一把格伦德尔P30半自动手枪，而光芒将闪烁得那么轻柔那么火热，救世主啊撑住我的手吧，他隔着车窗玻璃开了枪把玻璃打得粉碎以耶稣基督的名义我要赶走你们而在他的周围，人们惊恐地叫嚷起来，他又开了一枪带走了一张脸，大天使加百列降落在我身上，雅各布一直在开枪直到把枪弹打光统统打在另一个血淋淋的阿德莉亚娜身上然后膝盖一软倒在地上，耶稣基督诞生了倒在肮脏的柏油路面，救世主基督张开了双臂，说一句话吧救世主我的灵魂就将得到拯救人们扑到他身上，用手铐把他的双手反铐到背后，在警笛的呼啸声中，在警灯和闪光灯的冰冷光芒中，救世主是我的牧者，他给予并且收回[③]，一个微笑着并闭上眼睛的雅各布·伊文斯看到从恶龙的嘴里，从凶兽的嘴里，从假先知的嘴里走出三个像是青蛙那样的不洁的精灵。

---

① 《圣经·新约·罗马书》（11: 33）有言：“深哉！神丰富的智慧和知识。他的判断何其难测！他的踪迹何其难寻！”

② 对照圣经后典的《犹滴传》（9: 2）：“我祖西缅的上帝啊，你以剑武装他，向外乡人复仇。”

③ 可参照《旧约·诗篇》（23: 1）：“耶和华是我的牧者。”《旧约·约伯记》（1: 21）：“赏赐的是耶和华，收取的也是耶和华；耶和华的名是应当称颂的。”

抹 除

2021年六月30日星期三

纽约，克莱德·托尔森度假中心

0点43分：在联邦调查局的大楼中，所有的屏幕从此都在连续不断地显示新闻频道，而规约条文42的紧急应对团队的人，都在电视频道上观看这次双重谋杀事件的循环播出。1点00分：哥伦比亚广播公司播出了一个特别节目，一个灾难性的斯蒂芬·科拜尔主持了一台好戏，他跟一些专家记者一起，专门谈及了这次宗教行动。普德洛夫斯基和她的专家同事们发出的缓和呼吁将毫无用处：在希望频道[①]上，布道者揭露了人们对那些假先知的崇拜现象，而在福克斯电视台，一些电视布道者像模像样地谴责了罪行，但同时又大肆谈论世界的末日。到了一大早，盖洛普[②]和其他一些调查机构就在街头开始民意调查，结果显示：44%的美国人认为，这是一个“时间之终结的信号”，其中34%的人认为这一终结会“很近”，25%的人甚至认为会“非常近”。人们发现，1%的人竟然认为它已经发生。白天的时候，在世界各地，那些礼拜之地出现了一种前所

① 希望频道（Hope Channel），美国的一个基督教会的电视台，为基督复临安息日会的官方电视台。

② 盖洛普咨询公司（Gallup），著名的商业市场研究和咨询服务机构。

未有的群集现象。当七十亿人发现，他们兴许并不真正存在时，事情就变得并非理所当然了。

一个狂怒不已的杰米·普德洛夫斯基在克莱德·托尔森度假中心的会议室里大步地来回走着，整个规约条文42专门行动组的人从此都被放逐到了这里。她一再重复道：

“必须保证所有乘客的匿名状态，就像黑手党诉讼案的证人们那样。这些人应该能够改换身份，消失得无影无踪。”

然而，她说得确实很不错，上帝会是一个问题……既然没有任何东西可以质疑他的万能，这架从乌有之中冲出来的波音飞机就应该算在他的意图中。而具有讽刺意味的是，在模拟说的假设中，有一件事不再受质疑了：人就是一种高级智力的创造。但又有谁已经准备好，要去赞赏一种史无前例的角色游戏的进展呢?

“自总统发布公告以来，”米特尼克插嘴道，“进入医院的人数大量增加，这表明，会有一波自杀高潮的到来。很多本来就已很脆弱的人直接走向了自杀。所谓阴谋论的说法大行其道：它认为整个事件就是一个谎言，这个所谓的模拟说，目的就在于让任何斗争都变得可笑，无论这斗争针对的是什么，不管是反对资本主义，还是反对环境恶化。那些支持地球是平的说法的人，从中看到了对他们信念的一种肯定。好了，我就不再多说别的了。”

“永远要小心提防那些让我们小心提防的人。”普德洛夫斯基简述道。

“外星人也在惊人地卷土重来，”米特尼克继续说，“但是，这，怎么避免呢……还有，那个姑娘。托米·金，一个极具影响力的女人……她刚刚发来了这个。”

米特尼克在一个屏幕上投影出一个褐发女子的自拍照，一个长得很秀气的亚裔美国女人。它已经有了1512个赞了。她的额头上装点了一绺鲜红色的头发，还写着“1，2，1000阿德莉亚娜”的字样。在半夜两点钟时，它就得到了12816次转发。而到了八点钟，这个数量就达到了七百万。到了早上，许多地方，从巴黎到里约，从香港到纽约，已经有好几千人，带着六月阿德莉亚娜的染红了的发绺，走上了街头。信息是模糊的，但互联网上的思想自由则是彻底的，尤其是因为有人确信，人们已经停止了思考。

又是几个钟头过去，鉴于情绪偏移、激动和讽刺一时间成了大行其道的时髦情感，那些销售T恤衫的人，纷纷送出带“刺激我，但不要模拟我”①“我是一个程序，请重启我”②“我是1，你是2，我们很自由”③字样的文化衫。早间电视幽默节目的编剧者尝试着写出关于双重人话题的幽默小品。

“您知道模拟指的是什么吗，希拉里？”记者问那个女模仿者。

“彼得，”希拉里·克林顿的嗓音回答说，“美国的所有女人都知道，模拟指的是什么。”

*

在这之前，还只有一百来个学者在机库中做推测思辨。突然间，就变成了一千万个研究者在整个地球上为他们的理论而争论不休，提出假设，做出取舍。“复印机”和“虫洞”一下子只能找到④很少的爱好者。假如最简单的理论同时也是最疯疯癫癫的理论，那就活该它倒霉了。

---

① 原文为英语“Stimulate me, dont simulate me”，显然有一种文字游戏在里头，其中的dont是法语，可以理解为英语的don’t。

② 原文为英语“I’m a program, reset me”。

③ 原文为英语“I am 1, U are 2, we are free”。

④ 此处又是文字游戏：“虫洞”的原文是“trou de ver”，动词“找到”在法语中是trouver，词形极为相似。

然而，对模拟这一假说，天体物理学家们很不喜欢，各航天机构更不喜欢。开发航天空间本来就价格昂贵，假如没有航天空间，那简直就是天价难问了。粒子的理论家们同样也不稀罕它。否则，他们那些漂亮的粒子都在哪里呢，那些夸克[①]、胶子[②]、暗物质呢？一切难道都是虚拟的吗？他们为之如此骄傲的巨型加速器，难道就是一个3D的大笑话吗？还有时间呢？假如时间本身是一种人为造物，就像在视频游戏中那样，一切在那里头都得到校准和减慢，以便人类有一个机会能游戏，那样的话，又该如何从我们的虚拟时间出发，来衡量真实的时间呢？最终，那些生物学家也会愤怒不已。进化论，物种的灭绝，生物多样性的丧失呢？但所有人都知道的，宇宙，无论是虚拟的或是非虚拟的，全都依照越来越被人所知的种种规律在运行。多年以来，这些科学家中没有一个人会把自己交托给某种模拟，托付给一个超级计算机，尽管后者的能力在十年间已经翻了一百倍。他能毫无困难地想象到比它们的能力还要强上亿亿万倍的机器。

最好还是不要在星期三早上去衡量什么生产力。实际上，唯一真正忙于工作的，就是规约条文42的那些男男女女了。

因为，这个星期三的早上，开始了那个叫“赫尔墨斯”的行动。梅蕊蒂丝找到了这一代码名称，它说的正是法航006航班上所有乘客的旅行与秘密，迷惘的时刻已经来临。雅各布·伊文斯所犯的罪行至少将成功地说服乘客们，他们就是靶子，至少在美国是如此，所有人都会同意的。国家安全局消除了那次航班的所有数码痕迹，法国和美国的特工们回收了航班的所有飞行数据。公众只知

① 夸克（quark），是一种参与强相互作用的基本粒子，也是构成物质的基本单元。夸克互相结合，形成一种复合粒子，叫强子。强子中最稳定的是质子和中子，它们是构成原子核的单元。

② 胶子（gluon），是一种理论上假设的无质量的粒子，是传递夸克之间强相互作用的粒子（规范玻色子）。

道，那是法国航空公司的一次从巴黎到纽约的飞行，是在三月份，但这样的航班，一共有过二百多次呢。

*

2021年六月30日星期三
巴黎，亨利–德–法朗士广场
法国电视2台，4号摄影棚

事实真相是，世界在几个小时中进入了一个意义的空洞。既然宗教提供了一个教理上的却又是虚假的回答，哲学则毛遂自荐般地给予了一个抽象而又充满谬误的回答。在世界各地，种种的脱口秀如雨后春笋层出不穷，尤其是在法国，这个传说中人人皆为大众传媒哲学家的国家。其中有个人叫费罗麦德。就让他这么叫吧。这个人登上了一个国家电视台的演播台，跟另一个应邀嘉宾一起，那个人叫维克托·米耶塞尔。

“我本来并不愿意就模拟这个话题说些什么，”费罗麦德说，“但在我看来，这恐怕也改变不了什么。我是个唯物主义者，在我看来，在思考与以为思考之间，同样，在存在与以为存在之间，并没有什么区别。”

“毕竟，费罗麦德，”女主持人说，“我们是不是当真存在与我们是不是虚拟存在不是完全一样的。”

“请原谅我这么说，但我坚持认为那是一样的：我思考，而即便我只是一个在思考的程序，我还是存在的。我以同样的方式感受到爱与痛苦，我同样最终将会死去，谢谢。无论我的世界是虚拟的还是真实的，我的行动都会有同样的后果。”

“费罗麦德，坐在您身边的是一位作家，他叫维克托·米耶塞尔，他的那本书《异常》已经成了一本‘大受欢迎’的书，今天显然尤为如此。维克托，您当时就在那架飞机上，人们都知道，您的‘复本’已经自杀，今天下午，您刚刚才开了一个新闻发布会，我们很感谢您现在又跟我们一起来到了节目现场。请问，您想象这些双重身份的人命运会怎样？”

“我们一共有二百多人，我们全都看到了我们的‘复本’在三月到六月之间走过了一条什么样的道路。我们兴许会很遗憾，没能更心甘情愿地走上一条分道扬镳之路。有些人可能会希望做得不一样，或者做得更好些，或者做成别的样子。但是我，我没能重新面对我自己，尽管……”

作家从自己的衣兜里掏出那两块红色的乐高积木来。

“自从我父亲去世后，三十多年来，我一直在衣兜里放着一块小积木。这既不是恋物癖，也不是随身携带的吉祥物，仅仅是几克重的一份回忆，几乎就是一种习惯。人们把自杀身亡的维克托生前所保留的那一块也还给了我，这样一来，我就有了两块积木。我已经忘了究竟哪块是‘他’的哪块是我的，我已经把它们混为一体。我实在说不出来它们都象征了什么，但我总有那样一种感觉，即我有了更多的选择，比以往任何时候都更自由了。无论如何，我总是不太喜欢‘命运’这个词。那仅仅是一个靶子而已，人们会在事后，在箭头落定[①]的地方把它给描画出来。”

在观众中，《泰晤士文学增刊》的那位女记者安娜·瓦瑟感到这很有趣。她更喜欢另一个笑话，说的是，为了让一支箭矢射中靶子，必须让它在之前错过一切。四月份当她得知维克托的死讯时，她感到很震惊，很难过，而这种情感的强烈程度同时也让她惊讶不已。当然啦，她之前注意过他，那是在阿尔勒，她当时

① 此处为文字游戏，“箭头”和“落定”在原文中分别为“flèche”和“se ficher”，词形极为相像。

觉得他的发言很机智，很敏锐，而在晚餐的时候，她又被他那种想竭力接近她的孩童般的努力所触动。那时，她被另外一些联系所羁绊，并没有打算好好地表演一番，后来，她又很憎恶这一软弱、轻率、高傲的时刻，恨自己当时曾让他喜欢上了她，仅仅只是因为他让她感到喜欢。于是乎，她比预定的更早一步离开了阿尔勒，她为自己的自私自利和轻率冒失的欲望感到羞愧，拒绝成为一个背叛的、只求享乐的、让人痛苦的女人，到后来她竟然都不知道自己的思绪在哪里萦回了。她逃跑了。有那么一段时间，她甚至更希望能有一些悔恨，而不是遗憾，但她从来都不曾希望找到借口再去寻找那位冈察洛夫的译者。她早已把那次神奇的“复活”视作一个信号，一个无法理解的信号，但无论如何，它毕竟是一个信号。而她，作为文学方面的记者，她已经从《泰晤士文学增刊》的编辑部主任那里得到许可，代替特派记者来出席这次新闻发布会。现在，她正直视着一个男人，这可能就是长时间里，确确实实的一种命运吧。

“请告诉我，费罗麦德，”女记者接着说，“在这一情况下，您又将如何反应呢？”

“首先，我恐怕不会很长时间里都有一种非现实的感觉。假如我想怀疑我的存在，我只消使劲地掐一下自己就可以了；其次，另一位是一面不怀好意的镜子，这一点我同意，但他更是唯一知晓我的一切，知晓我的秘密的人。被如此展现之后，我可能会决定做出改变，或者逃跑。最后，在一生中成为两个人，那就是成为一个多余者。我肯定会这样对我自己说：何等的虚荣啊，公寓住宅，工作职位，所有这些物质方面的东西……我会专注于我的内在核心，专注于我必须竭尽全力保存下来的东西。我有一个女儿，我爱一个女人，当我说到‘我的女人’‘我的女儿’时，我知道我在这个‘我的’当中放了什么……假如我必须跟别人分享她们，我兴许就得学会把这种占有欲相对化。而事实真相是，我并不知道我会如何反应。”

“您如何解释教皇方济各[1]的宣言？”

“请原谅，我完全不知道教皇说了一些什么。”

“我这就引用一下他的话，他说：‘天主给人类送来一个信号，显示其无所不能，还送来一个机会，让人类在他的万能面前保持谦逊，服从他的规律。’”

“他说这个了吗？”

“就在今天早上。”

“这话对你们有那么一点点‘悔改吧，你们这些可怜的罪人啊’[2]的味道。但愿他能原谅我吧。但从他那里，我倒是期望能有稍好的回答。这表明，这就是所有宗教人士的程序软件：‘这就是我们的信仰，让我们来找到证明它们的种种事实吧。’就像伏尔泰笔下的邦葛罗斯[3]那样，他们相信，鼻子生出来就是为了能在那上面架一副眼镜，因此我们会有一副眼镜。在这件事情中，我是既没有听到主的声音，也没有看到他出现在云彩间。我就直率地说吧，假如他真的有什么事情要对我们说，这是最好的机会了。就在我们眼下的这一刻。不，唯一真正的哲学与科学的方法是：‘这些就是事实，现在，让我们看一看，可能的结论会是什么。’”

“而说到我们之间的其他一切，维克托·米耶塞尔，依您看来，您是不是应该预料一下，现在会发生什么？”

---

① 教皇方济各（Pape François，1936—　），罗马天主教会第266任教宗，耶稣会会士，意大利裔阿根廷人，能说流利的拉丁语、西班牙语、意大利语和德语，1997年任布宜诺斯艾利斯总教区主教，2013年被选为教皇。

② 参见《新约·马太福音》（3：2）：“天国近了，你们应当悔改！”又见《马可福音》（1：15）：“日期满了，神的国近了！你们当悔改，信福音。”

③ 邦葛罗斯（Pangloss）是伏尔泰哲理小说《老实人》（1759）中的人物，信奉盲目的乐观主义。

“什么都不。”

“您说什么？”

“什么都不，什么都不会改变。我们还是会在早上醒来，会去上班工作，因为我们始终得缴付房租，要吃饭、喝水、做爱，就跟以前那样。人们会继续活动，就像我们真实存在的那样。对所有可能证明我们是搞错了的一切，我们视而不见。这就是人性。我们不是理性之人。”

“维克托·米耶塞尔所说的，多少有点儿，怎么说呢，费罗麦德，有点儿您今天早上在《费加罗报》的那篇文章中所称之为，我们对减少‘认知失调’的需要，不是吗？”

“是的。假如我们的赌注就是不能彻底输掉，那我们已经准备好要去扭曲现实。我们想要一个回答，来解消我们哪怕只有一丝丝的焦虑，我们想要一个办法来设想世界，而不至于质疑我们已有的价值观、我们的激情和我们的行动。瞧一瞧气候的变化吧。我们从来就没有听科学家的。我们通过矿物燃料，无论它们是虚拟的或非虚拟的，来毫无节制地排放虚拟碳，我们在加热我们的大气，也无论它是虚拟的还是非虚拟的。而我们这一种类，无论它是虚拟的还是非虚拟的，始终都将灭绝。什么都没有改变。富人们希望能独自逃脱，这很不近情理，而其他人只能局限于抱有一丝希望。”

“您是不是同意费罗麦德的说法，维克托·米耶塞尔？”

“当然。您回想起潘多拉及其魔盒了？”

“是的，”女主持人很惊讶地说，“但这里头又有什么关系呢？”

“有关系。请您回想一下，普罗米修斯盗取了天火，宙斯为了报复他以及渎神的人类，让潘多拉爱上了普罗米修斯的兄弟厄庇墨透斯。在那女人的行李箱中，宙斯偷偷塞进了一份礼物，一个神秘的盒子，实际上，那是一个瓮。宙斯告诉她不得打开，但她实在太好奇，就违背了宙斯的禁令。结果，被封闭在里头的人间所有的祸害全都飞了出来：衰老、疾病、战争、饥馑、疯狂、悲惨……只剩下一个祸害，因行动过于迟缓没能够逃出来，或者，它兴许是听从了宙斯的意愿[①]。您还记得这个祸害的名字吗？”

“不，请您明告我们，维克托·米耶塞尔。”

“这一祸害，就是*Elpis*，即希望。它是所有祸害中最坏的一种。是希望在禁止我们行动，是希望在延长人们的苦难，因为，‘一切都会安排好的’，这明显有悖常理嘛。难道不是吗？不应该存在于世的就是不会存在于世的……我们每次都应该对我们自己提的真正问题是这个：‘凭什么接受一个既成的观点就能把我安排好了？’”

“我明白了，”女主持人说，“今天，费罗麦德，您觉得，目前正在发生的就是这个，您觉得，我们中的每个人都找到了一个办法，跟被派定给我们的现实好好相处，是这样的吧？”

“是的，绝对是的。我能为您回忆一下尼采的这句话吗？‘各色真理就是一些幻觉，是人们忘记了其是幻觉的幻觉。’[②]在这方面，整个地球都面临着一种新的真理，它质疑我们所有的幻觉。毋庸置疑，有人给我们发来了一个信号。可惜啊，思考花费了时间。事情之所以带有讽刺意味，生存有可能是虚拟的这一事实，兴许给了我们更多的义务来面对我们的旁人，我们的地球。尤其要集体行动。”

① 在希腊神话中，普罗米修斯（Prométhée）从天上盗火种送给人类，人类学会了使用火，主神宙斯十分恼火，决定要让灾难也降临人间。他令其儿子火神赫菲斯托斯用泥土制作一个女人，名叫潘多拉（Pandora），宙斯给了潘多拉一个密封的盒子，里面装满了祸害、灾难和瘟疫等，让她送给娶她的男人。潘多拉爱上了普罗米修斯的弟弟厄庇墨透斯（Épiméthée），并当着他的面打开了那个盒子，结果，放出了所有那些祸害，除了“希望”。后来，人们即以“潘多拉魔盒”来比喻会带来不幸的礼物或灾难的渊薮。

② 这是尼采作品《权力意志》中的一句。

“为什么？”

“因为——这话已经由一个数学家说了出来——这一检测并不是指定给只作为个体的我们的。这一模拟设想到了海洋，它嘲笑每一个水分子的运动。模拟所期待的，是我们整个人类的反应。不会有什么至高无上的拯救者。我们必须自己拯救自己。”

三封信，两份邮件，
一首歌，绝对零度[①]

2021年七月10日星期六

布鲁克林，卡罗尔街

信封上的收信人姓名注明“阿比和乔安娜·瓦瑟曼”。乔安娜认了出来，这是她自己的笔迹，密集，纤细。当阿比打开信封时，他们发现了一张叠成四折的纸，以及另外两封盖了封印的信：

阿比，乔安娜：

你们会在这个信封中看到一封给你的信，给你乔安娜，而我知道你会给阿比看的，因为我自己也会这样做。还有一封信是专门给你的，只给你，阿比。

如同你，阿比，如同你，乔安娜，如同在同一架飞机上的那么多其他人，我曾在《异常》这本书，在乘坐这架飞机的法国作家所写的这本奇怪的书中寻找种种答案和痕迹，结果什么都没有找到，除了这个：“人们应该杀死往昔，以便让它变得依然可能。”

---

① 绝对零度（zéro absolu），是热力学的最低温度，约为零下273.15摄氏度或零下459.67华氏度。在此温度下，物体分子没有动能，但仍然存在势能，内能为最小值。然而，绝对零度是无法达到的，只是理论的下限值。

我们也一样，曾希望往昔能够复活，我们找回了好心的自然，回到了佛蒙特州的小木屋。阿比曾经带我去过，也带你去过，乔安娜，就在那些漫长的结冰和下雪的日子里，那时候，我们曾决定要一个孩子。我们，你和我，还有阿比，在那里所经历的，是如此强而有力，使得我们希望这段回忆能支撑着我们，并为我们仨指出一条该遵循的道路。

但是，在云杉和松树林之间蜿蜒伸展的这条狭窄的砾石小径上，在这条如此具有象征意义的道路上，我们不可能肩并肩地行走了，我可怜的阿比，你将从一个人那里跑向另一个人那里，毫无快乐可言，就像一条奔走在两位主人之间的长毛垂耳狗，带着忧伤的微笑，不断地请求其中一个的原谅，因为你已经靠得离另一个人更近了，然后，你又不得不刻不容缓地前去找她。你从来就不会在那里，简简单单地待定在那里，既不跟我在一起，也不跟她在一起，不，你从来就只是一种撕裂。你将会不断地画画，这就是你躲避种种没有答案的问题的方式，而我，我会带着这些水彩画再次离去，它们将让我永远地回想起你。

因为我已经走掉了，是的，在我们彼此毁灭之前，我把你们独自留在了这个忧伤的小木屋中。乔安娜，你已经怀上了阿比的孩子，你一定猜想到了我是会第一个让步的，第一个崩溃的。也是第一个逃跑的。我知道你知道这一点，当然啦。

我逃跑了。

我回到了纽约，联系上了杰米·普德洛夫斯基，就在曼哈顿他们的总部。费了一天时间，联邦调查局为我制作了一个新的身份证件，还有六年的数码生活。出于一种更谨慎的考虑，使用的是乔安娜·阿什伯里这样一个姓名。阿什伯里，就像英格兰的一个小镇，就在伦敦的北边，它只有那个罗曼风格的教堂稍稍有些名气。还有，伍兹嘛，就是林木的意思，阿什伯里，则是埋葬的骨灰[①]：他们是不缺乏幽默的，假如他们想故意那样做的话。

这个乔安娜·阿什伯里从此将在联邦调查局的法律事务部门中工作。全靠了国家安全局，她的名下从此有了一个斯坦福大学的毕业文凭。办公厅同时还建议，由它来负责爱伦的医疗费用。这可是一个慷慨大方的建议，我没有谢绝。请你也同样不要放弃你在丹顿&洛弗尔事务所中的职位，但是，我其实并不需要给你这个建议的，乔安娜，我已经了解了你的决定。

当然啦，我们还将见面的。我们会在某一天，在探视爱伦的时候彼此相遇。

祝你们幸福愉快。

乔安娜·阿什伯里

乔安娜：

竟然这样称呼你，该是多么怪异的事啊！

你从此就姓了瓦瑟曼，而我，则姓阿什伯里了。Wasser是水，Ash是灰烬，这一切中隐含了多少的讽喻。乔安娜·阿什伯里，听起来就像是约翰·阿什伯里[②]，而他的长篇诗歌《凸面镜中的自画像》，我曾经答应过要好好读的，你还记得吧。阿什伯里谈到了意大利十六世纪时的一幅画，那是帕尔米贾尼诺[③]的一部作品，当时，我很喜爱这首诗，我也很想知道这幅画的故事。

一天，画家——他十分年轻，才二十一岁——在理发师用的那

① “伍兹”的原文是“Woods”，而“阿什伯里”则为“Ashbury”。

② 约翰·阿什伯里（John Ashbery, 1927—2017），美国诗人，纽约派核心人物。其诗集《凸面镜中的自画像》（1975）获得了国家图书奖和普利策奖。

③ 帕尔米贾尼诺（Parmigianino, 1503—1540），意大利矫饰主义风格画家，其作品往往带有夸张的风格，人物肢体修长。

种凸面镜中看到了自己，于是想画一幅自画像。他让人用车床制作了一个木头圆球的切面，大小如同那面镜子，想精确无误地复制出它的形状[1]。在画像的下部，近景中，他画了自己的手，画得很大，如此漂亮，显得十分真实，而在中央，稍稍有些走形的，是他天使般的面容，很优雅，几乎还是个孩子。世界就在这张脸的周围盘旋，一切都在其中变了形，天花板，光线，远景：这是曲线的一种混沌。

这幅画不是我们俩的画像，也不是你的图像，你是我镜子中的镜子，然而，这画应该就是某种东西的隐喻，我就留在那里瞧着它，突然，我哭了起来——要知道，最近一段时间里，我竟是那么爱哭。于是，我明白了，这只过于大的手，就是一只把我抓住的手，它紧紧抓住我，威胁我，从我这里窃走返回到我这里的一切。

在佛蒙特州的这个小木屋里，我做过一个梦。梦见你突然死了，而我却继续着我以往的生存。看到你死去，我是那么高兴。我安慰阿比。重新征服他，让他把你给忘掉，这是多么容易的一件事啊！我醒来时，已是黎明，我无法重新入睡，就走到平台上，手里端着一杯咖啡。而你早已经在那里了，你也一样，无法再睡着。像我一样，你也拿了一杯咖啡，像我一样，你也赤裸着双脚，头发向后梳去，用一个跟我一样的银发夹别住。你用两只手捧住咖啡杯，手指头翘起来的样子跟我一模一样。在我们的面前，薄雾轻轻地罩定了大山，太阳始终迟疑着，久久不肯穿透云层出来，我们交换了一个冷冷的眼色。我明白，你也一样，在你的梦里，你也刚刚把我杀死。就在那一刻，我下定了决心，我要走掉。不是出于害怕，而是因为嫉妒和痛苦让我变得面目狰狞，这种丑陋，我在你的身上到处可见，毫无掩饰。

---

① 约翰·阿什伯里在他的诗《凸面镜中的自画像》的一开始，就讲述了这一天帕尔米贾尼诺着手画这幅画的情景。这里叙述的故事内容在那首诗中就有描写。

我不知道我会去哪里。但我知道，远离你，远离你们，我还剩有一个机会能再找回我曾所是的，我愿成为的那个人。

乔安娜

阿比在阳台上走远，打开了这封专门写给他的信，他在信中读到的每一个词都在进一步撕裂着他的胸膛。

阿比：

我心里只爱着你，而我却要走了。

一年前，我们彼此还不认识。你这个什么都不相信的人，你说到了一个奇迹，而我则微微一笑，很快乐，我说的只是邂逅。

我知道另一个乔安娜会让你读我的那封信的。所以，在此我只补充不多的一点点话吧。

我从军事基地返回的那一天，你曾对我建议我们俩一起去你工作坊对面的公园，坐到我们曾有过多次畅谈的那条长椅上去。在那里，你把我紧紧地抱在怀中，我的脑袋就依偎在你的肩上，你把一只手放在我的肚子上。我马上就知道，这动作是你情不自禁地做出来的，那是你们之间生成的一个温和的礼节：你的手是在保护着你的孩子，你们的孩子。但是，在我的肚子里，没有任何东西可保护，什么都没有，阿比，那里只有我对你的欲望，而你，则有些尴尬，你拿开了你的手掌，嘴里说着我不知道的什么，而你目光中的一切都在说，你希望我什么都没有猜到。然后，我们就回家了，我全身空空的，没有力气，就像我的肚子空无生命。

你应该也还记得，当我们住在佛蒙特州你的山区小木屋时，那个又热又潮湿的夜晚，我把你拉去了森林里，我是那么渴望你跟我就在树底下做爱，而你已经不敢再跟我或跟另一位做一个动作，你已经不敢再滋生出丝毫的欲望。我真的很希望你要了我，是的，我希望能感受到你欲望的强力撞击在我的体内。如果说，我突然丢下你跑了开去，并不是因为你拒绝了我，不，而是因为我对自己的厌恶感涌了上来。我最愿意做的事，阿比，就是我也一样，我也能怀上你的孩子，但愿命运能送给我可与另一位匹敌的东西。

你看看，痛苦都把我变成了什么样的女人。我该走了。你别担心，我的阿比：你曾反复阅读过《战争与和平》，你知道，就像库图佐夫将军[①]那样，你知道，最强有力的两个战士不是人，而是耐心与时间。

另一个男人将会来到，另一次邂逅将会发生，那将是另外的一个奇迹。我不会怀疑。我将重新找到爱。爱至少能让人不会去不停地为自己的生命寻找一种意义。

我瞧着你把我变成的这一幅十分温柔的肖像，在西下夕阳的光芒中，我的脑袋歪歪地靠着房梁，眼睛紧闭。

我爱你，我还将永远地爱你，而你将知道这一点，既然我将以一种奇特的方式，待在你的身边。

乔安娜

① 库图佐夫（Koutouzov, 1745—1813），俄国元帅，著名将领，军事家，1812年曾率领俄国军队击退拿破仑大军，取得俄法战争的胜利。库图佐夫也是托尔斯泰长篇小说《战争与和平》中的重要人物。

*

前一天

纽约，克莱德·托尔森度假中心

“乔安娜，你还好吧？”杰米·普德洛夫斯基隔着联邦调查局的那个全性别通用[1]卫生间的门问道。

不，六月乔安娜的情况不太好。太多的威士忌，太多的痛苦。她的脑袋在晕转，心也在晕转，她很想沉没下去，但只会把自己弄脏。

几个钟头之前，乔安娜写下了这些信，心想她恐怕不会把信寄走的。她把信塞进自己的包里，但它们从此就像人们错误地购买的一把手枪一样。人们把它藏在床头柜里，但它的在场渐渐充塞了整个空间，变成了一种时时萦绕在人们脑际的顽念。因为它现在就在宣告有人会使用它，它最终便也把我们变成了一个谋杀者或者自杀者。六月乔安娜无法下定决心烧毁这三封信，它们强烈要求被塞进邮筒。

要想离开相爱的人，就必须摧毁世界。六月乔安娜不得不重写了他们的故事，不得不依赖早已被她埋葬的种种怀疑，耗尽她对阿比的吸引力，恰如人们通过好几十次地重复一个词，来榨干它的意义。她学会了不再喜爱他过于金色的波浪发卷，他乖学生一般的卖力讨好人的神色，他如干瘦男孩的笨拙举动，他稍稍有些过于时髦的衣装，还有那种想对任何事物付之一笑的欲望，甚至还有他那如一个孩童般的噗嗤一下笑出声来的方式。她回想起她面对他的赞

① 原文为英语“all-gender”。

颂时曾感到的那种尴尬，就仿佛那里头有一种急不可耐的迫切，想要结婚，要把自己封闭在一种契约中，仿佛明天一切都将消失得无影无踪，仿佛他缺乏对她，对他，对他们的信任。在整整一个痛苦的夜晚中，她迫使自己重又经历了一遍跟他在一起的每一时刻，在自己身上找到那种冷静，来观赏这幅令人恶心的充满温柔的画，渐渐地，她捅破了其中的激情，直到有一种恶心感涌上心头来。女律师变成了女检察官；毫不怜悯地，她把自己全部的聪明才智都用在了助纣为虐上，而就在这位十全十美、千好万好的阿比身上，在乔安娜的爱情结晶为无数摇晃不已、耀眼夺目的盐之钻石的简单枝杈上，这个年轻女郎断然地催落下一阵漠然之雨。就这样，水晶走向了死亡，无叶无花的光溜溜的枝条重又露现，毫无魅力，如此平庸，如此阴郁，让人看了只想掉泪。

于是，就在寄出这三封信的那一刻，一个钟头内，乔安娜就不再爱阿比了。而之后，她的整个爱又像一股海浪那样复归了，她打开了那瓶泰利斯卡威士忌。

*

发件人：andre.vannier@vannier&edelman.com

收件人：andre.j.vannier@gmail.com

时间：2021年七月1日，09：43

主题：决裂

亲爱的安德烈（如何用另一种方式称呼你呢？）：

我是从德罗姆给你写的邮件，我会在那里待上一段时间，你可以留在巴黎我的家里，你的家里，想待多久就待多久。你能在附件中找到我们从纽约回来之后跟吕茜之间交流的全部邮件。读了它们之后，你就将明白一切。我写得很多，她则回答得很少。你将读到“我不想继续跟随你，不想无用地坚持了”这样的谎言，既然我始终写了又写，什么都不为。而最近的那封邮件，无穷无尽——他妈的，还是短一点好——那封邮件是用这样一句煞有介事的话来结尾的：“跟你一起，走过一条尽可能长的路。”我可能会轮番显得夸夸其谈、冥顽不化、唉声叹气、期期艾艾，而当她从她的生活中走出来的时候，我甚至还希望能让她倒退回去呢。

我不是你的敌人，也不是你的敌手，甚至也不是一个盟友。但是，我有我的往昔在我的信箱中，而假如你不愿意让它成为你的未来，你就行动吧。

再见。

安德烈

发件人：andre.j.vannier@gmail.com

收件人：lucie.j.bogaert@gmail.com

时间：2021年七月1日，17：08

主题：你和我和我和你

吕茜：

我用我的新电子邮箱给你的新邮址写邮件，既然原先的邮箱已经被其他人占用，我在姓名和地址中像你一样，加了那个表示六月的字母j。为什么应该由我们来随机应变呢？我想象，你和我都没有经历过的这四个月时间给予那个安德烈和那个吕茜那样的优先权。

从此，我们俩都一样，都知道了发生在“我们”身上的事。“你”离开了我，厌倦了我的急切，我的不耐烦。我读到了“我们”之间彼此交换的那些邮件，另一个吕茜所写的词句，说的是她对另一个安德烈的远离，我读到了一些句子，在里头认出了我自己，脆弱不堪，也很愚蠢。

我会写得很简单。跟我在一起对于你从来就不是一个理性的选择。然而，你还是走向了我。而跟你在一起则是一种奇幻，然而，同样地，我也终于丢失了你。

人们很少会有机会在一份爱受到威胁之前就去拯救它。我很想在白白浪费掉第一次机会之前就拥有第二次机会。

我爱你。我把你搂在怀里，但不会抱得太紧。

安德烈

*

鬼歌

音乐&歌词：

费米·阿赫麦德·卡杜那&萨姆·科欣德·丘库韦泽

Here I dance with a holy ghost
On the sandy Calabar beach
Because now love is so out of reach
Oh we did not see them comin'
I loved your skin that was our sin
That's how they burned you in a tyre
And threw our rainbows in their fire

I have remembrance of every kiss
So many things of you I miss
O fallen hearts from the abyss

And I sing a gone–away ghost
On the sunny Calabar beach
Even love now is out of reach
Hear the barking dogs around us
The blowing wind over the dust
Of my sweet love gone in the dark
Come on, let us swim with a last shark

I have remembrance of every kiss
So many things of you I miss
O fallen hearts from the abyss

As I walk with you lover Tom
On the crying Calabar beach
See, even hate is out of reach
I want a mist of forgiveness
But I shall beg for nothing less
To cover the blood and tears
I just want some love if you please

I have remembrance of every kiss
But everything of you I miss

O fallen hearts from the abyss

To cover the blood and tears
I just want some love
if you please
if you please①

在此我与一个神圣的幽灵共舞
就在卡拉巴尔的海滨沙滩
因为现在爱是如此遥不可追
哦，我们没有见闻他们过来
我爱你的皮肤，它曾是我们的原罪
就这样他们把你在轮胎中烧毁
把我们的彩虹扔进他们的火堆

我追忆每一个亲吻
你的那么多事都让我怀念在心
哦从高处跌落深渊的心

我歌唱一个飘逝而去的幽灵
在这阳光明媚的卡拉巴尔海滩
甚至连爱都已遥不可追
请听狗们在我们周围狂吠
风儿呼啸尘土扬散
我甜蜜的爱消失于一片漆黑

① 作者在此用英语写一遍，然后又用法语写一遍。译文根据法语译出，保留英语。

来吧，让我们跟最后一条鲨鱼共游同随

我追忆每一个亲吻
你的那么多事都让我怀念在心
哦从高处跌落深渊的心

当我和我的爱人汤姆你同行
在哭泣的卡拉巴尔海滩
看吧，甚至连仇恨都遥不可追
我想要一丝丝轻雾般的安慰
但我什么别的都不会讨乞
为了遮住鲜血与眼泪
我只想要一些爱，假如你愿意

我追忆每一个亲吻
但你的一切都让我怀念在心
哦从高处跌落深渊的心

为了遮住鲜血与眼泪
我只想要一些爱
假如你愿意
假如你愿意

*

2021年七月1日星期四

纽约，克莱德·托尔森度假中心

“您愿不愿意重听一遍录音呢，克莱夫曼夫人？”

六月阿芙丽尔摇了摇头。杰米·普德洛夫斯基瞧着她在座位上摇摆不定，一副心不在焉的样子。游戏、嘴巴、香皂、世界，全都在那里盘旋，每一个词都在发出声响，却并不构成一个意思。联邦调查局的这个女人递给她一杯水，阿芙丽尔接过来后又不得不把它放下，因为她的手抖得厉害。这个飞机航班的故事，现在，就是它。

“那个儿童精神病科专家让您女儿自己说，她不以任何方式去引导她。她们之间的信任已经建立，索菲娅解释着每一幅画的意思，说着秘密。您明白吗？”

阿芙丽尔麻木不仁。克拉克，他自己的女儿，洗澡，她身心中的一切都在拒绝召唤任何图像。April tender, April shady, 温柔的阿芙丽尔，阴凉的四月，那首诗中这样说。但那诗不是克拉克写的。女官员在她的那番解释中留出了长时间的停顿。但她每次又都会接着说下去，带着温柔。

“克莱夫曼夫人，我叫杰米。我可以管您叫阿芙丽尔吗？”

“好的，我就叫这名字。”阿芙丽尔说，带着一种听不出什么调调来的嗓音。

杰米重又把水杯递给阿芙丽尔。

“请喝一点水，阿芙丽尔。”

阿芙丽尔服从了，以一种很机械的方式。*April soft, so sleepy*

warm, 柔美的阿芙丽尔，如此犯困的温热……

“好的，谢谢您，夫人。”

“阿芙丽尔……”杰米说，“您听明白我的话了吗？您的女儿并没有被毁。她已经能说出那些事了。这很重要，话语，这是非常重要的。人工智能专家们跟她做了长时间的谈话，唤醒了她对水、对黑暗的恐惧，它与她的肉体的关系。他们对索菲娅所遭受的心理创伤的短期后果表示可以放心。但是，当然啦，对于她未来的进展，人们还是不能做任何明确的判断，克莱夫曼夫人。我们希望一切都将很好。”

“……一切都将很好。”

“事情是这样的：您丈夫将会接受审判，鉴于索菲娅，应该说是索菲娅们的证明，他将受到惩罚，我这么说恐怕不会太过分的。因为，从巴黎起，在您所……缺少的这三个月里……您的女儿，总之……是另一个索菲娅，在你们的家里重又遭遇了猥亵。您明白我的话了吗？在我们所归属的纽约州，这一罪行相应的惩罚是十年到二十五年的徒刑。”

“二十五年。是的。”

“也许会少一些，假如他接受治疗、跟踪、远离的话。必须对您的孩子们好好解释，尤其是利亚姆，他会发怒，对您，对他妹妹，甚至还对他……”

“难道……利亚姆……？”

“不，您放心好了。谈话不会让任何人怀疑的。”

阿芙丽尔把自己的手指头放到嘴唇上，眼睛凝视着空无，她把一只手伸到头发中。杰米不无担忧地观察着她的动作，然后接着说：

“您可以更姓换名，到别的州去生活。您的复本也将做同样的事。她已经接受了我们的建议。我都跟军队方面协商好了：您可以保留住您丈夫的津贴，就如同他已经在战斗中死去。”

“在战斗中死去。”阿芙丽尔重复道，毫无力气。

她想到了一些小马，就像她为她母亲画的那些小马。一些小马。它们有着血一样的颜色，飘荡在一片铁青色的天空中。天气很冷，冷得很。再也没有什么东西还在动弹。绝对零度。April caught in the icy storm，被抓于冰冷风暴中的阿芙丽尔。

“你们将享受医疗上和心理上的援助，您的孩子们和您本人。”

阿芙丽尔来不及做出动作，她的眼睛因为恐惧而睁得大大的，恶心感直向上涌，这是一股黑潮，带着发苦的胆汁，难以抑制，她直想呕吐，但毕竟还是没能吐出来。

最后的词[1]

2021年十月21日13点42分

超级大黄蜂战斗机的驾驶员让人连续重复了三次命令。但这是最后一个环节了，假如这只手拒绝听从大脑的指令，那它又有什么用呢?

决定刚刚在“坦克”，五角大楼中最神圣的一个大厅中做出。那是一个没有窗户的库房。官方的称呼是“2E924号房”，有点儿像是企业的一个很平常的会议室，里头有一张镀金色的橡木大桌子、许多能旋转的皮质扶手椅，还有一个超越时间的永恒背景。墙上挂着一幅画，画面中亚伯拉罕·林肯总统正在主持南北战争的一个战略会议。在他周围，有尤利西斯·格兰特中将[2]，威廉·特库姆赛·谢尔门少将[3]以及戴维·迪克森·波特海军准将[4]。油画上的这些高级军官全都见证了由各兵种高级指挥官所采

① “最后的词”，原文为“le dernier mot”，也有“最后的拍板”“最终作数的话”“最终定论”的意思。

② 尤利西斯·格兰特（Ulysses Grant，1822—1885），美国军事家、政治家，第18任美国总统。在南北战争中担任北方联邦军队总司令，对美国的南北统一做出了巨大的贡献。

③ 威廉·特库姆赛·谢尔门（William Tecumseh Sherman，1820—1891），美国南北战争中的北方军将领，以火烧亚特兰大和著名的“向大海进军”战略获得“魔鬼将军”的绰号而闻名于世，曾与尤利西斯·格兰特将军制定“东西战线协同作战”计划，战后成为美国陆军总司令。

④ 戴维·迪克森·波特（David Dixon Porter，1813—1891），美国海军上将。

取的最秘密的决定，那是经过长时间激烈争论才由联邦总统来拍板的决定。

导弹脱离了战斗机的机翼，飞机转而朝西北方向升高。AIM 120导弹[①]立即随同火箭发射，不一会儿就达到了它的巡航速度，拖着一长条灰色的直线在空中划过。太阳在它的钢铁外壳上反射出光亮，它就是闪闪发亮的死神。在马赫数为4的速度[②]下，击中目标只需要十五秒时间。

在巴黎，面对卢森堡宫，维克托和安娜在露天咖啡座喝着最后的一杯咖啡，然后准备去吃晚饭。这是十月底，但夏天还在延续，真的是一个印第安夏天[③]，就像人们所说的那样。安娜抬起头朝维克托微微一笑。作家从来没有像现在这样感觉自己生机勃勃，充满活力。他有时候会想，另一个维克托的死使他的生存变得那么模糊，那么珍贵。他在桌子上放了两块乐高小积木，就像两块鲜红色的方糖。他一会儿把它们搭扣在一起，一会儿又把它们分开，动作机械。

玄雾之玄雾，传道书说
虚空之虚空
虚空，传道书说，一切皆玄雾玄雾。

维克托刚刚把最后那个词放到他那本讲述飞机、异常、分岔的很薄的书中。作为书名，他首先考虑的是《二百四十三个旅客

---

① AIM 120导弹是美国空军与海军联合研制的一种全天候、全向攻击的主动雷达制导的中程空对空导弹。

② 马赫数1即一倍音速（约为340米/秒），而4马赫的速度是四倍音速。

③ 北美人爱用“印第安夏天”（l’ été indien）的说法来指秋天里依然炎热的天气，犹如中国人所说的“秋老虎”。法国人也把这一现象称为“圣马丁的夏日”。

在一个冬夜》[①]——而安娜大摇其头——随后，他又打算用开头第一个词来代书名——安娜大为叹气。最后，将是一个很简单的书名，就一个单词。可惜啊，《异常》早已经是定了的。他并不试图做解释，只做见证，简简单单。他只保留了十一个人物，猜想一下吧，可惜啊，十一个，已经太多了。他的女出版人恳求他，维克托，怜悯一下我们吧，这样太复杂了，你会失去你的读者的，简单化吧，大胆地删减，开门见山，直奔主题，我们只要基本的。但维克托实在是太刚愎自用了，什么话都听不进去。他用一种类似米奇·斯皮兰[②]的仿作来写这部小说，而这个人物，没有人知道他太多的事。不，不，第一章实在不够文学味，柯蕾芒丝指责他说，你什么时候才会停止游戏呢？但维克托却比任何时候都更像一个游戏者。

一千公里之外，在西奈山医院，乔迪·马克勒已经没有眼泪，她闭上了眼睛。她又一次失去了戴维。四天以来，他就一直处在深度的镇静中，因为，就连法国的纳米药物也不足以减轻他的痛苦。保罗站立在他那瘦削、苍白、憔悴、安静的兄弟身边。室外，一种玻璃打碎的声响让他分了神，他把窗帘微微打开了一条缝，俯下身子，瞧着院子里：停车场里两个男子正在吵架，只见汽车的一个车灯被撞碎了，而在病房里，荧光显示屏上，心电图的正弦曲线渐渐变平，最终停止不动了，而微弱的哔哔声则变成

① 《二百四十三个旅客在一个冬夜》这一书名的原文为"*Si par une nuit d'hiver deux cent quarante-trois voyageurs*"，显然是对乌力波集团作家一些作品的影射。例如乔治·佩雷克的短篇小说《冬日之旅》(*Le Voyage d'hiver*, 1979)，当然还有乌力波集团作家们对此所进行的接力写作，如《昔日之旅》《希特勒之旅》《胡弗之旅》。这些作品书名中的两个关键词，分别都以字母"V"和"H"开头，其中最著名的当数卡尔维诺的小说《如果在冬夜，一个旅人》(*Se una notte d'inverno un viaggiatore*, 1979)。2013年，"昔日之旅"系列(*Le Voyage d'hier et ses suites*)在法国瑟伊出版社结集出版。

② 弗兰克·莫里森·斯皮兰(Frank Morrison Spillane, 1918—2006)，美国犯罪小说作家，以米奇·斯皮兰(Mickey Spillane)的笔名而闻名，其故事常常以侦探麦克·哈默(Mike Hammer)为标志性主人公。

了一种持续的平调。

在拉各斯，苗条男人的音乐会结束之际，正值热带的夜晚降临。临近音乐会的尾声，演唱最后一首歌时，有一个歌迷，在听众的一片欢呼声和鼓掌声中，冷不丁地冲上舞台，这是一个小个子金发男人，身穿点缀有闪亮箔片的玫瑰色上衣，戴了一副镀金的发光的大眼镜。而三千多个年轻的尼日利亚人跟他们一起，反复唱起了副歌，所有人都明白这里头隐含的意思：

I want a mist of forgiveness
But I shall beg for nothing less
To cover the blood and tears
I just want some love if you please ①

三月乔安娜的身子粗了起来，孩子可能会来得比预期的早。这是一个女孩，将叫作夏娜（Chana），借自一个早已被人遗忘的日本公主的名字，而在希伯来语中，它的意思是“年”。她有些空闲，因为瓦尔代奥制药案最终不会打官司，双方达成了和解，七氯也从市场上下架了。她将永远都不会去参加多尔德俱乐部的会议，在那里曾讨论如何寻找不朽，然后在晚餐时，要在地球上寻找地方，让人能逃离气候变暖与移民潮所带来的后果。普里奥尔已经在新西兰购买了一百公顷的地产。

阿比倒是很想跟六月乔安娜继续保持通信关系，让自己依然处在一种充满困惑与负罪感的泥泞不堪的混杂情感中，但她拒绝跟他保持联系。兴许，以后再说吧。她在办公室里邂逅了某个人，一个艺术品买卖方面的行家。对方认为这是认真的，她则有所怀疑，但

① 参见上文已有过的依据法语的译文，这几句英语的意思为“我想要一丝丝轻雾般的安慰/但我什么别的都不会讨乞/为了遮住鲜血与眼泪/我只想要一些爱，假如你愿意”。

还是很愿意相信这一点。

在南极西部的大陆冰原，目前还是初春时节，思韦茨冰川，这块厚度达两公里，面积如同佛罗里达州一般大的大冰块，可能会在三个月之后跟冰原完全脱离，海水会上涨一米多。但到那时，索菲娅、利亚姆和他们的母亲大概早就离开霍华德海滩会被海水淹没的房子。那三个六月人会安顿在克利夫兰附近的阿克伦，而那三个三月人则会住在路易维尔。军队和联邦调查局履行了他们的承诺，而两位母亲则同意，永远都不试图再彼此接触。她们俩可能会有一个共同点，那就是克拉克，但他受惩罚的期限又排斥了他跟家庭此后有任何联系。渐渐地，在两个利亚姆心中，怒火回落了。

说到布莱克，其实他没必要焦虑不安的。在联邦调查局，再也没有人想追捕他。根据在肯尼迪机场的海关拍摄下来的一个航班座位号为30E的乘客的那个男人的两张模模糊糊的图像，国家安全局通过人脸识别技术，在网络上一共定位了1049278张脸。而在这一百多万张脸之中，有1553张脸曾经在接下来的那个星期被东海岸某机场的一个摄像头拍摄下来过，但是，这什么都证明不了；4482张其他脸则跟任何一个脸型都不搭界，它们只在一些照片中出现过，有时候甚至只是在远景中显露一下。当然啦，这个人已经被复制，但他很明显地在寻求不被人发觉。而且，他又有什么罪呢，除了曾经打破了飞机场的一道门，偷走了一辆卡车？

三月安德烈把一个蓝色陶瓷制品放在了他位于蒙特茹的新家厨房的食品柜上。八月初，在村镇礼拜堂进行的一场音乐会上，他认识了一个女低音提琴手，她就住在隔壁的镇上：他准备好了，就跟她交往。一个高高的褐发女人，一双深凹的蓝色眼睛，她让他发笑，还不停地戒烟。她有时候爱穿一件宽宽松松的工装裤，它的大敞大开也让安德烈的双手大有作为，而且，他还发现了骑电动自行车的乐趣。这天早上，做爱之后，她又在房间里睡了个回笼觉，与此同时，他已经在餐桌上准备好了早餐。三月吕茜打电话给他，仅仅是为了一种跟他谈话的乐趣。她在工作，“很多太多”，她说。但是她很安宁，忍受着在她与六月吕茜之间规定好的看望路易的时间间隔节奏，孩子很好。“惊人地好。”

小男孩对他的“另一个”母亲，即六月吕茜的怀孕没有什么恶意。这位吕茜的生活引力中心在短短几个月中变动得很多，以至于连无法想象的都变得有可能了。“你敢肯定吗？”六月安德烈问道，显得既开心，又有些不安。“是的，那是当然，是这样的。”这是一个新的平衡点，是对这一命运的一种报复方式。她一直没有再给拉法耶尔打电话，但没有任何其他临时情人替代过他。

阿德里安和梅蕊蒂丝在度假，去了威尼斯，是意大利，是欧洲。他们被大水[①]困在了旅馆中，但这暂时性的幽禁倒也没有那么多的悲剧性。他们充满阳光的房间正好朝向帕萨蒙特基金会大楼，客房服务实在是完美无缺——旅馆的经理以为自己认出了阿德里安，认定他是一个美国演员，但具体又是哪个演员呢？——而那件已经不那么洁白，不那么干净的衬衫，白宫的这一纪念品，就那么乱七八糟地堆在地上，被一件黑色的长裙所盖住。他们在床单撑起的一座金字塔底下低声说话，根本就看不到人，只听到梅蕊蒂丝爽朗的笑声。

九月份，国防部停止了规约条文42的执行，以便全力以赴地投入赫尔墨斯行动。工作小组的思辨活动将持续整整一个夏季，不会有任何人想出办法来废除一种理论或肯定另一种理论。美国人将永远都不会知道在中国存在着另一架飞机。关于它的乘客没有任何消息。

---

① 原文为意大利语“acqua alta”。

杰米·普德洛夫斯基在匡提科的一家酒吧里喝着一杯干马提尼酒，那是在最后一次培训课程之后。她在前两天就已经验证了保护法航006航班乘客的最终计划，并赢得了她在西海岸，在旧金山的调任。从下个星期起，她就将在那里获得地区办公室主任兼属下七个卫星办公室主任的职位。假如有人问她现在有什么想法，她恐怕会再点上一杯干马提尼酒。

超级大黄蜂战斗机左侧机翼底下的边侧摄像头追随着AIM 120导弹的轨迹，而在白宫的地下指挥室，美利坚合众国的总统观察着墙上的大型屏幕，眉头紧皱，拳头紧捏。是的，这是一个官方决定，是我一个人做出的，因为，独自做决定是我要扮演的角色。当总统得知，法兰西航空公司006航班的第三次飞行已经出现在大西洋上空，而驾驶飞机的还是那位机长马克勒，副驾驶还是那位法弗洛，飞机上还是同一些乘客，他便下令击毁这一航空器。毕竟不能允许同一架飞机一而再再而三地降落。

“让我们再喝最后一杯咖啡，”维克托说，“你愿意吗？”他把安娜拉过来，抚摩着她清凉的手指头，轻轻地吻她的嘴唇，她把嘴唇微微张开，吐气中带有烟草和薄荷脑的味道。就在这一刻，事情发生了。一开始是一阵气息，地面上枯叶的一番短暂的旋转。空气中有一个音调，很微弱，一个低沉的*fa*音。气流在震颤，天空变得更明亮了，但只是稍稍明亮了一点点而已。一个穿戴十分讲究的女士，手里提着一个布提包，停在一家书店门前；一个穿华达呢大衣的男人带着一条黑色的胖狗在溜达。一个骑自行车的年轻姑娘从他们前面经过，停了下来，瞧了一眼自己的手机，微微一笑。这是十分安宁的一刻，静谧。

导弹只剩下一秒就要击中法航006那架班机了，时间在爆炸前延长，再延长。

很难描述正在发生的事，语言中并不完全存在一个词语能定义世界的这一缓慢震颤和这一微乎其微的脉动，它在地球的四面八方，在同一瞬间，影响到了正在阿肯色州的那座小木屋的壁炉边上睡觉的猫，也影响到了正飞越波尔多上空的灰雁，影响到了赞比西河[1]上的瀑布、安纳普尔纳峰[2]洁白无瑕的积雪、威尼斯大运河上的里亚尔托桥以及达拉维[3]庞大无比的贫民窟中拥挤不堪的交通要道和堆放在蒙特茹一处洗涤槽边肮脏的海绵还有孟买一家修车铺的院子里破裂的旧轮胎

还有 伊利 牌 子的 红色 咖啡 杯[4] 在 克托 米耶

尔的 手中 还 有黑 钻 在 安

去 单 我 这 个 还 火

木 钅 丿 厂 土

忄 十 工 月

日 一 卜 人

氵 中 一 贝

疒 曰

一 勿[5]

禾 口

氵

小

丿[6]

宀

二

儿[7]

① 赞比西河（Zambèze），非洲第四大河流，也是南部非洲第一大河。

② 安纳普尔纳峰（Annapurna），尼泊尔山峰，海拔8091米，世界第十高峰。

③ 达拉维（Dharavi），位于印度孟买的中心地带，是仅次于肯尼亚内罗毕的基贝拉，排名世界第二大、亚洲最大的贫民窟，在近两平方公里的区域内，居住人数多达一百万人。

④ 从这里起，小说的结尾类似于阿波利奈尔式的图画诗，应该是文本中的一些字母“消散”了，几乎无法翻译。前两行的意思大致还可猜测，应该是“还有伊利牌子的红色咖啡杯握在维克托·米耶塞尔的手中还有黑色的钻石在安娜·瓦瑟的戒指上”。

⑤ 以上三行的字母“u.l.c.é.r.a.t.i.o.n.s.”很容易让人联想到法国作家乔治·佩雷克（Georges Perec，1936—1982）的作品*Ulcérations*（汉语的意思为《溃疡》），这是他1974年的一部作品，也是乌力波文学团体正式出版的第一部作品。而“Ulcérations”这个词中的十一个字母正是法语中使用最频繁的字母（é可以等于e），乌力波团体曾把“u.l.c.é.r.a.t.i.o.n.s.”当作他们创作中的一条规则，指的是一种诗行作品，每行十一个字母，要求都使用这十一个字母中的字母，但唯独“c”可以被其他十一个字母中的一个来代替（因为在十一个字母中，c是使用最不频繁的）。

⑥ 这里三行字母加上接下来最后三行字母可构成两个词“sable fin”，在法语中有“细沙”的意思，可看作是“计时用的沙漏中的细沙”，表达一种时间观。

⑦ 原文最后三行的字母分别为f.i.n.，合起来为“终结”的意思，可以理解为整部小说到此结束，可翻译为“完”。

译后记

2020年的龚古尔奖评出得比较晚，受疫情影响，直到11月底才出炉。而且，由于新冠肺炎大流行带来的限制，该奖项首次通过视频在线上宣布获奖者。结果，作家、数学家、天体物理学家、乌力波团体主席艾尔维·勒泰利耶（Hervé Le Tellier）凭借《异常》（*L'Anomalie*）斩获大奖。

“异常”的科幻小说

我对此的第一反应就是：“乌力波得了龚古尔”。

印象中，乌力波团体的作家其作品大都非常奇怪，难读。难读是因为难写，因为写作中作者给自己设置了种种障碍，种种束缚……

没过几天，深圳海天出版社的老朋友胡小跃发来邮件，请我翻译这部作品。我很有兴趣，正好也有档期，便一口答应下来。读了一遍作品的PDF版文件后，大致知晓了小说的情节。

小说《异常》用科幻作品的形式，将故事背景设定在2021年一架飞行于巴黎和纽约之间的民航班机的十几个乘客身上，讲述他们在2021年3月到6月底之间经历的看似相对共同实际上却又各不相同的命运。恰如小说书名所隐喻的那样，这是一些异常的或说反常的、奇特的命运。所有这些人物都有一次共同的经历，即在3月10日那天乘坐了法航006航班，从巴黎飞往纽约，并在途中遭遇了特强的湍流……经历了生死考验，但最终还是“平安”着陆了……后来，在6月24日，这个航班又出现在美国东海岸前往纽约肯尼迪机场附近的空中，飞机上乘坐的正是3月10日那个航班上的乘客，一共有243人，但这一次，美国政府决定让飞机迫降到一个空军基地，并对所有人强行做留置处理……

就这样，小说借用类似“第三类接触”“时空穿越”“人工智能程序控制人类”等太空漫游类科幻作品的套路，讲述了那些法国人与美国人跟自己的“复本”相遇之后的所思所行。恰如法国《世界报》书评所说：这本书引人入胜，“既是惊悚小说也是科幻小说”，它“非常有效的悬念编排”使得读者不断猜测揣摩。对这一点，作为译者的我深有同感。

小说《异常》一共分三个部分，其中第一和第二部分的各个章节，完全可以打乱顺序来读。因为每一章都有自己情节的规定时间，彼此互不影响。而读小说的人只要牢记每一章节开头注明的日期是三月还是六月，就能把故事定位在确切的时间点上，不会搞乱人物的相对身份和相应行为。

在第三部分，小说的情节既有叙事上的重复与细化，更有不同视角的扫视，不过，在这里我也不想饶舌，还是让读者自己慢慢地去欣赏吧。

“三月”与“六月”

于是，读者可以看到，就在2021年三月之后六月之前的那段时间里，发生了种种“异常”的事：

法国作家维克托·米耶塞尔在这三个月里完成了小说《异常》

的创作，他把小说的电子稿发给出版人后就自杀身亡了。而那部同样也叫《异常》的小说却迅速发表，并一炮打响。

杀手布莱克完成了合同所要求的刺杀任务后，回归于一种平静的商人生活。

电影剪辑师吕茜和建筑师安德烈·法尼耶相爱了，但他们的爱情有些半死不活的味道，安德烈已经六十，吕茜还年轻……

美国著名黑人女律师乔安娜爱上了报刊插图画家阿比·瓦瑟曼，并怀上了他的孩子。

机长戴维完成了法航006航班的飞行任务后，被查出得了胰腺癌，病情严重，似乎活不了几个月了。

小姑娘索菲娅则在家中与旅行中遭受了父亲克拉克的性猥亵。

尼日利亚的流行歌手“苗条男孩”最近创作了一首叫《雅巴姑娘》的歌曲，一下子就火遍了全球。

小说的叙事中，2021年3月10日和6月24日这两个日子是故事中各个人物命运的分界线。

6月24日，第二架航班被美国军方迫降、乘客被军方强行留置之后，那些人物经历了与他们的“复本”不同的命运：

代码为“六月”的那个杀手布莱克偷偷返回巴黎，杀死了另一个自己即代码为“三月”的那个布莱克。读者根本不知道是不是因为杀手的本性使然，一个杀手可能不允许另一个我存在，但读者知道，无论如何，另一个布莱克会妨碍这一个布莱克的生活以及“职业生涯”。

两个小姑娘索菲娅成了好朋友，但她们各自保守着她们与父亲之间的所谓“秘密”。书中这样写道：“三月索菲娅和六月索菲娅趴在地上一起玩。人工智能专家们认定，在她们那个年纪，她们是不害怕新生事物的，他者还不是敌人。”

尼日利亚黑人歌手“苗条男孩”则公开宣称自己找到了失散多

年的双胞胎兄弟，于是，两个人合作，组建了“苗条男人”音乐组合。可以想象，他的性取向可能会在另一个“我”身上找到落实的“靶位”，因为他无疑就是一个“自恋的重影”。

病入膏肓的三月戴维已经进入临终关怀阶段，而前来看望的六月戴维似乎还有救，因为医生还来得及实施不同的治疗方案。

两个吕茜为如何跟自己的孩子路易在一起的事伤脑筋，孩子想出用掷骰子的方法来决定每星期的七天分别跟哪个母亲在一起。

作家维克托的生活最为简单，因为他的“复本”已经自杀。他总是随身带着两块乐高小积木。这小积木显然具有象征意义，让读者情不自禁地回想起另一个乌力波作家乔治·佩雷克的作品《人生拼图板》中那块缺席的关键拼图板（puzzole）。

除了这十来个主要人物的生活画面，作品还广泛地反映了现今美国社会的种种面貌，例如，各个宗教派别的代表聚集在一起，讨论“神”之外的其他“人”创造生命体的可能性；极端宗教团体借口保卫信仰的纯真，上街示威反对“邪恶创造”出来的“人”拥有生存权；脱口秀节目为吸引众人的眼球，不惜冒险作假；新闻媒体也无法做到如实报道……

总之，《异常》给我的印象是：作品反映的生活是多样化的，描写的内容是超前的，写作精神是创新的，文字形式是实验性的，有浪漫，有犯罪，有推理，有哲理，有数学，有超现实，有幽默……它集各种文类和探索于一身，令人惊诧，令人震撼，甚至拍案叫绝。

“乌力波”风格

完成了小说的翻译之后，我感想多多，感慨这样一部乌力波风格的小说终于赢得了法国文学大奖龚古尔奖评委的青睐，更是赢得了众多读者的喜爱。据说，这部小说创造了最近几十年来龚古尔奖作品的销售纪录，到2021年的2月中旬，已经卖出了633000册，仅次于当年杜拉斯的《情人》。

在此谈论《异常》中的其他各种文学元素可能意义不大，但探讨其中的乌力波一派传统的文学创作，还是很有意义的。“乌力波”（Oulipo）是一个法国的文学团体，成立于1960年，成员有四十来人。他们的文学实践活动以探索文字表达潜在的可能性为宗旨。所谓的Oulipo，是“L’Ouvroir de littérature potentielle”的缩写，可以翻译为“潜在文学工场”。这一团体中有不少著名作家，如格诺、佩雷克、卡尔维诺等，它的文学探索，比起同时代流行的“新小说”“荒诞戏剧”可谓有过之而无不及。

我们知道，小说《异常》的作者勒泰利耶正是“乌力波”的现任主席，他握有数学和天体物理学的DEA文凭。具体到《异常》这部作品，可以说，在它大胆的想象构思和精细的细节落实中，是有作者坚实的数学知识和科学知识为基础的，而这些，恰恰是“乌力波”文学传统中最基本的创新精神和美学元素。

且不说别的，我发现，作为数学家和科学家，作者勒泰利耶对一些数字的描写，对时间和空间的描写是具体到很细的细节的，例如法航006航班的两次飞行，分别可定位于时间上的分与秒和空间上的某个点：第一次是2021年3月10日16点13分（17点17分降落），故事节点时间它的方位为北纬42°8'50"，西经65°25'9"；第二次则是2021年6月24日16点26分（16点35分降落），相对的空间方位为北纬41°25'27"，西经65°49'23"。如此精确的定位，恐怕非乌力波作家而不为吧！

而对时间持续过程的描写，例如阳光照射的角度变化，从几分几秒到几分几秒，不仅运用在法航006中，而且还运用在了为机长戴维做治疗的肿瘤诊所的诊室中……

一个数学家作者写的小说，当然也出现了数学家人物。我们可以读到，当年在麻省理工学院工作的数学家阿德里安·米勒，在2001年“9·11”事件之后接到了国防部的秘密任务，要为“国家安全”去破译某个数学问题。他和蒂娜·王也相应制定出了所谓的“规约条文42”，而在2021年6月24日航班迫降之后，他们也被迅速送到了麦奎尔空军基地，参与了应急措施的实施。

另外，小说中还列举了很多数字，而这些列举，同时也透出了作者勒泰利耶对前辈乌力波作家作品的影射（更是一种致敬），例如《笛卡儿命题2.0》这一章中，某个软件专家在分析案情时说到，有一个纳米技术专家曾想象过一个系统，“其尺寸只有一块方糖那么大，却能重构出十万个人类脑子来”。故事中虚构的美国总统马上就搭腔说：“不要再说您的什么亿亿万万了，我什么都听不明白，我的许多同行也一样听不明白。”这位总统在这里说到的“十万”和“亿亿万万”在法语原文中是“cent mille”和“milliards”。而读过乌力波作家格诺作品的读者一眼就能看出其中的影射，这很明显就是对格诺那部《一百万亿首诗》（*Cent mille milliards de poèmes*）的指涉，因为格诺在那部诗集中使用的标题正是“cent mille”和“milliards”的文字组合，以此来表示“一百万亿”这一数字概念的。

小说中还充满了对其他乌力波前辈作家的敬意。例如，小说特别影射了另一位乌力波著名作家佩雷克的作品《消失》与《回归》，即虚构的法国作家维克托·米耶塞尔的死。《异常》第三章中甚至还有一节以《回归的维克托·米耶塞尔的肖像》为题，令人立马就联想到那一部元音字母“e”统统消失的怪异小说《消失》。而在三月米耶塞尔自杀后，六月米耶塞尔很自然地回归于公众的视线中，只不过他名字维克托的拼写，已经由“Victor”变成了“Victør”，有了“ø”这样一个很怪异很罕见的字母。而

“ø”正是数学概念“空集”（指“不含任何元素的集合”）的象征符号。

此外，还有“回文”的形式。小说中，画家阿比这个人物手腕上的文身图案“OASIS”原来也可以甚至更应该读作“51540”，而那不是别的，正是他祖父在纳粹集中营中的囚徒代号。这样的细节描写，显然也属于“乌力波”作家们非常喜爱的典型的“回文”形式。

译“乌力波”的尝试

“乌力波”式的作品，我之前翻译得很少，只有一些很短的短篇。

这次翻译《异常》，对于我是一次很好的学习过程，也是一个挑战的机会，除了一般翻译工作中都能学到的那些法语特殊说法之外，尤其学到了一些文字游戏的处理手法，当然，更多的是关于数学、物理学和天文学的相关知识。当然，在对译文的处理过程中，我也学到了不少。

本来，我们对《异常》中提到的一些数学概念都不太清楚，翻译时，至少得通过查词典，知道那大概是怎么一回事。例如图论、排队理论、肯德尔记号、利特尔法则、马尔科夫链、遍历性假设、稳恒分布，我本来一窍不通，翻译中通过查资料，读百科，终于把这些概念恶补了一次，大致跟上了作者的数学家步子！

另外，翻译中通过查资料，也帮助我更好地发现了作品《异常》对前辈乌力波作家的一些影射。例如，小说《14号桌子》那一章提到的“一个不大可能有的地方的穷尽”的说法，法语原文为“Épuisement d'un lieu improbable”，我一开始不太明白，翻译成了“一个不大可能有的地方的耗竭”，后来一想，这可能是某种隐喻，于是上网一查，果不其然，原来，这是对“乌力波”老作家乔治·佩雷克作品《穷尽一个巴黎地点的尝试》的影射。《穷尽一个巴黎地点的尝试》（*Tentative d'épuisement d'un lieu parisien*）是佩雷克1975年发表的一篇故事，写的是1974年10月，他曾连续三天在不同时刻安坐于巴黎圣许尔皮斯广场的区政府咖啡馆中，一边观察周围，一边记录他所看到的种种人与事物，由此，他列了一个日常生活的清单，写下了生活的单调，以及时间、光线、背景等的细微变化。我在网上读了一下佩雷克的那篇《尝试》，更觉得勒泰利耶的《异常》在不少地方都模仿了佩雷克的这一“尝试”，完成了一些类似的场景描写。例如法航006航班先后两次航行中的几幅监控录像的画面，还有纽约西奈山医院中太阳光在病房中的移动轨迹，等等，这些无疑都属于“乌力波”现任主席勒泰利耶对前辈乌力波大师的“致敬”之处。于是，我在遇到相关段落的翻译时，理解就更有“着落”，译文也就更有“依附”了。

小说的结尾也是一个很好的例子。原文中，作者故意把版面排成了类似阿波利奈尔“图画诗”的形状，字母消散在空间中，形成了一个类似于漏斗的样子，而仔细阅读之下，我们又能从中读出“u.l.c.é.r.a.t.i.o.n.s.”这样的一个词，要知道，这也是乌力波团体第一部集体作品的名称（因为，构成这个词的十一个字母，正是法语构词中出现频率最高的十一个字母，乌力波作家都尝试着用这十一个字母以不同的排列形式，构成词语和句子，来展现文字表达的“潜在性”）。这一段中，除了“Ulcérations”这个词（似可翻译为“溃疡”），还有“s.a.b.l.e.”（沙子）和“f.i.n.”（完）这两个词，而“sable”和“fin”连起来，也可以理解为“细沙”。这种拆字为字母的游戏，在翻译时可以有种种不同的技术策略来对待。我考虑到译文既要保留原文中的图像形式，同时又要把法语中构成单词的分散字母变成汉语中构成汉字的“分散零件”，就想到了用“拆解偏旁”的办法来处理，把“沙子”和“完”写成了零零碎碎的“氵小丿”和“宀二儿”。结果，小说的结尾在译文中成了如下的几行样子：

还有 伊利 牌 子的 红色 咖啡 杯 在 克托 米耶

尔的 手中 还 有黑 钻 在 安

去 单 我 这 个 还 火

木 钅 丿 厂 土

忄 十 工 月

日 一 卜 人

氵 中 一 贝

疒 曰

一 勿

禾 口

氵

小

丿

宀

二

儿

这样，这些零零碎碎的偏旁和细部，似乎也被看作是“计时用的沙漏中的细沙”，表达出了原作中作者似乎想表达的一种“时间观”。

这篇文字，既谈了我对《异常》一书的理解和感想，也谈了我在翻译过程中的经验和体会，可算是我的“读后感”，也可算是我的“译后记”，当然，也算是这部小说中译本的“宣传篇”。

译者　草于2021年3月1日

改定于2021年4月25日